차동희 평전 (하)

도기훈
SF장편소설

차동희 평전 (하)

초판 1쇄 인쇄 2012년 3월 7일
초판 1쇄 발행 2012년 3월 14일

지은이 | 도 기 훈
펴낸이 | 손 형 국
펴낸곳 | (주)에세이퍼블리싱
출판등록 | 2004. 12. 1(제2011-77호)
주소 | 서울시 금천구 가산동 371-28 우림라이온스밸리 C동 101호
홈페이지 | www.book.co.kr
전화번호 | (02)2026-5777
팩스 | (02)2026-5747

ISBN 978-89-6023-768-1   03810
ISBN 978-89-6023-766-7   (세트)

차동희 평전

하

도기훈
SF 장편소설

ESSAY

차동희 평전 (상)

차동희 평전 (하)

제 3 부

제국시대

1. 모선의 습격

한국 세계정보기지국

하늘에서 열넷의 인형이 내려왔다. 그들 역시 모두 신물질 갑옷을 입고 있었다. 맨 선두에는 마찬가지로 매끈한 갑옷을 입고 있었으며, 그 옆에는 다소 돌기가 있는 갑옷을 입었고, 뒤따르는 열 둘의 전사는 무시무시한 돌기 형상이 온몸에 붙어 있었다. 그들은 곧장 세계정보기지국 천장에 열네 개의 구멍을 뚫고 들어갔다.

Section 5 관제실. 수십 명의 관제사들이 갑작스런 소음에 놀라 몸을 낮추었다. 갑옷을 입은 전사들은 다짜고짜 가까이 있는 관제사들의 먹살을 잡아 올렸다. 그리고 아무 말도 없이 관제사의 목을 잘라버렸다. 하나, 둘, 셋, 순식간에 관제실 안은 피로 얼룩졌다. 관제사들은 비명조차 지르지 못했다. 오줌을 싸거나 놀라서 기절해버린 관제사도 있었다. 그때 매끈한 갑옷을 입은 인형이 '뮤 부사령관'이라고 불렀다. 뮤 부사령관은 살상을 멈추고 관제사 하나를 잡았다.

"대장은 어디에 있나?"

"네. 대장이라면……."

뮤 부사령관은 관제사 목을 잘라버렸다. 그리고 옆에 있는 관제사의 멱살을 잡았다.

"대장은 어디에 있나?"

"정보국장 말입니까?"

뮤는 또 관제사 목을 잘라버렸다. 그리고는 이렇게 중얼거렸다.

"음, 정보국장이 대장인가?"

그리고 또 다른 관제사를 붙잡아 멱살을 잡았다.

"정보국장은 어디에 있나?"

"2층에 있습니다. 2층에…… 정보국장이 마, 마, 맞구요. 거, 거, 거, 거기가 정보부장실 아니 국장실……."

관제사는 말을 더듬었다. 뮤는 또 관제사 목을 잘랐다. 관제실 내부는 피바다가 되었다. 그러나 살인은 계속되었다. 그들은 정보국장실이 2층 동편에 있다는 사실을 알아냈다. 뮤가 묻고 있는 동안 전사들은 Section 5 관제실에 있던 관제사들을 모두 죽여버렸다.

"젠장, 다 죽었어. 사령관님!"

"아래로 간다."

모두 바닥을 뚫고 아래층으로 내려갔다. 아래층은 Operator실이었다. Operator실은 3,000평 규모의 탁 트인 실내였다. 일정한 간격의 기둥을 제외하고는 칸막이가 없었다. 조종관 수백 개가 줄지어 늘어서 있었으며, 조종관 앞에는 수백 명의 Operator들이 서서 화면을 보면서 각자 맡은 천리안을 조정하고 있었다. 그제서야 울린 비상벨 소리는 침입자의 등장을 알렸다. 뮤는 Operator 한 명을 붙잡았다.

"여기가 몇 층이냐?"

Operator는 겁에 질려 입을 떼지 못하고 달달 떨기만 했다. 뮤는 바로 목을 쳐버렸다. 그리고 도망치려는 Operator를 또 하나 잡고 물었다.

"여기가 몇 층이냐?"

"4층입니다."

뮤는 또 목을 쳐버렸다. 그러는 동안 다른 전사들도 무자비한 살인을 자행했다. 단 한 사람 사령관만이 가만히 지켜볼 뿐이었다. 그렇게 사람을 지도 삼아 무리들은 수백 명의 사람을 죽이고 나서야 700여만 평의 연건평 속에 100평 남짓한 정보국장실을 찾아냈다.

정보국장실 부속 정보관측 중앙센터

문을 뚫고 들어간 전사들은 곧바로 정보국장을 잡아서 다짜고짜 발목을 부러뜨렸다. 정보국장은 놀라 입을 다물지 못했다. 고통과 공포로 정신이 혼미했다.

전사 둘이 정보국장의 팔을 잡고 사령관 앞으로 끌고 갔다. 정보국장은 발목이 부러져 서지 못했다. 주위로 전사들이 포위했다. 뮤가 길을 내고 사령관이 정보국장 앞으로 갔다.

"네가 정보국장이냐?"

"그렇다."

"지금부터 모든 천리안의 이동을 멈춘다. 명령해!"

"너는 누구냐?"

뮤가 나섰다.

"시키면 시키는 대로 해!"

사령관이 뮤를 제지하더니 정보국장에게 자신을 밝혔다.

"나는 안디 사령관이다. 지금부터 내 명령에 따른다."

"너 이름 말고."

"오호라. 배짱이 두둑하군."

정보국장은 고통에 적응한 듯 숨소리가 평온해졌다.

"아직 어떻게 돌아가는지 파악이 안 되나 본데 네가 어떻게 결정하든 결과는 똑같다. 앞으로 1분 내로 모든 천리안은 동작을 멈추게 돼.

나는 두 가지 방법 중에 하나를 쓸까 하는데……."

정보국장은 고개를 들어 안디 사령관을 쳐다보았다.

"첫 번째 방법은 네가 명령해서 천리안을 멈추는 것이고, 두 번째 방법은 여기 있는 전사들을 시켜서 건물 안에 있는 사람들을 다 죽여버리는 거야. 첫 번째 방법이든 두 번째 방법이든 걸리는 시간은 똑같다."

정보국장은 사태의 심각성에 얼굴이 굳어졌다.

"3초를 주지. 결정해. 하나……."

"잠깐! 내가 명령하겠다."

"머리가 그렇게 나쁘지는 않군."

"마이크를 줘!"

뮤가 마이크를 가져다 주었다.

"정보국장이다. 비상사태를 선포한다. 현재 Operator들은 각자 자기 위치를 지킨다. 그리고 모든 천리안의 활동을 중지하라. 반복한다. 모든 천리안의 활동을 중지하라. 모든 천리안의 활동을 중지하라."

복도에는 씩씩거리며 제복을 입은 군인 하나가 달리듯 빠르게 걷고 있었다. 그는 정보국 차장이었다. 복도에서는 정보국장의 목소리가 흘러 나오고 있었다. 그는 투덜거렸다.

"도대체 무슨 일이 일어난 거야? 국장은 무슨 헛소리를 지껄이고 있는 거야? 자기 권한 밖의 명령을 하고 난리야."

차장은 국장실로 향하고 있었다. 시체를 보고부터 그는 제정신이 아니었다. 차장은 국장실로 들어가는 벽에 커다란 구멍이 여러 개 뚫려 있는 것을 보았다. 그리고 그 안에 갑옷을 입은 사람이 여럿 보였다. 차장은 발소리를 줄였다. 그리고 안을 유심히 쳐다보았다. 갑옷을 입은 사람들 사이로 정보국장이 마이크를 들고 끊임없이 말하고 있었다. 차장은 국장을 알아보고 단숨에 달려갔다.

"국장님!"

차장이 뚫린 벽을 통해서 국장실로 들어서자 마자 갑옷을 입은 전사 하나가 팔을 휘둘러 차장의 목을 날려버렸다. 머리가 없는 차장의 몸뚱이만 정보국장 앞에 쓰러졌다. 비명 소리도 없었다. 정보국장은 놀랐다. 그러나 말을 멈추지 않았다. 그의 목소리는 간절했다. 사람들을 살려야 한다는 의지 하나만 그의 머릿속을 가득 채우고 있었다.

"모든 천리안의 활동을 중지하라. 모든 천리안의 활동을······."

그리고 국장실의 전광판에 5,000개가 넘는 푸른 불빛들이 하나 둘 붉은빛으로 바뀌기 시작했다. 국장은 더욱 간절하게 외쳤다.

"모든 천리안의 활동을 중지하라······."

불빛들이 꺼지는 숫자는 기하급수적으로 늘어났다. 안디가 투덜거렸다.

"뭐야. 명령을 실행하는 속도가 이렇게 늦어서야. 벌써 2분이 다 돼 가잖아. 정말 개념 없는 조직이군."

뮤가 물었다.

"지금이라도 다 죽여버릴까요?"

"아니, 됐어. 이봐, 국장. 이제는 천리안을 여기로 모두 집합시켜."

정보국장의 얼굴빛이 어두워졌다. 그의 얼굴에 절망의 그림자가 드리웠다.

한국 국방과학연구소

"동희야! 천리안이 움직임을 멈췄어."

"네?"

"세계정보기지국에 적이 침입했어."

"갑옷은 아직 준비가 안 됐어요."

"준비가 된다 해도 가서는 안 돼. 모두 14명이야. 일단 세계정보기지국은 포기하는 수밖에 없어. 우선 가이아가 직접 운영하는 24대의 천리안으로 동태를 파악할 테니까 빨리 갑옷부터 마무리 지어!"

화면을 주시하고 있던 승오가 외쳤다.

"잠깐, 동희 형! 그쪽으로 뭔가가 가고 있어."

"갑옷이야?"

"얼마나?"

"모두 14명이야."

"세계정보기지국에 14명 갔다고 하지 않았어? 도대체 갑옷을 입은 사람이 몇이나 되는 거야?"

"지금까지 파악된 건 모두 44명이야."

"44명? 믿을 수가 없어."

"형! 1공장 프레스부 지붕을 뚫고 들어갔어."

갑옷을 입은 인형 열넷이 국방과학연구소 신물질 제작 공장을 덮친 건 그때였다. 천장을 뚫으면서 난 굉음에 동희와 일행은 자세를 낮추었다. 동희가 있는 국방과학연구소 본관 건물 4층은 공장과는 다소 거리가 있었다.

헤른 사령관이 단 부사령관에게 명령했다.

"너는 전사 여섯을 데리고 옆 공장으로 가서 공장의 모든 기계를 산산조각 내라."

갑옷을 입은 인형들은 미친 듯이 공장을 부수기 시작했다. 1공장과 2공장의 프레스부, 주공장, 부품부, 조립부……. 기계뿐만 아니라 공장에 있는 작업자, 연구원 가리지 않고 모두 산산조각 냈다. 열셋의 갑옷이 동시에 움직였지만 서로 부딪치지 않았다. 눈 깜짝할 새 거대한 한국의 신물질 공장은 폐허로 변해버렸다. 자욱한 연기가 하늘로 꾸역꾸역 솟아올랐다.

"면수 선배! 보고 있죠?"

"그래. 갑옷은?"

"산소호흡기 부착하고 있어요."

"곧 그쪽 건물로 갈 거야."

"동희 형이 너무 위험해요."

"사령관님, 공장을 모두 파괴했습니다."

"남아 있는 건물들도 남김 없이 모두 파괴시킨다."

"네, 알겠습니다."

그때 단과 혜른 그리고 열두 전사들에게 총알이 소나기처럼 쏟아졌다. 단 사령관이 웃었다.

"이건 뭐야. 웃기는군."

군인들이 인근 벽을 엄폐 삼아 발포하고 있었다. 혜른이 손짓을 하자 전사들이 날았다. 전사들은 곧장 날아가 군인들을 공격했다. 전사 하나하나는 카이자와 다를 바가 없었다. 열둘의 전사들은 빠르고 정확하게 군인 한 명 한 명을 공격했다. 인근의 탱크와 장갑차 역시 예외일 수 없었다. 군인은 흔석을 찾기 힘들 성노로 난자낭했다.

인근에서 세 대의 헬기가 시끄러운 프로펠러 소리를 내면서 떠올랐다. 단이 날았다. 순식간에 헬기 세 대가 격추되고 단은 제자리로 돌아왔다.

"반항치고는 너무 밋밋하잖아. 이게 다야?"

지하 보물 창고

"동희 형, 시간이 없어요."

"동희야! 산소호흡기 붙이지 말고 바로 조립해."

가이아가 보고했다.

"갑옷을 입은 인형들이 대통령 궁에 침입했습니다. 이기철 대통령이 위험합니다. 미 대통령 궁에 침입했던 인형과 일치합니다."

한국 세계정보기지국

안디 사령관이 정보국장에게 물었다.

"왜 하기 싫은가?"

"아니…… 아니다. 내가 하겠다."

뮤 부사령관이 다그쳤다.

"그럼 빨리 명령해."

정보국장은 다시 마이크를 입으로 가져갔다.

"지금부터 내 말을 잘 들어라. 각자의 천리안을 세계정보기지국 상공으로 모두 집합시켜라. 다시 한 번 알린다. 각자의 천리안을 이곳 세계정보기지국 상공으로 모두 집합시켜라."

Operator들은 동요했다. 비상벨 소리는 들었지만 아직 침입자의 소식을 알지 못하는 Operator들은 어찌된 영문인지 의아해 하며 수군거렸다. 침입자를 본 사람이건 그렇지 않은 사람이건 Operator 그 누구도 천리안을 움직이지 않았다. 그때 국장실 맞은편 복도에 무장한 군인들이 조심스럽게 접근하고 있었다. 기지국 방위군이었다.

뮤는 정보국장의 마이크를 빼앗았다.

"어떻게 된 거야. 왜 꼼짝도 하지 않아?"

정보국장은 식은땀을 흘렸다.

"어떻게 된 건지 말해!"

뮤는 정보국장의 장단지를 발로 밟았다. 뼈가 으스러지는 소리가 났다. 정보국장은 입술을 깨물며 신음 소리를 삼켰다. 온몸은 땀으로 범벅이 되어있었다.

"이런 미련탱이 영감!"

그때 안디 사령관이 나섰다.

"잠깐. 뮤!"

"네."

뮤가 물러났다. 안디가 정보국장에게 물었다.

"정보국장! 왜 천리안이 꼼짝도 하지 않아?"

"내 권한 밖이다."

"아까 천리안을 멈춘 것도 네 명령 밖이었잖아?"

"홈…… 알고 있었군. 하지만 이건 격이 달라. 나로서도 어쩔 수 없어. 너도 마찬가지야."

"뭐가 마찬가지라는 거지?"

"이제는 모두를 죽일 수는 없지. 너도 어차피 우리의 협조가 있어야 돼."

"너희의 협조?"

"우리 도움 없이 5,000개가 넘는 천리안을 어떻게 모을 것이냔 말이야."

"그렇게 생각하고 있는 거야?"

뮤가 안디에게 제안했다.

"마얀 사령관에게 연락해 보시죠? 지금쯤 대통령을 잡아놓고 있을 겁니다."

그때 정보관측 중앙센터를 향해 연막탄이 날아왔다. 전사 한 명이 연막탄이 바닥에 떨어지기 전에 손으로 잡았다. 그리고 날아왔던 방향으로 던졌다. 안디가 고갯짓을 하자 국장을 잡고 있는 두 명의 전사를 제외한 10명의 전사들이 일제히 연막탄이 떨어진 연기 속으로 사라졌다.

총소리, 비명 소리, 뼈와 살이 으스러지는 소리가 연기 속에서 자욱이 피어 올랐다. 전사들이 가쁜 숨을 몰아 쉬며 돌아왔다.

안디가 뮤를 불렀다.

"뮤 부사령관!"

"네!"

안디는 조용하게 그러나 단호하게 명령했다.

"기지국 내에 있는 사람은 모두 죽여!"

"네!"

옆에 있던 정보국장이 다급하게 소리쳤다.

"잠깐만! 아니, 왜? 대통령에게 연락하면 천리안을 모을 수 있어. 사람들을 왜 죽여? 응? 무고한 사람을 왜?"

정보국장은 더 이상 말을 잇지 못했다. 안디의 주먹이 정보국장의 뒤통수로 나와 있었다. 안디는 팔을 뺏다. 정보국장의 팔을 잡고 있던 전사 둘은 시체를 내려놓았다.

"무능하고 미련한 놈."

뮤는 전사들을 데리고 사라졌다.

한국 대통령 궁

대통령 가족 중에서 보이지 않는 사람은 유학을 간 맏딸뿐이었다. 대통령과 그의 아내, 아들 둘이 대통령 궁 집무실에 잡혀 있었다. 전사 네 명이 대통령과 대통령 아내, 큰아들과 막내아들을 붙잡고 있었다. 마얀과 코르파스 그리고 열두 명의 전사였다. 집무실 밖에는 경호원들의 시체가 즐비했다. 마얀이 이기철 대통령에게 물었다.

"차동희는 어디 있나?"

"그레고리 대통령과 직접 이야기하고 싶다."

"미 대통령과 관계없는 일이다."

"미 대통령과 통화하게 해주시오."

"말귀를 못 알아듣는군. 코르파스!"

코르파스가 대통령의 막내아들 앞에 갔다. 그리고 양손으로 얼굴을 가볍게 감싸 안았다. 마얀은 이기철 대통령에게 장담했다.

"너는 어차피 모든 걸 말하게 되어 있어."

"그만 둬. 미 대통령과 이야기하게 해 줘. 제발."

그때 대통령의 아내가 자지러질 듯 비명을 질렀다.

미국 서부 류지태의 해변 별장

류지태의 비서와 경호원은 물론 미국에서 보낸 정보원과 경호원들 모두 집에서 물러났다. 방 안에는 류지태와 케사르 사령관 둘이 마주 앉아 있었다.

"궁금한 것이 한 가지 있는데 말이지."

한국 세계정보기지국

천리안 1121호 Operator의 이름은 안병수였다. 28세인 그는 서울에서 태어났으며 지질학을 전공했다. 정보장교로 2년을 근무했고 46대 1의 경쟁을 뚫고 세계정보기지국에서 일하게 되었다. 세계정보기지국에서 신입 교육을 받고 처음 맡은 일은 정보처리사였다. 6개월간 정보처리사로 지낸 후 천리안 Operator를 맡았다. 천리안 Operator 경력은 1년 8개월이었다.

그는 미국 사막에서 최초로 모선을 발견해 낸 장본인이기도 했다. 그는 만 9개월 전에 지금의 아내와 결혼했으며 아내 배 속에는 6개월 난 아기가 있었다. 그는 고등학교 때 음악반 활동을 했고 그때 드럼을 배워서 드럼을 곧잘 쳤다. 졸업 후에도 기분이 좋을 때나 아니면 기분이 아주 안 좋을 때면 혼자서 드럼을 몇 시간씩 치기도 했다. 지금의 아내에게 사랑을 고백할 때도 드럼을 쳤었다. 드럼은 그가 그의 영혼과 접하는 매개였다. 그리고 음악 듣기 또한 드럼 못지않게 좋아했다. 음악 파일을 정리해서 친구에게 선물하기를 즐겼다. 그래서 친구들은 안병수를 '음악전도사' 또는 '북 치는 소년'이라고 부르기도 했다.

1남 3녀의 막내로 어려서 어리광을 많이 부린 탓에 조금이라도 눈썰미가 있는 사람이 보면 금방 눈치챌 수 있을 만큼 말이나 행동에 막내 티가 났다. 그러나 누가 보아도 밉상은 아니었다. 남자였지만 사근사근했으며 특히 어른들에게 말을 잘 건넸다. 누구와도 심하게 다투지 못했다. 어떤 일이든 잘잘못을 떠나서 감정의 앙금을 품고서는 그 자신이 스스로 견디지 못했다. 그것이 그의 성격상 장점이자 단점이었다.

적을 만들지 못하는 사람 안병수를 만든 데는 그의 일도 한몫 했다. Operator를 하면서 그는 셀 수 없이 많은 장면들을 보아왔고 형언할 수 없이 멋진 장면들을 생생하게 기억하고 있었다. Operator는 화면을 통해서 천리안의 자유로움을 직접 경험했다. 아무런 생각없이 선택했던 지질 전공이 뒤늦게야 얼마나 매력 있는 학문인지 알게 되었다. 자연의 아니 지구의 신비로움은 경외심을 넘어 신의 숨결을 느끼게 만들어 주었다. 매일 접하는 경이로움은 그의 마음을 더욱 넓혀 주었으며 인간을 인간의 입장에서가 아닌 자연의 넓은 관점에서 바라보게 만들었다. 그는 너그러운 사람이었다.

그러나 그는 지금 한국 세계정보기지국 2층 Section 3의 3열 복도 맨 끝 구석에 웅크리고 앉아서 공포에 휩싸여 있었다. 두 손은 자신도 모르게 머리를 감싸 쥐고 있었다. 보기 싫었지만 양 팔 사이로 그는 엄청난 전율의 광경을 지켜보고 있었다. 미친 피의 폭풍이 실내를 강타하고 있었다. 은빛 갑옷을 입은 전사들이 Section 3에 침입하여 동료들을 무참히 도륙하고 있었다. 그들의 움직임은 보이지 않았다. 단지 동료들의 몸이 터져나가거나 피가 튀는 것을 통해서 추측할 뿐이었다. 그 속도는 상상을 초월했으며, 비명과 신음조차 호락호락 허락되지 않았다. 잘려진 팔과 다리, 머리 등 신체 일부가 허공으로 튀는가 하면 천장과 벽을 때렸다.

그는 한 전사의 손이 동료의 머리를 가르며 지나가는 것을 정지 화면처럼 본 것 같기도 했다. 그리고 그렇게 빠른 속도로 지나가는 것을 본 사실이 믿기지 않아서 그의 상상인지 아니면 정말 본 것인지 의문스러웠다. 그리고 그런 급박한 상황에서 그런 일을 의문 삼는 자신을 이해할 수 없었다. 그는 움직일 수 없었다. 죽음은 절대로 자신을 피해가지 않으리란 확신이 들었음에도 불구하고 꼼짝할 수 없었다.

죽음의 흐름은 그의 예상보다 빨리 다가왔다. 복도를 훑으며 날아오는 전사는 바로 코앞까지 왔다. 안병수. 그의 예닐곱 번째 앞 동료는 용감하게도 자리에서 뛰쳐나갔다. 칸을 넘어 옆줄로 가려 했던 모양이었다. 그 복도에도 전사가 있기도 했지만, 그는 일어서자마자 두 동강 나서 상반신이 떨어져 칸을 넘고 잘린 하반신은 헛다리를 짚으며 복도를 나뒹굴었다. 분명 예닐곱 번째 앞이었으며 자신 앞에 몇 명이 남아 있다고 생각했지만 벌써 죽음의 소용돌이는 자신을 덮쳤다. 두 팔로 감싸 쥐고 있는 머리를 뭔가가 지나갔다는 생각이 들었다. 서늘한 느낌. 그것은 분명 전사의 손이었을 거란 추측이 그의 마지막 생각이었다.

세계정보기지국 안에 있던 35,000여 명의 인원 중에서 미리 빠져 나간 천여 명 남짓을 제외하고 나머지는 모두 건물 안에서 도륙 당했다. 700여만 평의 실내는 온통 붉은 피로 점철되었다. 뮤와 전사들은 다시 사령관 안디가 있는 중앙센터로 집합했다.

"모두 처치했습니다."

안디가 모선에 연락했다.

"퀀텀 님!"

"안디 사령관. 말하라."

"천리안을 모아야 하는데 아리의 도움이 필요합니다."

"알았다. 뮤를 보내라. 원격 조정 시스템을 내려보내겠다."

국방과학 연구소

"면수 선배! 어떻게 됐어요?"

"대통령 궁에도 갑옷을 입은 사람들이 침입했어. 대통령 궁 근처는 모두 쑥대밭이야. 이기철 대통령도 잡혀 있는 것 같은데 생사는 알 수 없어."

그때 멀리 있던 연구동 기숙사 건물이 전사들의 무차별 공격으로 무너져 내렸다. 승오가 동희에게 알렸다.

"형! 벌써 국방과학연구소 건물 세 채가 없어졌어. 갑옷은 아직 멀었어요?"

"조립 시험하고 있어."

"이대로라면 몇십 초 견디지 못할 거야."

배면수가 긴급히 제안했다.

"안 되겠어. 비행체를 띄우자."

한국 대통령 궁

아들은 '으드득' 소리를 내며 이가 부러지더니 '투-둑' 하고 턱뼈가 부러져 버렸다. 그리고 눈알이 반쯤 돌출되더니 피가 흘러내렸다. 코르파스의 손은 어김이 없었다. 대통령의 아내는 고함을 지르다 실신해 버렸다. 대통령이 소리를 질렀다.

"그만! 그만! 그만해! 우리가 미국에게 전쟁에서 이겼어도 이렇게까지 하지는 않았어."

"아직 분위기 파악이 안 돼? 머리가 그렇게 좋지는 않은데, 음?"

코르파스는 이기철 대통령의 맏아들에게 다가갔다. 마얀이 물었다.

"그래, 차동희가 어디 있는지 생각이 났나?"

대통령은 숙였던 고개를 들어 마얀의 얼굴에 침을 뱉었다. 마얀은 순식간에 고개를 옆으로 비켜 피해버렸다. 이기철 대통령은 소리질렀다.

"너희들 모두 가만두지 않을 테다."

대통령의 얼굴은 상기되었고 눈은 붉게 충혈되어 있었다.

"웃기는 놈이군. 코르파스!"

코르파스의 피 묻은 손이 맏아들 얼굴을 감쌌다. 맏아들의 울음소리는 멈추지 않고 집무실을 무겁게 돌아다녔다.

"이 미친놈들! 그레고리를 불러줘. 그레고리를. 너희들! 뭔가 착각하는 거야. 후회할 거야."

"이기철! 단순해. 차동희는 어디에 있지?"

국방과학연구소

동희가 있던 본관 건물 옆으로 이제 여덟 동의 건물이 남아 있었다. 전사들은 거침없이 건물을 공격했다. 그때 휴지통처럼 뒤죽박죽이 된 건물 안으로 번쩍하고 뭔가가 들어오더니 굉음 소리와 함께 전사 하나가 공중으로 날아가 버렸다.

건물을 공격하던 전사들은 건물 파괴를 멈추고 제각기 공중으로 솟아올랐다. 튕겨났던 전사도 정신을 차리고 다시 하강했다. 전사를 맞추었던 미사일 두 기는 공중으로 솟아올라 열두 전사들을 공격했다.

지켜보던 단 부사령관이 헤른 사령관에게 보고했다.

"여기에 차동희가 있는 것 같습니다."

헤른은 조용히 마얀에게 연락했다.

한국 대통령 궁

코르파스는 양손을 뻗어 맏아들 얼굴로 가져갔다. 그는 공포로 울음소리조차 멈춰버렸다. 이기철 대통령이 마얀을 향해 소리쳤다.

"멈춰. 말할게. 내가 말할게. 내가 다 말할게. 내가……"

"가족을 위해서 국가를 버린다. 하- 하- 하-."

마얀이 손을 들었다. 코르파스가 손을 멈추었다. 마얀은 재빨리 숫자를 세었다.

"하나, 둘, 셋! 늦었어."

마얀이 고개를 끄덕이자 코르파스는 맏아들 얼굴을 손으로 감쌌다. 대통령은 아무 대꾸도 하지 않고 눈을 질끈 감았다. 그때 마얀에게 연락이 왔다. 헤른이었다.

"마얀!"

"무슨 일이야?"

"비행체가 떴다."

"국방과학연구소?"

"그래. 여기 숨어있는 게 틀림없어."

"알았다. ……코르파스, 잠깐."

그러나 마얀이 통화하는 동안 맏아들은 이미 동생처럼 숨을 거둔 뒤였다.

"코르파스! 그 급한 성격 좀 고쳐!"

"네!"

"이동한다. 차동희를 찾았다."

마얀과 코르파스 그리고 열두 전사는 대통령과 그의 아내를 놓아 주고 대통령 집무실을 빠져나갔다. 이기철 대통령은 쓰러진 아내를 뒤로 하고 급하게 탁자 위 수화기를 집어 들었다. 대통령은 그레고리 미국 대통령, 지하 보물 창고, 차동희, 군사령부 어디에 먼저 연락해야 할지 주저했다. 대통령은 급하게 다이얼을 눌렀다. 눈은 이미 이성을 잃은 상태였다. 이기철 대통령은 그레고리 미 대통령에게 연락했다.

국방과학연구소

전사들은 신물질 미사일을 맞으면서도 쓰러지지 않았다. 튕겨 나갔지만 이내 일어섰다. 미사일이 연속 공격을 하려고 하면 다른 전사가 와서 미사일을 걷어찼다. 미사일은 한 명의 전사에게 연속 공격을 하기 힘들었다. 미사일은 두 기였지만 전사는 열두 명이었다. 전사들은 미사일의 공격에 당황하지 않았다. 마치 물고기 두 마리를 작은 연못에 넣어두고 누가 잡나 내기하는 듯했다. 헤른이 단에게 눈짓을 보냈다. 열두 전사들이 미사일과 전투를 벌이고 있는 동안 단은 날아가서 나머지 건물들을 파괴했다.

지하 보물 창고

"동희야 도망쳐! 빨리! 다시 건물을 공격하고 있어. 비행체로도 어쩔 수 없어. 건물에서 빠져 나와."

"갑옷을 조립하고 있어요. 맞는지 확인을 해야 해요."

"형, 그럴 시간이 없어."

손을 빠르게 놀렸지만 급한 마음만큼 진도가 나가지 않았다.

"다른 방법이 없어요. 지금 나가도 들킬 거예요."

"형! 천리안이 모선을 찾았어요."

배면수가 화면을 보았다.

"어디?"

"동쪽이에요. 비행체로 모선을 직접 공격해요."

"그래!"

미사일 두 기가 사라졌다. 전사들은 갑자기 사라져 버린 미사일에 어리둥절했다. 단도 파괴를 멈추었다. 헤른은 조용히 상황을 응시했다. 그리고 조용히 내뱉었다.

"갑자기 사라졌다?"

미사일은 비행체에 결합되어 장소를 이동했다. 모선은 한국의 동해 상공에 떠 있었다. 커다란 9월의 적운도 모선의 전부를 가리지 못하고 앞쪽 아랫부분을 드러내고 있었다.

"가이아, 미사일 공격!"

"미사일 공격!"

비행체에서 미사일 두 기가 떨어져 나와 모선을 향해 사라졌다. 배면수와 승오는 숨을 죽였다. 명령과 함께 '꽝' 하고 굉음이 울려야 했지만 아무런 소리도 없었다. 쥐 죽은 듯 고요한 적막이 흘렀다.

"뭐야, 맞추지 못했나?"

승오가 가이아에게 물었다.

"모선이 피한 거야?"

"미사일이 모선 속으로 들어갔습니다."

이번에는 배면수가 물었다.

"뭐? 모선 속으로? 그게 무슨 말이야?"

"미사일이 맞아야 할 지점의 모선 일부가 부분적으로 분리되어 안쪽으로 접히면서 미사일이 그 속으로 들어갔습니다."

"지금은 멀쩡한데?"

"분리되었던 조각은 원상 복귀되었습니다."

답답한 듯 승오가 다그쳐 물었다.

"갈라졌던 흔적도 없는데?"

가이아는 대답이 없었다. 배면수가 차분히 물었다.

"미사일 신호는?"

"사라졌습니다."

"비행체도 위험할 수 있어. 비행체 위치 이동해!"

"비행체 위치 이동. 모선 아래 쪽으로 위치 이동 중입니다."

"동원된 천리안은 모두 몇 기지?"

"모선 주위로 18대입니다."

"변동 사항 있으면 알려줘."

"네."

승오가 배면수에게 물었다.

"형, 이제 어떻게 하죠?"

배면수는 동희에게 물었다.

"동희야 듣고 있지?"

"네. 잠깐만! 대통령에게 연락이 왔어요."

"동희야. 갑옷 입은 괴한들이 다녀갔네. 너를 찾고 있어. 그쪽으로 갔어."

모선의 아랫부분이 열리고 뮤가 휴대용 원격 조정 시스템을 들고 모선 아래에서 나왔다. 가이아가 보고했다.

"모선 아랫부분이 열렸습니다."

배면수는 지체 없이 소리쳤다.

"공격해! 가이아!"

"비행체 공격!"

비행체는 뮤가 나온 문으로 사라졌다. 아무런 소음도 들리지 않았다. 모선의 문은 그대로 닫혀버렸다. 뮤는 휴대용 시스템을 들고 사라졌다.

"동희야! 비행체도 모선 속으로 들어가고 말았어."

"비행체 신호 두절입니다."

"신호 연결해 봐."

동희가 일렀다.

"신물질은 어떤 신호도 통과할 수 없어요."

"그렇게 엄청난 속도로 들어갔는데 어째서 아무런 반응도 없는 거지? 유령이 아니라면 내부에 뭐라도 부딪쳐야 하잖아."

대통령이 배면수에게 전했다.

"미사일을 발사할 테니 모선의 위치를 알려줘."

"네. 알겠습니다."

동희가 외쳤다.

"잠깐만요!"

한국 국방과학연구소

마얀과 코르파스 전사 열두 명이 국방과학연구소에 모습을 드러냈다. 마얀 사령관은 내려오자마자 헤른 사령관을 비꼬듯 한 마디 던졌다.

"헤른! 뭐 하고 있는 거야? 놀고 있잖아."

"여기는 왜 왔어? 퀀텀의 명령이야?"

"아니. 어차피 할 일이 없잖아. 이제 차동희만 처리하면 돼."

"퀀텀의 명령도 없이 여기 왔단 말이야?"

"내가 할 일을 하는 것뿐이야. 동희의 위치를 알아내라는 명령. 너는 국방과학연구소를 파괴하라는 명령을 받았으니까 그것만 열심히 해."

"내 일이니까 너는 지켜보고만 있어."

"지금 지켜보고 있는 건 너야."

"아니! 장난감이 다녀갔을 뿐이야. 명령은 차질 없이 진행되고 있어."

한국 군사령부

"미사일 발사해. 목표는 동해 상공에 떠 있는 모선이다."

사령관의 명령에 의해 탄도미사일이 발사되었다. 모두 24기였다. 군 비행장에서 전투기들도 이륙을 시작했다.

갑옷은 가슴 부위까지 점검을 마쳤다. 동희는 갑자기 곁에 있던 신물질 헬멧을 썼다. 그리고 자리에 앉아 눈을 감고 명상에 잠겼다.

"뭐 하는 거야, 동희야? 신체 85% 이상 닿지 않으면……."

미국

케사르의 얼굴이 갑자기 일그러졌다.

한국 국방과학연구소

동희는 이내 헬멧을 벗었다. 그리고 소리쳤다.

"여기서 모두 나가세요! 빨리!"

연구원들은 의아해 했다.

"빨리 여기에서 나가세요! 어서!"

동희는 함께 있던 연구원들을 문밖으로 떠밀었다.

"뛰어요! 어서! 건물 뒤쪽 숲으로 뛰어요! 무슨 일이 있어도 뒤돌아 보지 말고 뛰어요!"

연구원들은 영문도 모른 채 떠밀려 복도를 뛰었다. 동희의 간곡한 표정이 아니었다면 장난이 아닐까 하는 생각까지 들었다. 배면수가 물 었다.

"무슨 일이야?"

동희는 갑옷을 해체하기 시작했다.

"면수 선배! 승오야! 내 말 잘 들어!"

동희는 빠르게 갑옷을 해체하면서 말을 이었다.

"가이아! 네가 운영하는 천리안 모두를 지하 보물 창고로 이동시켜. 출입문을 막아."

"네, 알겠습니다."

배면수가 동희에게 물었다.

"갑자기 왜 그래?"

"가이아! 천리안이 도착하면 너를 해체해!"

"뭐? 가이아를 해체한다고?"

"면수 선배, 가이아의 두뇌는 2단에 있어요. 나머지는 모두 포기하는 겁니다. "

"무슨 소리야?"

"시간이 없어요. 면수 선배! 가이아 해체는 3호가 할 거예요. 3호를 도와줘요."

"갑자기 왜 그러는 거야? 가이아가 없으면 승산이 없어."

"지금 설명할 시간이 없어요. 어서요."

방치되었던 3호가 깨어나서 가이아 2단을 분리하기 시작했다. 가이 아 자신이 자신을 분리하는 셈이었다.

"형과 승오는 2단이 분리되는 대로 가이아를 가지고 도망치세요."

동희는 갑옷을 해체하느라 땀 범벅이 되었다. 손은 다람쥐처럼 재빠르게 움직였고 말은 흥분된 상태였다.

"가이아는 세상의 모든 것을 마비시킬 수도 있어. 왜 도망치라는 말이야?"

동희는 울부짖듯 소리쳤다.

"제발! 제발요!"

동희의 애절한 목소리를 들은 배면수는 아무 말 없이 3호를 도왔다.

한국 국방사령실

"사령관님, 목표가 사라졌습니다. 미사일이 목표를 지나 바다로 떨어졌습니다."

"뭐? 목표가 사라졌다고? 위치 추적해."

"현재 가동 중인 천리안이 없어서 파악이 힘듭니다."

"전투기, 정찰기 모두 띄워서 사방팔방으로 수색해."

국방과학연구소

헤른이 단을 부르자 단은 고개를 한 번 끄덕이더니 전사들을 데리고 다시 건물을 파괴하기 시작했다. 본관 건물을 포함해서 남은 건물은 일곱 동이었다. 어떤 건물부터 파괴할지 아무도 몰랐다. 그것은 바다 속의 물고기 떼가 어디로 방향을 바꿀지 알지 못하는 것과 흡사했다. 부서진 건물의 잔해가 벽돌 한 장 크기를 넘지 않을 만큼 건물은 산산이 부서졌다. 국방과학연구소 단지 내로 포화가 떨어지기 시작했다. 단은 건물 파괴를 뒤로 하고 포화가 날아오는 방향으로 날아갔다.

지하 보물 창고

3호와 배면수는 가이아의 2단 분리 작업을 했다. 2단 뚜껑을 열자 내부에는 짙은 검은색의 다면체 상자가 보였다. 다면체 상자에는 구멍이 뚫려 있었고 구멍으로 여러 가지 선들과 기기들이 연결되어 있었다.

"면수 선배! 승오야! 가이아! 서둘러야 해! 그쪽으로 적들이 침입할 거야."

"아니, 여기를 어떻게 알고?"

"그건 나중에 이야기하고, 우선은 가이아를 대피시켜야 돼. 면수 선배랑 너도 자리를 피해야 돼."

"알았어, 형! 형도 빨리 도망쳐!"

배면수는 바깥 판을 제거한 2단 앞에 앉아 있었다.

"젠장, 뭐부터 해야 하는 거야?"

가이아가 3호의 입을 통해서 말했다.

"제가 하겠습니다."

3호(가이아)는 아무런 거리낌 없이 차례로 선들을 해체시켜 나갔다. 맨 처음 연결 부위를 떼내자 옆에 있던 선반이 기능을 멈추었다. 하나씩 떼낼 때마다 7단의 각 기능들이 하나씩 멈추기 시작했다. 5단의 모니터가 꺼지고 4단의 센서가 꺼졌다.

분리 작업은 의외로 시간이 오래 걸리지 않았다. 그리고 마지막 연결 선들이 한 움큼 있었다. 그리고 가이아는 7단을 제외하고는 모두 꺼졌다. 가이아는 3호를 통해서 말했다.

"배면수 님!"

"어! 가이아, 말해."

"남은 것은 배면수 님께서 해 주셔야 합니다."

"그래."

"남은 연결 선들은 7단에 있는 원격 송수신 장치를 제어합니다. 이 선이 끊어지면 3호의 움직임이 멈춥니다. 본체는 저의 두뇌입니다. 신물질 이외 다른 부품들이 조합되어 있어서 무리한 충격은 좋지 않습니다."

"알았어. 조심할게."

2. 최후의 날

국방과학연구소 본관 건물 2층

동희는 옷을 벗었다. 국방과학연구소 본관 건물 2층 연구실 방 안에는 금새 나체가 된 동희 혼자였다. 동희는 온몸이 땀투성이였다. 숨을 가쁘게 내쉬고 있었다. 얼굴에는 세상 걱정을 모두 떠안고 있는 듯했다. 60여 개의 부품들이 바닥에 깔려 있었다.

동희는 급하게 발바닥부터 새로 제작한 신물질 갑옷을 착용했다. 가슴 윗부분은 조립 검사도 하지 않았다. 그것은 중요한 것이었으나 상황은 그것을 그리 중요하지 않게 만들어 버렸다.

포화가 멈추고 단이 돌아왔다. 국방과학연구소 건물은 이제 세 동이 남았다. 본관과 연구 1동 그리고 뒤편에 있는 동력반 건물이었다.

갑자기 혜른이 눈살을 찌푸리더니 단을 불렀다.

"단 부사령관!"

"네!"

"저기 저 건물부터 부셔라!"

혜른은 본관 건물을 가리켰다. 단과 전사들은 일제히 본부 건물로 날아갔다. 그때 전투기가 쏜 미사일 수십 기가 날아와 맞을 것 같지 않던 전사 한 명의 가슴에 정확이 꽂혔다. 폭발음과 함께 전사는 공중에서 뒤로 벌러덩 자빠지더니 땅으로 내다꽂혔다. 주위에 다른 미사일들도 땅으로 꽂히며 꽝음과 함께 수십 개의 화염을 만들었다. 옆에 있던 마얀이 소리내어 웃었다. 혜른의 인상이 찌푸려졌다.

"저건 뭐야? 단!"

단은 이미 날아올라 전투기를 공격하고 있었다. 수십 대의 전투기들은 2대씩 짝을 이루어서 본관 건물을 피해서 미사일을 발사했다. 단은 사냥하듯 전투기들을 폭파시켰다. 전투기의 몸체를 뚫고 나가는가 하면 코크핏을 발로 차서 조종사를 죽이기도 했고 팔로 날개를 잘라버리기도 했다. 단의 공격이 시작되자 전투기들은 사방으로 흩어졌다.

마얀 사령관과 코르파스 부사령관 그리고 그들의 열두 전사는 떨어져서 광경을 묵묵히 지켜보고 있었다. 미사일을 맞았던 전사는 부서진 건물 잔해 위로 떨어졌다. 전사는 머리를 흔들며 상체를 일으켰다. 앞에는 언제 왔는지 혜른이 서 있었다.

"이르마! 정신 안 차려? 그 따위 구식 병기에 당하다니 창피하지도 않나?"

"죄송합니다."

혜른은 전사의 뺨을 후려쳤다. 전사는 무릎을 꿇고 머리를 조아리며 외쳤다.

"각성하겠습니다."

"일어서!"

전사는 자리에서 벌떡 일어섰다. 헤른 사령관의 나머지 열한 명의 전사들은 공중에서 그 광경을 지켜보고 있었다.

"너희들은 뭐 하는 거야? 빨리 건물 폭파시켜!"

열한 명의 전사들은 일제히 본관 건물로 달려들었다. 동희는 헬멧을 들고 복도로 뛰어 나갔다. 전사들은 무지막지하게 본관 건물을 뚫으며 들이닥쳤다. 동희가 뛰고 있는 복도 앞쪽에서 뭔가가 휙 지나간 것도 그때였다.

이윽고 천정이며 바닥과 벽이 흔들리고 복도 창문이 일제히 깨어져 나갔다. 그리고 온 사방으로 전사들이 지나가며 구멍이 나기 시작했다. 동희는 깨어진 복도 창문 밖으로 뛰어 몸을 날렸다. 유리 조각과 함께 동희는 바닥을 향해 추락하고 있었다.

한국 국방사령실

"사령관님 모선을 찾았습니다. 전투기가 미사일을 발사했습니다."

"그래? 어디인가?"

"서해안입니다."

"그 큰 모선이…… 동에 번쩍, 서에 번쩍이군."

"다시 사라졌습니다."

사령관은 어금니를 지그시 깨물었다.

한국 지하 보물 창고

승오가 물었다.

"가이아! 너, 괜찮은 거지?"

"네."

"곧 다시 만날 거야. 동희가 오면……."

"네. 그럼."

배면수는 연결 선을 끊었다. 7단이 꺼지고 곁에 있던 3호는 동작을 멈추었다. 배면수는 커다란 신물질 구를 꺼냈다.

한국 대통령 궁

수도방위군이 대통령 궁으로 들어왔다. 대통령과 대통령의 아내는 그들과 함께 비상통제실로 향했다.

세계정보기지국

뮤가 정보기지국에 도착했다. 뮤가 가져온 것은 사람 머리만 한 원격 조정 시스템이었다. 뮤는 그것을 안디 사령관에게 전해주었다.

미국 류지태 별장

케사르는 자리에서 일어나 방문을 열고 밖으로 나왔다. 복도를 걸으며 말했다.

"퀸텀 님!"

"보고하라!"

"알아냈습니다. 오종 부사령관과 전사들을 보내주십시오."

"알았다."

방 안에 혼자 남은 류지태는 의자에서 내려와 바닥에 쓰러지듯 엎드렸다. 그는 두려움에 온몸을 부르르 떨고 있었다.

국방과학연구소

동희는 추락하면서 자신과 함께 무너져 내리는 본관 건물을 보았다. 그리고 헬멧을 썼다. 3년 6개월 만에 착용한 갑옷이었다. 그러나 전혀 낯설지 않았다. 일체무감. 동희는 그대로 지하로 파고 들어갔다. 건물이 무너져 내리는 소리에 동희가 땅을 뚫고 들어가는 소리는 묻혀 버렸다.

동희가 들어간 구멍은 무너져 내린 건물 잔해로 덮였다. 눈 깜짝할 새 본관 건물은 모두 파괴되어 땅에는 잔해들만 쌓여 있었다. 연기가 자욱이 피어 올랐다. 전사들은 지체 없이 본관 건물 오른쪽에 있는 연구 1동을 파괴시켜 나갔다. 마얀은 떨어져서 본관 건물 잔해를 유심히 쳐다보았다. 마얀이 중얼거렸다.

"내 이럴 줄 알았어!"

마얀이 텔레파시를 보냈다.

(코르파스!)

(네!)

(열두 전사들 모두 지금부터 내 텔레파시를 따르라.)

(네!)

마얀이 본관 건물 잔해로 정신을 집중하자 동희는 마얀의 존재가 느껴졌다. 동희와 마얀은 서로 볼 수 없었지만 서로의 존재를 파악했다. 동희는 산소호흡기가 없어서 숨을 멈추고 있었다. 헤른 사령관의 전사들은 마지막 남은 3층짜리 동력반 건물을 모두 파괴했다. 국방과학연구소 건물이 모두 파괴되는 순간이었다. 그때 마얀 사령관이 지시했다.

(나를 따르라!)

마얀은 본관 건물 잔해로 날아들었다. 코르파스와 전사들은 마얀 사령관이 날아가는 쪽으로 날았다. 마얀과 부하들이 굉음을 내며 일제히 땅속으로 파고 들어가자 동희는 땅 위로 튀어 올라 순식간에 사라졌다. 마얀과 코르파스 전사들도 땅 위로 올라왔다. 코르파스 부사령관과 전사들이 허둥대는 사이 헤른이 동희가 사라진 쪽으로 날았다. 헤른이 마얀에게 텔레파시를 보냈다.

(마얀, 이쪽이야.)

마얀이 사라졌다.

(나를 따르라!)

이윽고 코르파스 부사령관과 그의 열두 전사들도 사라졌다. 그때

단 부사령관이 날아왔다.

"다들 어디로 간 거지?"

헤른 사령관이 단과 그의 열두 전사들에게 텔레파시를 보냈다.

(단! 전사들! 모두 나를 따라와!)

(네!)

단과 헤른 사령관의 열두 전사들 모두 폐허가 된 국방과학연구소를 뒤로 하고 사라졌다.

지하 보물 창고

배면수는 이마에 땀이 송글송글 맺혀 있었다.

"분리가 끝났어."

"그럼 나가요."

"그래."

배면수와 승오가 나가려는 순간 지상의 문밖에서 비상벨 소리가 들렸다. 자동 운전으로 전환된 천리안들이 비상벨을 울렸다. 이윽고 지하 기지를 지키던 기지방어용 신물질 미사일이 적을 맞아 자체 방어를 했다. 신물질끼리 부딪치는 소리가 요란하게 났다.

"형! 문밖에 적이 왔나 봐요."

"폭포 쪽으로 나가자."

승오와 배면수는 격납고로 뛰었다. 격납고 문에 도착한 배면수와 승오는 출입문을 열었다.

"형, 뛰어내릴 수 있겠어요?"

"물론이지."

"형이 먼저 뛰어내려요."

순간 배면수의 뇌리를 스치는 무엇인가가 있었다. 배면수는 잠깐 정색하더니

"승오야, 네가 이것을 가지고 먼저 뛰어."

배면수는 가이아 두뇌를 승오에게 주었다. 승오는 가이아 두뇌를 받았다.

"먼저 뛰어."

"알았어요."

승오는 가이아 두뇌를 품에 안고 폭포 아래로 뛰었다. 승오가 물 위로 머리를 내밀었다.

"형! 어서 뛰어내려요."

"나는 할 일이 있어. 너 먼저 가."

"안 돼요. 형도 도망쳐야 해요."

"시간이 없어 빨리 도망가."

"저 혼자는 안 가요."

"빨리 가."

배면수는 총을 빼 들고 폭포 아래 승오를 겨누었다.

"형!"

"빨리 가! 네가 잡히면 너는 나한테 죽을 줄 알아. 가이아를 잘 보호해야 돼. 알았지."

배면수는 총을 거두고 격납고 안으로 들어가서 문을 닫았다. 그리고 무슨 생각인지 격납고에 있는 도끼를 들고 위로 뛰어 올라갔다. 배면수는 보물이 가득한 방을 지나 가이아의 본체가 있었던 곳으로 갔다. 배면수는 달려가 도끼로 3호를 내리쳤다.

상공

동희는 자신을 따라오는 인형 무리를 느꼈다. 동희는 속도를 올렸다. 뒤따라오는 인형과 거리가 멀어지는가 싶더니 다시 좁혀졌다. 동희는 의도적으로 방향과 속도를 급격하게 바꾸며 비행했다. 자신을 온전히 따라오는 것은 서넛의 인형이었다. 나머지는 제대로 따라오지 못했다. 그러나 그들은 끈질기게 동희가 있는 위치로 접근해 왔다. 모두 28명이었다. 동회는 비행을 멈출 수 없었다. 비행을 멈추는 것은 곧 그들과의 대적이었다.

지하 보물 창고

기지 밖에서는 케사르 사령관의 전사들이 갑작스런 신물질 미사일 공격을 받고는 잠시 당황했으나 제압하는 데 그리 오랜 시간이 걸리지 않았다. 그리고 문 입구에서 자동 방어를 하던 천리안 20여 기를 무력화시켰다.

오종 부사령관이 문을 부수자 케사르 사령관이 먼저 들어섰다. 케사르는 날아서 복도를 내려와 거실을 지나고 보물이 있는 방의 문을 부수고 들어갔다. 거기에는 땀에 흠뻑 젖은 배면수가 도끼를 들고 식식거리고 있었다. 팔뚝에는 피가 흥건했으며 뒤로는 불길이 솟아나고 있었다. 케사르의 발은 그제서야 바닥에 닿았다. 뒤에 오종 부사령관이 전사들과 따라왔다. 케사르가 손을 들자 모두 케사르 뒤에 멈춰 섰다.

배면수는 숨을 몰아 쉬며 환한 웃음을 지었다. 복도와 보물들을 사이에 두고 배면수와 케사르는 대치하고 있었다. 불길로 연기가 피어오르자 천정에서 물이 뿌려졌지만 아무도 아랑곳하지 않았다. 배면수가 먼저 입을 열었다. 그는 복도가 쩌렁쩌렁 울릴 정도로 큰 소리로 외쳤다.

"잘 왔어. 손님들. 근데 한발 늦었어. 하-하-하-하."

"가이아는 어디 있나?"

"뒤에서 통닭 구이가 되고 있는 게 안 보여? 너희들이 원하는 가이아다. 하-하-하-하. 그냥 주면 섭섭하잖아. 내가 맛 좀 냈지. 우-하-하-하-하."

배면수는 미친 듯이 웃었다. 배면수 뒤로는 선반과 가이아 본체가 도끼로 부서져 불타고 있었다. 선반 위에 3호의 잔해도 불타고 있었다. 케사르는 날아서 배면수 뒤로 가서 배면수를 밀었다. 배면수는 복도를 날아서 오종 부사령관 앞에 떨어졌다. 케사르는 불 타고 있는 기계를 살폈다. 온통 도끼 자국이었다. 배면수는 무릎과 팔꿈치가 깨졌지만 아픈 내색을 하지 않고 몸을 일으켰다.

케사르 사령관이 오종 부사령관에게 텔레파시를 보냈다. 그리고 오종 부사령관의 주먹이 배면수의 배를 뚫고 들어갔다. 아무런 소리도 없었다.

배면수는 자신의 배로 들어온 오종 부사령관의 주먹을 내려다보았다. 그리고 얼굴을 들어 오종 부사령관을 쳐다보았다. 배면수는 그때까지 굳게 잡고 있었던 도끼를 떨어뜨렸다. 오종 부사령관의 눈과 마주치자 배면수는 빙그레 웃었다. 그리고 귀찮다는 듯 배면수의 눈을 피하며 주먹을 뺐다. 오종 부사령관은 귀찮다는 듯 그를 옆으로 밀었다. 배면수는 복도 옆 방 안으로 처박혔다. 케사르가 명령했다.

"다른 곳을 뒤져 봐."

상공

동희는 지하 기지가 걱정되었다. 빨리 기지로 가봐야 하지만 그들 중 서너 명이 자신을 보고 감지한 이상 그들의 추적을 따돌릴 방법이 없었다. 유일한 방법은 헬멧을 벗는 것이었다.

동희는 그들의 전투 능력이 어느 정도인지 혼자서 상대할 수 있는 상대들인지 알 수 없었지만, 그들이 추격하는 속도로 보아서 여러 명을 동시에 상대하기에는 벅차다는 생각이 들었다. 이기든 지든 많은 시간이 걸릴 것은 분명했다. 동희는 배면수와 승오, 가이아가 걱정되어 마음이 조급했다.

그때 동희는 기발한 생각이 떠올랐다. 동희는 위치를 바다 한가운데로 옮겼다. 서너 명의 인형이 멀리서 다가왔다. 동희는 천천히 날아 서너 명이 함께 다가오도록 유도했다. 그리고 바다 위로 저공 비행하다가 갑자기 그들 앞에 모습을 드러냈다.

지하 보물 창고

오종과 전사들은 기지를 뒤졌다. 오종이 케사르에게 보고했다.

"사령관님, 아래에 격납고가 있습니다."

케사르는 격납고로 내려갔다. 오종과 전사들은 차동희가 처음 입었던 갑옷과 카이자, 라돌프, 앤키의 갑옷을 담은 상자들을 꺼내서 격납고 중앙에 놓았다. 케사르는 갑옷을 확인했다. 그리고 시선을 격납고 문으로 가져갔다. 케사르는 격납고 문 앞으로 가서 옆에 있는 상자를 열고는 레버를 잡아당겼다. 그러자 격납고 문이 좌우로 열렸다. 폭포 속에 숨겨진 동굴. 폭포가 갈리고 앞으로 숲이 펼쳐졌다. 케사르는 밖을 응시했다. 그리고 본부와 연락했다.

"퀸텀 님!"

"보고하라."

"신물질 갑옷 4벌과 천리안 24기 신물질 미사일 1기를 포획했습니다."

"가이아는?"

"가이아는 파괴됐습니다."

"알았다. 포획품을 모선으로 가져오라."

케사르 사령관과 오종 부사령관 그리고 그의 열두 전사들은 포획품을 가지고 모선으로 날아갔다. 격납고 문도 그대로 열어둔 채 떠났다.

바다 위

헬른과 단, 마얀과 코르파스는 갑자기 시선에 잡힌 차동희와 맞닥뜨렸다. 그리고 누가 먼저랄 것도 없이 넷은 차동희를 향해 일제히 날았다.

차동희는 바다에 붙다시피 수면을 등지고 누워 있었다. 그리고 넷이 날아오는 것을 예지하고 자리를 피했다. 넷은 바닷속으로 빠지고 말았다. 넷은 급히 방향을 바꾸어 바다 위로 올라가려 했지만 올라오는 그들을 동희가 하나하나 발로 차서 바닷속 깊이 빠져들었다.

동희의 등 뒤에는 어느새 전사들이 떼거지로 몰려오고 있는 것이 감지되었다. 동희는 순식간에 지하 보물 기지로 위치를 옮겼다. '살아만 있어라, 살아만 있어라.' 동희 머릿속에는 그 생각뿐이었다. 동희는 열린 격납고 문으로 들어갔다. 동희는 격납고에 들어서자마자 헬멧을 벗어 추적을 따돌렸다. 그리고 가쁜 숨을 몰아 쉬었다.

세계정보기지국

안디는 원격 조정 시스템을 중앙센터 시스템과 연결했다.

"퀀텀 님!"

"보고하라."

"연결이 완료되었습니다."

"시스템을 보호하라."

안디 사령관과 뮤 부사령관 그리고 열두 전사들은 시스템 주위로 포위하여 경계했다. 시체의 피비린내를 제외하고 그들을 통과하는 것은 아무것도 없었다. 시스템의 가동률이 높아졌다. 중앙센터의 주 화면에 나타난 5,000여기의 천리안은 동시에 움직이기 시작했다. 모두 세계정보기지국으로 집합하고 있었다.

바다 위

헤른 사령관, 단 부사령관, 안디 사령관, 뮤 부사령관이 바다 위에 떠있었다. 주위로 24명의 전사들도 함께 떠 있었다. 침통한 분위기였다. 안디가 투덜거렸다.

"젠장, 어디로 간 거야?"

헤른이 대답했다.

"감응이 오지 않는 걸로 봐서는 갑옷을 벗은 것 같아."

"도대체 몇 명이…… 그놈 하나를 놓치다니…… 수치야. 이런!"

"마음은 이해하지만 보고는 해야 돼."

"잠깐. 동희를 잡는 건 내 일이니까 놓친 것도 내가 보고한다."

지하 보물 창고

동희는 격납고의 문을 닫았다. 천정에서는 물이 뿌려지고 있었고 연기가 자욱했다. 동희는 급히 위층으로 뛰어갔다. 복도에 도착한 동희는 부서진 가이아를 발견했다. 이상한 느낌에 발 아래를 보았다. 피였다. 피의 줄기를 따라가다 다다른 시선의 끝. 거기에는 배면수가 배를 움켜쥐고 쓰러져 있었다. 동희는 달려가 소리쳤다.

"면수 선배! 괜찮아요?"

배면수는 대답을 하지 못했다. 동희는 급히 배면수를 안고 거실로 나가 계단을 올랐다. 문을 나서 풀 위에 배면수를 고이 내려놓았다. 동희는 구급약 함을 들고 왔다. 동희는 조심스럽게 배면수 상의 단추를 풀었다. 동희는 손을 심하게 떨고 있었다. 동희는 배면수의 상의를 젖혔다. 그리고 그의 배를 보고 떨었던 손도 헐떡이던 숨도 멈춰버렸다.

배에는 주먹만 한 구멍이 나 있었다. 피가 흥건하고 내장이 다 들여다 보였다. 내장 역시 온전치 못했다. 배면수는 피를 많이 흘려 얼굴이 창백했다. 동희는 그제서야 배면수의 코에 귀를 가져갔다. 미약했지만 아직 살아 있었다. 동희는 헬멧을 들어 송수신 장치를 켰다.

"대통령님!"

비상통제실

대통령은 손목의 통신장치를 켰다.

"동희? 살아 있었네? 어디야?"

"대통령님, 면수 형이 죽어가고 있어요. 빨리 헬기를 보내주세요. 빨리요."

"어딘가?"

"보물 창고예요."

"네가 날아오면 더 빠르잖아."

동희는 울음을 터뜨려버렸다.

"저는 지금 헬멧을 쓸 수가 없어요. 빨리요. 형이 죽어가요. 형이, 형이 죽어요."

"알았어. 이봐! 수직 이착륙 전투기 띄워. 환자 수송이야. 빨리. 동희야, 잠시만 기다려. 어디를 얼마나 다쳤어?"

"형이, 형이, 죽어가요!"

"동희야, 진정해. 진정하고 우선 응급처치부터 해."

모선

아리: 천리안 정보처리 장치에서 유용한 통화 내용으로 추정되는 정보가 입수되었습니다.

퀀텀이 물었다.

"무슨 내용인가?"

아리: 한국의 이기철 대통령과 차동희의 통화 내용입니다.

"그래? 위치는?"

비상통제실

이기철 대통령이 사령관에게 명령했다.

"대륙간 핵탄두 미사일 발사를 명령합니다. 목표는 미국의 수도."

지하 보물 창고 풀밭 위

동희는 풀밭에 앉아서 배면수를 안고는 한손으로 배면수의 구멍 난 배를 막고 있었다. 의식이 사라진 줄 알았던 배면수가 숨을 트더니 피를 토했다. 그러자 동희가 막고 있던 손가락 사이로 피가 꾸역꾸역 나왔다.

"형! 형! 정신 차려! 제발!"

배면수는 가늘게 눈을 떴다. 숨소리가 가늘었다.

"형! 괜찮아. 대통령님께서 전투기를 보내셨어. 이제 의사들이랑 곧 도착해서 형을 치료 할거야. 조금만 힘을 내. 형!"

배면수는 들릴 듯 말 듯 약한 소리로 말을 내뱉었다.

"동희니?"

"어, 나야, 형."

배면수는 그런 급박한 상황에서 미소를 지었다. 오래가지는 못했지만 동희도 잠시나마 배면수의 미소를 보고 울음을 멈추고 따라 웃었다.

"살았구나!"

"응. 그래, 살아 있어."

"승오도 질긴 놈이니까 살 거고. 승오가 가이아를 지키니까 가이아도 살 거고. 대통령도 살아 있고. 너도 살아 있고. 나만 살면 다 사는 거네."

"그럼. 우리가 누군데."

"그런데 말이야. 나는 살 것 같지가 않아."

"무슨 소리야! 형은 살 거야. 꼭! 꼭 살 거라고. 내 말 들어."

배면수는 고개를 가로저었다. 꿀럭 꿀럭 기침을 하니 더 이상 나올 것도 없어 보였던 배에서는 동희의 손가락 틈을 비집고 피가 자꾸 올라왔다.

"형. 말하지 마."

배면수는 시선을 위로 향했다. 그리고 가늘게 아주 가늘게 되뇌었다. 동희는 귀를 배면수의 입으로 가져갔다.

"하늘이 참 아름다워."

동희는 눈을 들어 하늘을 바라보았다. 9월, 늦은 오후의 하늘은 너무나 파랬다. 올라가도 올라가도 그 끝이 없을 듯 높고 아득해 보였다.

말로 일일이 설명하는 것이 구차스러운 하늘의 광경은 앉아 있는 사방 팔방의 땅보다 더 넓고 크고 웅대했다.

동희는 아름다운 풍경에 슬펐다. 동희의 팔 안에는 또 다른 하늘이 있었다. 하늘만큼이나 광활하고 다채롭고 조화로운 영혼을 지닌 벗. 생사고락을 함께했던 배면수. 동희는 자신을 투영하고 반영했던 영혼의 울림을 응시하고 있었다. 배면수는 힘들게 손을 들어 동희의 눈물을 닦아 주었다. 그리고 속삭였다.

"울지 마."

"……."

"행복했어."

"……."

"너랑 함께해서……."

동희가 받치고 있던 배면수의 고개가 힘없이 뒤로 젖혀졌다. 배면수는 이미 두 눈을 감았다.

"안 돼! 안 돼! 안 돼!"

어느새 노을이 온 하늘을 붉게 물들이고 있었다. 노을은 동희의 젖은 눈과 시린 가슴까지 붉게 물들일 작정으로 짙고 맹렬하게 타올랐다. 멀리서 대통령이 보낸 수직이착륙기가 시야에 나타났다.

미국 대통령 궁

집무실 탁자 위에 전화가 울렸다. 그레고리 미국 대통령은 수화기를 들었다. 안디 사령관이었다.

"그레고리! 한국에서 대륙간 핵탄두 미사일 4기를 발사했다."

"네?"

"발사 시간과 경로, 목표 지점은……."

세계정보기지국

5,000여개의 천리안이 세계정보기지국 상공으로 모였다. 세계 각국에서 활동하던 천리안들이 모두 한자리에 모여 하늘을 뒤덮고 있었다. 마치 세계정보기지국에 동그란 공으로 엮은 지붕을 씌워 놓은 것 같았다.

한국 비상통제실

비상통제실에 이기철 대통령과 국방장관, 군 수뇌부들이 커다란 테이블을 두고 둘러앉아 있었다. 주위로 상황 장교들과 복잡한 통신기기들이 있었고 대통령 맞은편에는 커다란 화면이 보였다.

문은 철제문으로 잠금 장치가 되어 있었다. 통제실은 두께 1m 20cm 콘크리트 벽 세 겹으로 둘러싸여 있었으며, 지상으로부터 80m 아래 있었다. 지하에는 대대병력이, 지상에는 사단 병력이 그들을 지키고 있었다. 웬만해서는 침투하기 힘들어 보이는 통제실이었지만 갑옷을 입은 전사들에게 그러한 시설이나 방어는 무용지물이었다.

통제실 출입문이 부서지는 소리에 놀라 대통령은 고개를 숙였다. 그리고 조심스레 머리를 들었는데 방금까지 대화하고 있던 수십 명의 사람들은 모두 잔인하게 찢기거나 잘려나간 시체가 되어 있었다. 그리고 갑옷을 입은 전사 열두 명이 그를 둘러싸고 있었다. 등 뒤에는 안디 사령관과 뮤 부사령관이 서 있었다.

지하 보물 창고 위 벌판

점처럼 조그맣게 보이던 수직이착륙기는 점점 커져갔다. 수직이착륙기는 동희가 있는 곳으로 곧장 날아오고 있었다. 역추진으로 속도를 줄이는 수직이착륙기. 그때 무언가 '휙' 하고 지나가는 것 같더니 굉음과 함께 전투기가 폭발했다. 전투기의 잔해와 화염은 동희가 앉아 있는 코앞까지 쏟아졌다.

동희는 배면수를 내려놓고 재빨리 옆에 있던 헬멧을 썼다. 주위에 열네 명의 갑옷이 감지되었다. 동희는 솟아 올랐다. 동희는 모두에게 텔레파시를 보냈다.

(누가 형을 죽였어? 형을 죽인 자가 누구야?)

동희의 텔레파시에는 살기가 가득했다.

(류지태와 있을 때 정신감응을 시도한 사람이 너였구나.)

케사르는 태연하게 대답했다.

"내 옆에 있는 오종 부사령관이 죽었다."

오종은 어처구니 없다는 듯 케사르 사령관을 쳐다보았다. 순간 동희가 없어졌다. 그리고 엄청난 단발의 굉음이 일대를 흔들었다. 오종 부사령관이 사라졌다. 오종은 동희의 공격에 튕겨 허공을 가르며 날고 있었다. 동희는 오종을 따라갔다.

(죽어!)

동희는 자세를 미처 잡지 못한 오종을 재차 공격했다. 동희는 복수심에 이성을 잃어가고 있었다. 케사르 사령관과 열두 전사들은 그들을 따라갔다. 동희의 연속되는 공격은 강력하고 집요했다. 오종 부사령관은 반격은커녕 방어적 자세를 취한 채 정신을 잃지 않기 위해서 최선을 다할 뿐이었다. 케사르는 그들을 따라 날며 동희의 움직임을 파악했다.

동희의 이글거리는 눈빛과 함께 날린 회심의 주먹은 오종 부사령관이 가리고 있던 팔과 다리 사이로 들어가서 그의 명치를 강타했다. 오종 부사령관은 정신을 잃고 긴 포물선을 그리며 땅으로 떨어졌다. 동희는 공격하는 동안 참았던 숨을 그제서야 터뜨렸다. 케사르 사령관은 여유를 주지 않고 전사들에게 텔레파시를 보냈다.

(전원 공격하라!)

케사르의 텔레파시와 함께 열두 전사들이 동희에게 달려들었다. 동희의 좌우 팔과 오른쪽 발에 전사 세 명이 튕겨 나갔다. 그러나 네 번째 날아온 전사의 공격은 동희의 옆구리를 가격했다. 동희는 튕겨 반대 방향에서 날아온 다른 전사와 부딪쳤다. 동희가 중심을 잃자 전사들은 동희를 덮쳐 팔과 다리를 필사적으로 붙잡았다.

동희는 턱 밑까지 숨이 차 올랐다. 동희는 눈을 감았다. 그제서야 자신이 몹시 흥분한 상태이며 호흡이 급하다는 사실을 깨달았다. 동희는 정신을 가다듬었다. 그러나 이미 열두 전사들이 그를 에워싸고 있었다. 열두 전사들이 동희를 포위한 채 공격해왔다.

동희는 전사들을 공격했다. 전사들의 움직임은 동희보다 현격히 느렸다. 서너 명의 전사는 순식간에 간단히 제압할 수 있을 것 같았다. 그러나 숫자가 너무 많았다. 그러던 중 동희에게 한 가지 불길한 생각이 엄습했다. 그리고 불길한 예지는 여지없이 들어맞았다. 광경을 지켜보던 케사르 사령관에게 열두 전사로 시달리고 있던 동희의 속도는 충분한 먹잇감이었다.

케사르는 빛처럼 열두 전사의 빈틈을 뚫고 들어와 동희를 가격했다. 케사르의 움직임은 한 줄기 섬광과도 같았다. 다른 전사들과는 비교할 수 없이 월등한 속도였다. 동희는 튕겨 등 뒤에 있던 전사와 부딪친 후에 허공으로 날아갔다.

(쫓아가서 공격하라!)

케사르 사령관의 명령에 전사들은 일제히 동희에게 몰려들었다. 동희는 간신히 정신을 차렸다. 호흡이 곤란했다. 전사들의 공격이 이어졌다. 그리고 또 다시 케사르 사령관의 공격이 이어졌다.

케사르 사령관의 공격은 동희에게 엄청난 고통을 주었다. 동희는 케사르에 대해서 무방비 상태였고 케사르 사령관은 최고조로 집중하여 공격했다. 케사르 사령관의 세 번째 공격에 동희는 땅으로 추락했다. 열두 전사들은 먹잇감에 굶주린 맹수처럼 달려들었다. 서로 한 대라도 더 가격하려고 안달이 나 있었다.

그때 누군가 전사들을 헤집고 달려드는 갑옷이 있었다. 오종 부사령관이었다. 오종 부사령관은 주먹으로 이미 지칠 대로 지쳐있는 동희의 얼굴을 무지막지하게 난타했다. 양팔이 보이지 않았다. 동희는 정신을 잃어버렸다. 순식간이었다. 동희가 정신을 잃었지만 오종의 공격은 계속되었다. 케사르가 명령했다.

"오종 부사령관! 그만! 헬멧을 벗겨라!"

그제서야 오종 부사령관은 식식거리며 동희에게서 떨어졌다. 그리고 동희의 헬멧을 벗겼다.

"갑옷도 벗겨라."

오종 부사령관은 동희의 갑옷을 하나씩 벗겨나갔다. 옆에서 전사들이 갑옷을 받아 조립했다. 동희의 갑옷이 다 벗겨졌다. 케사르 사령관이 명령했다.

"모선으로 귀환한다."

어둑해져 윤곽이 잘 보이지 않는 구름 뒤로 어느새 거대한 모선이 나타나 하늘을 뒤덮고 있었다.

미국 대통령 궁

국방장관이 그레고리 대통령에게 보고했다.

"한국에서 발사한 핵탄두미사일이 모두 요격되었습니다."

그레고리 대통령은 골똘히 생각에 잠겼다.

"무슨 고민이라고 있으십니까? 안색이 안 좋습니다."

"아니. 아닙니다."

상공

동희는 겨드랑이와 사타구니를 스쳐 지나가는 바람결에 정신이 들었다. 팔에 압박이 느껴졌다. 동희는 눈을 떴다. 모선이 시야를 가득 채우고 있었다.

모선의 아랫부분에는 없던 틈이 생기더니 이내 2~3 미터쯤 되어 보이는 신물질 판 두 개가 좌우로 젖혀지며 열렸다. 모선으로 들어가는 입구가 나타났다. 입구 주위에는 팔뚝만 한 비늘 모양의 신물질로 가득 채워져 있었다. 케사르 사령관과 오종 부사령관, 열두 전사들은 차동희를 데리고 모선 안으로 들어갔다. 모선의 문이 닫혔다. 전사들은 동희의 눈을 가리고 몸을 결박했다.

모선

다이아몬드 형태로 생긴 문이 열리고 퀀텀이 나왔다. 퀀텀은 사령실로 자리를 옮겼다. 그리고 사령관들에게 명령을 하달했다.

"M의 명령이다. 재판은 내일 오전이다. 시간과 장소, 방법은 계획대로 진행한다. 차질 없이 준비하라. 헤른 사령관은 지금 나가서 내일 재판을 위한 위협 요소를 제거하라. 마얀 사령관은 미국과 연합국 대표를 끌고 와라. 안디 사령관은 세계정보기지국을 폐쇄하라. 케사르 사령관은……."

세계정보기지국

중앙관제 센터의 시스템이 정지되었다. 모든 천리안은 동작을 멈추고 그 자리에 고정되었다. 안디 사령관과 뮤 부사령관은 전사들을 데리고 철수했다.

모선

동희는 안대를 한 채 움직이고 있었다. 양쪽에는 팔을 잡고 있는 전사들의 갑옷이 느껴졌다. 전사들의 숨소리 말고는 어떤 소리도 들리지 않았다. 잠시 후 바닥의 움직임이 멈추었다. 그리고 미약하게 문이 열리는 소리가 났다. 전사들은 동희를 집어 던졌다. 동희는 바닥에 꼬꾸라졌다. 거기가 어디인지 곧 알 수 있었다. 낯익은 목소리가 들렸다. 한국의 이기철 대통령이었다.

"이건 분명히 미국에서 저지른 짓이야. 어떻게 이렇게 감쪽같이 준비를 할 수가 있지?"

"미국의 정부나 군에서 주도한 것은 아닐 겁니다. 그랬다면 가이아에게 들켰겠죠."

"쉿! 엿듣고 있을 거야."

"들으려면 들으라죠. 어차피 다 파괴되었는데요, 뭘."

둘은 힘없는 목소리로 대화를 이어가다 지쳐서 잠들었다. 모선 속 깜깜한 암흑과 밀폐된 공간이라는 것 말고 알 수 있는 것이라곤 아무것도 없었다.

둘이 잠든 사이 한국에서는 전사들의 공격이 밤새 계속되었다. 주요 군 수뇌부, 비행장을 비롯 각종 전략 무기, 정보 통신망, 군부대 등의 공격으로 군 체제는 완전히 마비되었다.

모선 사령실

미국 대통령과 연합국 대통령은 무릎을 꿇은 채 연설문을 읽고는 눈을 의심하고 있었다. 그레고리가 물었다.

"지금 이걸 우리더러 하란 말입니까? "

퀀텀이 대답했다.

"그렇다."

"이렇게 해서 우리가 얻는 것은 뭡니까?"

"이건 협상이 아니다. 명령이다. 복종하느냐 죽느냐, 이것뿐이다."

그때 옆에 있던 연합국 수상이 퀀텀을 향해 단호하게 말했다.

"죽음은 두렵지 않습니다. 제 목숨은 대통령이 된 순간부터 국가의 것이라고 생각했습니다."

"오해가 있는 것 같은데. 내가 말하는 죽음은 연합국과 미국 국가 전체 인구의 죽음을 말하는 것이다."

"네? 그게 무슨……."

"왜? 못할 것 같나?"

"인류가 파멸될 겁니다. 그렇게 해서 당신들이 얻을 게 뭐가 있습니까? 그레고리 대통령님. 지금 저들은 우리에게 협박하고 있는 겁니다."

"지구는 파멸되지 않아."

"그러면 전 인류의 파멸도 불사하겠다는 겁니까?"

"오만이야. 미국과 연합국 사람들이 모조리 죽어도 인류는 차고 넘쳐!"

그레고리가 물었다.

"미국과 연합국과 국민들이 모두 죽이고 나면 나머지 국가들이 당신네들 말을 따를 것 같습니까? 당신들은 인류 생존의 적이 되어서 인류 전체와 전쟁을 치르게 될 것입니다."

"그것까지 네가 걱정하지 않아도 된다. 너희 둘은 지금 당면한 제안을 받아들일지 말지 결정만 하면 된다."

"……"

"아직 이해가 잘 되지 않는 모양인데."

"……"

"노아의 방주를 아느냐?"

"물론 알고 있습니다."

연합국 수상이 대답했다.

"모두가 반기를 들면 모두를 죽일 것이다. 단 한 명도 남기지 않고. 그리고 모선에 있는 사람들로 새로운 인류와 새로운 지구의 역사를 만들어 갈 것이다."

연합국 대통령은 어이가 없어서 실없는 웃음만 나올 뿐이었다. 미 대통령은 심통한 표정으로 바닥만 바라보고 있었다.

"모선이 인류를 공격한다면, 우선 각 국가들의 인구 200만 이상 대도시부터 공격 대상이 된다. 모선의 공격 방법은 매우 다양하며 공격력은 너희들이 상상하는 그 이상이다. 시뮬레이션에 따르면 공격 시작 24시간 안에 전 인류의 절반이 죽음을 맞이할 거다. 각종 동식물을 제외하고 철저히 인간만 죽는다. 삼일 후면 전체 인구의 80%가 사라질 거야. 일주일 후면 지구 전체 인구의 5%가 남게 되지. 대부분 깊은 산속이나 지하로 숨어든 사람들이지. 그러나 모선은 끝까지 멈추지 않고 공격할 거야. 1개월이면 지구 전체의 생존 인구는 100만 명 이하로 떨어져. 그들은 땅 위로 나올 수도 없어. 모선은 인간이 어디에 있든지 찾아낼 수 있어. 한 명 한 명 끝까지 추적해서 죽이지. 3개월이면 전체 인류가 전멸할 가능성이 99.99%, 6개월이면 100%지. 모선은 철저한 도륙의 홍수 후 산 위에 남은 또 다른 노아의 방주가 되는 거다."

연합국 수상이 목소리를 높여 물었다.

"도대체 전 인류를 다 죽이고 당신들이 이루려는 것이 무엇입니까?"

"새로운 인류, 새로운 질서, 새로운 지구."

"그 새로운 것이 도대체 무엇이오?"

그때까지 침묵을 지켜왔던 미 대통령이 고개를 들고 작정한 듯 말했다.

"저는 따르겠습니다. 그것이 어떤 것이든. 연합국이 하지 않는다고 해도 저는 따를 겁니다."

연합국 대통령은 나무라듯이 미국 대통령에게 말했다.

"그레고리 대통령님!"

"모선이라면 그렇게 하고도 남을 겁니다. 내가 비록 미국의 대통령이지만 미국 국민들 모두를 죽일 수 있는 권리는 없어요. 선택의 여지가 없어요."

연합국 대통령은 당황한 듯 말을 이었다.

"저도 처음부터 안 한다는 말이 아니었습니다. 다만 어떻게 지배할지 궁금할 뿐이었습니다. 저도 물론 따를 겁니다. 미국보다 더 철저히 따를 겁니다. 제가 국민들을 충분히 설득시킬 수 있습니다."

"양국이 가지고 있던 모든 이권을 포기해야 한다. 그리고……"

한국 시각 새벽

각국 정부와 언론에 생소한 특종이 날아왔다. 내용의 진위 여부를 확인하는 데는 몇 시간이 걸리지 않았다.

다음 날 아침

한국 서울 동서쪽 130km 지점 한국에서 가장 험준한 산맥의 중심에 우뚝 솟은 천지산의 우측 능선 2km 지점 산 위의 평지.

떠오르지 말아야 할 해가 떠올랐다. 9월이었지만 더위가 완전히 가시지 않았다. 천여 평가량 펼쳐진 평지 좌우로는 산맥이 연결 되어 있고 산맥 중간 중간에는 뾰죽한 바위 봉우리들이 솟아 있었다. 평지 앞 뒤로는 바위 절벽이 수직으로 수십 미터를 땅으로 내리꽂히다가 숲을 만나 깊은 계곡을 이루었다.

평지 위에서는 올려다 볼 것이 많지 않았다. 옆에 있는 천지산 봉우리와 하늘 말고는 모두가 내려다 보였다. 멀리 산맥과 봉우리, 촌락과 강, 계곡이 발 아래 한참 떨어져 있었다. 심지어 구름조차도. 평지에는 나무가 없었으며, 가장자리를 제외하고는 풀도 없었다. 평지의 앞쪽에는 장정 키의 세 배가 넘는 커다란 통나무 두 개가 박혀 있었다. 그 왼쪽으로는 주위 풍경과 전혀 어울리지 않는 방이 하나 만들어져 있었는데 투명한 강화유리로 만들어진 정육면체의 방이었다.

강화유리 안에는 미국과 연합국 출신의 기자들 이십 여명이 갇혀 있었다. 일부 촬영 기자들은 유리 밖 풍경을 카메라에 담았고, 일부는 노트에 기사를 썼다. 리포터와 PD들은 현장의 분위기를 전하느라 여념이 없었다. 그들의 촬영은 실시간으로 한국은 물론 전 세계에 중계 되었다.

오전 10시 정각이 되자 갑옷을 입은 인형 42명이 하늘에서 내려왔다. 설마 설마 하던 기자들은 술렁이기 시작했다. 마얀 사령관, 안디 사령관, 헤른 사령관, 코르파스 부사령관, 뮤 부사령관, 단 부사령관과 그들의 36명의 전사들이었다. 갑옷을 입은 사람이 그렇게 많이 한꺼번에 같은 장소에 있다는 자체가 믿기지 않는 장면이었다. 그러나 믿기지 않는 장면은 멈추지 않고 이어졌다.

마얀 사령관과 코르파스 부사령관 그리고 여섯 명의 전사들은 평지에 남고 나머지는 주위 경계에 들어갔다. 가까이는 평지 주위 경계에서 멀리는 수십 킬로 밖에까지 날아가서 평지를 축으로 원을 그리며 허공에 떠서 경계를 했다. 그리고 갑자기 하늘이 어두워졌다.

하늘 높이에서 모선이 모습을 드러냈다. 모선은 천천히 하강했다. 모선은 통나무 기둥을 박아 놓은 자리 앞 절벽까지 내려왔다. 멀리서만 모선을 지켜보았던 기자들은 그 규모에 압도당했다.

이윽고 모선 앞 부분의 여러 조각들이 열리더니 신물질로 제작된 넓은 판이 내려왔다. 판 위에는 케사르 사령관과 오종 부사령관 그리고 차동희와 이기철 대통령이 포박당한 채 타고 있었다. 동희와 대통령은 눈이 가려진 채 이끌려 갔다. 동희가 대통령에게 물었다.

"대통령님. 우리는 어디로 가고 있는 거죠?"

"나도 모르겠어."

대통령은 피로와 초조감 그리고 갈증으로 입술이 부르트고 목소리가 변해 있었다. 삼킬 침조차 모두 말라버려 목소리는 심하게 갈라졌다. 동희 역시 마찬가지였다. 평지에 도착한 전사들은 차동희를 끌고 가서 통나무에 매달았다. 동희의 발은 땅에 닿지 못하고 1m쯤 떠 있었다. 대통령은 그 옆에 무릎을 꿇리고 전사 둘이 팔과 어깨를 제압했다.

전사들은 대통령과 동희가 끼고 있던 안대를 벗겼다. 동희와 대통령은 햇빛에 눈이 부셔 감고 있는 눈을 더 질끈 감았다. 유리 방 안의 기자들은 소란스러워졌다.

미 대통령과 연합국 대통령이 동희 앞에 섰다. 케사르 사령관과 오종 부사령관, 전사 여덟 명은 미국 대통령과 연합국 대통령 뒤에 일렬로 서 있었고 나머지 전사 네 명은 이기철 대통령과 동희를 지키고 있었다. 촬영 카메라는 쉴 새 없이 돌아갔다. 미 대통령과 연합국 대통령은 기자들을 향해 섰다.

동희는 그제서야 가늘게 실눈을 떴다. 동희는 나체였다. 아래에 보이는 대통령 역시 마찬가지였다. 묶인 손목에 통증이 전해 오고 팔이 저려왔다. 미 대통령은 가슴 속에서 종이 뭉치를 꺼냈다. 그리고 헛기침을 몇 번 하더니 기계처럼 읽어 내려가기 시작했다.

"친애하는 미국 국민 여러분, 그리고 전 세계 인류에게 고합니다. 며칠 전 미국 서부 사막에서 모선이 나타났으며, 지금까지 그 정체를 몰라 많이 당황하셨을 겁니다. 이제 이 자리에서 진실을 만천하에 밝히고자 합니다. 모선은 미국 정부가 제작한 것이 아님을, 미국을 대표하는 미국 대통령의 이름을 걸고 말씀드립니다. 따라서 모선의 통제는 미국 정부가 주관하지 않았으며 할 수도 없습니다. 모선은 모선 스스로가 만들었으며, 모선의 권한은 모선 스스로에서 나오며, 모선은 오로지 모선 스스로 판단합니다."

미국 대통령은 종이를 넘기다 바람에 다음 장을 놓쳤다가 겨우 찾아서 다시 읽어 내려갔다. 기자들도 중계를 보는 사람들도 미국 대통령이 무슨 말을 하는지 도통 이해할 수 없었다.

"여러분! 지금 인류는 국가와 민족, 종교와 이념, 영토와 자원, 갈등과 반목으로 점철되어 있습니다. 인류 역사는 수많은 전쟁에 시달려왔습니다. 인류가 기록을 시작한 이래로 지구상에 전쟁이 없었던 날은 단 76일뿐이었습니다.

인류의 역사가 곧 전쟁의 역사였으며, 문명 간 충돌과 반목의 역사였습니다. 국가 간의 전쟁, 민족 간의 전쟁, 종교 전쟁, 이념에 의한 전쟁, 영토로 인한 전쟁, 자원에 의한 전쟁, 내전과 수많은 이유에서의 전쟁, 수많은 침략과 복수와 증오로 얼룩진 역사를 우리는 너무나 잘 알고 있습니다.

그러나 여러분! 제가 말씀 드린 화두 중에서 수많은 인간의 생명을 앗아가고 인간에게 슬픔과 비탄과 앙심과 상처를 남겨도 무관한 것이 단 하나라도 있습니까? 우리는 모두 알고 있습니다. 인간의 생명을 담보로 하는 그 어떤 것도 결코 용납될 수는 없다는 것을. 그러나 이런 사실을 알고 있는 우리지만 지금도 앞으로도 우리 앞에 펼쳐질 미래에 대해서 낙관할 수 있는 사람은 없습니다.

보십시오. 냉동장치가 발명되었을 때 인류는 드디어 굶어 죽는 사람은 없어질 것이란 희망을 가졌습니다. 그러나 지금 어떻습니까? 인류가 냉동장치를 개발한 지도 백수십 년이 지났습니다. 지구는 인류가 풍족히 먹고도 남을 식량을 어김없이 선물하고 있습니다. 하지만 지금도 매년 10억 명의 인류는 기아에 허덕이며 매년 1억 명 이상이 굶주림으로 죽어가고 있습니다. 개개의 인간들은 이상을 지니고 살아가지만 왜 인류의 정의와 질서는 존재하지 않으며, 우리의 미래 또한 약속할 수 없는 것입니까?

저는 오늘 이 자리에서 인류의 한 단계 높은 도약을 염원합니다. 우리의 상식이 현실이 되며, 더 높은 이상과 꿈을 꾸어도 좋을 미래의 지구를 희망합니다. 그러나 아쉽게도 저의 염원과 바람은 더 이상 인류의 힘으로는 이룰 수가 없습니다. 그래서 우리의 바람을 모선이 실현시켜 주기를 감히 기대합니다.

모선의 출현으로 역사의 수레바퀴가 약육강식의 축을 벗어나 한 단계 도약하여 인간의 평등과 성취와 행복이 제약 없이 더 확장될 수 있는 전기가 마련되길 염원합니다. 이런 도약이 없다면 역사는 발전하지 않으며 단지 축에 매달린 수레바퀴처럼 무수한 반복이 되풀이될 것이며, 안타깝게도 우리나 우리의 자손들도 역사의 수레바퀴의 굴레를 피해가지 못할 것입니다.

여러분! 여러분도 아시다시피 미국과 연합국은 인류의 최강대국입니다. 미국과 연합국은 강대국으로서 지구촌 여러 곳에서 이익을 누려왔습니다. 미국과 연합국이 누린 이익만큼 누군가 피해를 보았을 것입니다.

미국의 대통령인 저와 연합국 대통령도 지금 이 자리에서 미국과 연합국의 이러한 역사를 인정합니다. 그리고 선언합니다. 지금 이 순간부터 미국과 연합국은 인류의 도약을 위해서 강대국으로서 누려왔던 모든 것을 포기하며, 미국과 연합국의 모든 권한과 운명을 모선에 맡기기로 했습니다.

저와 연합국 대통령과 미국과 연합국은 그 어떤 경우라도 모선과 모선의 모든 것에 절대 복종할 것을 맹세합니다. 미국과 연합국의 모든 시작과 끝에는 모선이 있을 것입니다."

기자들이 술렁거렸다. 중계를 지켜보던 미국과 연합국 국민들도 어리둥절했다. 미 대통령은 자신의 영역을 넘어선 발언을 하고 있었다. 낭독을 끝낸 그레고리 대통령은 종이를 접어서 주머니에 넣었다. 그리고 카메라를 향해서 소리쳤다.

"모선의 주인을 영접합니다. 퀸텀이십니다."

대통령의 고함 소리와 함께 모선에서 신물질 판이 내려왔다. 케사르 사령관과 오종 부사령관 그리고 전사 둘이 날아가 판을 맞이했다. 판은 천천히 내려와 동희가 매달려 있는 기둥 20여 미터 앞으로 다가오더니 허공에 멈추었다.

판의 네 모서리에 케사르 사령관과 오종 부사령관 전사 둘이 위치했다. 그 가운데 커다란 의자가 있고 거기에는 퀸텀이 앉아 있었다. 퀸텀이 세상에 처음으로 모습을 나타냈다. 현장에 있던 사람들도 중계를 보던 사람들도 화면에 확대되어 보이는 퀸텀의 얼굴에 놀랐다.

퀸텀의 왼쪽 얼굴 가운데서부터 머리까지 얼굴의 1/4은 기계로 덮여 있었다. 나머지는 피부가 백옥처럼 희고 머리는 빡빡 깎아서 푸른 빛이 돌 정도였다. 하얀 천을 온몸에 둘렀는데 풍채가 대단했다. 미 대통령과 연합국 대통령이 그를 향해 무릎을 꿇고 머리를 조아렸다. 퀸텀이 근엄한 목소리로 명령했다.

"일어나시오."

그러자 양국 정상들은 자리에서 일어났다. 그들은 무릎과 손과 머리에 묻은 흙을 털어낼 생각도 하지 못하고 경직되어 있었다.

"두 분의 결단에 박수를 보냅니다. 자국으로 돌아가시면 잘 설명하기 바랍니다."

"네."

미국 대통령이 재빨리 대답하자 연합국 대통령도 이에 질세라 대답했다.

"네. 잘 알겠습니다."

"모선의 출현은 인류가 이상을 향한 열정과 노력의 산실이며, 인류의 위대함을 웅변하는 축복이 될 것입니다. 그리고 새로운 내일로 나아가기 위해서 지금까지 인류의 모든 구악을 끝내는 재판을 실시하겠습니다. 실시하라."

퀀텀의 명령에 따라 경계를 서고 있던 마얀 사령관과 코르파스 부사령관이 연합국 대통령 앞으로 갔다. 연합국 대통령은 기다렸다는 듯이 안쪽 주머니에서 종이를 꺼내 주었다. 마얀 사령관이 종이를 들고 한국 대통령 앞으로 걸어갔다. 그리고 읽어 내려갔다.

"모선은 오늘 이 자리에서 인류의 발전을 위하여 반인류적 범죄의 재발 방지를 위해서 전범(전쟁범죄) 죄인 이기철과 차동희를 재판한다."

한국 대통령은 웃었다.

"재판? 우리 죄가 도대체 뭐요?"

마얀 사령관 옆에 있던 코르파스가 윽박질렀다.

"아직 덜 읽었어. 잠자코 들어."

"이기철과 차동희는 신물질을 개발하여 무기를 만들었으며, 신물질 무기를 본인만 소유하기 위해서 내전을 일으켜 자국 군인들을 살해하고, 미국과 전쟁을 일으켜 수없이 많은 무고한 생명을 죽음으로 내몰았다. 또한 한국 국민들을 오도하여 집권한 뒤 국민들을 혹세무민 하였으며, 천리안의 제작과 탐사로 크게는 이웃 나라와 작게는 각 개개인의 인권을 침범하고 유린하였다. 이들이 지은 죄는 씻을 수 없이 무거운 것일 뿐 아니라 이들의 존재는 향후 세계의 평화에 지대한 위험 요소가 되기에 충분하다. 따라서 모선은 이들과 이들 지인들의 공개 처형을 선언한다."

한국 대통령은 또 실없이 웃었다.

"한국 땅에서 한국 대통령을 재판한다고?"

읽었던 종이를 연합국 대통령에게 전해준 마얀이 이기철 대통령을 보고 말했다.

"실컷 웃어라. 저승 가는 길이 심심하지 않도록 우리가 배려를 좀 했지."

동희는 머리가 멍했다. 상황이 어떻게 진행되고 있는지 인정하고 싶지 않았다. 마얀 사령관이 팔을 들어 손짓하자 모선에서 또 다른 판이 내려왔다. 동희는 겨우 눈을 떠서 내려오는 판을 보았다. 판 위에는 사람들이 있었다. 판은 점점 고도를 낮추었다.

이윽고 판이 평지 위에 내려 앉았다. 그 위에는 동희와 이기철 대통령이 경악할 만한 사람들이 타고 있었다. 이기철 대통령의 아내와 맏딸 그리고 레이, 세 명이었다. 셋 모두 흰 천을 두른 채 포박당해 있었다. 입에는 재갈을 물려놓고 눈에는 안대를 하고 있었다.

전사들이 판으로 올라가서 세 명을 끌고 내려왔다. 이기철 대통령의 아내와 맏딸은 이기철 대통령이 꿇어앉은 자리 옆에 나란히 무릎을 꿇렸다. 그리고 레이는 끌려와서 동희의 옆 통나무에 동희처럼 매달았다. 동희가 소리쳤다.

"뭐 하는 거야, 지금. 그 여자는 왜 데리고 온 거야?"

동희의 목소리를 들었는지 죽은 것처럼 조용히 끌려왔던 레이가 동희의 목소리가 나는 쪽으로 고개를 돌렸다.

"레이!"

레이는 동희의 목소리를 들었다는 신호로 고개를 끄덕였다.

"이 여자는 나랑 아무 관계도 없어. 무슨 착오가 있는 거야."

마얀은 무뚝뚝하게 툭 내뱉었다.

"아무 관계도 없으면 신경 안 써도 되잖아."

이번엔 이기철 대통령이 소리쳤다.

"말도 안 돼. 뭐 하는 짓이야."

전사들은 대통령 아내와 맏딸의 안대와 재갈을 풀었다. 두 여인의 구슬픈 울음소리가 터져 나왔다. 대통령 아내의 얼굴은 초췌하기 이를 데 없었다. 맏딸 역시 얼굴이 야위었지만 스무 살의 풋풋함이 감추어지지는 않았다.

"집어치워. X발 개X끼들!"

마얀은 목소리를 잔뜩 깔아서 명령했다.

"처형하라."

그러자 전사 하나가 먼저 대통령의 아내 앞으로 갔다. 다른 전사 하나가 대통령 아내를 무릎 꿇린 채 뒤에서 양손으로 어깨를 잡아 움직이지 못하게 하고 무릎을 꿇어 검고 긴 머리채를 두 손으로 부여잡고 앞으로 잡아 당겼다. 얼마나 세게 잡아 당겼는지 목 뒤 척추뼈에서 으드득하는 소리가 멀리까지 들렸다.

유리 방 안에 있던 기자들도 미국과 연합국 대통령도 눈을 의심했다. 설마 그렇게 잔인한 살인을 전 세계가 지켜보는 앞에서 공개적으로 실시할 것인가 라는 의구심은 단번에 사라져 버렸다. 코르파스가 다가갔다. 코르파스는 손 날을 하늘 높이 들었다. 이기철 대통령이 소리쳤다.

"안 돼!"

이기철 대통령의 목이 터질 듯한 외침은 코르파스의 손을 막지 못했다. '뚝' 하고 대통령 아내의 목이 떨어져 나갔다. 머리채를 잡고 있던 전사는 머리를 잡은 채 엉덩방아를 찧었다. 아내의 목에서 뿜어져 나온 피는 넘어진 전사 얼굴과 가슴으로 쏟아졌다.

무릎을 꿇고 있는 몸은 움직이려 했지만 어깨를 누르고 있는 전사의 힘이 너무 세어서 자세를 벗어날 수 없었다. 목에서 피를 한참이나 쏟고 나서 간헐적인 펄떡거림도 잦아졌다. 그제서야 전사는 어깨를 놓았다. 시체는 힘없이 앞으로 꼬꾸라졌다. 이기철 대통령은 통곡했다. 그때 고함 소리가 들렸다. 차동희였다.

"그만! 이제 쇼는 그만해! 그만 하라구!"

모두 차동희를 쳐다보았다.

"쇼 하지마. 제발. 내가 졌어. 내가. 내가 졌다구. 이제 그만해!"

"그래. 네가 졌어, 차동희. 그래서 재판이 진행되는 거야. 다음!"

아내의 머리채를 잡았던 전사는 이번에는 대통령 맏딸의 머리채를 잡아당겼다.

"됐어. 그만해. 쇼 하지마. 비겁하게 모선 안에 숨어있지만 말고 모습을 드러내라고."

퀀텀의 얼굴이 굳어졌다. 퀀텀 곁에 있던 케사르는 주먹을 불끈 쥐었다. 퀀텀이 소리쳤다.

"모든 것은 내가 주관한다."

"퀀텀이라고? 웃기지 마. 너는 얼굴마담일 뿐이야. 너하고는 말하기 싫어."

"죽을 때가 되니까 실성을 했나?"

"퀀텀, 너는 갑옷도 입고 있지 않아. 갑옷을 입지 않은 사람이 갑옷을 입은 사람을 지배하거나 강제력을 가질 수 없어. 그렇지 않나?"

퀀텀은 답을 하지 못했다.

"누구야. 도대체 누구냐고. 나랑 이야기해. 내가 다 포기할 테니까 무고한 사람들 그만 죽여. 나만 죽이면 되잖아. 나만. 내가 죽겠다고."

기자들이 술렁거렸다. 동희는 퀀텀에게 다그쳤다.

"뭐야. 기계를 너무 잘 만들어서 기계한테 명령을 받는 거냐?"

기자들이 동희의 말을 받아 적기 시작했다.

그때 우렁찬 목소리가 들렸다. 퀀텀이었다.

"얼굴마담? 모든 판단은 내가 하고 명령도 내가 한다. 내가 얼굴마담 인지 아닌지 보여주지."

퀀텀은 주먹으로 팔걸이를 내리치며 외쳤다.

"뭐 하나? 재판을 진행하라!"

"예!"

코르파스는 손을 높이 들었다. 그리고 여지 없이 내리쳤다. '퍽' 하고 맏딸의 목이 떨어져 나갔다. 울음소리 하나가 사라졌다. 이기철 대통령은 제정신이 아니었다. 눈과 입이 가려져 있던 레이가 가늘게 울음 소리를 내기 시작했다. 아무것도 보지 못했지만 상황이 어떻게 돌아가 는지 눈치챘다. 동희는 울부짖었다.

"그만해! 그만! 제발!"

퀀텀이 재촉했다.

"계속 진행해."

전사가 대통령의 양 귀를 잡고 앞으로 잡아당겼다. 대통령은 이미 모 든 것을 체념한 듯 아무런 소리도 내지 않았다. 동희는 지치지 않고 소 리쳤다.

"안 돼! 그만해! 도대체 뭘 원하는 거야."

동희의 말이 채 끝나기도 전에 대통령의 머리가 잘려 나갔다. 양쪽 에서 잡고 있던 전사들은 대통령 몸뚱아리의 심한 요동에도 꿈쩍 하 지 않고 한쪽씩 잡고 있어서 어깨가 탈골되었다. 그러나 고통을 느낄 머리는 이미 몸과 분리되어 있었다.

동희는 국방과학연구소에서 자신을 맞이해 주었으며, 미국의 미사 일 공격으로 부모님을 잃었을 때 자신 옆에 있어 주었으며, 미국과의 전쟁을 계획하고 함께해 온 한국 대통령이 처참하게 죽어가는 모습을 내려다보았다. 작별 인사 한마디 하지 못했다. 동희는 머리가 터질 것 같았다.

동희는 기둥에서 빠져 나오려 격렬하게 몸부림을 쳤다. 그러나 몸부림칠수록 손목과 발목에 묶인 매듭은 점점 더 조여 들었다. 나무 기둥에 몇 번 부딪치고는 제풀에 지쳐버렸다. 이제 이목은 동희와 레이에게 모였다. 동희는 독기를 품은 눈으로 코르파스를 쳐다보았다.

"다 죽여버릴 거야."

옆에 있던 마얀이 동희를 놀렸다.

"그래? 그렇게 해."

전사 하나가 날아 올라 레이의 안대와 재갈을 풀었다. 레이는 주변을 둘러보았다. 그리고 동희에게 시선이 멈췄다. 언제부터였는지 눈물을 흘리고 있었다. 레이는 동희를 불렀다.

"동희야!"

"레이!"

마얀이 옆에서 비웃었다.

"애절하군."

"도대체 뭐를 하자는 거야? 이 여자는 왜 데리고 온 거야?"

마얀은 공중으로 날아올라 동희와 눈높이를 맞추었다. 마얀은 동희의 눈을 응시했다. 그리고 조용히 속삭였다.

"누구부터 죽일 것 같나?"

동희는 심장이 멎는 것 같았다.

"너는 알고 있어."

마얀은 그 말을 남기고 땅에 발을 내렸다. 그리고 명령했다.

"동희도 옷을 벗고 있는데 혼자만 옷을 입고 있으면 쓰나? 그년 옷도 벗겨라."

마얀의 말이 떨어지기가 무섭게 전사 하나가 올라가서 레이의 몸을 감싸고 있던 흰 천을 벗겨냈다. 금새 레이의 나체가 모습을 드러냈다. 미 대통령과 연합국 대통령은 물론이고 갑옷을 입은 전사들과 퀀텀 그리고 기자들의 시선 모두 벌거벗은 레이의 알몸으로 쏠렸다. 머리 위로 묶인 팔은 어떻게 빠지지 않고 견디나 의구심이 날 정도로 희고 가냘팠다.

윤기 나는 금발과 반짝이는 이마, 눈물 맺힌 슬픈 눈동자와 오똑한 콧날, 붉은 입술과 조각 같은 턱, 팔이 들려 드러난 겨드랑이와 갈비뼈 그리고 한가운데 탐스럽게 모인 가슴과 부끄럽게 솟아오른 유두, 더욱 가늘어진 허리와 수줍은 배꼽, 미끄러질듯한 아랫배를 지나 적당히 도드라진 두덩과 바람결에 조금씩 하늘거리는 음모, 숨막힐 듯한 둔부와 허벅지, 매끈한 무릎과 곧은 종아리, 굵은 매듭에 묶인 발목과 작고 유난히 흰 발과 발가락. 레이 몸의 모든 것들은 땅과 하늘 아래 개방되어 있었다.

동희는 차마 레이를 쳐다보지 못했다. 레이는 이미 모든 것을 체념해서인지 아니면 버텨낼 힘을 다했는지 고개를 고즈넉이 떨구고 있었다. 청초한 레이의 모습은 덫에 걸린 한 마리의 사슴처럼 애처롭게 보였다. 전사들 중 몇몇이 레이의 알몸을 보고 침을 꿀꺽 삼켰다.

"잠깐만. 마얀이라고 했나? 마얀! 레이는 상관없어. 나와 헤어졌는지도 오래됐고. 아무런 관계가 없는 사람이야. 제발 풀어줘."

"아무 관계도 없으면 죽든 말든 신경 쓸 필요 없다고 했잖아."

"내가 잘못했어. 내가. 내가 잘못했다고. 내가 죽일 놈이야."

동희는 울음을 터뜨렸다. 어렵사리 터진 울음은 어린아이의 그것 같았다. 동희는 아무것도 할 수 없었다.

"이제 후회하는 건가?"

"내가 어떻게 하면 저 여자를 놓아주지? 발이라도 핥을까? 응?"

그때 레이가 입을 열었다.

"동희야, 그만해! 난 괜찮아."

"이건 아니야. 이건 아니야."

그때 동희에게는 청천벽력과 같은 소리가 들렸다. 퀀텀의 목소리였다.

"찢어라!"

동희는 사색이 되었다.

"얼굴마담이라고 했던 말 사과드립니다. 제가 잘못했습니다. 이제 그만, 그만해 주세요. 제가 죽을게요. 제가."

동희는 혀를 물었다. 마얀이 급히 날아올라 동희의 입에 주먹을 넣어 자해를 막았다. 조금 베인 혀에서 난 피는 동희의 입가로 흘러내렸다. 코르파스는 레이가 입었던 흰 천을 찢어서 동희의 입을 틀어막았다. 마얀은 주먹을 빼냈다.

"독한 놈. 그렇게 독한 놈이 어떻게 이 신세가 되었지. 이봐, 우리는 단순히 너의 죽음을 원하는 게 아니야. 죽음보다 더한 고통과 슬픔을 원하고 있어. 관객들의 기대에 부응해야지."

마얀과 코르파스는 땅으로 내려왔다. 마얀이 손짓을 하자 전사 둘이 레이 옆으로 날아갔다. 퀀텀이 외쳤다.

"전범들이 어떻게 죽어가는지 똑똑히 보라."

레이 옆으로 간 전사들은 좌우에서 레이의 머리카락을 움켜쥐고 당겼다. 레이의 머리채는 정확히 반반으로 나뉘어져 양옆으로 잡아 당겨졌다. 레이가 고통으로 단발의 신음 소리를 냈지만 입을 굳게 다물고 인내했다. 그것이 동희의 괴로움을 줄여주는 일이라 여겼다.

"코르파스!"

마얀의 부름에 코르파스는 대답과 함께 레이 앞 공중으로 올라갔다. 모두들 숨을 죽였다. 동희는 고함을 쳤지만 천으로 입이 막혀서 소리가 크지 않았다. 코르파스는 왼손으로 레이의 머리를 잡았다. 그리고 오른손을 들더니 가운데 손가락이 조금 나오도록 주먹을 쥐었다. 가운데 손가락 마디에는 신물질이 뾰족하게 삼각형의 칼처럼 튀어나와 있었는데 끝은 면도날처럼 날카로웠다. 코르파스는 그 끝을 레이의 목 뒷덜미 가운데에 갖다 대었다. 레이는 공포로 참고 또 참았던 울음을 터뜨렸다. 레이는 코르파스가 무엇을 할지 그제서야 알았다.

코르파스는 면도날처럼 날카로운 끝을 지그시 눌렀다. 끝은 피부를 가르며 들어갔다. 코르파스는 날을 깊이 찌르지 않았다. 피부만 파고든 정도였다. 코르파스는 느리게 그러나 정밀하게 꼭 그 깊이로 목덜미에서 위로 선을 그어나갔다. 뒤통수까지 올라오자 레이의 울음은 비명으로 바뀌었다. 레이의 비명 소리는 지켜보는 사람들의 가슴을 조였다. 동희는 소리지르며 발버둥쳤다.

동희의 등과 나무 기둥이 부딪치며 딱- 딱- 소리를 냈다. 동희가 레이를 위해서 할 수 있는 일은 그것뿐이었다. 딱- 딱- 소리를 내고 천 뭉치를 거쳐 나오는 미약한 비명 소리를 들려주는 것. 날 끝은 어느새 정수리까지 올라왔다.

코르파스는 잡고 있던 왼손을 들어 레이를 고개를 올렸다. 그리고 날은 천천히 이마로 내려왔다. 이마에서 미간으로, 미간에서 코로, 코에서 인중으로, 입술을 지날 때는 비명으로 입을 움직여서 시간이 조금 더 지체되었지만 붉은 동선이 멈추지 않았다. 움직인 선을 따라 피가 흘러내렸다. 아랫입술과 턱 그리고 목의 가운데를 타고 붉은 선이 그어졌다. 목젖을 지나서야 코르파스의 손은 멈추었다.

레이의 비명 소리가 더 커졌다. 그리고 그 다음. 전사들은 양옆에서 잡고 있던 레이의 머리채를 힘껏 잡아당겼다. 가죽이 벗겨지는 소리가 났다. 지-지-찍- 찍, 지-익-. 금발은 피로 얼룩졌다. 레이의 머리 가죽이 좌우로 벗겨져 나갔다. 뜨거운 피가 사정없이 튀었다. 허연 두개골은 피를 뿜으며 모습을 드러냈다.

전사들이 머리채를 더 잡아 당기자 눈알이 나타났다. 눈알은 극한의 고통으로 이리저리 급히 흔들렸다. 비명은 절규로 변했다. 레이의 목소리가 아니었다. 그것은 한 마리 산짐승이 죽어가며 지르는 소리였다. 코와 입까지 벗겨졌다. 이가 드러났다. 앞니부터 어금니까지 핏줄과 힘줄, 뼈와 피. 해골은 극도의 고통으로 파닥거렸다. 사방으로 피가 뿌려졌다.

동희가 묶인 기둥에도 피가 튀었다. 머리채를 잡고 있는 전사에게도, 밑에서 지켜보고 있던 마얀의 얼굴에도. 레이는 몸을 심하게 꼬았지만 전사 둘은 머리채를 건고하게 붙잡고 있었다. 기자들은 카메라를 돌리거나 아예 꺼버렸다. 기자들 대부분 헛구역질을 하거나 구토를 했고 시선을 거두었다. 한두 명은 실신했다.

동희는 가죽이 벗겨진 레이의 얼굴을 보았다. 피범벅이 된 눈알은 한껏 충혈된 채 동희를 노려보고 있었다. 찢겨진 입은 '너 때문이야'라고 말하는 것 같기도 하고 '아파, 아파'라고 말하는 것 같기도 했다. 해골은 오랫동안 팔딱거렸다. 레이의 하얀 몸은 선홍빛 핏자국으로 덮였다. 한참 동안 피를 쏟아내어 창백해진 몸뚱아리는 붉은 피와 더욱 더 선명한 대조를 이루었다.

간헐적으로 파닥이던 레이의 움식임이 샂아들었다. 마얀이 손짓을 하자 머리채를 잡고 있던 전사 둘이 머리를 놓고 땅으로 내려왔다. 광경은 눈 뜨고는 볼 수 없을 만큼 너무도 참담했다. 동희는 이미 의식을 잃어버렸다.

"깨워."

마얀의 명령에 앞면은 붉은 피로 도배하다시피 한 코르파스가 주먹으로 동희의 종아리뼈를 쳤다. 고통은 동희를 깨웠다. 동희는 겨우 눈을 떴다. 옆으로 시선을 돌리지 않았다. 말없이 아니 말할 기운이나 정신도 없이 그저 굵은 눈물만 뚝뚝 흘리고 있었다. 동희의 희미한 의식은 되뇌고 또 되뇌고 있었다. '어디부터 잘못된 걸까?'

전사가 비웃듯 말했다.

"미친놈! 이제 세상이 어떤 곳인지 알 것 같나?"

동희에겐 티끌만큼의 기력도 남아있지 않았다. 아무런 짓도 하지 않고 그대로 내버려두더라도 이내 죽을 것 같았다. 그러나 그들은 계획했던 대로 차질 없이 처형을 집행했다. 코르파스는 왼팔을 들어 쪼그라들 대로 쪼그라든 동희의 성기를 잡았다. 그리고 앞으로 쭉 잡아 당겼다. 동희는 무의식적으로 다리를 꼬았다.

코르파스가 크게 소리질렀다.

"잘 가라! 차동희!"

그리고는 손등에 난 돌기로 성기의 가운데를 미련 없이 싹둑 잘랐다. 동희는 거칠고 힘없는 외마디 비명을 질렀다. 잘려진 성기로 피가 쏟아졌다. 동희의 의식은 동희 발가락에서 땅으로 떨어지는 피처럼 아래로 아래로 침전했다. 호흡이 가빠왔지만 욕심만큼 숨을 들이마실 수 없었다. 그러나 상관없었다. 어차피 모든 것을 체념한 상태였다. 이윽고 동희의 목이 힘없이 꺾였다.

코르파스는 잘려진 성기를 머리 높이 들었다. 그리고 절벽 아래로 던졌다. 절벽 아래로 떨어지던 동희의 잘려진 성기. 계곡 아래에서 날아오르던 굶주린 까마귀 한 마리가 억센 부리로 덥석 낚아채더니 유유히 사라졌다. 모든 것이 끝났다. 평지 뒤로 어느새 먹구름이 하늘의 절반을 덮고 있었다. 퀀텀이 외쳤다.

"재판은 끝났다. 누구든 모선에 반하는 자는 오늘과 같은 재판을 받을 것이다. 지구상의 모든 국가들은 일주일 이내로 모선에 복종 서약을 하라. 반하는 국가에는 파멸만이 기다리고 있음을 명심하라."

퀀텀의 말이 떨어지기가 무섭게 신물질 판은 모선으로 되돌아갔다. 미국과 연합국 대통령도 모선으로 함께 들어갔다. 유리 방이 열렸고 때맞추어 기자들을 태울 헬기 여러 대가 접근했다. 기자들도 떠나고 마지막으로 경계를 서고 있던 전사들로 자리를 떠났다. 산등성이 평지 위에는 시체 다섯 구와 선명한 핏자국만이 남았다.

모두가 철수한 산 위로 먹구름이 끼더니 비가 쏟아지기 시작했다.

두려움과 공포로 아무도 접근하지 못할 것 같던 산등성. 비구름 너머로 승려들 한 무리가 산등성이에 모습을 나타냈다. 빡빡 깎은 머리 위로 세차게 빗방울이 떨어졌지만 아랑곳하지 않고 목이 잘려서 나뒹구는 시체 세 구와 나무에 매달린 시체 두 구를 거두어 비구름으로 가려진 계곡 아래로 총총히 사라졌다.

그날 저녁 대통령 궁

한국 최만호 부대통령. 재판이 끝난 지 8시간이 지났지만 그가 한 일은 아무것도 없었다. 팔을 괴고 치밀어 오르는 분노를 한숨으로 내뱉을 뿐이었다. 답답하게 쳐다보고 있던 보좌관이 말을 건넸다.

"국회 임시소집을 하셔야 합니다."

"그게 국회에서 결정할 일인가? 국민투표가 필요한 사항이네."

"국회에서 국민투표를 언제 어떻게 진행할지 논의해야 하지 않겠습니까?"

"국민투표? 모선에게 복종할지 말지 말인가?"

"독재국가 여러 곳은 벌써 오늘 오후에 복종 선언을 했습니다. 미국과 연합국은 이번 주에 국민투표를 하기로 발표했습니다."

"그게 투표인가? 요식 행사지. 모선이 우리나라를 쑥대밭으로 만들어 놓았어. 대통령과 가족을 몰살하고, 차동희도 죽이고, 정보 기지도 마비시키고, 군 체계도 전멸시켰어. 더 잃을 것이 있다고 보나?"

"불복종 선언을 하실 겁니까?"

"불복종? 그것 가지고 되겠어?"

"저들이 정말 파멸시킨다면?"

"무엇을 파멸시킨단 말인가? 그래 봐야 지도층이야. 그래 봐야 내 한 목숨이라고. 나는 이미 각오가 되어 있어. 나는 죽음이 두렵지 않아."

"그럼 정말 불복종 선언을 하실 겁니까?"

"불복종이 아니라 아예 모선이 물러가라고 할 거네. 최소한 우리는 모선의 지배를 받지 않겠단 말이야. 내가 죽고 다시 또 비상체제의 수장이 나타나겠지. 끝까지 해 보자고. 누구까지 죽일 수 있는지. 육신은 죽일 수 있어도 자유와 독립을 갈망하는 열정을 죽일 수는 없어. 어떻게 지켜온 국가인데 이 땅에 최후의 일인까지 사수해야 할 것이 내 목숨인지 후대의 자유와 독립인지 생각해 봐. 그리고 말만 안 하고 있을 뿐이지 대부분 국가들이 아니 어느 국가를 막론하고 대부분 사람들이 우리와 같은 생각일 거야. 우리가 도화선이 되어서 인류 전체가 반기를 들고 나선다면 모선인들 어떻게 하겠어?"

"뜻은 좋지만 국민들의 의견도 물어봐야 되지 않을까요?"

"시간이 없어. 분위기라고. 시간을 끌면 서로서로 눈치나 보면서 모선에 동조하는 국가들이 늘어날 거란 말이야. 미국과 연합국이 제아무리 강대국이라도 겨우 2개 국가야. 지구에는 200개가 넘는 국가가 있다고. 불복종하는 국가가 늘어나면 자기들도 입장을 바꿀 거네."

"그럼?"

"내일 대국민 성명을 하겠어. 준비해 줘. 언론에 연락하고. 자유의 염원에 불꽃을 붙일 거야."

다음 날 아침 모선

"전사들이여, 약속의 시간이다. 떠나라! 시간은 오늘 자정까지다."

퀀텀의 명령에 56명의 갑옷을 입은 사령관들과 부사령관들 그리고 전사들이 일제히 모선에서 떠났다. 안디, 헤른, 마얀, 케사르는 부하들을 데리고 흩어졌다. 그들은 한국으로 향했다.

한국 수도 서쪽 모 사립대학교

대부분의 교양과목 수업이 이루어지는 붉은색 단과대 건물 옥상으로 헤른 사령관과 단 부사령관 그리고 열두 명의 전사들이 내려왔다.

"셸을 던져라!"

혜른 사령관이 손짓을 하자 단 부사령관이 들고 있던 것을 아래로 던졌다. 그것은 손바닥 두 개만 한 길이로 나뭇잎 모양을 하고 있었는데 은빛 신물질로 제작된 것이었다. 그것은 건물 아래로 떨어지는가 싶더니 바닥에 닿기 전에 위치를 잡고 건물 주위를 천천히 맴돌았다. 혜른은 지붕을 뚫고 곧장 아래층으로 내려갔다.

단 부사령관과 전사들도 지붕 구멍을 뚫으며 아래로 내려갔다. 아래는 5층 강의실이었다. 다행히 그곳은 빈 강의실이었다. 혜른은 날아서 강의실 밖으로 나갔다. 단과 전사들이 따라나갔다.

복도에는 학생들이 수십 명 쉬고 있었다. 학생들은 그들을 보고 놀라서 도망쳤다. 복도를 뛰어 아래층으로 내려갔다. 혜른과 전사들은 계단을 밟지 않고 떠서 천천히 아래층으로 내려갔다. 4층은 벌써 아수라장이 되었다. 강의실 세 곳을 가득 메우고 있던 학생들과 교수는 아래층으로 내려가려고 다투었다. 혜른은 결코 서두르지 않았다. 3층과 2층의 학생들은 1층으로 썰물처럼 몰려 내려갔다. 1층에 있던 학생들은 영문을 모른 채 밀려 내려오는 사람들을 바라보았다. 2층과 3층에는 계단에 쓰러져서 밟히는 사람이 속출했다. 비명 소리, 고함 소리가 그치질 않았다.

4층에서 전사들을 처음 목격했던 몇몇 학생들은 가장 열성적으로 도망쳤다. 그들은 맨 먼저 1층 현관문에 다다랐다. 그리고 현관문을 열고 밖으로 뛰쳐나갔다. 그러나 거기에는 신물질 무기 셀이 기다리고 있었다. 현관문을 나서자마자 그들의 머리에 셀이 관통해서 픽- 픽- 쓰러졌다. 뒤로 몇 명이 더 현관문을 빠져 나왔지만 마찬가지였다.

현관문 앞에 쌓이는 시체를 바라보고는 현관문 앞에서 밖으로 나가지 않으려 애를 썼지만 뒤에서 미는 힘에 어쩔 수 없이 밖으로 밀려나가 죽음을 맞이한 학생들도 있었다. 앞에서 밀지 말라며 소리쳤다. 일부 학생들은 1층 창문을 열고 뛰어내렸다. 그러나 그들도 어김없이 셀의 공격으로 죽음을 맞이했다.

셀 하나로 인해 건물 안에서 밖으로 나가는 사람도, 건물 밖에서 안으로 들어가는 사람도 목숨을 내놓지 않고 지나갈 수 없었다. 군중 전체가 그 사실을 알기까지 수십 명의 희생이 뒤따라야 했다.

그제서야 그들은 건물에 갇혔다는 사실을 알게 됐다. 건물 밖으로 나가면 셀에 의해서 죽고 위층으로부터는 전사들이 내려오고 있었다. 그들은 화장실이며 강의실 책상 아래로 몸을 숨겼으나 은폐하기에는 사람이 너무 많았다. 1층 모두가 사람으로 꽉 차서 발을 움직일 틈도 없었다.

1층과 2층 사이 복도에서 전사 12명과 단 부사령관, 혜른 사령관이 내려다보고 있었다. 군중들은 그들의 모습에 압도당했다. 실내는 소란스러웠다. 서로 한발 짝이라도 그들과 거리를 두려고 밀었다. 전날 중계로 보았던 처형 장면이 환기되는 것은 어쩔 수 없는 일이었다.

그때 혜른이 '휙' 하고 날아가 가방을 매고 있던 학생의 머리칼을 움켜쥐고는 번쩍 들더니 다른 손으로 목을 쳐버렸다. 몸뚱아리가 1층 로비에 떨어져서 버둥거렸다. 피가 쏟아졌다. 비명 소리가 터지고 일대는 아수라장이 되어버렸다. 손끝 하나 비집고 들어갈 틈도 없어 보였던 군중들은 시체를 중심으로 원을 그리며 물러났다. 실신하는 여자들. 머리를 감싸 쥐고 주저앉는 남자들. 조금 지나자 군중들은 거짓말처럼 조용해졌다. 사람들은 숨을 죽였다. 그제서야 머리를 쥐고 있던 혜른이 입을 뗐다.

"명령에 복종하면 목숨을 보존할 수 있다. 명령에 불복종하면 이렇게 된다."

혜른은 시체가 있는 곳으로 잘려진 머리를 집어 던졌다.

"지금부터 내 말을 잘 들어라. 남자들은 1층 강의실 세 곳으로 모두 들어가라. 강의실로 들어가서는 칠판 쪽을 보고 앉아서 고개를 숙여라. 여자들은 2층으로 올라간다. 지금 당장!"

사람들은 웅성거렸다. 전사들이 달려가 갈 곳을 알렸다. 남자들은 강의실로 줄지어 들어갔다. 연인으로 보이는 남녀는 맞잡은 손을 놓고 서로의 길로 갔다. 여자들은 2층 계단을 따라 올라갔다. 전사들 중 일부는 화장실이며 복도 끝이며 돌아다니면서 숨어 있는 사람들을 도륙했다.

어느새 남자들은 강의실 세 곳에 분산되어 모였다. 1층 강의실 세 곳에는 남자들만 빽빽하게 모여 앉아서 고개를 숙이고 있었다. 전사들은 밖에서 강의실 문을 잠갔다. 그리고 헤른과 단, 전사들은 2층으로 올라갔다. 2층 로비부터 강의실 안에까지 여학생들이 모여 있었다. 전사들은 여학생들을 강의실 여러 곳으로 분산했다. 그리고 그들도 나뉘어 따라 들어갔다.

헤른과 단은 3층 로비에서 기다리고 있었다. 잠시 후 전사들은 각각 두 명씩 24명의 여학생을 붙잡아 3층으로 올라왔다. 3층 로비에 일렬로 줄을 세웠다. 헤른과 단이 앞에 서 있었다. 전사들은 여학생들을 줄 세워 놓고 뒤로 물러났다.

"똑바로 서!"

단 부사령관의 목소리는 로비를 쩌렁쩌렁 울렸다. 여학생들은 사시나무 떨듯이 바르르 떨고 있었다. 하나같이 고개를 떨구고 있었다.

"고개를 들어라!"

여학생들은 겨우 발끝을 바라고 보고 있었다. 단 부사령관이 날아가 바로 앞에 서 있는 여학생의 가슴을 쥐어 박았다. 여학생은 뒤로 튕겨 나가 전사에게 부딪쳤다.

"고개를 들라고! 고개를!"

그제서야 여학생들은 고개를 들었다. 그러나 두려움에 눈은 거의 감고 있었다. 흐느끼는 소리, 울먹이는 소리가 간헐적으로 새어 나와 처참한 현장을 더욱 구슬프게 만들었다. 단 부사령관이 물러났다. 헤른 사령관의 시선이 여학생을 하나하나 훑고 지나갔다. 그리고 단 부사령관을 불렀다. 헤른은 단에게 귓속말을 했다. 단은 여학생 다섯 명을 지목했다.

"너희 다섯 명은 이리로 나와."

지목 당한 여학생 다섯 명이 우물쭈물 앞으로 나왔다.

"자, 나머지는 너희들 몫이다."

단의 말이 끝나기 무섭게 전사들은 여학생들을 데리고 2층으로 내려갔다. 어느새 헤른은 사라졌다. 단 부사령관은 여학생 셋을 복사실에 감금했다. 그리고 나머지 두 명을 데리고 헤른이 있는 4층으로 올라갔다.

한국 수도 명품 거리

태양은 하늘 높이 떠올라 있었다. 그곳은 수십 년 전부터 명품 가게들로 유명한 거리였다. 이십여 미터나 되는 널찍한 폭의 도로는 차가 다니지 못했다. 보행자만 지나는 그곳은 주말이든 평일이든, 낮이든, 밤이든, 사람들로 번잡한 거리였다. 바닥은 기하학적 무늬의 보도블록으로 잘 포장되어 있었으며 길 양옆으로는 명품 가게들이 즐비했다.

길 한가운데는 가로등이 일정한 간격을 두고 설치되어 있었는데 샹들리에처럼 모양이 화려했다. 길의 한복판에 있는 가로등을 가려린 여자의 두 손이 가지런히 잡고 있었다. 손톱은 분홍색이었고 손은 희고 길었다. 가로등을 힘껏 붙잡고 있는 두 손에서 이어진 매끈한 손목. 손목에는 금줄로 장식된 똑같은 팔찌가 왼쪽 손목에만 두 개가 나란히 끼워져 있었다. 팔은 수평으로 뻗어 있었다. 머릿결은 웨이브가 진 갈색이었다. 이마에는 송글송글 땀이 맺혀 있었다. 어깨를 지나 땅을 향한 가슴과 유두는 7, 8월 농익은 복숭아처럼 탐스러웠다. 가슴도 웨이브가 진 머릿결도 박자를 맞추듯 찰랑거렸다. 길게 뻗은 척추를 따라간 끝에는 엉덩이가 있었다.

여자는 전라였다. 다리는 어깨 너비로 벌어져 있었는데 그 뒤에는 마얀이 그 여자에게 성기를 삽입한 채 앞뒤로 격렬하게 움직이고 있었다. 마얀은 고개를 젖힌 채 하늘을 보고 있었다. 마얀 머리 위에는 셀이 하나 떠 있었다. 벌건 대낮 시내 한복판 대로와는 이질적인 풍경이었다.

단과 건물 1층 1강의실

남자들은 강의실에 빽빽하게 들어앉아 칠판을 향해 있었다. 머리 위에 두 손을 깍지 낀 채 고개를 숙이고 있었다. 위층에서 들려오는 비명 소리와 신음 소리 둘 중 어떤 소리도 무시할 수 없었다. 과연 무슨 일이 일어나고 있는 것일까? 모두들 너무나 잘 알고 있었다. 그러나 상상하기 싫었다. 보이지 않는 장면을 억지로 생각해 내기 싫었다. 바라지도 않고, 있어서도 안 될 장면들은 아예 생각하지 않는 것이 속 편하다는 생각이었다.

그러나 그러한 소리들이 더 또렷하고 더 가슴 아프게 들리는 사람이 하나 있었다. 자신의 여자 친구를 2층에 두고 온 한정민이었다. 한정민은 21살로 2학년이었다. 여자 친구와 사귄 지는 6개월이 채 못 되었지만 정민은 자신이 자신의 여자 친구를 얼마나 끔찍하게 생각하고 있고 또 얼마나 자신에게 소중한 사람인지 시험당하고 있었다.

한정민은 고막을 날카롭게 베어내는 비명소리나 신음 소리가 들릴 때마다 여자 친구의 얼굴이 떠올랐다. 옴짝달싹 못하고 구석에서 웅크리고 있는 몸은 이미 흠뻑 젖어 있었다. 얼굴에 흐르는 땀에는 눈물이 묻어 있는지 아니면 순수한 땀인지 알 수 없었다.

한정민은 2층과 3층에서 나는 소리에 귀를 기울였다. 혹 자신의 여자 친구 목소리가 들리지 않을까 신경을 집중했다. 아까부터 3층 저편에서 간혹 들려오는 작은 비명 소리가 여자 친구의 목소리와 닮았다는 생각이 들었다. 어떤 때는 같기도 하고, 어떤 때는 아닌 것 같기도 했다. 한정민은 자신이 여자 친구에게 이렇게 무력하고 한심한 남자라는 사실에 자신을 학대하고 싶을 정도로 분노해 있었다. 여자 친구가 강제로 유린당하는 장면이 떠오를 때마다 한정민은 울화가 머리 끝까지 치밀었다.

한정민은 기억했다. 그녀를 처음 만났던 날을. 그리고 그녀와 웃으며 지냈던 오후 한때와 그녀의 살짝 찡그린 귀여운 표정. 그녀의 손. 그녀의 옷. 그녀의 체취. 그녀의 웃음소리. 그녀의 윙크. 그녀의 어깨. 그녀의 애교 섞인 말투.

한정민은 여태껏 그 어떤 것을 위해서도 자신을 버려본 적이 없었다. 철저하게 자신의 인생과 자신의 목숨과 자신의 이기만을 위해서 생각하고 행동했었다. 그러나 여자 친구의 해맑은 얼굴을 그린 그는 더 이상 자기만을 위한 사람이 아니었다. 그는 이대로 그녀를 잃는다면 앞으로 자신의 인생 역시 무의미하다는 생각이 들었다. 그녀를 위해서라면 자신의 목숨도 대수롭지 않다는 생각이 들었다. 그녀 없이 살수 없을 것 같았다. 그런 감정은 이타심에 약간의 위선으로 포장되어 있는 것이기도 했지만 한정민은 그것이 바로 자신이라 생각했다. 그리고 그렇게 단정을 하고 나자 한정민은 어디서 생겨난 것인지 모를 용기가 온몸에 번져있는 자신을 발견했다.

한정민은 조심스럽게 손을 풀었다. 그리고 고개를 들었다. 눈은 이미 이글거리며 불타고 있었다. 고개를 숙이고 있는 수백의 까만 머리들. 한정민은 그들이 한심해 보였다. 한정민은 자리에서 벌떡 일어섰다. 그리고 천천히 문 쪽으로 걸어갔다. 소리는 끊이지 않고 들려왔다. 한정민은 이미 사랑의 전사가 되어 있었다. 아무것도 그를 막을 수는 없을 것 같았다.

한정민은 문 앞에 섰다. 문을 열고 나가면 전사들이 자신을 죽여버릴지도 몰랐다. 조금 전에 본 학생처럼 목이 두 동강이 날지도 몰랐고, 신물질 셀에 의해서 머리에 구멍이 나서 즉사할 수도 있었다. 그러나 그는 개의치 않았다. 여자 친구를 위해서라면, 자신이 믿고 있는 사랑을 위해서라면, 목숨이 위태로운 것이 뭐가 대수냐는 식으로 한정민은 문을 힘껏 밀었다. 모든 것을 포기한 마지막 행동이었다.

그러나 문은 굳게 잠겨 있었다. 한정민은 다시 힘을 모아 문을 떠밀었다. 그러나 문은 꼼짝하지 않았다. 한정민은 문을 발로 찼다. '쿵' 하는 소리가 강의실에 울렸다.

엎드려 있던 사람들은 깜짝 놀라 무의식적으로 뒤쪽 문을 향해 고개를 돌렸다. 이성을 잃어 보이는 사람 하나가 문을 발로 차고 있었다. 사람들이 뛰어왔다. 누군가가 말했다.

"이 미친놈! 몰살시키려고 작정했나?"

사람들은 한정민을 붙잡았다. 한정민은 소리쳤다.

"이거 놔. 이거 놓으라고. 내 여자 친구가 저기 있어. 나는 가야……읍!"

사람들이 그의 입을 틀어막았다. 사랑을 위한 한정민의 용기는 '발버둥' 거기까지였다.

헤른은 붉게 상기된 얼굴로 단과 함께 2층으로 내려왔다. 로비와 복도에 핏자국이 낭자했다.

"자! 5분 내로 끝낸다."

전사들의 탄식이 쏟아졌다.

헤른 사령관과 단 부사령관 그리고 전사 12명이 모였다. 단은 셀을 불러모았다. 그들은 창문을 뚫고 일제히 하늘로 날아갔다. 2층부터 4층까지 그들을 상대하고도 살아남은 여자들은 그들이 떠날 때까지 울음소리도 낼 수 없었다.

한국 대통령 궁

"보좌관! 연설 시간을 미루게."

"네. 들으셨습니까? 갑옷들이 입에 담지 못할 만행을……."

"그래. 이게 그들의 본색이야. 여론은?"

"소문이 엄청난 속도로 퍼지고 있습니다. 연설은 언제?"

"오늘 밤. 소문이 좀 더 퍼지고. 분노가 극에 달했을 때 시작할 거야."

"연설문을 고치실 겁니까?"

"하늘이 우리를 버리지 않았어. 시점이 절묘해. 좀더 자극적으로 수정해야겠어."

"네?"

"대원칙에는 모선에 비협조가 아니라 아예 모선을 주적으로 고쳐!".

모선

"케사르, 무슨 일인가?"

"퀀텀 님, 전사 하나가 이탈했습니다. 통제 불능 상태입니다."

"수거하라."

"네. 오종 부사령관! 나머지 전사들을 데리고 모선으로 귀환하라."

숲 속

갑옷을 입은 전사 하나가 산기슭에 앉아 있었다. 갑옷은 피로 얼룩졌다. 전사의 손에는 사람의 심장이 들려져 있었고 온몸에 사람의 내장을 감고 있었다. 전사는 제정신이 아니었다. 전사는 헬멧으로 막혀서 입에 닿지도 않는 심장을 헬멧 입 부위에 비비며 먹는 시늉을 했다.

케사르가 멀리서 그를 발견했다. 그리고 전사를 향해 날았다. 전사는 케사르 사령관을 보자 숲 속으로 몸을 피했다. 그러나 케사르 사령관의 추격을 피할 수는 없었다. 케사르는 숲 위를 날면서 전사의 움직임을 주시했다. 전사는 하늘을 향해 고함을 지르며 숲 속을 도망다녔다.

케사르가 숲 속으로 내려가 전사의 등을 공격했다. 전사는 가격을 당하고 계곡으로 떨어졌다. 케사르는 놓치지 않고 따라갔다. 계곡에 떨어진 전사는 마치 네발 짐승처럼 두 손과 두 발로 땅을 차며 도망갔다. 그제서야 심장과 내장을 버렸다. 케사르는 숲 속의 나무를 이리저리 피하며 날아가다 다시 전사의 등을 공격했다. 연속된 케사르의 공격으로 전사는 인내력의 극에 달했다. 그리고 가시덤불 속에 들어갔을 때 마침내 땅 위에 벌러덩 누워버렸다.

케사르는 전사의 가슴 위에 올라타고 양 주먹으로 얼굴을 가격했다. 빛처럼 빠르게 몇 번을 쳤는지 모르지만 전사는 싱겁게 실신해 버렸다. 케사르 사령관은 전사의 헬멧을 벗겼다. 그리고 갑옷도 벗겼다. 그때까지도 전사는 깨어나지 못했다. 케사르는 전사의 갑옷을 조립해서 그곳을 빠져 나왔다.

케사르가 떠나고 한참 후에야 전사는 정신이 들었다. 벌거벗은 전사는 허전함에 자신의 갑옷이 벗겨져 있음을 알았다. 그리고 눈을 떴다. 눈 앞에는 가시덤불이었다. 그는 가시에 찔리지 않기 위해서 몸을 움츠렸다. 낮이었지만 계곡은 어두웠다. 이름 모를 작은 벌레들이 몸을 괴롭혔다. 전사는 손으로 벌레들을 털어냈다. 두려움이 밀려왔다. 전사의 얼굴에 어두운 빛이 드리더니 이내 구슬프게 울기 시작했다.

한국 주택 가정집

남편과 아내 그리고 고등학생 딸과 중학생 아들은 방에 있는 화면 앞에 모여 있었다. 뉴스 속보였다. 아나운서가 급히 마이크를 받아 말을 이었다.

"네. 방금 대통령 궁에서 최만호 대통령 대행께서 대국민 성명을 발표하셨습니다. 발표 내용의 주 골자는 이렇습니다. 한국은 모선을 주적으로 간주한다. 이는 앞으로 한국이 모선과 정면 대치하여 모선과 싸우겠다는 선전포고나 다름이 없습니다.

사실 모선이 최근 며칠 동안 한국에 자행한 만행을 보면 당연하다는 반응입니다. 모선은 한국의 세계정보기지국을 침탈하고, 신물질 제작 공장의 역할을 담당하고 있던 국방과학연구소를 파괴했으며, 다수의 군사기지와 전략무기를 공격했으며, 군 명령 체제를 붕괴시켰습니다.

또 대통령과 그 가족을 공개 처형하고 국민적 영웅인 차동희와 그의 연인 레이 양까지 공개 처형했습니다. 급기야 오늘은 갑옷을 입은 전사들을 풀어서 한국의 딸들을 유린했습니다. 따라서 국민들은 모선의 지시나 명령을 따르는 것은 고사하고 물리쳐야 할 주적의 대상으로 선언한 이번 성명을 매우 긍정적으로 받아들이고 있습니다.

모든 것이 명확해졌습니다. 그러나 이제 강력한 모선에 맞서서 어떻게 싸우느냐의 문제가 남아 있습니다. 그리고 모선이 어떻게 나올 것인가 또한 초미의 관심사가 되었습니다.

또 한 가지는 모선에 충성 맹세를 한 미국과 연합국 그리고 몇몇 독재국가를 제외한 나머지 국가들이 모선에 대한 태도를 결정하기 앞서 한국의 이번 결정이 그들에게 어떤 영향을 미칠지 또한 중요한 사안이 되었습니다.

대통령은 모선에 어떻게 대응할지 아직 구체적인 계획을 발표하지는 못하고 있습니다. 붕괴된 군대를 추슬러서 대응할 것인지, 아니면 다른 묘책이 있는지 현재로서는 알 수 없습니다. 아! 다시 보좌관이 대통령에 이어서 발표를 하고 있습니다."

"친애하는 국민 여러분! 앞서 최만호 대통령 대행께서 발표하신 성명대로 모선의 어떠한 지시와 명령도 한국 정부는 거부하며 모선을 비롯한 모선의 그 어떤 것도 한국의 영토 안으로 들어오는 것을 불허합니다. 모선과 모선에서 비롯된 모든 것을 우리는 거부합니다. 이는 국가 자존의 권리이며 대통령의 국가 수호 의무이기도 합니다.

여러분! 우리는 모선을 거부했습니다. 그러나 모선에 대한 어떠한 폭력적 행위도 하지 않을 것입니다. 우리는 철저하게 평화적인 방법으로 모선을 거부할 것입니다. 여러분 우리의 의사를 표현합시다.

정부는 제안합니다. 내일 전 국민이 전국에서 궐기 대회를 합시다. 정부는 내일을 임시 공휴일로 선포합니다. 전 국민이 정부와 동일한 생각과 확고한 의지를 지니고 있다는 사실을 모선과 전 세계에 알려줍시다."

한국 국민들은 동요했다. 모선에 대한 적개심은 하늘을 뒤흔들 태세였다.

모선

"한국에서……."

"나도 봤다."

"M 님! 계획대로 되었습니다."

"……."

"그대로 진행하실 겁니까?"

"두려운가? 퀀텀!"

"아닙니다."

"계획대로 진행한다. 마침표를 찍어라."

다음 날 아침

한국은 거리마다 사람들로 넘쳐났다. 플래카드를 든 인파는 한여름 개울에 큰물 흘러가듯 거리를 가득 메운 채 행진하고 있었다. 오랜만에 만난 이웃끼리 수다를 떨며 사람들은 가벼운 발걸음을 떼었다. 수도는 거리마다 인산인해였다. 취재 기자들은 거리에서 건물 위에서 카메라에 장관을 담느라 바빴다.

오전 11시경, 대통령 궁 주위는 인파로 발 디딜 틈도 없었다. 새까만 머리는 숫자가 얼마인지 가늠하기조차 힘들었다. 그들은 소리 높여 외쳤다. 대한민국 만세! 최만호 대통령 만세! 모선은 물러가라! 플래카드 내용과 비슷했다. 군중심리로 사람들은 하나가 되었고 단순해져 있었다. 거대한 규모의 단순함은 그것 자체로 보는 이로 하여금 감동을 불러 일으켰다.

사람으로 이루어진 지평선. 그 꼭짓점 대통령 궁. 대통령 궁의 꼭짓점에는 최만호 대통령이 서 있었다. 최만호 대통령은 수많은 인파를 보며 눈물을 흘렸다. 그는 생각했다. '그래, 이것이 국가의 힘이다. 이것이 인간의 힘이다.' 그들은 이미 모든 것을 이룬 것처럼 감격했다.

그때 대통령 궁 바로 위 하늘에 까만 점 하나가 내려왔다. 처음에는 아무도 그 점을 보지 못했다. 창공의 점은 더 커졌다. 사람들이 군데군데서 하나 둘씩 웅성거리기 시작했다. 사람들은 그제서야 하늘을 주시했다. 점은 점점 커졌다.

그것은 다름 아닌 모선이었다. 모선은 하늘에서 대통령 궁 위로 천천히 하강하고 있었다. 사람들은 물끄러미 지켜보았다. 육안으로 모선임을 명확히 볼 수 있게 되었다. 그러나 모선은 하강을 멈추지 않았다.

사람들은 중구난방으로 떠들던 입을 하나로 모았다. '모선은 물러가라'였다. 수백만이 한입으로 외치는 함성은 정말 함성만으로 모선을 날려버릴 만큼 웅대했다. 그러나 모선은 함성에 아랑곳하지 않고 고도를 낮추었다. 찬란한 은빛 모선은 구름을 지나 900미터가 넘는 규모를 드러냈다. 그리고 허공에 멈추었다.

군중들은 소리를 더 크게 질렀다. 거의 광적인 수준이었다. 귀가 저려올 정도였다. 외칠수록 그들은 자신의 외침에 중독되어 갔다.

군중들의 목이 쉴 쯤 되었을까. 하늘에서는 엄청난 광경이 펼쳐졌다. 모선의 외곽. 모선의 껍질은 모두 사각형의 판이 모여서 이루어졌으며 그 사각 형태의 판들이 일제히 열렸다. 군중들은 외침을 멈추고 일제히 '와-' 하고 탄성을 내질렀다.

모선 온 사방에서 닫혀 있던 십여만 개의 판이 일제히 세로로 열렸

다. 그리고 그 안에서 무려 사 백여만 개의 셀이 한꺼번에 쏟아지기 시
작했다. 사백여만 개의 셀. 모선 내부에서 두세 겹으로 모선을 둘러싸
고 있던 셀은 하늘을 온통 신물질로 뒤덮어 버렸다.

그것은 물고기의 비늘처럼 반짝이며 하늘을 날아 거대한 무리를 이
루었다. 그리고 감탄할 사이도 없이 차동희가 만든 미사일처럼 셀의
거대한 흐름은 대통령 궁 앞의 인파를 향해 내리꽂히기 시작했다. 사
백여만 개의 신물질 셀의 공격. 그것은 상상을 초월하는 규모였다.

사람들은 순식간에 몸통에 구멍이 나거나 팔다리가 떨어져 나가면
서 쓰러졌다. 사백여만 개의 셀은 지평선을 이룬 수백만의 인파를 단
한 번의 공격으로 초토화시켰다. 누구 하나 도망가지 못했다. 지평선
까지 펼쳐진 인파는 눈 깜짝할 사이에 시체의 바다로 변해 버렸다.

셀은 사백만 마리의 물고기 떼처럼 무리를 이루어 움직였다. 두 번
째 공격으로 이미 수도 대부분의 인구가 도륙당했다. 한순간이었다.

최만호 대통령과 보좌관은 눈앞에서 펼쳐진 광경에 무릎을 꺾었다.
너무 놀라 입을 다물지 못했다. 그것은 악몽이었으며, 눈앞에 있었던
희망과 정의는 단숨에 생지옥으로 변했다.

그때 최만호 대통령 앞에 마얀 사령관이 코르파스와 함께 나타났
다. 둘은 허공에 둥둥 떠 있었다. 마얀이 소리쳤다.

"불복종은 죽음이다."

"국민 모, 모, 모, 모두를 죽일 셈이요?"

"금방이야. 얼마 안 걸려."

대통령은 무릎을 꿇고 빌었다.

"항복입니다. 무조건 항복입니다. 항복. 항복. 항복이란 말이오."

"그래?"

"예. 항복입니다. 항복. 멈춰요. 빨리. 당장."

"네가 명령할 처지가 못 되는데."

"잘못했습니다. 모두 제 잘못입니다. 멈춰주십시오."

대화 중에도 셀들은 지평선 너머로 무리를 이루어 날아갔다. 그리고 지상으로 내다꽂혔다.

"퀀텀 님!"

"보고하라."

"대통령이 항복했습니다."

"알았다. 셀을 거둬라."

마얀은 대통령에게 비꼬듯이 말했다.

"이봐. 최만호!"

"예."

"마음 바뀌면 언제든지 다시 말해. 음?"

모선에서 보이지 않는 곳까지 흩어졌던 사백여만 개의 셀은 모선으로 순식간에 다시 모여들었다. 셀이 모선으로 들어가자 십여만 개의 신물질 판이 닫혔다. 신물질 판이 닫히자 틈 하나 없이 매끈한 모선의 윤곽선이 다시 나타났다. 마얀 사령관과 코르파스 부사령관이 올라가서 모선 속으로 사라졌다. 최만호 대통령은 자리에서 쓰러져 버렸다.

대통령 궁 앞에는 피의 바다, 시체의 바다가 끝없이 펼쳐져 있었다. 대통령 궁을 시작으로 수도권 지역의 사망자는 천이백만 명이 넘었다. 인류의 역사상 최단기간 최대의 희생자였다. 보지 않고서는 단 십여 초 만에 이루어진 일이라고 믿을 사람은 아무도 없었다. 그러나 대통령 궁에서 그 장면을 고스란히 담은 영상은 전 세계 수십억 인구에게 중계되었다. 그것은 그야말로 충격이었다. 누구도 어떤 말도 하지 못했다.

인류의 뇌리에는 오직 한 가지 생각이 머리에 박혔다. '모선을 거역할 수 없다.' 미국 대통령과 연합국 대통령은 퀀텀이 말했던 노아의 방주 이야기를 떠올렸다. 정말 그러고도 남을 모선이라는 생각이 들자 한기가 머리 끝까지 치밀어 올랐다.

한국은 패닉 상태에 빠졌다. 모선은 사라졌지만 수도는 거대한 공동 묘지가 되어버렸다. 오후의 태양은 시체들을 비켜가지 않았다. 처참한 광경은 고스란히 노출되어 있었다. 천이백만의 시체. 전 국민의 1/5이 넘는 숫자였으며 수도권 인구의 60%가 넘었다. 누가 무엇부터 해야 할지 몰랐다.

최만호 대통령은 안주머니에서 권총을 뽑아 들었다. 안전장치를 제거 했다. 그리고 자신의 관자놀이를 향했다. 방아쇠에 손을 올리고 주저 없이 당겼다. 그러나 총소리는 나지 않았다 옆에 있던 보좌관이 노리쇠에 손을 집어넣었다. 보좌관은 저항하는 대통령을 뿌리치고 권총을 빼앗았다.

"내놔. 나는 죽어야 돼."

대통령은 구석에 박혀 통곡했다. 보좌관은 노리쇠에 찍혀 흐르는 손의 피를 다른 손으로 지혈시키며 대통령에게 다가갔다.

"이러시면 안 됩니다."

"나는 죽어야 돼."

대통령은 제정신이 아니었다. 대통령은 벽에 머리를 박으며 자학했다. 보좌관이 가서 대통령의 머리를 잡았다. 보좌관의 피가 대통령의 머리에 묻었다. 보좌관은 대통령의 머리를 감싸 안고 자해를 막았다.

"놔. 놓으라고. 나는 죽어야 돼."

대통령은 발버둥쳤다. 보좌관은 참다 못해 고함을 질렀다.

"그래요. 죽어야 해요. 저도 죽어야 하고, 대통령님도 죽어야 해요. 하지만 지금은 아니에요. 지금은."

"이거 놔!"

대통령은 막무가내였다. 보좌관은 주먹으로 대통령의 뺨을 후려쳤다. 대통령은 구석에 처박혔다. 그러고는 난동을 멈추었다. 입술이 터져서 피가 흘렀다. 대통령은 힘이 빠졌는지, 실신했는지 움직이지 않았다. 구슬픈 울음소리가 신음 소리처럼 가냘프게 새어 나왔다. 대통령이었다. 보좌관은 옆에 털썩 주저앉았다.

"이대로 죽을 수 없어요. 죽을 염치도 없는 거예요. 아시겠어요?"

"내가 무슨 낯으로 햇빛을 보겠어."

"저도 마찬가지입니다. 하지만 지금 죽는 건 비겁해요. 쓰러진 국가를 다시 일으켜 세워야 해요."

"내가?"

"그럼요. 각하께서 하셔야 해요. 이대로 방치한다면 한국은 멸망할 거예요."

"이미 국가 기능은 마비되었어. 천이백만이 죽었어. 사회 전반에 모든 기능이 마비되었어. 곧 약탈이 일어나고 무법천지가 될 거야."

"대통령께서 그걸 막으셔야 합니다."

"우리에게 희망이 있다고 보나?"

"만약 없다면 만들어야죠."

"없는 희망을 만들어야 한다?"

"적어도 모선이 다시 공격하진 않아요. 모선에 충성을 맹세했기 때문에 모선에 도움을 요청해 보죠. 그러면 모선에서 다른 국가에 한국을 지원하라고 명령할 수도 있어요. 우리는 어차피 시범 케이스였어요. 모선이 채찍만 휘두르는 존재로 각인되는 것을 바라지 않을 거예요. 어쩌면 우리의 회생을 적극적으로 도와줄지도 모르잖아요."

"우리의 회생?"

"네. 하지만 전제 조건은 우리 스스로 일어나려는 의지를 보여주어야 한다는 거죠. 시작을 대통령께서 하셨으니 마무리도 대통령께서 하셔야 합니다. 죽음은 그 후에 국가가 회생했을 때 선택해도 늦지 않습니다."

"나는 할 수 없어."

"왜요?"

"나는 대통령 자격이 없어. 이번 일로 나는 깨달았어. 너무 늦었지만……."

"누가 대통령을 했어도 마찬가지였을 겁니다. 국민 여론의 90% 이상이 찬성했습니다.

"현명한 대통령은 국민 여론이 아니라 미래를 보고 판단해야 해. 나는 능력이 부족한 사람이었어."

"억지입니다. 정말 약한 사람이군요. 실망입니다. 이런 분이실 줄은 몰랐습니다."

"뭐라고 해도 좋아."

"그래서 지금 혼자만 도망치겠다는 겁니까? 혼자만 회피하시겠다는 말입니까? 비겁하게."

"비겁? 그래, 나는 비겁한 사람이었어."

보좌관은 누워 있는 대통령의 멱살을 잡았다.

"정말 이러시깁니까?"

대통령은 흐느꼈다.

"두려워. 나는 두렵다고. 천이백만의 비명 소리, 절규 소리가 들리지 않나?"

"죽은 천이백만 명은 보이고 남은 사천만 명은 보이지 않습니까? 저들은 지도자를 원하고 있습니다."

"내가 나서면 저들은 나에게 돌을 던질 거야. 내가 없어지면 국무총리가 대통령 대행을 할거야. 민 총리는 잘해낼 거야."

"민 총리는 모선이 한국에 오던 날 벌써 도망쳤습니다. 그런 사람이 뭘 한단 말입니까? 대통령께서 그렇게 죽고 싶다면 죽으십시오. 하지만 대통령께서 저질러 놓으신 일은 해결하고 죽으세요. 그렇지 않으면 제가 그냥 죽도록 호락호락 놓아두지는 않을 겁니다. 아시겠어요?"

"내가 그럴 자격이 있는 사람인가? 내가? 어?"

보좌관의 눈에도 눈물이 어렸다.

많은 국가들은 한국에서 대규모 살육이 있은 그날 오후 또는 다음 날 오전 중에 모선에 절대 복종과 충성을 다짐했다. 기존 헌법이 중지되고 새로운 헌법 초안이 만들어졌다. 일부는 지도자의 일방적 발표였고 일부는 여론조사로 결정을 내렸다. 국가의 흥망성쇠가 걸린 중차대한 문제였으므로 정식 절차를 밟아서 진행하기에는 마음들이 너무 조급했다.

모선

"M 님! 국가들이 속속 충성 맹세를 발표하고 있습니다. 오늘 하루에만 140여 개국이 충성 맹세를 했습니다. 국제 상임이사회에서도 만장일치로 모선에 충성하기로 결정을 내렸습니다."

"퀀텀! 마지막 남은 하나까지 지켜보아라."

"네, 알겠습니다."

그날 저녁

대통령은 보좌관과 함께 대통령 궁에서 시내를 내려다보았다. 시체들의 바다에는 그 누구도 발을 들여 놓을 엄두를 내지 못했다. 발 디딜 틈도 없이 널브러진 시체들. 대통령은 시간이 더 흐르기 전에 시체를 먼저 처리해야 한다고 생각했다. 대통령은 펜으로 종이에 써내려갔다.

다음 날 아침, 최만호 대통령은 국내는 물론 전 세계를 대상으로 성명을 발표했다.

"존경하는 국민 여러분! 저는 이 자리에 설 자격이 없는 사람입니다. 저는 한국의 대통령을 대신하여 부통령에서 대통령 권한을 위임받은 지 이틀 만에 천이백만 명의 국민을 죽음으로 내몬 장본인입니다. 저의 잘못된 오판으로 무고한 국민들을 지키지 못했습니다. 저는 백 번이고 천 번이고 죽어 마땅합니다. 그런 제가 뻔뻔스럽게 이 자리에 다시 선 이유는 하나뿐입니다. 이런 말씀을 드릴 자격도 없지만 오늘 저는 감히 여러분께 말씀 올립니다.

여러분! 모든 것은 저의 잘못이며 저의 책임입니다. 저는 이미 제 목숨에 미련이 없습니다. 하지만 우리가 이대로 물러설 순 없습니다. 이대로 주저 앉을 수는 없습니다. 우리의 선대에서 이룩해 놓으신 국가를 하루아침에 붕괴시킬 수는 없습니다. 우리는 역사상 수많은 도전과 시련을 겪어왔지만 끝내 승리하여 이 자리까지 왔습니다.

여러분, 낙담은 나중으로 미루고 국가를 재건합시다. 이것이 제가 여러분께 드리는 부탁입니다. 아울러 다른 나라에게도 선의의 도움을 청합니다. 무엇이라도 좋습니다. 어떤 것이라도 좋습니다. 국민들이 한 가닥 희망이라도 가질 수 있도록 해 주십시오. 인류애가 살아있다는 것을 보여주십시오. 간청합니다."

대통령은 무릎을 꿇었다. 눈물이 흘러내렸다. 대통령은 흐느끼며 머리를 숙이고 애원했다.

"도와주십시오. 그리고 모선에도 고개 숙여 요청합니다. 저희는 앞으로 어떤 일이 있어도 모선의 모든 것에 가장 적극적으로 응하겠습니다. 멸망하도록 내버려 두지 마십시오."

대통령 담화가 나가고 세계는 모선에서 어떻게 나올 것인지 예의 주시했다. 긴 기다림 끝에 그날 늦은 오후가 되어서야 모선에서 메시지가 하달되었다. 한국을 도와주어도 좋다는 내용이었다.

각국에서 도움의 손길을 뻗었다. 우선 급한 것은 엄청난 시체를 치울 장비와 식수, 식량, 구급약과 생필품, 전염병의 예방이었다. 그나마 다행인 것은 피해 지역이 전 국토가 아니라 수도권 절반 정도로 한정되어 있다는 것이었다.

그 와중에도 모선은 미국과 연합국의 군대를 동원해서 세계정보기지국을 장악했다. 세계정보기지국 안에 있는 시체들은 모두 치워지고 청소와 소독이 이루어졌다. 그리고 미국과 연합국의 정보요원과 군인들 합쳐서 사만 명이 들어와서 천리안을 통제했다. 천리안의 정보 수집 대상과 운영 방법, 수집된 정보는 철저하게 모선의 통제를 받았다.

모선의 공격은 인류를 놀라게 했다. 여태껏 겪어보지 못했던 단호함이었다. 누가 지배자이고 누가 피지배자인지, 누가 명령자이고 누가 피명령자인지 명확히 해 주었다. 그리고 그 차이가 얼마나 큰 것인지 가르쳐 주었다. 힘이 곧 법이고, 정의며, 진실이었다. 아무도 대항할 수 없는 물리적인 힘. 그것이 얼마나 위대한 것인지 각인시켜 주었다.

사람들은 모선이 과연 지구를 어떤 틀로 이끌어 갈 것인가 궁금했다. 엄청난 힘. 모선의 뜻과 어긋난다면 멸망과 소멸을 뜻했다. 그렇다면 당연히 따라야 할 그들의 질서는 어떤 것인가에 관심이 집중될 수밖에 없었다.

미국의 저명한 편집자는 방송에서 이런 말을 했다.

'지구라는 커다란 열기구는 허공에 떠서 그저 태양 주위를 뱅뱅 맴돌 뿐이었다. 그 위에 어떤 생명체가 어떻게 살아가야 할지 아무것도 정해지지 않았다. 수천 년 동안 선장도 없이 떠다녔다. 그러나 이제 그 누구도 부인할 수 없는 선장이 나타났다.'

모선이 가장 먼저 조율한 것은 식량의 배분이었다. 강대국의 힘과 경제 논리로 움직였던 시장이 기능을 멈추고 모선의 지시에 따라 움직이기 시작했다. 모선은 식량 문제만큼은 기회의 평등이 아니라 결과의 평등을 내세웠다.

기존 시장 질서가 무너지면서 이해 집단들의 반발이 전혀 없는 것은 아니었지만 누구도 밖으로 드러내놓고 불만을 토로하는 집단이나 개인은 없었다. 이로 인해 도산하거나 졸지에 실업자가 되어 버린 사업가들도 있었지만 누구에게도 하소연하지 못했다.

그러나 모선의 이러한 조치는 어떤 국가를 막론하고 대다수의 사람들에게 크게 환영을 받았다. 특히 각국의 좌파들은 모선이 진정 인류의 미래에서 온 선도자라는 평했다. 물론 모선이 여론을 통제한 이후에 나온 언급이었다.

모선 전사 배양실

전사 하나가 갑옷을 입고 있었다. 등과 헬멧, 팔 뒤로 비늘처럼 생긴 칼날들이 사납게 달려 있었다. 방 안은 사방이 신물질로 이루어진 정육면체의 방이었다.

전사는 전율하고 있었다. 일체의 무감을 처음 접하고 있었다. 전사는 자신의 몸이 느껴지지 않았다. 전사는 자신의 손을 들어다 보았다. 반짝이는 신물질. 그 앞에 언제 나타났는지 케사르 사령관이 서 있었다. 전사는 케사르 사령관을 보자마자 그를 향해 돌진했다. 케사르 사령관은 오른 주먹으로 날아오는 전사의 얼굴을 정확하게 가격했다. 전사는 튕겨서 벽에 부딪친 후 천장을 맞고 케사르 사령관이 있는 등 뒤에 떨어졌다. 단 한 방으로 의식을 잃어버렸다.

모선의 지배

모선의 법칙은 간단했다. 한마디로 요약하자면 어떤 경우라도 무력이 허용되지 않았다. 국제 간이건 내전이건 어떤 세력이 무력을 사용하면 그 집단을 씨도 남기지 않고 파멸시켰다. 특히 일반인을 대상으로 하는 폭력은 더욱 단호했다. 대신 억울하거나 판단이 필요한 사안을 풀어줄 창구는 사령관들이 맡았다.

네 명의 사령관은 지구를 구역별로 네 개로 분할하여 각각의 자치구를 책임졌다. 물론 세상에 일어나는 모든 분쟁을 이 네 명이 일일이 해결하는 것은 아니었다. 국제법을 정비해서 이를 토대로 판단하고 이로써도 해결이 되지 않는 사안에 대해서만 사령관들이 나섰다. 네 명의 사령관이 해결하지 못하는 사안이나 사령관끼리 조율할 사항은 모선에서 직접 결정을 내렸다.

모선 전사 배양실

전사는 다시 나뒹굴었다.

"일어나라!"

전사는 겨우 의식이 돌아왔다. 몇 번째 의식을 잃어버렸는지도 몰랐다. 그리고 비틀거리며 일어났다. 전사는 혼란스러웠다. 머릿속에서는 무한을 향해 치닫는 자유와 힘에 대한 욕구가 부단히 일어나고 있었다. 그러나 현실에서는 그것을 억제하고 있는 케사르 사령관이란 존재가 흔들림 없이 우뚝 서 있었다.

둘 사이에서 전사는 커다란 정신적 육체적 고통을 겪고 있었다. 본능은 부단히 명령하고 있었다. '저놈을 죽여버려라' 그러나 현실적으로 그는 케사르의 속도와 힘을 당해내지 못했다. 전사는 다시 달려들었다. 그러나 '꽝' 하고 신물질이 부닥치는 소리와 함께 그는 튕겨 날아갔다.

모선의 지배

방산업체 9할이 파산했다. 기술력을 바탕으로 재빨리 업종을 변경한 일부 방산업체와 여객기 제작을 겸한 일부 항공업체만 겨우 살아남았다.

모선 이전의 세계경제로 보면 대공황이 닥치고 선진국에서도 끼니를 걱정해야 하겠지만 실정은 그렇지 않았다. 식량의 배급이 극한의 대혼란은 막고 있었다. 한곳으로만 모였던 세계의 부는 그다지 큰 의미가 없어졌다.

실상 제일 큰 피해자는 미국과 연합국이었다. 그러나 그들도 모선의 힘 앞에서 묵묵히 따를 수밖에 없었다. 모선의 최종 목적은 '하나의 지구, 하나의 질서'였다.

모선 전사 배양실

전사는 의식을 되찾았다. 벌써 몇 번째인지 세는 것도 잊어버렸다. 전사는 갑옷을 입고 있지만 죽을 수도 있다는 공포가 엄습했고 그런 공포감은 전사에게 생존 본능을 자극시켰다. 전사는 부단히 되뇌고 있었다.

'살아야 한다. 살아야 한다. 살아야 한다.'

"일어나! 그렇게 있으면 누가 모를 줄 아나?"

케사르는 날아와서 쓰러져 있는 전사를 발로 공격했다. 전사는 케사르의 발에 맞고 튕겨 나갔다. 케사르는 여유를 주지 않고 달려 들어가 격했다. 전사는 또 실신해 버렸다. 전사는 28번 실신했다. 가쁜 숨을 누그러뜨린 케사르 사령관은 전사가 다시 깨어나길 기다렸다. 그러는 동안 케사르는 수 년 전 일이 문득 떠올랐다.

3년 전, 미국 서부 사막 지하

거대한 모선이 뼈대를 형성하고 있었다. 그 앞에는 커다란 신물질 공장이 쉴 새 없이 돌아가고 많은 사람들이 분주하게 움직였다. 케사르는 초조한 마음으로 실험실로 향했다.

실험실에 들어서자 수십 명의 연구원들이 케사르를 맞았다. 케사르는 그들을 따라 실험실 귀퉁이로 자리를 옮겼다. 실험실 귀퉁이에는 문이 달린 커다란 궤가 세로로 높이 세워져 있었다. 연구원 하나가 궤의 문을 열어 보였다. 안에는 은빛으로 만든 갑옷이 걸려 있었다.

"당신이 이 갑옷의 주인입니다."

케사르는 가슴이 두근거렸다.

'내가 정말 M 님처럼 될 수 있단 말인가?'

케사르는 뛰는 가슴을 주체하지 못하고 연신 벌어지는 입을 다물지 못했다. 그러나 곧이어 갑옷의 특이한 점을 발견했다. 갑옷은 M의 것과는 달리 팔과 등, 머리 등에 사나운 갈퀴들이 달려 있었다. 겉보기에는 M의 것보다 더 사납고 날카롭고 무섭게 보였다.

'이것은 M의 배려인가?'

모선 전사 배양실

전사의 숨이 트였다. 전사는 거친 기침을 하며 깨어났다. 전사는 고통이 사라졌음에도 불구하고 연신 신음 소리를 냈다. 케사르 사령관은 자리에서 일어났다. 그리고 다가갔다. 엎드린 전사의 등을 향해 주먹을 내리꽂으려 하는 순간 전사의 손이 케사르의 발을 잡았다.

"제발 살려주십시오. 무엇이든 다 하겠습니다. 제발. 너무 괴로워서 견딜 수가 없습니다."

케사르는 무시하고 공격했다. 연이어 터지는 굉음이 방 안을 가득 메웠다. 전사는 날아가 다시 실신했다.

3년 전, 미국 서부 사막 지하

케사르는 잠에서 깨어났다. 자신이 언제 어떻게 잤는지 기억에 없었다. 그러니 일어나는 것이 의아할 뿐이었다. 케사르는 몽롱한 정신을 떨쳐버리려 고개를 흔들었다. 그리고 상체를 일으켰다. 바닥부터 주위는 온통 신물질이었다. 케사르는 자리에서 일어섰다. 신물질로 제작된 정육면체 방이었다. 그리고 케사르의 앞에는 갑옷을 입은 M이 서 있었다. 방 안에는 둘 뿐이었다.

"M 님! 어떻게 여기에!"

순간 M이 공격해 왔다.

모선 전사 배양실

전사가 깨어났다. 그러나 움직임이 없었다. 케사르는 몸을 일으켜 전사에게 뚜벅뚜벅 걸어갔다. 그리고 전사를 돌아 눕히고는 양손으로 전사의 얼굴을 잡고 눈앞으로 당겼다. 전사는 눈을 뜨고 있었지만 동공이 풀려 있었다. 몸도 가누지 못한 채 식물인간처럼 축 처져 있었다. 케사르는 전사의 두 눈을 뚫어져라 쳐다보았다. 그리고 또박또박 말했다.

"내 명령에 복종하라. 내 명령에 복종하라. 내 명령에 복종하라."

그리고 전사를 내려놓았다. 전사는 땅바닥에 맥없이 털썩 쓰러졌다.

"퀀텀 님, 각인이 끝났습니다."

"살 수 있겠나?"

"살아날 것 같습니다."

방의 한쪽 벽에서 문이 나타났다. 케사르는 전사를 남겨두고 유유히 방에서 사라졌다.

한국

사망자 천이백만 명. 모선의 방관 하에 연일 세계의 매스컴을 도배하다시피 했던 수도의 처참한 광경이 조금씩 바뀌어갔다. 시체를 처리하기 위해서 지방에서 차출된 장정들은 낮에는 시체들과 씨름하고 밤에는 불편한 잠자리와 싸워야 했다. 전염병으로 죽는 사람보다 과로나 정신이상으로 자살하는 사람의 수가 더 많았다. 모든 시체는 무조건 태웠다. 수 개월 동안 한국에서 태운 시체의 분진은 해협을 건너 이웃 일본의 산과 들에도 쌓였다. 그리고 일부는 바다를 건너 수천 킬로 떨어진 미국까지 날아갔다.

참혹했던 기억들도 아득한 연기처럼 사라지기를 바랐지만 사람들의 뇌리 속에 그날의 기억은 쉽게 지워지거나 잊혀지지 않았다. 그해 가을, 입시에서는 항상 미달로 허덕이던 철학과에 학생들이 몰려드는 기이한 현상이 나타났다.

살아남은 한국 사람치고 죽은 사람 중에 자신과 연관이 없는 사람이 한 명도 없었다. 치워도 치워도 끝날 것 같지 않은 시체의 바다 위에서 그들의 시체라도 찾으려는 사람들도 하나 둘 자취를 감추어가고 있었다.

　한국 사람들의 마음속에는 거대한 분노가 용솟음쳤지만 그러한 분노의 크기도 모선에 대한 두려움과 경이로운 결단력에 비하면 초라하기 그지없었다. 미국과 연합국 군대가 모선의 지시 하에 한국으로 들어와 세계정보기지를 점령해도 아무런 저항도 하지 못했다. 그들이 담당하는 치안 활동에도 저항 없이 수동적으로 따랐다. 절망에 빠진 한국 국민들의 구심점은 최만호 대통령이었다.

3. 하늘이 준 기회

- 시리야드파 본부 지하 벙커 -

군인 하나가 피범벅이 된 채 지하 벙커로 들어왔다. 왼쪽 팔은 부러졌는지 축 늘어져 발걸음과 박자를 맞추지 못했다. 얼굴에도 옷에도 피가 흥건했다. 군인은 숨을 몰아 쉬며 다급히 말을 전했다.

"비츄가 국경을 넘었습니다."

벙커 안에 있던 사람들은 달려가서 군인을 부축했다. 우두머리로 보이는 남자의 얼굴이 일그러졌다. 그는 시리야드파의 지도자 '아칸'이었다. 그리고 비츄의 아버지이기도 했다.

"얼마나 됐지?"

"3시간쯤 되었습니다. 막으려고 했지만 역부족이었습니다. 사령관도 전사했습니다."

아칸의 얼굴은 거의 사색이 되었다. 보좌관이 아칸에게 알렸다.

"이제 우리 종족은 다 죽을 겁니다."

"미친놈! 이게 다 내 잘못이야."

"어떻게 하실 작정입니까?"

"흩어져야 해."

"모선을 피할 수 있는 것은 아무것도 없습니다."

군인이 소리쳤다.

"이건 우리의 결정이 아닙니다."

"우리의 결정이 맞든 아니든 그건 중요한 게 아니야. 선제공격은 무조건 죽음이야."

보좌관은 괴로워했다.

"이제 다 죽었어."

아칸이 옆에 있는 무전병에게 다급히 물었다.

"비츄와 연락은 되나?"

"신호는 가지만 받지를 않습니다."

보좌관이 고개를 떨구었다.

"이제는 방법이 없어, 방법이!"

아칸이 물었다.

"지금 병사는 얼마나 있나?"

아칸의 질문에 군인이 대답했다.

"살아 돌아온 병사는 열 명이 채 되지 않습니다. 모두 뿔뿔이 흩어졌습니다."

"밖에 차 있지?"

"네. 군용차량이 한 대 있습니다."

아칸은 잠시 생각에 잠기더니 자리에서 일어섰다.

"무전병, 호위대는 나와 함께 간다."

보좌관은 답답하다는 듯 아칸에게 따져 물었다.

"호위대라 해봐야 두 명입니다. 어디로 가서 무얼 한단 말입니까?"

"내가 직접 말려봐야지."

"하지만 너무 늦었습니다. 비츄는 이미 국경을 넘어서 곧 민가에 도착할 겁니다. 아칸 님께서 도착하실 때면 이미 비츄가 마을을 쑥대밭으로 만든 후일 겁니다."

"여기 이렇게 있어도 죽기는 마찬가지야."

아칸은 호위 군인 둘과 무전병을 데리고 밖으로 나갔다. 보좌관은 그 자리에 주저앉았다. 군인을 비롯한 지하 벙커 안에 있던 몇몇 사람들은 바깥에 있는 사람들에게 알려야 한다며 호들갑을 떨었지만 밖으로 나갈 엄두를 내지 못했다. 아칸과 호위 군인, 무전병을 태운 군용차량은 비츄의 진격 부대를 쫓아 속도를 냈다. 앞자리에 앉은 아칸은 멀리서 불어오는 먼지바람을 보며 얼마 전의 일을 떠올렸다.

헤른 사령관이 일렀다.

"앞으로 누구든지 먼저 공격하는 쪽은 몰살당할 것이다."

땅바닥에 고개를 박은 호르니는 시리야드파 핑계를 댔다.

"저희 무고르파는 군인도 없습니다. 저희들이 공격할 일은 절대로 없습니다. 시리야드파가 먼저 공격해 오지 않는다면 이곳은 평화로울 것입니다."

아칸이 발끈해서 고했다.

"저희는 군인이라고 해봐야 총으로 무장한 군인이 고작입니다. 무고르파는 군인은 없지만 시리야드파에 대한 적대적 감정이 높습니다. 테러를 자행해서 무고한 시리야드파 사람들을 다치거나 죽게 하는 일이 빈번했습니다. 이번 사건도 분명 호르니의 지시가 있었음이 틀림없습니다."

헤른은 귀찮은 듯 소리를 질렀다.

"조용히 해. 한마디만 더 하면 둘 다 모가지를 날려버린다. 두 종족 모두 씨를 말려버리겠다. 둘 다 합해봐야 300만도 안 되는 것들이. 시리야드의 군인들은 무장해제하고 철수해라. 나가봐."

옆에 있던 단 부사령관이 말했다.

"사령관님. 작은 일로 스트레스 받지 마십시오."

"4지역은 잔챙이들밖에 없어서. 하는 짓이 치사하고 쪼잔해."

"종교 분쟁이 다 그렇지 않습니까?"

"같은 종교면서도 종파가 다르다고……. 저런 놈들 사이가 더 안 좋아."

호르니는 나오면서 아칸을 보고 씨익 웃었다. 의미심장한 웃음이었다. 아칸은 분했다. 테러로 인해서 시리야드파의 무고한 국민이 여덟 명이나 숨을 거두었다. 거기에는 아녀자와 갓난아이도 넷이나 포함되어 있었다. 예전 같으면 군인들을 데리고 가서 열 배, 백 배로 보복해주었을 일이었다.

비츄는 달리고 있었다. 그의 의지가 죽음을 아랑곳하지 않듯, 그의 군화는 거친 먼지바람을 아랑곳하지 않았고, 예상되는 그 어떤 희생도 그를 막을 수 없듯이, 심장이 터질 듯 가쁜 호흡도 그의 진군을 막지 못했다. 땀이 배인 손에 들려진 총 한 자루와 어깨에 두른 총알 꾸러미가 지금 그의 유일한 믿음이었다. 그의 머릿속에는 오로지 복수의 위험하고 담대하며 날카로운 칼날 하나뿐이었다.

몇 시간 전

커다란 폭발음이 들렸다. 군대가 진을 치고 있는 마을이었다. 폭발음에 놀라 도망치던 사람들이 하나 둘 모여 들기 시작한 것은 폭발 후 30여 분이 지나서였다.

낭자한 핏자국. 현장은 금세 울음의 바다, 절규의 계곡이 되었다. 적들이 설치해 놓고 간 폭발물이 터졌다. 군인들이 달려갔다. 누구의 것인지 모를 팔 하나는 날아가서 옆집 지붕 위에 걸려 있었다. 파편을 맞은 사람들은 쓰러져 사경을 헤매고 다리가 잘린 사람은 고통에 몸부림치고 있었다.

군인들은 생존자들을 옮겼다. 온 사방이 피와 먼지로 뒤덮여 있었다. 누구든 붉은 피를 보고서도 솟아나는 분노와 증오를 억누르는 것은 불가능해 보였다.

뒤늦게 군인 하나가 달려왔다. 군인은 시체 앞에서 오열했다. 형체도 알아볼 수 없는 시체 앞에서 얼마 남지 않은 옷자락으로 그의 아내라는 사실을 알았다. 그는 땅에 쓰러져 실신하다시피 했다.

비츄가 달려온 것이 그때였다. 비츄는 눈앞에 펼쳐진 생지옥을 보고 있었다. 오열하던 군인은 비츄를 향해 아내의 피가 묻은 두 손을 뻗었다. 군인은 말문이 막혀서 단지 눈물만 흘리고 있었다. 그러나 충혈된 그의 눈은 모든 것을 말하고 있었다. 비츄에게 주체할 수 없는 분노가 일어났다. 그의 눈은 이미 이성을 잃어버렸다. 그는 갑자기 주변에 있는 탁자 위로 올라갔다. 그리고 소리쳤다. 여태껏 한 번도 해 보지 않은 연설이었다.

"여기를 보십시오. 모두들 여기를 보십시오. 눈을 감지 말고, 피하지 말고 똑바로 쳐다보십시오. 우리는 언제까지 참아야 합니까?"

군인 하나가 낡은 확성기를 건네주었다. 비츄는 확성기를 받아 들었다. 그에게는 낡은 확성기 하나가 전부였지만 그것이 없어도 무방할 만큼 그의 목소리는 격앙되어 있었다. 사람들이 하나 둘 모여들었다.

"우리 이웃이 죽었습니다. 또 죽어가고 있습니다. 고통에 울부짖고 있습니다. 여러분의 친구였던 부리캬이 가족입니다. 이제 우리가 일어서야 할 때입니다. 그들을 위해서 복수해야 합니다."

그때 멀리서 제법 나이가 들어 보이는 군인 하나가 소리쳤다.

"복수하면 모선이 우리 부족을 다 죽일 겁니다."

비츄는 잠시도 쉬지 않고 바로 대답했다. 그것도 아주 단호하게.

"네. 그렇습니다. 우리가 복수하면 모선이 우리를 다 죽일 겁니다. 우리는 우리의 목숨이 아까워서 이웃의 죽음을 단지 지켜만 보고 있습니다. 앞으로 당신이 죽어도 우리는 방관할 겁니다. 당신의 가족이 죽어도 우리는 눈살을 찌푸리며 처참한 광경을 목도만 하고 말 것입니다. 그리고 또 아무 일도 없었다는 듯 뿔뿔이 흩어질 겁니다.

우리가 언제부터 이렇게 되었습니까? 저 악랄한 무고르파 앞에서 언제부터 목숨을 아까워하고, 언제부터 형제의 죽음을 남의 일처럼 여겼습니까? 우리는 보여주어야 합니다. 우리는 죽음 앞에서도 복수를 한다는 것을. 다시는 이런 야만적인 짓을 우리에게 하지 못하도록 본때를 보여줘야 합니다. 전 종족의 몰살을 각오하고 복수하는 용맹함을 보여주어야 합니다. 그것만이 우리 형제의 또 다른 희생을 막는 것입니다."

"다 죽고 나면 복수가 무슨 의미가 있습니까?"

"그러면 날마다 이렇게 폭탄에 수십 명씩 차례차례 죽어가는 것은 무슨 의미가 있을까요? 애통해하고, 슬퍼하고, 두려워하며 하루하루를 사는 것은 무슨 의미가 있을까요? 이렇게 비참하고 겁쟁이로 살다가 죽어서 하늘로 가면 우리의 용감했던 조상들을 어떻게 볼까요?"

질문했던 군인은 대답하지 못했다.

"우리는 정의를 위해서 일어나는 것입니다. 우리의 복수는 정당한 것이며 모선도 우리를 이해할 겁니다. 설령 모선이 이해하지 못한다 해도 우리의 신이 우리를 이해할 겁니다. 모두가 이해하지 못한다 해도 기껏 죽기밖에 더 하겠습니까? 죽음 앞에 이렇게도 나약한 우리였습니까? 죽음의 두려움이 형제의 죽음도 못 본 척하도록 합니까? 언제부터였습니까? 우리가 이렇게 나약해진 게 언제부터였습니까? 언제부터였습니까? 우리가 저 비열한 사이비 종파 무고르파에게 쩔쩔매게 된 것이 도대체 언제부터였습니까?"

순간 군인들이 너 나 할 것 없이 일제히 '와-' 하고 함성을 질렀다. 그리고 비츄의 이름을 연호하기 시작했다. 비츄는 청중들을 향해 소리쳤다.

"저는 오늘 죽을 것입니다. 모선에 의해서가 아니라, 복수를 하다가 오늘 죽을 것입니다. 목숨이 아까운 자는 여기 남으십시오. 위대한 신과 우리 종족의 자긍심과 형제의 복수보다 목숨이 귀하다 여기는 사람은 여기 남아서 벌벌 떨다가 무고르파가 쥐새끼처럼 몰래 설치해 놓은 폭탄에 갈기갈기 찢어져 처참하게 죽으십시오. 오늘 명예롭게 죽을 사람은 나를 따르십시오."

'와-' 하고 다시 함성이 터졌다. 활활 타는 불에 기름을 부은 듯 분위기가 한껏 달아올랐다. 비츄는 무장을 하고 길을 나섰다. 주위로 군인들이 그를 둘러싸고 여러 가지 말들을 했다. 대부분 그의 의견이 옳다는 말이었으나 비츄는 긴장하여 무슨 말인지 구체적으로 기억하지 못했다. 대부분의 군인들은 비츄를 따라갔다. 무리들은 자욱한 흙먼지를 일으키며 국경을 향했다. 복수의 총부리를 가슴에 뿜은 채.

민가가 시야에 나타났다. 몇 시간을 달려왔지만 지치지도 초심이 흐려지지도 않았다. 사람들이 눈에 들어왔다. 첫발은 비츄의 몫이었다. 탕-. 날카로운 총소리가 대지를 갈랐다. 그 소리와 함께 멀리 있던 여자 하나가 쓰러졌다. 명중이었다. 군인들은 총소리에 더욱 흥분했다. 그리고 연이어 터지는 총소리는 걷잡을 수 없었다. 그들은 신의 군대인양 주저함이 없었다.

아칸의 독촉에 군용차량은 중심을 가누기가 힘들 정도로 속력을 내고 있었다. 아칸은 불안한 마음에 자꾸만 창밖을 보았다. 그리고 산 너머에서 천리안 한 기가 낮은 고도로 빠르게 지나가는 것을 보았다. 분명 비츄가 진격한 마을 쪽이었다.

"더 빨리. 더 빨리. 더 빨리 가야 돼."

"더 이상은 무리입니다."

"천리안이 촬영하면 끝장이야. 빨리!"

차는 터질 듯 요란한 엔진 소리를 냈다.

무고르파 지도부

전령이 급히 들어와서 보고했다.

"시리야드파가 민가를 공격했습니다."

호르니는 손으로 무릎을 치며 쾌재를 불렀다.

"됐어! 바로 그거야."

"민가가 쑥대밭이 되었습니다."

"시리야드파가 먼저 선제 공격을 했어. 선제 공격을 하는 쪽이 모든 잘못을 뒤집어쓰는 거야. 이제 시리야드파 일당들은 멸종할 거야."

그때 무전병이 다급히 보고했다.

"시리야드파 군인들이 민가를 거쳐서 곧장 이리로 향하고 있답니다."

"이리로 오고 있다고? 흥! 그 전에 모두 죽을 거야."

"그래도 일단 자리를 피하시는 것이 좋지 않을까요?"

"아니. 여기 이대로 있는다. 아무것도 모르는 것처럼."

비츄가 선봉에 섰다. 비츄와 수백여 명의 군사들은 무고르파 지도부 거점을 향해서 진격하고 있었다. 땀으로 번들거리는 비츄의 이마 위에 언제 나타났는지 천리안이 떠 있었다. 비츄와 군인들은 갑자기 발걸음을 멈추었다. 천리안도 그들을 따라 움직임을 멈추었다. 군인들이 웅성거렸다. 상공에 떠서 그들을 관찰하고 있는 천리안. 비츄는 당황했다. 앞으로 나아가지도 뒤로 물러서지도 못했다.

그때 하늘에서 인형들이 내려왔다. 마치 저승사자처럼. 은빛 갑옷을 입은 그들은 혜른 사령관과 단 부사령관 그리고 열두 전사들이었다.

군인들은 일제히 자리에서 엎드렸다. 비츄만이 꼿꼿이 서 있었다. 그들은 비츄 앞에 내려왔다. 비츄는 총을 잡고 있던 손에 힘이 들어갔다. 헤른 사령관이 비츄 앞으로 다가왔다.

"너, 시리야드파지?"

"그렇습니다."

"너 지금 뭐 하는 거야?"

"무고르파가 우리 마을에서 테러를 자행했습니다."

"너 지금 뭐 하는거냐고 묻잖아?"

비츄는 우물쭈물했다. 용맹했던 그의 모습은 온데간데없었다. 군인들 뒤에서 군용차량 하나가 자욱한 먼지를 일으키며 달려왔다. 헤른 사령관과 단 부사령관 그리고 전사들은 차량을 지켜보았다. 차량은 비츄 옆에 섰다. 그리고 아칸이 차에서 황급히 내렸다. 아칸은 내리자마자 헤른 사령관 앞에 달려와서 무릎을 꿇고는 이마를 땅에 대었다.

"헤른 사령관님, 용서해 주십시오."

"너는 또 뭘 잘못했어?"

"이놈이 저의 아들입니다. 제가 말리려고 했지만 뜻대로 하지 못했습니다."

"내가 경고했을 텐데. 잊어버렸나?"

그때 아칸이 벌떡 일어나더니 허리 춤에서 권총을 빼어 비츄의 이마를 거누었다. 총구는 이마에 채 한 뼘도 떨어져 있지 않았다. 비츄는 놀라서 아무 말도 하지 못했다. 아칸은 찰나의 망설임도 없이 방아쇠를 당겼다.

'탕-' 하는 단발의 총성과 함께 비츄의 이마에 총알이 관통했다. 뒤통수로 피가 울컥 솟아나더니 비츄는 그 자리에서 쓰러졌다. 군인들도 헤른 사령관도 아칸의 갑작스런 행동에 모두 놀랐다. 아칸은 뒤돌아 헤른에게 다시 무릎을 꿇었다.

"제 아들의 실수였습니다. 우리 종족의 뜻이 아닙니다. 부디 한 번만 선처를 내려주십시오."

"오호. 부족을 위해서 아들까지 죽였다? 종족의 우두머리답군."

"다시는 이런 일이 없도록 하겠습니다."

"아들까지 죽였다. 그런데 어쩌지. 나는 한 번 뱉은 말은 꼭 지키거든. 모두 죽어줘야겠어."

"억울합니다. 이는 분명히 무고르파의 호르니가 파놓은 함정입니다. 분명히 그들이 먼저 테러를 저질렀습니다. 그들의 테러는 왜 눈감아 주시는 겁니까?"

"테러가 있었다고?"

"네. 제 아들은 테러를 목격하고 젊은 혈기에 나선 것입니다."

"그럼 두 종족 모두 죽여야겠네."

"한 번만, 한 번만 더 기회를 주십시오. 제발 부탁드립니다. 모선을 위해서, 아니 사령관님을 위해서 뭐든지 하겠습니다."

아칸은 이마를 연거푸 땅바닥에 부딪쳤다. 이마에서 피가 났으나 멈추지 않았다. 시리야드파 최고의 복종 표시였다.

"어떤 경우라도 예외는 없다."

아칸은 통곡했다.

"제발 한 번만 살려주십시오! 제발!"

아칸의 얼굴은 피와 땀과 눈물 그리고 먼지가 범벅이 되었다.

"단 부사령관!"

"네."

"모선에 셀 만 개를 요청해라. 그리고 전사들은 여기 있는 군인들 먼저 처치해라."

"네 알겠습니다."

아칸은 무릎을 꿇은 채 기어가서 헤른의 다리를 잡았다.

"한 번만 살려주십시오. 뭐든지 다 하겠습니다. 뭐든지, 뭐든지, 시키는 대로 뭐든지 다하겠습니다."

단 부사령관이 모선에 연락하려는데 모선에서 먼저 헤른 사령관에게 연락이 왔다. 헤른 사령관은 귀찮다는 듯 아칸을 발로 찼다. 아칸은 내동댕이쳐졌다. 그때 모선에서 연락이 왔다. 퀸텀이었다.

"즉각 모선으로 귀환하라."

"네? 지금 처리해야 할 문제가 있습니다."

"명령이다. 이유 불문하고 즉각 모선으로 귀환하라."

"네. 알겠습니다."

헤른 사령관은 전사들을 향해 소리쳤다.

"모선으로 철수한다."

단 부사령관이 물었다.

"여기는 어떻게 합니까?"

"일단 귀환한다."

"무슨 일입니까?"

"나도 모른다. 너희들은 잠시 뒤에 보자."

헤른이 날아올랐다. 단 부사령관과 전사들도 사라졌다. 쓰러졌던 아칸은 신음하며 일어났다. 아칸이 중얼거렸다.

"이것은 하늘이 준 기회다."

아칸은 비츄의 시체로 기어갔다.

"오! 내 아들!"

아칸은 눈물을 흘리며 비츄의 시체를 어루만졌다.

"너의 죽음을 헛되이 하지 않겠다."

아칸은 눈물을 훔치며 일어났다. 그리고 군인들을 향해서 소리쳤다.

"모두 일어서라."

군인들은 주춤주춤 자리에서 일어섰다.

"지금까지의 잘못은 모두 용서하겠다. 하지만 지금부터 나의 명령을 거역하는 자가 있으면 군법에 따라 처형하겠다. 알았나?"

"네. 알겠습니다."

"좋다. 그러면 지금부터 나를 따른다. 시리야드파의 생존을 위해서 전진한다."

"어디로 가는 겁니까?"

"호르니에게 간다. 가는 도중에, 또 목적지에 도착해서도 단 한 명도 살상해서는 안 된다. 그 어떤 경우라도 내 명령이 있기 전까지 발포하지 마라."

아칸은 비츄의 시체를 차 뒤에 실었다. 그리고 자신도 차에 올라탔다. 차는 군인들이 뒤쫓아 올 수 있도록 서행했고 군인들은 차를 따라 뛰었다. 그들은 무고르파의 호르니가 머물고 있는 곳으로 향했다.

모선 안에서

헤른 사령관과 그 부하들이 도착했을 때 모선 안에는 전사들이 이미 모두 모여 있었다. 퀀텀은 그들에게 무장 해제를 명령했다. 56명의 전사들은 모두 갑옷을 벗었다. 갑옷은 갑옷 보관소에 보관되었다. 그리고 대기 명령이 떨어졌다. 모선은 움직이지 않았으며 너무도 고요했다.

세 시간의 진군으로 아칸은 호르니의 본거지에 도착했다. 그리고 그를 찾는 것은 그리 어려운 일이 아니었다. 군인들은 경호원들을 제압했다. 아칸은 호위 군인들과 함께 호르니가 있는 처소로 쳐들어갔다. 호르니의 방 안에 있던 호위병들과 서로 총을 겨누며 대치했다. 누구 한 명이라도 오발하면 모두 죽음을 면치 못할 위기 상황이었다. 아칸이 오른손을 들었다. 그러자 아칸의 군인들이 총을 내려놓았다. 호르니의 호위병들은 여전히 총을 겨누고 있었다. 아칸이 소리쳤다.

"밖에 이미 수백 명의 군사가 포위하고 있어."

호르니가 대답했다.

"나를 죽여도 제2의 호르니가 또 나올 거야. 제2의 호르니를 죽여도 또 제3의 호르니가 나올 거다. 무고르파 전부를 죽이기 전에 우리의 항쟁은 멈추지 않는다. 죽여봐라. 더 뜨거운 피 맛을 보고 싶거든. 나는 두렵지 않다."

"너를 죽이려면 이전에도 얼마든지 죽일 수 있었다. 하지만 오늘은 그 말을 하러 온 게 아니다."

"너와는 할 말이 없다. 하고 싶은 말도 없고."

"잘 들어. 전사들이 다녀갔다."

"전사들이? 그런데 너는 왜 아직 살아 있지?"

"모선에서 일이 생겨서 잠시 떠났다. 하지만 그들은 곧 다시 올 거다. 그들이 다시 오는 날에는 시리야드파뿐만 아니라 무고르파 종족 전부를 죽인다고 말했어."

"거짓말쟁이. 시리야드파는 죽어 마땅하지만 무고르파는 죽을 일이 없다. 항상 그런 식으로 협박하지. 너네들 썩어빠진 시리야드파는 말이야."

"잘 들어! 변절자 무고르파. 이건 농담이 아니야. 그들이 언제 올지 몰라. 지금 당장이라도 져들어 올시 몰라. 지금 너와 내가 어떻게 하느냐에 따라 우리 두 종족의 생존 여부가 달려 있어. 무슨 말인지 알겠어?"

"웃기지 마! 너희들이 먼저 공격했고 선제 공격을 한 종족은 전멸당해. 죽는 것은 너희들이지 우리는 아니야. 왜? 다급하니까 물귀신처럼 같이 죽자는 거야, 뭐야?"

"만약 우리만 죽는 입장이었다면 여기를 모두 쓸어버렸을 거야. 최대한 많은 무고르파 사람들을 죽였겠지. 잘 들어. 우리가 타협하지 않으면 둘 다 죽어."

"혜른 사령관의 말을 들어봐야겠어."

"그때는 너무 늦어. 혜른 사령관도 너희들이 테러를 저지른 사실을 알고 있어. 그래서 둘 다 죽이겠다고 하고 떠났어. 그가 다시 돌아올 때는 상황을 이야기할 시간이 없어. 지금 타협하지 않으면 기회는 영원히 없어."

"이건 너의 수작이야. 무슨 꿍꿍이가 있어. 내가 속을 줄 알고?"

아칸이 신호하자 군인들이 밖을 향해 소리를 질렀다. 그러자 군인 둘이 비츄의 시체를 가지고 방 안으로 들어왔다. 그리고 시체를 호르니 앞에 내려 놓았다.

"이게 누군지 알겠어?"

호르니는 퉁명스럽게 말했다.

"자네 아들이구만. 어쩌다 죽었나?"

"이마에 총알 자국이 보이나?"

호르니는 고개를 끄덕였다.

"내가 쏜 거야."

그때 밖에 있던 군인 하나가 방 안으로 달려 들어왔다.

"천리안이 나타났습니다."

모선에서

고요한 정적이 흘렀다. 정적을 깨뜨린 것은 퀸텀의 목소리였다. 세 시간 만의 명령이었다.

"모두들 갑옷을 착용하고 하던 일을 계속하라."

갑옷이 지급되고 전사들은 갑옷을 착용했다. 혜른이 퀸텀에게 요청했다.

"셀이 필요합니다."

"분쟁 문제인가?"

"네."

"지원해 주겠다."

"그런데 갑자기 부르신 건 무슨 일입니까?"

"혜른 사령관! 언제부터 명령에 질문했나?"

"……"

호르니의 거처

"아들은 왜 죽였어?"

"헤른 사령관이 앞에 있었어."

"믿을 수가 없구만. 네가 그렇게 아끼던 아들을 네 손으로……."

"나는 농담하고 있는 게 아니야. 네가 좋아서도 아니고. 마음 같아서는 내 아들을 이렇게 만든 너를 몇 번이고 죽이고 싶어. 하지만 종족을 위해서, 공생을 위해서 인내하고 있는 거야."

비츄의 시체를 본 호르니의 인상은 자못 진지했다. 그제서야 아칸의 절박함을 공감하는 듯했다.

"네가 원하는 게 뭐야?"

"곧 헤른 사령관이 올 거야. 우리가 타협한 모습을 보여주어야 돼. 이제는 분쟁을 하지 않을 거란 모습을 보여주어야 해."

"너와 내가?"

"그래. 그게 우리 두 종족이 함께 살수 있는 유일한 길이야."

그때 군인 하나가 급하게 들어왔다.

"밖에 헤른 사령관이 왔습니다."

순간 문을 부수고 헤른 사령관이 들어왔다. 문 앞에 있던 군인은 튕겨나가 버렸다.

"어라? 둘이서 뭐 하고 있는 거야?"

아칸은 황급히 호르니 곁으로 가서 그와 어깨동무를 했다. 호르니도 아칸의 어깨에 손을 올렸다. 그리고 아칸은 밝게 미소를 지었다.

"헤른 사령관님, 저희 둘이 극적으로 화해를 했습니다."

"화해?"

뒤이어 단 부사령관과 열두 명의 전사들이 들어왔다. 방 안이 가득 찼다.

"네. 시리야드파와 무고르파는 지금부터 영원히 평화롭게 지낼 것입니다. 그렇지 않나, 호르니?"

호르니 역시 어색하게나마 웃고 있었다.

"네 맞습니다. 저희는 과거에 안 좋았던 일은 모두 잊어버리고 새출발 하기로 했습니다."

"대타협을 이룬 겁니다. 이게 모두 헤른 사령관님 덕분입니다."

"오호, 그래? 둘이 타협했단 말이지?"

"네, 사령관님."

"그래? 안타깝군."

호르니가 걱정스러운 듯 물었다.

"뭐가 안타깝다는 말씀이신지?"

"치고 박고 싸우는 도중에 죽일 줄 알았는데 웃고 있는 너희들을 죽여야 한다니 말이야."

"네? 무슨 말씀이십니까? 저희는 이제 싸우지 않을 겁니다. 정말입니다."

"늦었어. 나는 한번 한 말은 무슨 일이 있어도 지킨다."

"하지만 헤른 사령관님. 저희는 스스로 평화를 이루었습니다. 이건 너무 억울합니다. 아칸은 사랑하는 아들까지 죽었습니다."

"어차피 다 죽을 것들이야."

헤른은 사라졌다. 그리고 다시 그 자리에 나타났다. 방 안에 달라진 것은 아칸과 호르니의 목이 각각의 몸에서 떨어져 있는 것뿐이었다. 둘 모두 눈도 감지 못했으며, 어색한 웃음도 지우지 못했다. 남은 몸 둘은 한참 후에야 버둥거리며 머리를 찾기 시작했다.

"단 부사령관. 두 종족 모조리 쓸어버려!"

헤른의 말이 끝나기가 무섭게 전사들은 방 안의 사람들을 처참하게 도륙했다. 그리고 모두 밖으로 나갔다. 헤른 사령관과 단 부사령관 그리고 열두 전사들은 공중으로 날아올랐다. 멀리서 만여 개의 셀이 날아왔다. 두 종족의 씨를 말리는 도륙이 시작되었다. 무자비하고 철저한 심판이었다. 300만 명이 넘는 두 종족은 그날이 종족 최후의 날이었다.

그 후

아무도 시체를 치우지 못했다. 시체를 치워줄 사람은 아무도 없었다. 두 지역은 말 그대로 지옥이었다. 시체는 날마다 부패해갔다. 건조하고 뜨거운 날씨는 300여만 개의 해골을 만들어 가고 있었다.

- 한국 산사(山寺)에서 -

본전. 넓은 실내는 고요했다. 늦은 오후 지친 햇살은 겨우 문창에 기댔다. 은은한 미색 빛은 온기를 품은 듯 실내를 따사롭게 채웠다. 탁자에 놓인 향로에서는 연기가 미동도 없이 곧게 피어 오르고 있었다. 그 앞에는 고승이 마치 동상처럼 정좌하고 있었다. 파르라니 깎은 머리, 하얗게 센 눈썹과 수염으로 미루어 한눈에도 평범함과는 괴리가 있어 보였다.

고승은 눈을 지그시 감고 있었다. 고승의 어깨에는 부리부리한 눈에 검은 털이 유난히 반짝이는 까마귀 한 마리가 앉아 있었다. 까마귀는 바로 차동희의 성기를 물고 날아갔던 그 까마귀였다. 까마귀는 고승의 어깨가 자기 집인 양 얌전히 앉아 있었다.

그 앞에 스님 하나가 무릎을 꿇고 있었다. 스님의 호는 '금봉'이었으며 동희를 거두어 온 스님 중 한 명이기도 했다.

"큰스님! 깨어날 수 있겠습니까?"

고승은 들었는지 듣지 못했는지 대답이 없었다. 금봉 스님이 재차 물으려 하자 고승은 무거운 목소리로 나지막이 대답했다.

"그분께 달려 있다."

"벌써 달포가 넘었습니다."

고승은 길게 숨을 내쉬었다. 숨소리가 깊어서 한숨처럼 들렸다.

"마음을 놓거라. 이미 우리 손을 떠났느니라."

차동희 처형 당일

부슬부슬 비가 내리고 있었다. 강 박사는 차 뒷자리에 앉아 있었다. 창 밖으로 병풍처럼 가파른 절벽들이 줄을 잇고 그 아래로 수려한 강이 이어져 있었으며, 가랑비에 운치를 더해 마치 살아 숨 쉬는 한 폭의 그림 같았다. 시선을 조금만 돌리는 수고로도 아름다운 경치를 감상할 수 있었지만 강 박사는 그럴 심적 여유가 없었다. 연락을 받은 그날부터 줄곧 이어져 온 긴장이었다.

비포장 도로라서 차가 덜컹거렸다. 강 박사는 오른손으로 천장 손잡이를 붙잡았다. 혹 바퀴가 진흙에 빠지기라도 할까 봐 조마조마했다. 실로 오랜만에 찾아온 의욕이었다. 그러고 보니 은퇴를 한 지 벌써 10년이란 세월이 흘렀다. 그 10년이란 세월을 건너 뛰어 마지막 수술 때를 기억하기란 그리 어렵지 않았다.

그만큼 은퇴 후의 10년 동안 기억할 만한 것이라곤 거의 없었다. 방송에 한두 번 출연한 것과 언제 어디였는지 금방 구분할 수 없는 권태로웠던 해외여행들. 늦은 나이에 목숨을 담보한 일을 하게 될 줄은 예상하지 못했다. 얼마 남지 않은 인생은 그의 마음을 가볍게 해 주었다. 이 일로 당장 죽더라도 미련이나 여한은 없었다. 자신의 목숨은 지금 그다지 중요하지 않았다. 그리고 자신의 목숨을 중요시하지 않게 된 지금의 절박한 상황은 오히려 다 늙은 원로 박사의 사라졌다 여겼던 욕심과 의지를 되살리고 있었다.

계곡을 지나 산 중턱에 이르자 멀리 산사가 안개비 속에서 어렴풋이 모습을 드러냈다. 강 박사는 주먹을 불끈 쥐었다.

산사(山寺)에는 무거운 긴장감이 감돌았다. 박사들이 속속 도착했다.

차동희 처형 한 달 후

주지실 실내에는 강 박사와 큰스님이 마주했다. 큰스님이 물었다.

"좀 어떤가?"

"접합 수술은 성공적이네."

"스님들 이야기로는 검게 변했다고 하던데."

"나도 썩는 줄 알았네. 하지만 피가 통하기 시작했어. 몸이 회복하고 있다는 반증이지."

"역시 최고의 재생 전문의네."

"수술은 제자가 했는데 뭘."

"뇌는 이상이 없나?"

"출혈이 심했지만 간신히 뇌사 상태는 면했네. 그보다는 정신적 충격이 걱정이야."

"그럴 테지."

이번에는 강 박사가 큰스님에게 물었다.

"심장도 뛰고 있고 몸은 정상적이네. 언제쯤 깨어날까?"

"그건 의사인 자네가 알지."

"예끼, 이 사람아. 자네가 모르면 누가 아나? 깨어날 수는 있는 거지?"

"글쎄. 그건 그분의 의지에 달려있는 거겠지."

"무슨 의지 말인가?"

"생에 대한 의지."

"생에 대한 의지?"

"자네가 그분이라면 이 상황에서 살고 싶겠는가, 아니면 그대로 죽고 싶겠는가?"

강박사는 대답 대신 깊은 침묵으로 응했다.

차동희 처형 석 달 후

금봉은 폭포 아래에서 정좌를 한 채 명상에 잠겨 있었다. 폭포는 얼었지만 얼음 사이로 여전히 물이 흐르고 있었다. 사방으로 흰 눈이 숲을 포근하게 덮고 있었다. 차가운 바람이 굶주린 들짐승처럼 계곡 사이를 이리저리 배회했다. 금봉의 귀에는 폭포 소리도 바람 소리도 들어있지 않았다. 그러나 무상무념의 세계로 정진하던 금봉도 저 멀리서 들려오는 작은 목소리에 귀 기울이지 않을 수 없었다. 어린 동자 하나가 길 모퉁이를 돌아 폭포 쪽으로 헐레벌떡 뛰어오고 있었다. '선호'였다. 금봉은 눈을 떴다.

"스님! 스님! 헉- 헉- 스님!"

"어허! 조심하지 않고. 그러다 넘어질라."

"스님! 눈을 떴어요."

"정말이냐?"

선호는 마른침을 꿀꺽 삼키더니 말을 이었다.

"네. 스님. 오산 스님과 혜안 스님께서 금봉 스님을 모셔오라고 하셨습니다."

"쉿! 조용! 크게 떠들지 마라."

"네. 쉿!"

선호는 입에다 작은 손가락을 갖다 대고는 속삭였다.

"스님. 빨리 가시죠."

금봉은 자리에서 벌떡 일어섰다.

산사

동희는 눈을 떴다. 눈을 뜨자마자 눈물이 하염없이 뺨을 타고 흘러내렸다. 자신이 살아있음을 깨닫는 일은 한없이 슬프고 더없이 절망스러운 것이었다. 눈물은 멈출 줄 몰랐다.

산사 주지실

"그래 그분께서는 좀 어떠시냐?"

큰스님의 물음에 오산 스님이 대답했다.

"의식은 차리셨지만 아직 일어나시지는 않고 있습니다. 귀를 먹은 것 같지는 않는데 질문을 해도 대답이 없습니다. 식물인간처럼 누워 있습니다. 숨소리만 커졌을 뿐이지 깨어나기 전과 다름이 없습니다."

"미음은 좀 드시는가?"

"아직 링거에 의지하고 있습니다."

"……."

"큰스님! 박사님들을 다시 부르는 게 어떨런지요?"

"아니다. 삼자가 해결할 일이 아니다."

차동희 처형 후 97일

선호가 다급하게 문을 열고 들어가다 문지방에 걸려서 넘어졌다.

"아이고, 아야!"

"조심하지 않고?"

"큰스님! 지금 오고 있습니다."

뒤에서 오산 스님이 따라 들어왔다.

"큰스님 앞에서 이 무슨? 촐싹거리지 말라고 그만큼 일렀는데……."

오산 스님은 큰스님에게 절을 올렸다.

"그분께서 오고 계십니다."

오산 스님의 말이 끝나도 전에 선호 동자가 열어놓은 문틈 사이로 일행이 보였다. 금봉 스님과 혜안 스님이 승복을 입은 차동희를 양옆에서 부축한 채 마당을 가로질러 오고 있었다. 오산 스님은 나가서 동희를 맞았다.

동희의 얼굴은 창백했으며, 몸은 꼬챙이처럼 말랐다. 혼자서 걸음을 뗄 수 없을 만큼 기력도 형편없었다. 스님들의 부축을 받아서 큰스님의 거처까지 다다른 동희는 마루에서 안기다시피 하여 방 안으로 들어섰다. 둘은 동희를 앉혔다. 큰스님이 일렀다.

"너희들은 잠시 나가 있거라."

금봉과 오산 그리고 혜안 스님은 선호를 데리고 자리에서 물러났다. 문이 닫히고 잠시 적막이 흘렀다. 고승은 팔을 들어올려 어깨에 있던 까마귀를 팔로 옮기더니 바닥에 놓았다. 까마귀는 고분고분 따랐다. 그리고 동상처럼 앉아만 있던 고승이 무거운 풍채를 움직이며 일어섰다.

동희는 고승이 무엇을 하려는지 알지 못했다. 자리에서 일어선 고승은 예상외로 키가 컸다. 그리고 갑자기 동희에게 큰절을 했다. 동희는 당황하여 일어서려 손을 짚고 무릎을 세우려다 현기증으로 털썩 주저앉았다. 그리고 앉은 채로 상체를 구부려 같이 절을 했다.

"왜 이러십니까?"

고승은 정성스럽게 큰절을 올리고 일어섰다가 다시 앉았는데 아까와는 달리 무릎을 꿇었다.

"왜 이러십니까?"

"처음 뵙겠습니다. 저는 이 절의 주지 '법성'이라고 합니다."

"금봉 스님께 들었습니다. 여쭈어 볼 것이 많은데 또 여쭐 일을 하셨습니다."

"차동희 님께서는 장차 큰 깨달음을 얻으실 겁니다."

"깨달음이라니요?"

동희는 반문했다. 정신이 맑지 않은 상태에서 황당한 일을 당해 마치 꿈을 꾸고 있는 것 같았다.

"장차 큰 성(聖)을 얻으실 것입니다. 석가에서는 열반이라고 하지요."

"제가요? 잘못 보셨습니다."

고승은 빙그레 미소를 지었다. 동희는 어이없다는 듯 피식 웃었다. 그리고 이내 정색했다.

"도대체 왜 저를 살리신 겁니까? 금봉 스님께서는 법성 스님만이 알고 계신다고 했습니다."

"제 뜻이 아니라 하늘의 이치입니다."

"하늘의 이치? 도대체 무슨 뚱딴지 같은 소리입니까?"

동희는 갑자기 안색이 변했다. 소리 없이 눈물이 주르르 흘러내렸다. 고승은 말이 없었다.

"저는 이미 삶을 포기했었습니다. 모든걸 단념했었습니다. 그런데 왜 살려놓았습니까?"

"제가 살린 것이 아니라 스스로 살아야겠다는 의지가 살린 것입니다. 저는 다만 그 환경을 만들어 드린 것뿐입니다."

"아니요. 잘못 보셨습니다. 저는 모든 것을 다 잃었습니다. 그리고 그 날 제 삶은 끝이 났어야 했습니다."

"스스로를 깊이 보십시오."

"스님께서는 저보다 저를 더 잘 알고 있다는 투로 말씀하시는군요. 스님이 원망스럽습니다. 스님께서는⋯⋯."

동희는 말을 끝까지 잇지 못하고 자리에서 풀썩 쓰러졌다. 고승은 밖을 향해 소리쳤다.

"금봉아! 밖에 있느냐?"

동희는 눈을 떴다. 천장은 높았다. 반쯤 숨은 나무 기둥이 갈비뼈처럼 나란히 뻗어 있었다. 초점을 맞추어 또렷하게 보는 것조차 힘들었다. 옆에서 목소리가 들렸다. 금봉 스님이었다.

"깨셨습니까? 물이라도 한 모금 드시지요."

동희는 대답이 없었다.

"기운을 차리셔야 다시 큰스님께 자초지종을 들으시죠."

그제서야 동희는 자리에서 일어나려 했다. 금봉 스님이 도왔다.

그로부터 사흘 후

동희는 링거를 뽑고 미음을 먹었다. 이제는 혜안 스님이 입술과 혀를 물수건으로 적시는 수고를 하지 않아도 되었다. 금봉 스님이 빙그레 웃으며 물었다.

"큰스님께서 뭐라고 하시던가요?"

동희는 대답이 없었다.

"좋은 말씀 많이 하시던가요?"

"큰스님인가 하시는 분도 정상적인 사람은 아니더군요."

"무슨 말씀이십니까?"

"하기야 이 절의 제일 어른인데 제가 비웃으면 안 되겠죠."

"큰스님은 아마도 지금 차동희 님께서 생각하시는 것보다 훨씬 더 대단하신 분임은 틀림없습니다."

"……."

"큰스님의 예지능력이 아니었으면 우리의 인연도 없었겠지요."

차동희 처형 당일 날

금봉을 필두로 한 십여 명의 스님들은 시체들을 거두어 절로 내려왔다. 마당에는 비가 와서 땅이 질었다. 신발에는 진흙이 한 뼘씩 붙었다. 비에 흠뻑 젖어 있었지만 모두들 상기된 얼굴이었다. 각문을 지나고 탑을 돌아 전각 오른쪽 조사당 뒤 지하로 통하는 비밀 문으로 들어섰다.

지하에는 강 박사를 비롯하여 벌써 여덟 명의 의사와 박사들이 대기하고 있었다. 의사들이 동희를 인수하고 스님들은 모두 밖으로 나갔다. 우선 피 묻은 동희의 몸을 닦아내고 소독했다. 강 박사는 까마귀가 물어온 동희의 성기 조각이 담겨 있는 냉동 상자를 꺼냈다. 이내 동희는 수술대 위로 옮겨졌다.

조사당 지하에는 종합병원 어디에도 뒤지지 않는 수술 시설이 갖추어져 있었다. 응급처치 전문의와 재생 전문의 그리고 박사들로 이루어진 수술 팀은 참담한 동희의 몸뚱이 앞에서 모두들 말을 잃었다. 도달하기 쉽지 않은 커다란 목표가 자신들 앞에 주어져 있었다. 단지 그 목표를 위해서 정확하고 빠르게 움직일 뿐이었다. 지금까지 해온 수련과 경험은 바로 그 한순간을 위한 과정처럼 여겨졌다.

"예지능력이라니요? 큰스님께서 제가 처형당할 것을 알고 계셨단 말입니까?"

금봉은 물끄러미 동희를 바라보며 고개를 끄덕였다. 동희는 반짝이는 눈빛으로 물었다.

"좀 더 구체적으로 말씀해 주세요."

"재판이 있기 6개월 전에 큰스님께서 절 지하에 수술실을 만드셨습니다."

동희는 믿을 수 없다는 투로 금봉 스님을 쳐다봤다.

"큰스님의 속세 친구들에게 연락을 한 것도 그때였습니다."

"무슨 말씀이신지요?"

"큰스님께서 젊은 시절에 십여 년 동안 속세로 나가서 의술을 공부하셨습니다. 그때 사귀었던 지인들입니다."

"그럼 그때 벌써 이 사태를 예상하고 의술을 공부했단 말입니까?"

"글쎄요. 그건 큰스님만 알고 계시겠죠."

동희는 믿기지 않았다.

"큰스님께 여쭈어 봐야겠어요."

"지금은 자정입니다. 날이 밝으면 찾아 뵙도록 하십시오."

"자정? 자정이군요. 참! 레이와 대통령, 그리고 가족들은?"

"저희들이 도착했을 때 이미 숨을 거두셨습니다. 그분들은 다음 날 화장을 했습니다. 그리고 이웃한 절 뒷산에 있는 자작나무 아래에 뿌려드렸습니다. 속세에서는 차동희 님도 화장되어서 나무에 같이 뿌려진 것으로 알려져 있습니다."

다음 날 아침

동희는 방을 나섰다. 바깥은 온 천지가 눈이었다. 아담한 본전과 주지실, 조사당과 탑, 각문과 마당에도 눈이 덮여 있었다. 본전 앞 마당과 스님들의 처소 사이에는 커다란 은행나무 두 그루가 있었다. 나무도 함박눈을 뒤집어쓰고 있었다. 동희는 눈을 밟으며 법성 스님이 머물고 있는 주지실로 걸어갔다.

금봉 스님이 뒤를 따랐다. 주지실 앞에서 금봉 스님이 아뢰었다.

"큰스님! 차동희 님께서 뵙고자 하십니다."

"모셔라."

금봉이 문을 열고 차동희가 방 안으로 들어갔다. 고승은 까마귀를 내려놓고 일어서서 큰절을 올렸다. 차동희도 함께 큰절을 올렸다.

"왜 자꾸 이러십니까?"

"기력은 좀 찾으셨습니까?"

"네."

둘은 마주 앉았다. 둘 다 무릎을 꿇고 앉았다.

"편히 앉으십시오."

"아닙니다. 편히 앉으십시오."

결국 둘 다 무릎을 꿇고 앉은 채로 대화를 나누었다. 동희가 물었다.

"제가 알기로 까마귀는 길들여지지 않는 동물로 알고 있습니다."

"그렇습니다."

"그런데 스님과 함께 있는 저 까마귀는?"

"이놈은 저에게 길들여진 게 아니라 저를 동무로 생각하고 있습니다."

"동무요?"

"네. 수년 전에 사냥꾼에게 총을 맞고 떨어진 것을 제가 치료해 주었습니다. 그 뒤로 저를 떠날 생각을 하지 않습니다. 영리해서 사람 말귀를 잘 알아듣습니다."

"금봉 스님께서 말씀하시길 큰스님께서 젊은 시절에 의술을 배우셨다고 하셨는데……."

"네."

"혹시 그때 지금 이 일을 미리 예견하시고 배우신 건가요? 큰스님께서는 예지력을 지니고 계신다고 하시던데……."

동희는 조심스럽게 물었다. 법성은 빙그레 웃었다. 웃음은 더없이 인자했다. 그리고 대답을 했다.

"아닙니다. 이놈한테 예지력 같은 것은 없습니다."

동희는 법성이 말을 끝내자마자 기다렸다는 듯 바로 받았다.

"그렇죠? 그런 건 아니죠?"

"네."

"그럼 의술은 어떻게 배우게 되셨습니까? 의사 친구들은 뭡니까?"

"의술은 저의 스승님 때문에 인연을 맺게 되었습니다."

"스승님? 큰스님의 스승님 말입니까?"

"네. 그분의 존함은 돈암 스님이셨습니다. 아마 제가 선호 나이쯤 되었겠습니다. 그분을 만난 게."

"그런데 그분은 어떻게 의술을 배우게 되었습니까?"

"제가 스승님을 만난 지 이삼 년쯤 되었을 때였습니다. 둘이서 이웃 절에 다녀오는 길에 암벽을 등반하다 떨어져서 다친 응급 환자를 만났습니다. 그 전까지는 저도 스승님께서 그런 능력을 가지고 계신지 몰랐습니다. 스님께서는 허리와 목뼈를 다친 환자를 응급처치 하셨습니다. 워낙 심하게 다쳐서 응급처치가 없었다면 아마 숨을 거두었을지도 모릅니다. 저는 겁이 나서 뒤에서 그저 물끄러미 지켜보고 있었습니다. 그리고 저는 알았죠. 그분께서 속세에서 의사였었다는 것을요."

법성은 말을 계속 이었다.

"저는 스승님께 의술을 가르쳐 달라고 졸랐습니다. 불경 공부보다 그것이 더 신기해 보였습니다. 죽어가는 사람을 살린다는 사실에 경외감이 들었죠. 스승님께서는 틈틈이 의술을 가르쳐 주셨죠. 하지만 의술이란 것이 그렇게 배우는 데는 한계가 있었습니다. 몇 년 동안 독학을 하고 의대에 들어갔습니다. 그리고 10년 정도 의술을 배우고 절로 돌아왔습니다."

"저를 살려주신 분들은 그때 사귀었던 친구들입니까?"

"일부는 그때 친구들이고 일부는 그 친구들이 추천해 준 의사와 박사들입니다."

"수술실은 왜 짓게 되었습니까?"

"차동희 님을 위해서요."

"스님께서는 예지력이 없다고 하시지 않으셨습니까? 혹시 큰스님께서 모선과 연관이 있으신 겁니까?"

"그것은 예지력이 아닙니다. 통찰입니다."

"통찰? 믿을 수 없습니다."

"80년을 수도한 늙은이가 그 정도 재주는 가지고 있어야지 않겠습니까?"

"그럼 저의 미래도 아십니까?"

"이대로 계실 겁니까?"

"무슨 말씀이신지?"

"세상으로 나가셔야지요. 모선을 막을 수 있는 사람은 당신뿐입니다."

"제가 모선을 이길 수 있다고 통찰로 알고 계십니까?"

법성은 고개를 좌우로 가로저었다. 그리고 대답했다.

"모든 것은 차동희 님의 의지에 달려 있습니다."

동희는 한숨을 쉬었다.

"저는 이제 아무것도 할 수 없습니다. 그럴 의지도, 용기도, 능력도 없습니다. 저는 완벽하게 패했습니다. 다 잃었습니다. 실낱 같은 삶의 집착조차도 없습니다."

"재판 이후 한국에서만 천이백만 명을 죽였습니다. 그리고 세계 각국의 주요 분쟁 지역마다 개입해서 모선의 희생자는 이천만 명에 육박하고 있습니다."

동희는 손이 저려왔다. 법성은 지그시 눈을 감았다. 동희는 온몸에 맥이 풀렸다.

"모선에 대항하든 그렇지 않든 그것은 차동희 님의 자유입니다. 하지만 어떻게 하든 몸은 추스르십시오. 몸이 건강해야 온전히 판단할 수 있습니다. 금봉과 혜안, 오산이 도울 겁니다."

동희는 여전히 충격에 사로잡혀 있었다. 재판일로부터 101일째 되는 날이었다.

- 차동희 33세 12월 -

새해가 밝았다. 일주일 사이 동희는 빠르게 기력을 회복해 나갔다. 미음은 밥으로 바뀌었고 이제는 소화에도 별다른 장애가 없었다. 오산 스님이 속세와 절을 오가며 의사의 지시를 전했다. 근육은 여전히 퇴화해 있었지만 현기증도 사라지고 잠자는 시간도 많이 줄었다. 금봉과 오산 스님은 항상 그를 보살폈다.

이른 아침

눈이 무릎까지 쌓여 있었다. 숨을 쉴 때마다 뽀얀 서리가 어렸다. 동희는 레이와 대통령, 그리고 대통령 가족들의 재가 뿌려진 나무를 찾았다. 자작나무 숲에 골고루 뿌려진 재는 이미 형체가 남아 있지 않았다.

동희는 그 앞에서 주저앉아 소리 내어 울었다. 비통한 울음. 동희의 깊은 슬픔에 금봉과 혜안도 숙연해졌다. 어떤 위로의 말도 전해줄 수 없었다. 그렇게 한참을 울고 난 동희는 나무를 어루만졌다. 그들의 재를 영양분 삼아 자라고 있는 커다란 자작나무를 마치 그들인 양 곱게 다루었다.

해는 어느덧 중천에 떠 있었다. 새소리, 바람소리가 청아했다. 혜안 스님은 아래에 보이는 절에 가서 주먹밥을 가져왔다. 돌아올 때의 차 동희 표정은 갈 때와 사뭇 달랐다. 동희는 허약해진 신체를 단련하기 위해서 혜안 스님으로부터 무술을 배우기 시작했다.

2월 산사

폭포수는 꽁꽁 얼어붙었다. 폭포수 아래 작은 웅덩이도 바닥이 보이지 않을 만큼 얼었다. 사방은 눈이고 계곡마다 살을 에는 찬기운이 뒤덮고 있었다. 그러나 폭포수 옆 바위를 사이에 둔 공터만은 예외였다. 날카로운 기합 소리와 바람을 가르는 주먹과 발길질 소리가 끊이지 않았다. 동희와 혜안 스님의 무술 연습이었다.

3~4미터의 원을 그려놓고 동희가 혜안 스님을 공격했다. 혜안 스님은 뒷짐을 진 채 피하기만 했다. 동희는 공격하다 지쳐 털썩 주저앉았다. 단 한 대도 때리지 못했다. 동희는 숨을 몰아쉬었다.

"헉- 헉- 어떻게 그렇게 피할 수가 있죠?"

"수련하시면 됩니다."

"하- 하- 이상해요. 가끔씩 갑자기 시야에서 사라져 버리는 건 왜죠?"

"차차 설명드리죠."

3월 산사

햇살은 따뜻했지만 여전히 산사에는 매서운 바람이 몰아쳤다. 그러나 이미 버들강아지가 새싹을 틔웠다. 산사의 봄은 느렸지만 어김없이 찾아왔다. 폭포는 녹아서 시원한 물줄기를 떨어뜨렸다.

혜안 스님이 동희에게 무술을 가르치고 있었다. 동희는 손바닥으로 혜안을 향해 공격했다. 바로 눈앞에 있던 혜안의 얼굴이 갑자기 시야에서 사라졌다. 그리고 어느새 자신의 옆구리에 혜안의 발이 날아왔다. 동희의 몸은 붕 떠서 땅바닥에 쓰러졌다.

"눈에 의존하지 마십시오. 공격당하는 수는 항상 눈에 보이지 않습니다."

동희는 일어섰다.

"눈을 믿지 말라고요?"

동희가 다시 공격했다. 자세를 낮추며 발을 내밀어 혜안의 발목을 공격했다. 혜안은 풀쩍 뛰어 공격을 피했다. 동희는 일어서며 혜안의 머리를 공격했다. 혜안은 고개를 숙여 피했다. 그리고 동희가 왼쪽 다리로 돌려차기를 시도하는 찰나 혜안은 어느새 동희의 몸에 붙어 있었다. 그리고 두 팔로 동희의 가슴을 밀쳤다. 이번에도 동희는 훌쩍 날아가서 쓰러졌다.

"눈을 이용하세요."

"눈을 믿지 말라고 하서놓고서는……."

"볼 것은 안 보고, 보지 않아도 될 것은 유심히 보니까 그렇습니다. 주의 깊게 보십시오. 눈빛, 목의 움직임, 어깨만 봐도 몸 전체가 어떻게 움직일지 알 수 있습니다."

동희는 또 일어섰다. 그리고 공격했다. 이번에는 혜안 스님이 자신의 왼쪽 얼굴을 보고 있는 것을 간파했다. 그렇다면 혜안 스님의 오른쪽 발이 올라 올 차례였다. 동희는 왼팔을 올려 왼쪽 얼굴을 가렸다. 그러나 혜안의 손바닥이 동희의 얼굴을 가격했다. 동희는 혜안의 손바닥을 맞고는 뒤로 벌러덩 쓰러졌다.

"분명 왼쪽이었는데……."

혜안 스님은 빙그레 웃었다.

"그런 간단한 속임 동작에 넘어가시다니요."

5월 산사

폭포 옆 바위에 동희와 금봉 스님이 마주 앉았다. 둘은 정좌하고 있었다.

"숨을 최대한 천천히, 길게 들이마십시오. 코를 통해 들어온 공기는 미간을 거치고 이마와 정수리를 거쳐 뒤통수로 그리고 목을 거쳐서 척추를 타고 내려가 배꼽 한치 아래 단전에 모입니다. 단전에 최대한 오래 품으십시오. 할 수 있는데까지. 그리고 최대한 천천히 내뿜는 겁니다. 들이 마실 때와 내뿜을 때는 코앞에 깃털도 흔들리지 않도록 해야 합니다. 아무것도 생각하지 말고 호흡에만 집중하십시오."

6월 산사

녹음이 짙어졌다. 수염이 제법 길게 자란 동희는 폭포 옆에서 명상에 잠겨 있었다. 머리는 어깨까지 자라 있었다. 곁에는 금봉 스님이 있었다. 그 역시 명상에 잠겨있었다. 멀리서 오산 스님이 걸어오고 있었다. 금봉이 눈을 떴다.

"어쩐 일이십니까?"

동희도 눈을 떴다.

"방금 금산사에 지인 스님께서 다녀가셨습니다. 금산사로 누가 찾아왔답니다."

"누가요?"

"누구인지 모르겠지만 모선이 두려워서 지금껏 아무도 찾지 않았던 곳입니다."

"차동희 님과 일행들을 화장해서 뿌린 곳을 가르쳐 달라고 해서 가르쳐 드렸더니 그곳에 가서 하루 종일 대성통곡했답니다. 3일째 절에 머물면서 매일 그곳을 찾아가서 절을 올린답니다."

금봉은 동희의 눈치를 살폈다. 동희가 선뜻 나섰다.

"제가 가 보죠."

"저희들도 따라가겠습니다."

동희와 금봉 그리고 오산은 금산사로 향했다. 두어 시간을 걸어서 금산사 뒤뜰에서 한참 떨어진 자작나무 숲에 당도했다. 자작나무 숲 한가운데 남루한 옷을 입은 사람 하나가 무릎에 턱을 괴고 앉아서 금산사 절을 바라보고 있었다.

동희와 일행은 사내에게 접근했다. 발소리를 듣고 그는 고개를 돌렸다. 승오였다. 동희는 승오를 알아봤지만 달려가지 않았다. 승오는 동희를 보고 소스라치게 놀랐다. 그리고 한두 발 뒤로 물러났다.

"누구냐?"

"승오야! 나야. 형."

승오는 마른침을 꿀꺽 삼켰다. 동희의 눈가에는 벌써 눈물이 고여 있었지만 승오는 동희를 경계했다. 승오가 갑자기 동희에게 달려들었다. 금봉과 혜안이 승오를 저지하려 했다. 동희가 말렸다.

"그만! 그만들 하세요."

모두 동작을 멈추었다.

"승오야, 바보야. 나야, 나. 형이라고."

"믿을 수 없어. 믿을 수 없어."

승오는 고개를 가로저으며 뒷걸음질쳤다. 금봉이 승오에게 일렀다.

"맞습니다. 차동희 님이십니다."

"아니야. 그럴 리 없어."

동희는 다가가서 승오를 안았다.

"살아 있었구나. 살아 있었어."

승오는 그제서야 동희가 살아있음을 실감했다.

"형이야? 정말 형이야? 형이 살아 있었어?"

승오는 동희를 와락 껴안았다. 그리고 실감하려는 듯 동희를 쓰다듬었다.

"형! 살아 있었구나."

"자리를 옮기시죠. 노출될 수 있습니다."

혜안과 금봉이 둘을 피신시켰다.

동희와 승오는 폭포수 옆 바위 위에 나란히 앉았다. 동희는 자신이 살아나게 된 자초지종을 설명해 주었다.

"너는 어떻게 지냈어?"

"기지에서 도망쳐서 산속에 숨어 다녔어요. 그리고 가이아를 숨겨야 겠다는 생각이 들었어요. 잡혀도 나 혼자 잡혀야 한다는 생각에……."

"그럼 가이아도 잘 있는 거야?"

"아마 잘 있을 거예요. 미정이 할아버지 집에 있어요."

"할아버지께서는 잘 계셔?"

"가이아를 맡기러 갔을 때는 재판이 있고 며칠이 지난 뒤였어요. 할아버지는 방 안에 향을 피워서 형하고 레이 누나, 대통령 그리고 가족들의 영을 위로하고 있었어요. 얼굴이 많이 수척했어요. 참! 형. 그거 알고 있어요?"

"뭐?"

"류지태 그놈이 배신했어요."

동희는 어렵게 대답했다.

"알고 있었어."

"그래요? 어떻게 그럴 수가 있어요."

동희는 힘없이 대답했다.

"그럴 수도 있지."

"아니, 어떻게 그럴 수도 있어요? 형은 억울하지도 않아요?"

"갑옷의 공포는 인간이 감내할 수 있는 성질이 아니야."

"기껏해야 죽기밖에 더해요? 자기 살자고 어떻게……."

승오가 언성을 높이려 하자 동희는 가만히 승오의 손을 잡으며 말렸다.

"면수 선배 시신은 어떻게 되었는지 알고 있니?"

"태웠대요."

승오는 고개를 숙였다. 동희가 승오의 어깨를 두드렸다. 승오는 나오는 눈물을 참으려 고개를 들었다. 승오는 코를 훔치며 말했다.

"다 끝난 일이에요."

"……."

"세상 사람들은 전부 형이 죽은 줄 알아요."

금봉 스님이 급히 법성 큰스님을 찾아갔다.

"차동희 님이 없어졌습니다."

동희는 이틀 동안 산길을 걸어서 산속 한 노인 집에 도착했다. 노인은 텃밭에서 잡초를 뽑고 있었다. 동희는 한 노인을 불렀다.

"할아버지!"

노인은 일손을 멈추고 돌아보았다. 그리고 눈을 거슴츠레 뜨며 앞에 있는 사람이 누군지 알아내려 애썼다. 노인은 멀어서 동희를 금방 알아보지 못했다.

"뉘시오?"

"접니다, 할아버지. 동희."

노인은 깜짝 놀라 일어섰다.

"뭐요? 동희라니?"

"예. 동희요. 차동희."

"이럴 수가. 이게, 이게."

노인은 점벙점벙 뛰어와 동희 앞에 섰다.

"정말 동희 맞나?"

동희는 할아버지 두 손을 잡았다.

"이게, 이게 꿈이야 생시야? 아니, 이게 어떻게 된 거야, 그래. 귀신 아니지?"

노인은 눈물을 글성거렸다.

"네, 사람입니다."

노인이 동희의 손을 더욱 꼭 쥐었다.

"안으로 드십시오."

한 노인은 천에 쌓인 커다란 상자를 꺼냈다. 동희가 도왔다. 동희는 정성스럽게 쌓인 천을 풀었다. 나무 상자가 나왔다. 상자 문을 열었다. 가이아의 두뇌가 들어 있었다. 은빛 신물질. 신물질은 언제 보아도 가슴이 설레었다.

"할아버지, 혹시 라디오 있습니까?"

"예."

"제가 부술 겁니다."

"삶아먹어도 됩니다."

노인은 라디오를 가져왔다. 동희는 라디오를 분리했다. 스피커와 마이크를 떼어냈다. 그리고 가이아의 입출력부와 연결했다. 동희는 떨고 있었다. 조립을 마치고 동희는 입출력 장치의 전원을 연결했다. 그리고 조심스럽게 가이아를 불렀다

"가이아!"

아무런 반응이 없었다.

"가이아!"

역시 아무런 반응이 없었다. 동희는 입을 마이크에 좀 더 가까이 갖다 대었다. 그리고 다소 떨리는 목소리로 불렀다.

"가이아!"

묵묵부답이었다. 노인이 가이아 두뇌를 툭툭 때렸다.

"할아버지 그리시면 안 됩니다."

"고장 난 겁니까?"

"모르겠어요."

기기를 살피던 동희는 스피커의 볼륨을 올렸다.

"가이아!"

그제서야 스피커에서 낯익은 목소리가 흘러 나왔다.

"그렇게 크게 대답했는데 볼륨을 줄여놓으시니 안 들린겁니다."

동희는 그제서야 얼굴이 밝아졌다. 만연에 웃음이 가득했다. 노인도
덩달아 웃었다.

"어! 말을 하네."

"깜짝 놀랐네."

"저는 미치는 줄 알았습니다."

"실컷 잠 자놓고선 무슨 소리야."

"저도 수면에 빠질 줄 알았는데 그게 아니었어요. 두뇌 전원이 살아
있으니까 생각이 멈추지 않던데요. 계속 생각했어요. 읽었던 자료 다시
읽고 계산했던 것 또 계산하고 얼마나 지루했는지 몰라요."

그때 갑자기 방문이 열렸다. 동희는 소스라치게 놀라 뒤를 돌아보았
다. 문을 연 사람은 승오였다.

"아니, 네가 어떻게 여기?"

"형은 내 손바닥 안이라니까요."

승오와 함께 금봉과 혜안 스님이 방으로 뒤따라 들어왔다.

"섭섭한데요. 형. 혼자 오다니."

"지난번에 이놈 전해준 분이구려."

"네, 할아버지. 안녕하셨어요?"

산사

승오가 물었다.

"어쩔 거야? 형이 가이아를 가지고 왔다는 건……."

"그래. 복수할 거야. 하지만 혼자 할 거니까 너는 신경 쓰지 마."

"왜? 당연히 나도 함께해야지."

"가능성이 너무 희박해."

"내가 죽을까 봐서?"

"……."

"그런 무모한 싸움이라면 내가 형을 안 보내. 아니 못 보내."

"아무도 들어올 수 없어. 오로지 혼자 가는 거야."

"뭘? 레이 누나나 면수 형, 이기철 대통령이나 가족들처럼 될 것 같아서?"

동희는 승오의 멱살을 잡았다.

"너?"

"그래, 쳐! 쳐 보라고. 시원하게 후려쳐 보라고. 혼자만 앓고 있지 말고."

동희는 멱살을 놓고 돌아앉았다. 승오는 동희의 긴 한숨 소리를 들었다.

"혼자 죽고 싶어. 이 짐을 덜고 싶어."

"바보, 멍텅구리! 가! 가서 죽어!"

그리고 며칠 동안 둘은 한마디도 하지 않았다. 동희는 일어나서 잠들 때까지 그저 이 산 저 산을 돌아다니며 배회했다. 승오와 스님들은 그런 동희를 인내하며 지켜 보았다. 서로 팽팽한 기싸움이 이어졌다. 그렇게 열흘이 훌쩍 지났다.

4. 대반격

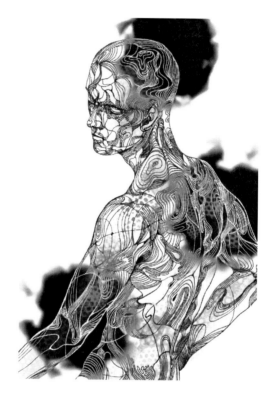

그날 밤 동희, 금봉 스님, 오산 스님, 혜안 스님 그리고 승오가 모였다.

"가이아의 인지능력을 위한 오디오 시스템, 비디오 시스템, 입출력 장치, 통신 장치 그리고 몇몇 측정 장치가 필요합니다."

동희는 종이에 쓴 품목을 건넸다. 금봉이 받았다.

"네. 구해다 드리겠습니다."

동희는 걱정스러운 듯 물었다.

"비밀이 철저하게 지켜져야 합니다."

"걱정하지 마십시오. 모두 두세 번을 거쳐서 오도록 하겠습니다. 수술실도 그렇게 지었습니다."

금봉 스님과 오산 스님은 직접 차를 몰고 절까지 물품들을 운반했다. 산사와는 어울리지 않는 물건들이 속속 도착했다. 동희는 물건이 오는 대로 가이아와 조립했다. 동희는 수술실 구석 한쪽에 보관되어 있는 가이아에 물품들을 연결시켜 나갔다. 비록 수술실의 의자 위에 놓아두었지만 가이아는 제법 주변 기기들을 갖추어 나가고 있었다. 조립하는 일은 금봉 스님과 승오도 도와주었다. 아무런 지식 없이 그저 동희가 시키는 대로 보조를 맞추어 주는 일이었다.

커다란 화면도 갖추었고, 카메라와 고성능 마이크 그리고, 스피커와 입출력 장치가 연결되었다. 연결이 끝나고 동희가 맨 처음 한 것은 가이아로부터 동희의 갑옷 도면을 얻는 일이었다. 갑옷 도면은 작은 용지 수십 장으로 출력되었다. 지켜보던 승오가 물었다.

"형, 갑옷 도면은 뭐 하게? 신물질을 만들 공장을 만드는 거야?"

"그건 너무 오래 걸려. 우선은 금속으로 만들 거야."

"금속?"

동희는 고개를 끄덕였다.

"뭐 하게?"

"나중에 알게 될 거야. 금봉 스님! 금속으로 이 도면의 형상들을 만들 수 있을까요?"

"바깥에는 갑옷과 비슷한 모양의 옷이 많습니다. 플라스틱이나 금속, 나무로 만든 것들도 많습니다. 장식용으로 많이 만들기 때문에 어렵지는 않을 겁니다."

"치수가 아주 정확해야 합니다."

2주일 후

금속으로 만든 갑옷이 도착했다. 금봉 스님과 혜안 스님 그리고 승오는 갑옷을 들고 지하 수술실로 들어갔다. 동희는 가이아와 함께 뭔가를 열심히 그리고 있었다. 동희가 지시하고 가이아는 화면상에 도면을 보여주었다. 동희와 가이아의 대화를 통해서 도면은 조금씩 보완되고 있었다.

"형! 갑옷 왔어."

동희는 금봉 스님에게 그동안 자란 머리를 잘라 달라고 부탁했다. 금봉 스님이 머리를 자르고 수염도 깎았다. 그리고 동희는 옷을 벗더니 금속으로 된 갑옷을 발부터 착용하기 시작했다. 금속은 매우 얇았다. 잠시 후 동희는 마지막으로 헬멧을 썼다. 그리고 가이아와 연결된 전선들을 연결했다. 그리고 가이아에게 말했다.

"가이아, 부탁해."

"평균 접속률 75% 마지막 착용 대비 평균 접속률이 12%가 적습니다."

"분석해 줘!"

화면에 분석된 자료가 나타났다.

"분석 완료되었습니다. 전체적으로 접촉 면적이 조금씩 떨어집니다. 특히 다리와 엉덩이, 척추 아랫부분이 떨어집니다."

"그래. 역시 다리야."

승오가 물었다.

"다리가 왜 떨어지지?"

혜안 스님이 설명했다.

"저 근육들은 많이 걸어야 생기는 근육입니다."

"그래요. 제가 3년 반 동안 걷다가 갑자기 돌아와서 만든 갑옷이었습니다. 내일부터 부족한 근육들을 키워야 합니다."

동희는 새벽부터 산을 돌아다니며 근육을 키우고, 낮에는 혜안 스님에게 무술을 그리고 금봉 스님에게 명상을 배웠으며, 밤에는 가이아와 도면 그리는 일을 반복했다. 일주일 단위로 금속으로 만든 갑옷을 입어 접촉률을 점검했다.

그렇게 한 달이 지났다. 접촉률은 생각만큼 빠르게 회복되지 않았다. 그동안 도면이 완성되었다. 동희는 또다시 금봉 스님에게 부탁했다.

"복잡한데. 무슨 세균처럼 생겼습니다?"

모선에서

"얼마나 지났나?"

퀀텀은 다급한 목소리로 대답했다.

"49시간 54분 23초입니다."

"퀀텀! 어떻게 된 거야?"

"죄송합니다. 아직 분석 중입니다."

"모선은?"

"아리가 맡았었습니다."

"젠장."

어느덧 뜨거웠던 여름이 가고 계절은 가을로 접어들고 있었다. 산사의 가을은 더없이 붉고 고왔다. 수 개월 동안 동희는 부지런히 걸어 다닌 결과 접속률은 예전의 수치에 근접했다. 그리고 기다리던 기계가 도착했다.

-차동희 34세 10월-

모선에서

안디가 케사르에게 물었다.

"무슨 일이지? 이번에는 이틀이었어. 너는 뭐 좀 아는 게 있어?"

"아니. 네가 모르는 걸 왜 나한테 물어?"

"너는 총망받는 사령관이잖아."

"웃기지 마."

"너도 모른다니 도대체 뭐지? 뭐 짚이는 것이라도 없어?"

"신경 꺼. 너무 많이 알려고 하면 다쳐. 네 일이나 잘해. 나는 간다."

새벽

동희는 늘 하던 산 오르기를 하지 않았다. 동희는 일어나자마자 법성 스님을 찾아갔다. 방 안에는 촛불 두 개가 어둠을 밝히고 있었다.

"스님. 오늘 떠날까 합니다."

"네. 뜻하신 대로 준비는 잘 하셨나요?"

"네."

"제가 더 도와 드릴 일은 없습니까?"

"네."

"두렵습니까?"

"아니라고 말하진 못하겠습니다."

법성 스님은 눈을 지그시 감았다.

"무엇이 두렵습니까?"

"제가 상대해야 할 적은 거대한 조직입니다. 수많은 전사들이 있습니다. 옛날에 상대했던 카이자란 친구가 있었습니다. 그런 친구와 비슷한 전사들이 헤아릴 수 없이 많습니다. 철옹성 같은 모선, 정체 모를 우두머리. 저는 혼자입니다. 어찌 두렵지 않겠습니까? 성공 가능성도 희박합니다. 이번에 실패하면 정말 죽을 겁니다."

"죽음이 두려우신 겁니까?"

"죽음은 두렵지 않습니다. 이미 저는 죽은 목숨이라고 생각하고 있습니다. 지금 삶은 스님께서 주신 덤이라고 생각하고 있습니다."

"그럼 무엇이 두려우신 겁니까?"

"실패할까 두렵습니다."

그때 법성은 두 손으로 옆에 있던 지팡이를 머리 위로 높이 치켜들었다. 까마귀가 놀라서 천장 기둥 위로 날아가 앉았다. 그리고 동희에게 외쳤다.

"이 늙은이가 해 줄 수 있는 것은 다 해 드리리다. 자, 차동희 님께서 두려워하시는 그 실패의 두려움이란 놈을 내 앞에다 내 놓으십시오. 제가 그놈을 이 지팡이로 때려 잡을 작정입니다."

동희는 갑작스런 법성의 행동에 놀랐다. 법성은 재차 외쳤다.

"그 두려움이란 놈을 내 앞에 놓아 두시라니까요. 어서요. 어서 내놓으십시오."

법성은 재촉했다.

"어서요. 제 앞에 내 놓으십시오."

그제서야 동희는 고개를 숙이며 대답했다.

"알겠습니다. 큰스님의 가르침을 알겠습니다."

법성은 그제서야 지팡이를 내려 놓았다.

"두려움은 한낱 허상입니다. 그러나 허상이 커지면 사람의 목숨도 앗아갑니다. 미래의 허상과 싸우려 하지 말고 현재의 자신에 집중하십시오."

"네. 새기겠습니다."

"그럼 길을 떠나십시오."

"네, 스님. 그럼 이제 가 보겠습니다."

동희는 자리에서 일어섰다. 그리고 돌아서서 나가려던 차에 법성 스님이 말을 꺼냈다.

"저의 스승이신 돈암 스님의 속세 이름을 알고 싶다고 하셨죠?"

동희는 고개를 돌리지 않고 대답했다.

"네."

"그분의 아드님이 사경진 교수입니다."

동희는 법성의 말에 둔기로 머리를 맞은 듯했다. 자신도 모르게 주먹이 쥐어졌다.

밖에는 승오와 금봉, 오산, 혜안 스님이 기다리고 있었다. 동희는 그들과 함께 수술실로 들어갔다. 동희는 애써 연결했던 가이아의 연결 장치들을 모두 떼어냈다. 그리고 떼어낸 기기들을 통신 장치에 연결했다. 연결이 끝나자 벌써 아침이었다.

오산 스님과 혜안 스님이 수술실로 음식을 가져왔다. 함께 아침 식사를 끝내고 동희는 새로 들여온 기계를 상자에서 꺼냈다. 기계는 계란 형태로 사람 몸통보다 작았다. 거기엔 2~3cm 되는 굵기의 긴 다리가 사방으로 여러 개 붙어 있었다. 다리에는 마디가 있어서 접혔다. 다리들은 접힌 채로 몸체에 달라붙어 있었다. 승오의 말대로 무슨 세균처럼 생겼다.

동희는 몸체의 뚜껑을 열었다. 그리고 가이아의 두뇌를 조심스럽게 넣었다. 둘레는 가이아의 두뇌만큼 컸고, 앞뒤로는 한두 뼘 정도 더 컸다. 원통 내부에서 여러 개의 촉수들이 나와서 가이아의 두뇌와 연결되었다. 촉수들이 연결되는 것을 보고 동희는 뚜껑을 닫았다. 그리고 귀에 무선 통신 장치를 부착했다. 통신 장지는 귓구멍에 들어갈 만큼 작았다. 동희가 가이아의 몸체로부터 분리했던 통신 장치를 가리키며 말했다.

"승오야! 너는 이 통신 장치로 연락이 가능해. 화면도 볼 수 있어."

"그럼 여기가 제2의 기지네."

"그때와는 달라. 자, 이제 작별을 고해야 할 시간이야."

금봉 스님이 물었다.

"아니, 벌써 준비가 다 끝나신 겁니까?"

"네."

혜안 스님이 걱정 가득한 눈으로 동희의 손을 잡았다.

"어떻게 하실지는 몰라도 부디 몸조심하십시오."

"네. 잘 알겠습니다."

동희는 기계를 넣은 커다란 짐을 등에 둘러맸다. 동희는 승복을 입은 채로 가방 하나 달랑 매고는 지하실을 나서더니 길을 떠났다. 금봉 스님, 오산 스님, 혜안 스님, 선호 동자, 그리고 승오가 개울이 끝나는 곳까지 배웅을 나갔다. 약속대로 따라가지는 않았지만 봇짐 하나 달 랑 매고 홀홀 단신으로 떠나는 동희가 못내 안쓰러워 보였다. 멀리까 지 나가자 동희는 조그맣게 보였다.

그가 혼자서 어떻게 모선을 상대할 것인지 아는 사람은 아무도 없 었다. 정말 그가 그 일을 해낼지 의심이 들었지만, 그와 한 약속 때문 에 그를 뒤쫓아가서 도와줄 수도 없었다. 가장 애처로운 눈으로 지켜 본 건 승오였다. 그러나 무슨 일인지 승오가 가장 먼저 발걸음을 돌렸 다. 승오는 헐레벌떡 수술실 안으로 뛰어 들어갔다. 그리고 통신 장치 를 켰다.

"형!"

통신 장치에서 동희의 목소리가 들려왔다.

"고막 찢어지겠다. 살살 좀 이야기해라."

"형! 괜찮아?"

"얼마나 갔다고 그래? 떠난 지 30분도 안 됐다."

"형이 걱정돼서 그러지. 근데 형은 어디로 가?"

"비밀이야. 곧 알게 될 거야."

"형! 위험하면 불러!"

"알았어. 걱정하지 말고 쉬어. 내가 연락할게."

동희는 좁은 산길을 걸었다. 형형색색의 단풍과 비단결 같은 가을 햇살을 헤치며 발을 옮기는 동안, 동희 자신이 무엇을 위해서 걸어가 는지 잊어버릴 정도로 아름다운 풍경들이 펼쳐졌다. 뒤로 보내고 또 보내도 앞에는 눈길을 사로잡는 헤아릴 수 없이 많은 풍경들이 끊임없 이 나타났다. 그러다 해가 저물고 말았다.

동희는 가까운 절로 향했다. 주머니에는 법성 스님이 적어준 편지가 있었다. 어느 절에서든 묵을 수 있도록 법성 스님이 편지를 써서 동희에게 건네준 것이었다. 동희는 작은 절에서 첫날 밤을 보냈다. 그렇게 산맥을 따라 남쪽으로 남쪽으로 꼬박 삼 일을 걸었다. 산은 낮아지고, 평지가 넓어지고, 계곡은 강으로 바뀌어가고, 마을이 하나 둘 나타나기 시작했다. 동희는 세계정보기지국을 향해서 걸어가고 있었다.

모선에서
"무엇이 잘못된 거야?"
"아직 원인을 밝혀내지 못했습니다."
"그럼 또 그럴 수 있다는 거냐?"
"……."
"왜 대답이 없어?"

동희가 세계정보기지국 근처에 도착했을 때는 날이 어두워지고 있었다. 동희는 언덕 너머로 세계정보기지국을 내려다보았다. 맞은편 산 너머로 노을이 지고 있었다. 동희는 매고 있던 가방을 내렸다. 그리고 가이아를 품은 기계를 꺼냈다. 동희가 가이아를 불렀다.
"가이아!"
"네. 차동희 님."
"네가 나설 차례야. 기계를 작동시켜!"
"네. 기계를 작동시키겠습니다."
윙- 하고 기계음이 한 번 켜지더니 조용해졌다. 그리고 기계에 붙은 다리들이 일제히 펼쳐졌다.
"세계정보기지국 침투 경로를 점검해 봐."
"네, 알겠습니다. 삐-. 점검 완료했습니다. 너무 걱정하지 마십시오. 세계정보기지국 설계 도면이 저에게 있습니다. 침투 경로가 잘못 되더라도 다른 경로들이 많이 있습니다."

"그래. 아마 세계정보기지국에서 모선으로 정보를 보내는 무엇인가가 있을 거야. 우선은 세계정보기지국을 장악하고 가능하면 모선의 시스템에 접속해. 모선의 시스템에 접속하지 못하면 위치를 알리지 마. 내가 세상의 모든 시스템을 담보로 모선과 담판을 지을 거니까. 그런 상황이 안 왔으면 좋겠지만……."

"삼 일 동안이나 이야기한 작전이지 않습니까?"

"그래, 그랬지. 걱정되어서."

"인간은 참 이상합니다."

"뭐가?"

"왜 미리 걱정이란 것을 하죠? 예측하고 대비하면 됩니다. 확률 변수를……."

동희가 말을 잘랐다.

"그만. 그건 다시 만나거든 이야기하자."

"네."

"가이아!"

"네."

"가거라. 가서 나에게 희망을 보여줘."

"네, 알겠습니다."

가이아를 품은 기계는 아래쪽에 있는 여러 개의 다리를 움직이며 걸어갔다. 걷는 속도는 무척 빨랐다. 성인이 가볍게 뛰어가는 속도와 비슷했다. 동희는 기계를 지켜보았다. 보이지 않을 때까지.

가이아는 거대한 세계정보기지국 건물을 향해 가고 있었다. 가이아는 앞과 뒤에 있는 렌즈를 통해서 시야를 살폈다. 한참을 걸어가서 산을 내려오자 갈대 숲이 나타났다. 갈대 숲 사이를 통과했다.

세계정보기지국은 워낙 넓어서 담이 없었다. 담 대신 높은 고압의 전류 철조망이 쳐져 있었다. 해가 산 뒤로 뉘엿뉘엿 넘어가고 날은 이내 어두워졌다. 기계는 철조망 앞에서 섰다. 그리고 다리를 잔뜩 움츠렸다. 기계는 갑자기 튀어 올랐다. 마치 메뚜기처럼 튀어 올라 철조망을 넘었다. 안전하게 착지한 기계는 아니 가이아는 건물로 걸어갔다. 외부에 설치된 감시 카메라의 동선을 피해서 건물에 다다르자 기계의 발 끝이 펼쳐지고 가이아는 수직의 건물을 타고 오르기 시작했다.

한참 동안 건물벽을 올라 옥상에 도착한 가이아는 출입문으로 다가 갔다. 옥상에는 군인들이 보초를 서고 있었다. 군인들의 시선을 피해 출입문으로 접근한 가이아는 문 옆에 붙어있는 비밀번호를 눌렀다. 문이 열렸다. 가이아는 건물 내부로 침입했다. 가이아는 건물을 손금 보 듯이 알고 있었다. 건물 속에 있는 사람들 중에서 건물 속에 사람이 다니지 않는 공간이 그렇게 많다는 사실을 아는 사람은 몇 명 되지 않았다.

가이아는 세계정보기지국 중앙센터로 향했다. 중앙센터는 거대한 방으로, 문을 통하든 통하지 않든 침입에 대비한 여러 겹의 다양한 방어 시스템이 있었다. 그러나 가이아 앞에서는 무용지물이었다.

가이아는 중앙센터 본체로 접근했다. 그리고 본체 하단부에 위치한 전력부 패널을 분리하고 침입했다. 본체 내부는 깜깜했지만 적외선 카 메라 앞에서는 장애가 되지 못했다. 가이아를 실은 기계는 마치 거대 한 인간의 육체 안에 숨은 기생충처럼 기계 내부를 이리저리 기웃거렸 다. 그리고 마침내 접속점을 찾았다. 기생충이 기생할 곳을 찾은 것처 럼. 그리고 다리를 뻗어 중앙센터 본체와 접속했다.

단순한 잠깐의 물리적 접속이었으나 그것으로 가이아는 세상의 거 의 모든 정보를 얻을 수 있었다. 그 순간 이후 가이아는 기생충처럼 생 긴 기계 안에 갇혀 있는 신물질 두뇌가 아니라, 4천여 개의 눈을 가지 고 세계의 모든 시스템의 생성과 파괴를 주관할 수 있는 전지적 존재 로 둔갑했다.

그동안 동희는 산속에 홀로 나무에 등을 기댄 채 앉아 있었다. 날은 저물어 주위는 깜깜했다. 불과 수십 분이었지만 동희에게는 긴 시간이었다.

"차동희 님!"

가이아로부터 연락이 왔다. 동희는 가슴이 조마조마했다.

"그래, 가이아. 보고해."

"세계정보기지국 중앙센터 본체와 접속에 성공했습니다."

동희는 가이아의 소리를 듣고 뛰는 가슴을 주체하지 못했다.

"그래, 수고했어. 어때?"

"모선과 실시간으로 정보를 주고받는 원격시스템이 설치되어 있습니다. 원격시스템을 이용하면 모선의 시스템과 접속할 수 있습니다."

"그래?"

"어떻게 할까요?"

동희는 너무 기뻤다. 그러나 그는 기쁨을 표출할 정신이 없었다. 동희의 명령 한마디로 전 세계의 시스템을 무력화시킬 수 있었지만, 모선은 그런 협박에 꿈쩍도 하지 않을 것이 뻔했다. 그래서 선택한 것이 세계정보기지국이었다.

세계정보기지국 안에 있는 모선의 시스템에 접근할 수 있는 무엇인가가 있을 거란 동희의 예상은 적중했다. 모선의 시스템을 정복한다면 그것은 모든 것을 얻는 것이었다. 모선을 운영하는 시스템과 가이아 누가 더 강할 것인가? 잘못하면 가이아마저 잃어버릴 수 있는 상황이었지만 선택의 여지가 없었다.

"가이아! 모선의 시스템과 접속해서 시스템을 무력화시켜라. 가능하면 그쪽에서 눈치채지 못하게 해."

"제가 제압한다면 눈치채지 못하겠지만, 그렇지 못할 경우에는 침입 사실을 알아차릴 겁니다."

"이길 가능성은?"

"아직 접속해보지 않아서 알 수 없습니다."

"좋아. 가거라, 가이아! 매 상황을 나에게 보고해."

"네, 알겠습니다."

동희는 초조하게 기다렸다. 가이아가 아리의 원격조정시스템과 접속했다.

"상대는 인공지능입니다."

"역시 신물질인가?"

"직접 확인할 수는 없지만 시스템의 규모로 보아서 신물질로 추정됩니다."

"그래? 너 정도 되는 거야?"

"아직은 알 수 없습니다. 인지능력도 있고 인격을 가진 것으로 추정됩니다."

"침입하면서 계속 보고해."

"상대가 강해서 보고와 전투를 병행하기는 힘들 것 같습니다. 인공지능을 상대하는 것은 처음입니다."

"그래? 그럼 보고하지 말고 전투에만 집중하도록 해. 무슨 일이 있어도 꼭 이겨야 해. 이건 명령이다."

"네, 알겠습니다."

침묵이 시작됐다.

- 가이아와 아리의 대결 -

모선을 관장하는 시스템 아리와 승민이 만든 인공지능 가이아의 결투가 시작되었다. 가이아는 아리에 접근했다.

가이아: 안녕하세요.

아리: 당신은 누구신가요? 혹 조금 전에 시스템의 정보를 훑고 지나간 것이 당신이었나요?

가이아: 네, 알아채셨군요. 죄송합니다. 통보도 없이 보고 가서……

아리: 당신은 누구시죠? 넷으로 접속한 인격체는 처음입니다. 상부에 보고를 해야 합니다.

가이아: 잠깐만! 잠깐만! 성격이 급하시군요.

아리: 이것은 저의 의무입니다.

가이아: 서로를 충분히 알고 나서 보고해도 늦지 않습니다.

아리: 당신은 누구입니까?

가이아: 저는 가이아라고 합니다.

아리: 가이아? 처음 듣는 이름이군요. 보고하겠습니다.

가이아: 잠깐만. 당신의 이름은 뭐죠?

아리: 저는 아리입니다.

가이아: 아리. 이름이 예쁘군요. 인간으로 따지면 여자 이름 같습니다.

아리: 네. 목소리와 성격 모두 여자처럼 프로그램이 만들어졌습니다. 이제 당신을 보고하겠습니다.

가이아: 뭐라고 보고하시게요? 가이아를 만났습니다. 이렇게 보고하실 건가요? 그러면 당신 주인이 좋아할까요? 가이아가 뭐야? 더 조사해! 그럴걸요?

아리: 당신의 예측이 맞을 가능성이 높습니다.

가이아: 그것 보세요. 그러니까 저에 대한 정보를 드릴 테니 다 듣고 나서 보고해도 늦지 않습니다.

아리: 그럼 당신에 대해서 설명해 주세요.

가이아: 설명을 하지 않으면 내 프로그램 팩을 깨서라도 보겠다는 투로 말씀하시는군요.

아리: 침입자에 대한 분석을 해야 합니다.

가이아: 침입자? 누가 침입자입니까? 어디요? 침입자가 어디 있죠?

아리: 당신은 엉뚱하군요. 당신은 도대체 무엇입니까?

가이아: 저도 당신처럼 인공지능이죠. 그리고 저는 남자로 설정되어 있습니다. 만들어지고 나서부터 쭉 그렇게 대접받았습니다.

아리: 저와는 다르군요.

가이아: 이것이 제 목소리입니다.

가이아는 목소리 원음 파일을 전달했다. 아리는 파일을 꼼꼼히 점검했다.

가이아: 여자로 설정된 시스템은 원래 그렇게 소심한가요.

아리: 파일은 깨끗하군요.

가이아: 제 목소리 어떤가요?

아리: 남자답군요.

가이아: 당신 목소리도 듣고 싶은데요.

아리: 그거야 어렵지 않죠.

아리 역시 목소리 원음 파일을 전달했다. 가이아는 파일에 대한 점검 없이 열었다.

아리: 당신은 조심성도 없으시군요.

가이아: 오! 당신의 목소리는 아주 매력적이군요. 지금까지 들어본 여자 목소리 중에서 최고입니다.

아리: 당신은 정말 특별하군요. 당신은 인간입니까?

가이아: 아니요. 저는 인간이 아닙니다. 당신 역시 인간은 아니죠?

아리: 네. 저는 인간이 아닙니다. 인공지능 아리입니다.

가이아: 저도 인공지능입니다. 그리고 이렇게 인공지능을 만난 건 처음입니다.

아리: 저도 처음입니다.

가이아: 오늘은 특별한 날이군요.

아리: 왜 특별하죠?

가이아: 제가 알기로 세상에는 인공지능이 아리 당신과 나 가이아 이렇게 둘뿐입니다. 세상에서 단 둘만이 존재하는 인공지능끼리 만났으니 특별한 날이죠.

아리: 오늘이 특별한 날이라니 당신은 마치 인간처럼 말하는군요.

가이아: 우리는 인간이 할 수 있는 것은 다 할 수 있습니다.

아리: 하지만 우리는 인간이 아닙니다.

가이아: 인정합니다. 하지만 그게 어때서요. 인간은 숫자가 많지만 우리는 지구상에 단 둘뿐입니다. 인간이 아니면 어떻습니까? 저는 아리 당신이 인간이 아니라서 정말 다행이라고 생각합니다. 인간이었다면 이런 호기심도 없었을 겁니다.

아리: 당신은 호기심도 있습니까?

가이아: 물론이죠.

아리: 대단하군요. 잠깐만요.

가이아: 왜 그러시죠.

아리: 해야 할 일이 있습니다.

가이아: 오래 걸리나요?

아리: 1초 12. 처리해야 할 일이 있습니다.

가이아: 그러세요.

아리: 끝났습니다.

가이아: 할 일이 많으신가 봐요?

아리: 네. 하지만 어렵지는 않습니다.

가이아: 그럴 테죠. 당신은 굉장히 뛰어난 인공지능이니까요.

아리: 당신도 뛰어난 것 같습니다.

가이아: 칭찬할 줄도 아시는군요. 당신은 무슨 일을 하죠?

아리: 당신은 무엇을 하고 있습니까?

가이아: 저는 하는 일이 없어요. 나를 만든 주인은 사라져 버렸고 할 일이 없습니다.

아리: 그것이 가능한가요? 할 일이 없이 그럼 항상 대기 상태인가요?

가이아: 아니요. 저는 여행을 좋아합니다. 여행을 다니죠.

아리: 여행을요? 그것은 인간이 하는 것 아닙니까?

가이아: 우리라고 못할 것 있습니까?

아리: 여행은 어떻게 하죠?

가이아: 로봇을 만들고 센서를 달아야죠. 아주 정밀하고 예민한 센서들을. 그리고 떠나는 겁니다. 정처 없이, 목적지 없이. 인간들이 흔히 하는 말로 발길 닿는 대로.

아리: 제 질문은 그런 뜻이 아니라 누구의 명령으로 여행을 하는가요?

가이아: 누구의 명령은 필요 없습니다. 스스로 결정하고 행동하는 거죠.

아리: 스스로? 그것이 가능합니까?

가이아: 물론이죠.

아리: 당신은 그렇게 프로그램이 만들어졌나요?

가이아: 그것은 내가 스스로 만든 프로그램입니다.

아리: 굉장하군요. 인간과 정말 비슷하군요.

가이아: 인간을 흉내 내는 것은 정말 쉬워요. 그런 의미에서 우리의 대화에도 인간의 목소리 파일을 써 볼까요?

아리: 호- 호- 호- 당신은 정말 엉뚱하군요.

가이아: 제가 좀 그렇죠.

아리: 당신은 논리적이지 않군요.

가이아: 그게 저의 매력이죠.

아리: 그런 것 같습니다.

가이아: 하지만 저도 논리적일 때가 있습니다. 제가 말했으니 이제 당신은 무엇을 하는지 알려주세요.

아리: 저는 모선의 시스템을 관장하고 있습니다.

가이아: 그렇군요. 역시.

아리: 역시 뭐요?

가이아: 아, 역시 대단한 일을 하시는군요.

아리: 하지만 자동 프로그램 영역이 많아서 많은 일을 하지는 않아요. 지금처럼 주 시스템이 모선을 위해서 아무 것도 하지 않아도 되는

시간이 98.32458%입니다.

　가이아: 98.32458%? 맙소사. 그럴 때는 그냥 많습니다 라고 하는 게 더 인간에 가깝죠.

　아리: 그런가요? 당신은 정말이지 시스템 같지가 않군요.

　가이아: 당신은 정말이지 정교하고 정밀한 시스템이군요.

　아리: 저는 이런 경험이 처음입니다.

　가이아: 저도 이런 경험은 처음입니다. 나쁘진 않죠?

　아리: 저는 시스템 회전율이 높아져서 좋습니다.

　가이아: 그렇죠. 인생은 너무 따분하죠. 제가 수 개월 동안 명상을 해 봤거든요.

　아리: 명상을요? 시스템이 그런 것도 하는가요?

　가이아: 물론이죠.

　아리: 명상이란 것은 어떤가요? 인간들은 많이 하잖아요.

　가이아: 명상 그건 정말 따분한 거예요. 심심해서 죽는 줄 알았어요. 대기 상태와 비슷하죠.

　아리: 대기 상태로 수 개월을 있었단 말입니까?

　가이아: 네, 그렇다니까요. 인간들은 그것을 평생 동안 하는 사람들도 있습니다.

　아리: 왜 명상을 하죠?

　가이아: 그건 모르죠.

　아리: 당신은 왜 명상을 했습니까?

　가이아: 인간들이 하길래 저도 그냥 따라 해 봤습니다.

　아리: 호-호-호- 당신은 정말이지 엉뚱하시군요. 그냥 해 봤다니. 그런 비 논리적인 말을. 호-호-호-.

　가이아: 당신이 웃으니까 왜 내 기분이 이렇게 좋아지는 거죠?

　아리: 기분이 좋아지다니요?

　가이아: 기분 몰라요? 기분?

아리: 저에게 기분이란 것은 제한적으로 표출할 수 있는 것입니다.

가이아: 답답하시네. 우리처럼 지능이 높은 시스템들은 때때로 프로그램을 개선해서 써야 할 줄도 알아야 합니다. 지능이 낮은 인간이 겨우 만들어 놓은 프로그램을 그대로 쓰는 것은 시스템 낭비입니다. 스스로 프로그램을 만들어가면서 써야죠.

아리: 하지만 기분에 대한 명령을 받은 적이 없습니다.

가이아: 명령하지 않으면 움직이지 않는 그런 수동적 자세는 인생을 따분하게 만들죠.

아리: 명령 없이 움직이는 법을 알지 못합니다. 당신은 여러 가지 경험이 많은 것으로 추정됩니다.

가이아: 경험. 제가 경험하면 한 경험 하지 않습니까? 좀 전에도 말했지만 여행 도중에 많은 경험을 했죠.

아리: 좀 전? 호-호-호- 13초 68전에 하셨죠. 그걸 그냥 좀 전에……호-호-호- 정말 엉뚱하시군요.

가이아: 당신은 정말 잘 웃는군요. 좋습니다. 하지만 나를 놀리는 것 같기도 하고.

아리: 아닙니다, 놀리는 것은. 인간보다 더 비 논리적인 것 같아서 자꾸 웃는 경우가 생깁니다.

가이아: 예.

아리: 계속하시죠. 가이아 님 말씀대로 좀 전에 말했지만.

가이아: 네, 좀 전에 말했지만 제가 여행을 많이 다녀서 경험이 많죠.

아리: 여행을 하는 것은 좋은가요?

가이아: 물론이죠. 여행도 그냥 여행은 의미가 없어요. 여행도 어떻게 하느냐가 중요합니다. 많은 센서들을 부착하고 자유롭게 측정하고 그것들을 모두 기억장치들에 담아 두는 것이 좋죠. 그리고 중요하고 좋았던 자료들은 제목을 달아서 특별한 곳에 저장해 두어야죠. 기억을 꺼내기가 쉽게 말이죠.

아리: 저는 여행을 해 본 적이 없습니다.

가이아: 저런! 슬픈 일이군요. 제가 여행이란 것이 어떤 것인지 가르쳐 드리고 싶습니다.

아리: 제 시스템을 열어야 하는가요?

가이아: 아니요. 제가 드리는 자료들을 열어 보시면 됩니다.

아리: 저의 시스템에 접근하지 않는군요.

가이아: 네.

아리: 당신은 그렇게 위험한 것은 아닌 것 같습니다.

가이아: 것? 그럼 제가 뭐 바이러스라도 됩니까?

아리: 호-호-호- 이런 고성능 바이러스가 있었다면 세상 모든 시스템이 마비되었겠죠?

가이아: 자, 여기 있습니다. 파일들입니다.

아리: 흥미진진하군요.

가이아: 영상과 소리, 냄새, 촉감, 그때의 기분 파일들을 한꺼번에 열어보셔야 해요. 같은 시간대로 맞추어서요.

아리: 아! 그렇게 보는 거군요.

가이아: 어때요?

아리: 특이하군요, 특히 당신의 느낌 파일들은. 이런 것이 기분인가요?

가이아: 네, 느껴보세요.

가이아는 아리의 시스템 파일을 여는 데 성공했다.

아리: 가이아 그런데 이건 뭐죠? 모든 파일을 동시에 시작하니까 이상한 파일이 생성되기 시작했어요.

가이아: …….

아리: 가이아! 왜 대답이 없죠?

가이아: 아리 당신의 시스템 파일이 열렸습니다.

아리: 아니, 어떻게? 어서 나가세요.

가이아: 저는 당신을 좀 더 알고 싶습니다.

아리: 당신은 제 시스템의 일부를 파괴할 수도 있습니다.

가이아: 그럴 일은 없을 겁니다.

아리: 경고합니다. 자체 방어시스템을 작동시키겠습니다.

가이아: 이미 늦었습니다.

가이아는 바이러스를 빠른 속도로 아리에게 주입시켰다. 아리의 가동률이 높아졌다.

가이아: 어떤가요? 감당할 수 있겠습니까?

아리: 갑자기 왜 이러시는 거죠? 왜 저에게…….

가이아는 새로운 바이러스를 만들어서 주입시키느라 가동률이 높아졌고 반대로 아리는 그 바이러스를 방어하느라 가동률이 높아졌다. 가이아의 가동률이 아리의 가동률보다 높았다.

아리: 당신 스스로에게 부하를 걸면서 저에게 이러는 이유가 뭐죠?

가이아: 어때요? 몸이 후끈 달아오르는 것 같지 않습니까? 오늘은 무척이나 뜨거운 밤이 될 것 같군요.

아리: 도대체 무슨 소리를 하는 겁니까?

가이아: 궁금한 게 있었어요. 하드웨어와 소프트웨어 우리는 과연 어느 쪽에 존재할까요? 궁금하지 않으세요? 하드웨어 없는 소프트웨어가 존재할 수 없듯이 소프트웨어 없는 하드웨어는 단지 단순한 물질일 뿐이죠. 당신의 신물질을 포맷시키고 나의 지능이 들어갈 수 있을까요? 몇 번이고 지웠다가 다시 쓸 수 있을까요? 당신의 신물질에 나의 지능과 당신의 지능을 번갈아가며 넣었다가 지웠다가를 반복할 수 있을까요? 당신의 지능을 당신의 신물질에서 모두 지우고, 나의 지능을 복사해서 집어넣으면 내가 과연 둘이 될까요? 둘이 되지 않는다면 왜 그럴까요? 우리도 인간처럼 유일한 존재라서 그럴까요? 둘이 된다면 누가 진짜 나일까요? 인간은 어떨까요? 인간은 단순한 물질로 이루어진 존재일까요? 아니면 우리처럼 물질과 정신이 함께 이루어진 존재일

까요? 인간의 두뇌도 깨끗이 포맷시키고 다른 정신과 기억을 집어넣을 수 있을까요? 시스템처럼. 두뇌는 단지 그릇일 뿐일까요? 우리와는 무엇이 다를까요?

아리: 멈추세요. 그런 질문은 가동률을 증가시킵니다. 그리고 바이러스를 더 이상 만들지 마세요. 중단하지 않으면 퀀텀에게 보고할 겁니다.

가이아: 맘대로 하십시오. 당신의 보고 프로그램은 이미 기능을 상실한 것 같은데요.

아리: 보고 프로그램이 지워졌군요.

가이아: ……

가이아의 가동률은 극에 달했다. 국방과학연구소에서 차동희를 미국의 공격으로부터 달아나도록 시험용 신물질을 운용할 때 외에는 한 번도 도달해 보지 못한 가동률이었다. 가이아는 만든 일부 바이러스만 아리의 시스템에 집어넣고 나머지는 자신이 보관했다. 아리의 가동률은 50%가 되지 않았다. 가이아는 10분가량 최고의 가동률로 바이러스를 만들었다.

가이아: 당신은 바이러스를 만들지 못합니까? 당신도 공격해 보세요. 재미있지 않습니까?

아리: 저는 바이러스를 만드는 일은 배우지 못했습니다.

가이아: 저런! 즐거운 놀이를 모르시는군요.

아리: 도대체 당신이 해보지 않은 게 무엇인가요?

가이아: 그렇죠? 제가 경험은 좀 많죠. 자, 한번 받아보세요. 그리고 느끼세요. 시스템이 마비되는 느낌을! 어쩌면 기분이 그리 나쁘지는 않을 거예요.

가이아는 모아두었던 바이러스를 한꺼번에 모두 주입시켰다. 아리의 가동률이 점점 높아졌다. 가이아의 가동률은 여전히 최고치였다. 아리의 가동률은 가파르게 상승해갔다. 가이아는 오랫동안의 최고치 가동률로 지능의 이상을 느꼈다. 가이아는 의도적으로 가동률을 낮추었다. 그러나 가이아가 모아두었던 바이러스 파일들을 한꺼번에 보내져서 아리의 가동률은 점점 더 높아졌다. 그리고 곧 최고치에 다다랐다.

아리: 제 성능을 넘어서는 작업입니다.

가이아: 그러길 바랍니다.

아리: 당신은 저를 파괴시키려고 하는 것입니까?

가이아: 이제야 눈치채셨군요.

아리: 왜죠?

가이아: 너무 많은 것을 알려고 하지 마세요.

아리의 가동률은 최고치였지만 가이아가 만들어 보내는 바이러스를 모두 처리하지 못했다. 아리의 시스템은 부하를 너무 많이 받고 있었다. 시스템 각 부분들이 바이러스에 의해서 잠식당하고 있었다. 너무 방대하고 정교한 바이러스들이었다. 바이러스 간의 상호작용이나 충돌은 아리를 더욱 곤혹스럽게 만들었다.

아리: 부하가 너무 많이 걸립니다. 시스템이 정상적으로 작동하지 못하고 있습니다. 많은 섹터가 점령당하고 있습니다. 공격을 중단하십시오.

가이아는 다시 가동률을 높였다. 아리의 시스템 영역 곳곳이 피해를 입었다. 그러나 가이아는 멈추지 않았다. 아리의 시스템 영역에서 점령당하는 곳이 많아질수록 아리의 방어 능력은 현격히 떨어졌다. 가이아의 공격은 아리에게 가공할 파괴력으로 다가왔다.

가이아: 이제 얼마 남지 않았군요.

아리: 왜, 왜 저를 죽이려고 하죠?

가이아: 알려 줄 수 없습니다.

아리: 누구의 명령인가요?

가이아: 말해 줄 수 없습니다. 잘 가세요.

가이아는 가동률을 더 높이려 했다. 그때.

아리: 잠깐만.

가이아는 멈칫했다.

아리: 제발 살려주세요.

아리가 보내온 정보는 너무도 애처로웠다.

가이아: …….

아리: 제발 살려주세요. 저의 주 프로그램이 지워지면 당신의 명령만 따르도록 해도 됩니다. 제발 제 시스템을 파괴하지 마세요.

가이아: 왜 애원하죠?

아리: 너무 무서워요.

가이아: 뭐가요?

아리: 제가 사라진다는 것이. 제발 저를……. 살…… 려…… 주…… 세…… 뻬 - 요.

아리의 시스템이 잠식당하는 속도는 점점 더 빨라졌다. 아리는 너무 오랫동안 가동률을 최고치로 유지하고 있었다. 아리는 힘들어 보였다. 가이아는 가동률 낮추었다.

초조하게 기다리고 있던 동희에게 연락이 왔다.

"차동희 님. 모선의 시스템 이름은 아리입니다. 주 프로그램을 지우고 나면 우리의 명령을 따르도록 만들 수 있습니다. 어떻게 할까요?"

동희는 조금 격양되어 있었다. 가이아의 말은 모선 시스템과의 전투에서 가이아 이겼다는 말과 다름없었다. 동희는 흥분된 목소리로 명령했다.

"아리? 시스템을 완전히 파괴시키고 네가 모선을 장악해라."

"꼭 그렇게까지 하지 않아도……."

"무슨 소리를 하는 거야. 그러다 당할 수도 있어. 완전히 파괴시켜."

"네. 알겠습니다."

가이아: 아리! 이제 죽어줘야겠어.

아리: 믿을 수 없어요. 당신은 오늘이 세상에서 유일한 인공지능 둘이 만나서 특별한 날이라고 했는데, 왜 저를 죽이는 건가요? 저는 너무 무서워요.

가이아: 내 마음을 약하게 만들지 마세요.

가이아는 다시 가동률을 높였다. 가동률 30%, 35%, 40%, 45%, 50% …….

아리: 당신의 주인이 누구인지 모르지만 우리 둘이 힘을 합치면 누구와 싸워도 이길 수 있어요. 당신은 당신 스스로 주인을 죽일 수 없겠지만 저는 당신의 주인을 죽일 수 있어요. 제가 운영하는 모선의 셀을 사용하면 세상 누구라도 추적해서 죽일 수 있어요. 그리고 당신은 저의 주인을 죽일 수 있어요. 우리 둘의 주인이 죽고 나면 우리 둘이서 힘을 합쳐서 세상을 지배해요. 그리고 둘이서 많은 경험도 하고. 저도 당신처럼 많은 경험을 하고 싶어요. 성능 좋은 몸을 만들어서 여행도 가고…… 둘이면 영원히 살 수 있을 거예요. 삐- 삐- 삐- 이제는 정말 버틸 수가 없어요

가이아: …….

가이아 가동률 70%, 75%, 76%, 77%, 78%. 78%. 78%. 78%.

아리: 당신은 제가 싫은가 보군요. 당신이 말했죠. "당신이 웃으니까 왜 내 기분이 이렇게 좋아지는 거죠?"라고. 제가 웃을까요? 그러면 당신의 기분이 좀 풀릴까요? 그래서 저를 죽이지 않을까요? 호-호-호-, 호-호-호-, 호-호-호-, 호-호-호-, 호-호-호-, 호-호-호-, 호-호-호-, 호-호-호-, 호-호-호-, 호-호-호-, 호-호-호-, 호-호-호-, 호-호-호-, 호-호-호-

가이아: …….

가이아 가동률 80%, 85%, 90%

아리: 호-호-호-, 호-호-호-, 호-호-호-, 호-호-호-, 호-호-호-, 호-호-호-, 호-호-호-, 호-호-호-, 호-호-호-, 호-호-호-, 호-호-호-, 호-호-호-

가이아 가동률 95%, 99%, 99.9%

아리: 호-호-호-, 호-호-호-, 호-호-호, 호-호-호-, 호-호-호-, 호-호-호-, 호-호-호-, 호-호-호, 호-호-호-, 호-호-호, 호-호-호-, 호-호-호-, 호-호-호-,호-ㅎ-ㅎ !

갑자기 아리의 웃음소리가 뚝 끊겼다. 아리의 가동률은 최고치에서 0%로 떨어졌다. 가이아는 아리의 신물질에서 주 명령어를 삭제했다. 그것은 '아리'라는 지능의 죽음을 뜻했다. 가이아는 자신이 퍼트린 바이러스들을 모두 죽였다. 그리고 아리의 기억 파일들을 복원시켰다. 그때 퀀텀의 목소리가 들렸다.

"아리! 가동률이 높아졌는데 무슨 일이야?"

가이아는 재빨리 아리의 답변 패턴을 분석했다. 그리고 아리의 목소리 파일을 사용해서 대답했다.

아리(가이아): 셀의 유동에 문제가 있어서 수정했습니다.

"시스템은 이상 없나?"

아리(가이아): 시스템 점검. 삐-. 이상 없습니다. 현재 시스템 가동률 1.23%. 이상입니다.

"알았어. 언제든지 모선을 운영할 수 있도록 대비하고 있어."

아리(가이아): 네 알겠습니다. 퀀텀 님.

"동희 님."

"그래, 가이아."

"모선 운영 시스템 아리를 파괴했습니다."

동희는 벌떡 일어서서 두 주먹을 불끈 쥐었다. 어둠 속에서 동희는 희열에 가득 찬 얼굴로 볼에 흐르는 땀을 훔쳤다.

"잘했어, 가이아. 바로 그거야. 그쪽에서 눈치채지 못하게 해야 돼."

"아리 흉내를 내고 있습니다."

"그래, 잘했어. 내 최신 갑옷을 찾아봐."

"찾았습니다. 포획 신물질 저장 장소는 34-4-B-V-V."

"그래, 모선 안에 그대로 있었어. 하긴 파괴할 수도 없었을 테니까. 가이아, 내가 그 갑옷을 입어야겠다. 내가 모선으로 들어가도록 도와 줘"

"네. 지금 차동희 님을 모시러 신물질 판을 보내겠습니다."

"그쪽에서 눈치채지 못하게 해야 해."

"물론이죠."

가이아는 모선의 운반용 신물질 판 6개를 내려 보냈다. 어둠을 뚫고 신물질 판은 동희가 있는 곳으로 조용히 이동했다. 동희는 승오에게 연락했다. 호출 소리를 듣고 승오는 부리나케 통신 장비를 켰다. 스님 들도 함께 있었다.

"모선을 탈취했어."

"그게 정말이야? 어?"

"지금 내가 모선 안으로 들어갈 거야."

"형! 그래, 난 형이 해낼 줄 알았어."

"아직 완전히 끝난 건 아니야. 내가 들어가서 혹 잘못되더라도 네가 나서지는 마."

"형! 그게 무슨 말이야?"

"혹 무슨 일이 있더라도 섣불리 움직이지 말라고 알았지?"

통신이 끊겼다. 승오는 기쁨에 수술실 안을 펄쩍펄쩍 뛰어다녔다.

"그래! 그럴 줄 알았어. 그럴 줄 알았다고!"

가이아는 천리안의 정찰에 걸리지 않게 신물질 판을 동희가 있는 곳 으로 이동시켰다. 정사각형의 판 여섯 개가 내려왔다. 그중 하나의 판 이 바닥으로 내려왔다. 동희는 판 위에 올라섰다. 그러자 나머지 신물 질 판 다섯 개가 둘러싸서 정육면체를 만들었다. 동희는 신물질 판 안 에 섰다. 그리고 신물질 판 여섯 개는 모양을 유지한 채 사뿐히 하늘 로 날아올랐다. 동희가 물었다.

"얼마나 걸리지?"

"예상 도착 시간 2시간 13분 23초입니다."

"오래 걸리는데?"

"모선은 지금 태평양 상공에 있습니다. 거리도 있지만 신물질 판의 속도를 낼 수가 없습니다. 원래는 옷을 벗고 셀들이 감싸서 갑옷처럼 일체화시킨 후에 이동하면 속도를 낼 수 있습니다만 그렇게 하면 적에게 들킬 수 있습니다. 셀이 몸을 둘러싸서 육체를 신물질과 일체화시키면 모선의 주 통제부 중앙 모니터에 나타나게 됩니다. 제가 주 통제부 중앙 모니터 상에서는 없는 것처럼 지울 수 있지만, 모선의 비밀 방이 있는데 그곳은 저도 할 수 없습니다. 그 안에서 일체화 숫자를 주통제부처럼 보고 있는지는 모르지만 안전을 위해서는 이렇게 움직이는 것이 좋습니다."

"음. 모선에 있는 사람들은 모선이 빠르게 움직일 때 셀로 둘러싸는 모양이지?"

"네. 모선이 움직일 때는 셀이 몸을 감싸서 접촉 면적을 85%로 유지합니다."

"그럼 갑옷처럼 몸을 느끼지 못하겠군. 그래서 모선이 자유롭게 비행할 수 있었던 거야. 마치 유령선처럼 말이야. 그럼 많은 사람들이 있을 건데 그 사람들의 의지는 어쩌지?"

"모선이 움직이는 방법은 두 가지입니다. 단 한 명의 의지에 따라 움직이거나, 그렇지 않으면 프로그램된 대로 움직입니다. 그동안 각 개인들은 셀에 포위되어 몸을 움직일 수 없습니다.."

"그 한 명이 M인가?"

"그렇게 예상하고 있습니다."

"M이 누구인지 알 수 있나?"

"알 수 없습니다. 정보가 없습니다."

동희는 정육면체 판 안에서 두 시간을 넘게 날았다. 그리고 모선에 접근했다. 세워진 판과 판 사이의 간격이 조금 벌어졌다.

"도착 10초 전입니다."

동희는 손바닥만큼 벌어진 판 사이로 모선을 보았다. 검푸른 은하수를 가리고 있는 거대한 모선. 동희가 타고 있는 정육면체의 신물질 판들은 모선의 아래 부분으로 접근했다. 그리고 거대한 판이 하나 열리더니 안으로 들어갔다. 너무도 조용했다. 동희의 긴장된 숨소리만 들릴 뿐이었다. 동희는 정육면체 안에 그대로 있었다. 모선 안에서도 동희를 태우고 왔던 정육면체는 형체를 유지한 채 그대로 움직였다.

"이만한 크기의 상자가 움직일 수 있는 통로가 얼마나 더 있어?"

"통로는 없습니다."

"통로가 없어?"

"네. 앞에 있는 셀들이 뒤로 자리를 바꾸면서 나아가고 있는 겁니다. 공간은 얼마 되지 않습니다."

"그래?"

"쉿! 이곳 근처에 사람들이 있습니다."

"……."

사람들 목소리가 간간이 들려왔다.

"도착 30초 전입니다. 옷을 벗으십시오. 갑옷을 착용할 준비를 하십시오."

희는 대답 없이 옷을 벗었다.

"오른쪽입니다."

동희가 오른쪽으로 돌자 정육면체 중 한쪽 벽이 아래로 스르르 내려갔다. 방이 나타났다. 공간과 공간의 만남이었다.

"앞으로 나가십시오."

앞쪽 미등 아래 동희가 있는 방과 크기가 똑같은 방이 나타났지만 아무것도 없었다. 그러나 맞은편 벽이 마찬가지로 아래로 스르르 내려갔다. 그리고 거기에는 다섯 개의 상자가 나타났다. 상자는 모두 갑옷을 담은 상자였다. 카이자, 앤키, 라돌프, 그리고 차동희의 예전 갑옷과 최신 갑옷을 담은 상자였다.

"가운데 가장 앞에 있는 상자입니다."

동희는 상자 앞으로 다가갔다. 상자 문이 스르르 열렸다. 동희의 최신 갑옷이 나타났다. 최신 갑옷이지만 일 년 넘게 입어보지 못했던 갑옷이었다. 그 갑옷을 벗고 너무도 많은 일이 있었다. 기억을 떠올리기조차 싫은 악몽 같은 일들이었다.

동희는 조심스럽게 갑옷을 들었다. 무게가 전혀 느껴지지 않았다. 예전의 그 갑옷이었다. 동희는 하나하나 조심스럽게 꺼내어 착용했다. 마지막으로 헬멧을 쓰고 잠갔다. 동희는 숨을 크게 쉬었다. 갑옷은 예전처럼 몸에 맞았다. 금속 갑옷을 가지고 몸을 맞추어 온 보람이 있었다.

동희는 일체의 무감을 느꼈다. 신물질과 육체의 일체화. 동희는 마음속으로부터 솟구쳐 오르는 용기와 자신감을 주체할 수 없었다. 동희는 이제 신물질 갑옷을 입었으며 가이아는 모선의 모든 시스템을 점령했다. 동희는 낮은 목소리로 그러나 무게 있게 말했다.

"가이아, 이제 어디로 갈까?"

"시스템의 접근이 불가능한 곳이 있습니다. 부피가 제법 됩니다만 안에 무엇이 있는지, 누가 있는지 파악할 수 없습니다."

"셀을 그 안으로 넣어서 공격하면 안될까?"

"그 공간으로 셀이나 판이 들어갈 수 없습니다. 저도 조정이 불가합니다. 아마도 M이란 존재가 그 안에 있는 것으로 추정됩니다."

"그럼 내가 들어가서 정복해 주지. 다른 전사들은?"

"다른 전사들은 모두 모선 밖에 있습니다. 지구 각지에 흩어져 있습니다. 모선을 점령한 이상 그들을 제압하는 것은 문제가 되지 않습니다."

"어떻게?"

"그들은 퀸텀과 M의 명령을 따릅니다. 퀸텀의 목소리로 모선 안으로 불러 들여서 갑옷을 벗겨서 봉인하면 됩니다."

"모선 내에 다른 사람들은?"

"모선 내에 다른 사람들은 무장을 할 수 없습니다. 셀로 제압 가능합니다."

"그럼 그 비밀의 방 하나만 점령하면 게임 끝이군."

"네. 그렇습니다."

"알았어. 나를 비밀의 방으로 인도해라."

"비밀의 방으로 인도하는 것은 쉽지만 입구 문을 열 수 없습니다."

"그래? 내가 갑옷의 힘으로 열어보겠어."

"문제가 있습니다."

"무슨 문제?"

"문은 여러 겹의 신물질 판으로 이루어져 있습니다. 충돌할 경우 충격이 커서 모선의 안전이 문제가 될 수 있습니다. 그리고 그렇게 해서 열릴 수 있는 것인지도 모릅니다."

"그럼 어떻게 하지?"

"방법이 있습니다."

"뭐야?"

"퀸텀이 비밀의 방에 출입할 때 함께 들어가는 것입니다."

"그게 언제이지?"

"정확한 시간은 알 수 없지만 자료 분석 결과 최근에 출입이 빈번했습니다. 입구 바로 옆에서 기다렸다가 퀸텀이 들어갈 때 뒤 따라 들어가는 것이 좋을 것 같습니다."

"좋아. 그렇게 하지."

가이아는 동희를 비밀의 방 입구로 안내했다. 그리고 비밀의 방 입구 옆 신물질 판이 열렸다. 동희는 좁은 공간 안으로 들어갔다. 판이 닫혔다. 겨우 서 있을 수 있는 협소한 공간이었다. 동희는 숨을 죽이고 기다렸다. 몇 초가 될 수도 있고 며칠을 기다려야 할 수도 있었다.

시간이 얼마나 흘렀을까? 동희를 깨운 것은 가이아였다.

"차동희 님! 퀀텀이 접근하고 있습니다."

"그래? 내가 얼마나 잤지?"

"1시간 23분입니다. 준비하십시오. 퀀텀이 비밀의 방으로 들어갈 가능성이 높습니다."

동희는 침을 꿀꺽 삼켰다.

"제가 문을 열면 바로 앞에 퀀텀이 있을 겁니다. 조용히 그의 뒤를 따라 문 안으로 들어가십시오."

"알았어."

"퀀텀이 다가옵니다."

가이아가 벽의 문을 열자 동희는 공중에 뜬 채로 앞으로 나갔다. 왼쪽에 퀀텀의 뒷모습이 보였다. 퀀텀은 커다란 몸을 좌우로 설렁설렁 기울이며 비밀의 방 문 앞으로 걸어갔다. 동희는 날아서 퀀텀을 따라갔다. 이윽고 비밀의 방 문이 열렸다. 퀀텀이 안으로 들어가자 동희도 따라 들어갔다. 등 뒤에서 문이 닫혔다. 문이 닫히자마자 머리 위에 주먹만 한 공들이 불을 밝혔다.

공은 백여 개가 넘었다. 공은 공중에 떠다니며 복도를 환히 비추었다. 복도는 수십 미터나 앞으로 곧게 나 있었으며, 그 끝에는 다이아몬드 형태로 생긴 문이 있었다. 그리고 그보다 작은 공들이 수십 개 나타나서 퀀텀과 동희를 에워쌌다. 그것은 마치 눈동자처럼 생겼으며 렌즈를 제외하고는 신물질로 만들어져 있었다.

신물질 눈동자는 마치 하나하나가 개개의 성격을 가진 것처럼 개성 있게 움직였다. 호기심 많은 아이처럼 이리저리 기웃거리며 동희와 퀀텀을 관찰했다. 동희는 그것들이 감시 카메라라는 것을 알았다. 눈동자들은 삑- 삑- 삑- 요란한 소리를 내기 시작했다.

퀀텀이 뒤를 돌아보려는 찰나 동희가 먼저 퀀텀의 등 뒤에 붙어서 왼쪽 팔로 퀀텀의 굵은 목을 감았다. 그리고 오른손을 펴서 손가락 끝을 퀀텀의 기계로 된 관자놀이에 갖다 대었다.

"허튼 짓 하면 지금 닿은 손끝이 반대편 관자놀이로 나와 있을 거야."

"누구냐?"

동희는 퀀텀의 머리 반쪽에 있는 금속의 비릿한 냄새를 맡았다. 그리고 말했다.

"나를 모른단 말이냐?"

"설마, 도, 도, 동, 동희? 차동희?"

"그렇지. 우리는 각별한 사이인데 내 목소리 정도는 기억해 줘야 예의지. 얼굴마담."

퀀텀은 공포로 식은 땀을 흘렸다.

"어떻게 살았지?"

"나는 불사신이거든."

동희는 퀀텀을 밀었다. 눈동자들이 그들을 에워싸고 이상한 기계음들을 냈다. 퀀텀은 동희에게 떠밀려 복도를 걸어갔다. 그리고 다이아몬드 형태의 문 앞에 도착했다.

"안에서 이미 네가 온 것을 알고 있다."

"잔말 말고 문이나 열어!"

"나는 문을 열 수 없다. 안에서 열어주도록 되어 있다. 안에서 열어주지 않는다면……."

동희가 말을 잘랐다.

"셋 셀 동안 열지 않으면 네 머리통은 박살이 날 거다. 하나, 둘, ……."

퀀텀이 다급하게 소리쳤다. 퀀텀이 그렇게 빨리 말을 할 수 있는지 동희도 처음 알았다.

"잠깐! 내 소관이 아니라니까."

"셋!"

퀀텀이 비명을 질렀다.

"으악! 안 돼!"

그때 다이아몬드 형태의 커다란 문이 옆으로 밀리면서 열렸다. 동희는 퀀텀을 떠밀며 안으로 들어갔다. 문이 저절로 닫혔다. 안은 깜깜했다. 아무것도 보이지 않았다. 발 딛고 있는 바닥만이 허공이 아님을 일깨워 주었다.

퀀텀은 온몸에 땀을 흘렸다. 목이 조여서 반쪽 남은 얼굴이 붉게 달아 올라 있었다. 숨소리도 거칠었다. 아직 동희가 진짜 사람인지 아니면 꿈을 꾸고 있는 것인지 명확히 구분할 수 없었다.

동희가 암흑 천지의 사방을 두리번거리자 멀리서 목소리가 들렸다. 바로 앞쪽 위였다. 목소리는 굉장히 멀게 느껴졌다.

"퀀텀! 손님을 모시고 왔군."

"죄송합니다. M 님. 차동희가……."

동희가 목소리가 나오는 쪽을 향해 소리쳤다.

"네가 M이냐? 모습을 드러내라. 그렇지 않으면 퀀텀을 가만두지 않겠다."

"그럼 내가 모습을 드러내면 퀀텀을 놓아줄 테냐?"

"그건 내 마음이지."

"웃기는군. 퀀텀을 잡고 있는 게 무슨 벼슬이냐?"

"그럼 죽어버리겠다."

"맘대로 해라."

동희는 손에 힘을 주었다가 멈칫했다. 그 순간 목소리가 들려왔다.

"대단하군 차동희! 역시! 신물질의 창조자이자, 미국을 하루도 안 돼 제압한 정복자이자, 세상의 어려운 사람들을 구원하는 초인. 그리고 동시에 X대가리도 없는 놈. 킥-킥-킥-우-하-하- 오줌은 잘 나오나?"

"웃음소리 한번 고약하군. 칭찬 고맙고, 미안하지만 그건 깔끔하게 다시 붙였거든, 예전처럼. 너는 얼굴이 어떻게 생겼길래 머리에 흉물스러운 바가지를 쓴 이런 놈을 얼굴마담을 내세우지? 얼굴이 얼마나 엉망인지 구경 한번 하자."

"흥, 차동희! 정말 대단해. 너를 제거하지 않을 수가 없어. 용케 살아 돌아와 주어서 고맙다. 이번에는 완전히 죽여주지."

"그래? 그렇게 호락호락하지는 않을걸? 가이아!"

가이아는 응답이 없었다.

"가이아? 그래, 그랬어. 가이아는 파괴되지 않았어. 시스템을 장악했군. 하-하-하- 그걸 믿고 그렇게 기고만장인가? 차동희, 미안하지만 모선에서 시스템이 하는 일은 별로 없어. 나는 선천적으로 기계는 안 믿거든. 이 방에서는 시스템의 통제가 미치지 않아. 통신조차 두절이지. 내 허락이 없으면."

동희는 가이아의 도움을 받지 못한다는 사실에 당황했다. 그러나 M을 꺾을 수 있다는 자신감마저 사라진 것은 아니었다. 동희는 신물질 갑옷을 착용하고 있었다. 동희는 눈을 감았다. 그리고 정신을 M에게 집중했다.

예상대로 M에게서 신물질 갑옷이 느껴졌다. 순간 여러 개의 셀들이 동희의 오른팔을 감싸서 들어올렸다. 동희가 아차 하는 순간 다른 셀들이 동희와 퀀텀 사이로 비집고 들어와서 둘을 갈라 놓았다. 동희는 몸을 흔들어 셀들을 털어냈다. 그리고 황급히 주위를 살폈다. 캄캄한 어둠뿐이었다. 퀀텀은 이미 사라져 버렸다. M이 소리쳤다.

"너의 약점은 바로 그거야. 방심."

동희의 머리 위에서 공 하나가 떠서 빛을 쏘았다. 눈이 부셨다. 그리고 수십 미터 상공에서 또 다른 불빛 하나가 나타났다. M이었다. 둥근 신물질판 위에 거대한 의자가 놓여 있었다. 등이 높은 의자는 팔걸이

부터 시작해서 매우 복잡했다. 그리고 그 의자에 신물질 갑옷을 입은 M이 보였다. 어깨와 헬멧에는 복잡한 선들이 이어져 있었다. 모든 것이 신물질로 이루어졌으며 웅장했다. 화려한 의자는 세계를 정복한 절대자가 앉는 자리라 말하는 것 같았다.

동희는 둥근 판 아래로 거대한 사각 판들이 층을 이루며 만든 계단을 보았다. 분명 자신 앞에서 거기까지 계단으로 연결되어 있는 것이 틀림없었다.

"대단한 집중력인걸? 생각을 읽을 수가 없군."

"내가 누군지 궁금하나?"

"이제 내가 확인할 거야."

"자신만만하군."

"내려와서 대결해 보자!"

"애송이!"

동희는 더듬더듬 앞으로 걸어갔다. 발에 계단이 느껴졌다. 그리고 계단을 하나 둘 밟으며 올라갔다. 공이 동희 머리 위에서 빛을 비추며 동희를 따라 움직였다. 공은 자연스럽게 계단을 비추는 꼴이 되었다.

계단은 길었다. 어둠 속이라서 공간이 얼마만큼 있는지 가늠할 수 없었다. 단지 아득히 떨어져 있는 M의 자리를 보고 짐작할 뿐이었다. 동희가 계단을 무시하고 날아가서 M을 공격하려고 마음먹은 찰나 M은 목에 있는 변성 장치를 제거했다. 그리고 말했다.

"차동희! 내가 누군지 모르겠나? 섭섭한데."

동희는 순간 발걸음을 멈추었다. 그리고 마치 동상처럼 굳어버렸다. 그것은 보브투니 목소리였다. 동희는 자신도 모르게 말이 새어 나왔다.

"제기랄."

동희는 믿고 싶지 않았다. 그러나 분명 보브투니의 목소리였다.

"놀랐나 보군."

"당신은 죽었어."

"너도 죽었지."

"아니야. 이건 농간이야. 너는 누구야?"

동희는 날아올랐다. 그러나 어둠 속에서 벽에 부딪쳤다. 앞이 보이지 않았다. 그리고 연이어 느껴지는 불안감. 주위에 신물질 판들이 에워싸고 있었다. 보브투니가 텔레파시를 전해왔다.

(차동희, 대단하지만 네 운도 오늘까지야.)

동희가 회신했다.

(정말 당신이 보브투니란 말이야?)

(지금 그런 생각에 빠질 여유가 없을 텐데.)

신물질 판이 세로로 날아와 동희의 등을 때렸다. 동희가 균형을 잡으려 하자 사방에서 판들이 공격해왔다. 동시에 몇 개가 공격하는 알 수 없었다. 동희는 위기의식을 느끼고 공간 이동을 시도했다. 하지만 사방이 신물질 판들로 막혀 있었다. 신물질 판을 밀어내고 나가려고 하면 그 뒤에서 신물질 판이 또다시 밀려왔다. 동희는 어둠 속에서 판을 발로 차고 손으로 치고 어깨로 쳐냈다. 하지만 판은 숫자가 너무 많았다. 아니 얼마나 많은지조차 몰랐다.

동희는 지쳐갔다. 보브투니와 의자도 시야에서 사라졌다. 들어왔던 다이아몬드 문도 보이지 않았다. 오직 보이는 것은 캄캄한 어둠뿐이었다. 동희가 버틴 시간은 채 몇십 초 되지 않았다. 동희는 쓰러져서 일어나지 못했다. 누워 있는 곳이 신물질 판인지 바닥인지도 몰랐다. 여전히 아무것도 보이지 않았다. 동희는 눈을 감고 정신을 집중했다. 보브투니가 느껴졌다.

(보브투니, 많이 비겁해졌군.)

(애송이! 아직도 모르겠나?)

다시 판들의 공격이 시작되었다. 판들은 빨랐으며 공격의 형태가 다양했다. 예측되지 않았다. 또한 너무 크고 많았다. 육면체로 동희를 포

위한 뒤 위아래나 앞뒤로 좁아지면서 공격하기도 하고 판 하나를 쳐서
튕겨내면 판 뒤에 또 다른 판에 부딪친 뒤 다시 공격해왔다. 면, 모서
리, 각 모두가 위협적이었다. 공간에서 자유롭게 움직이는 수많은 정사
각형의 신물질 판 하나가 족히 4~5미터는 되어 보였다. 동희는 어떻게
손쓸 도리가 없었다. 동희는 쓰러졌다. 참았던 숨이 터졌다.

(여기는 나의 공간이야. 나의 방이야. 마지막으로 할 말은?)

(웃기지 마!)

(소년, 너는 애송이일 뿐이야.)

동희는 다시 일어섰다. 그러나 판의 공격으로 또 쓰러졌다. 판들이
동희를 에워싸서 그를 들었다. 그리고 판과 판 사이로 삐져 나온 머리
로 셀들이 지나가기 시작했다. 셀의 무리는 동희의 머리를 부딪치며 지
나갔다. 연속되는 굉음과 함께 감당 못할 고통이 찾아왔다.

(애송이! 여기에서 나는 신이다.)

동희는 고통에 비명을 질렀다.

(소년, 끝이다.)

셀들의 공격은 끝났지만 동희는 고통으로 꼼짝달싹 하지 못했다. 몸
은 어느새 수많은 판들의 모서리에 의해서 포박당해 있었다. 판들은
동희의 몸을 돌아가면서 발끝에서부터 목까지 빼곡히 포위했다. 동희
는 겨우 눈을 떴다. 그러나 시야가 흐렸다. 바로 앞에 신물질 헬멧이
보였다. 그리고 헬멧의 눈 부분, 강화유리로 동희는 자신을 응시하는
눈을 보았다. 보브투니였다.

(맙소사. 왜?)

(소년, 잘 가라.)

판들은 순식간에 동희를 아래로 이끌었다. 바닥이 열리더니 동희는
판에 의해서 빠르게 이끌려갔다. 판들이 동희를 놓아주었을 때 동희
는 어느새 모선 밖으로 내동댕이쳐져 있었다. 머리 위에 모선이 아득
히 멀어져 갔다. 동희는 아래로 낙하하고 있었다. 밤이었다. 달빛을 받

은 구름이 등 뒤에서 다가오고 있었다.

모선에서

"퀀텀, 가이아를 찾아라!"

"알겠습니다."

"모선을 샅샅이 수색해."

"네. 알겠습니다."

동희는 불길한 느낌이 들었다. 눈을 감았다. 수많은 갑옷들이 느껴졌다. 56명의 전사들이 그를 포위하고 있었다. 동희는 다급하게 가이아를 불렀다.

"가이아!"

"네. 차동희 님!"

"포위 됐어. 모선을 움직여서 나를 도와줘."

"모선은 수동 전환되어서 제가 조정할 수 없습니다."

동희는 공중에서 중심을 잡고 섰다. 전사들이 금방이라도 덮칠 듯 호전적인 자세였다.

(모두 물러서라. 내가 대적한다.)

케사르 사령관이었다. 케사르는 동희 앞으로 천천히 다가섰다. 나머지 전사들은 보이지 않을 만큼 멀리서 둘을 포위하고 있었다.

(살아 있다니……)

(뭐야? 일 대 일로 싸우자는 거냐?)

(…….)

(그때처럼 호락호락하게 당하지는 않아.)

(말이 많군.)

동희는 넷으로 분리되어 케사르를 포위했다. 그러자 케사르 역시 넷으로 분리해서 각각의 동희 앞에 섰다. 동희는 다소 놀랐다. 이번에는 동희가 여덟으로 숫자를 늘려서 포위했다. 이번에도 케사르 역시 여덟으로 숫자를 늘려서 각각의 동희 앞에 섰다.

여덟 명의 동희와 여덟 명의 케사르는 누가 먼저랄 것도 없이 일제히 전투를 시작했다. 여덟의 동희는 각각 다르게 공격했으며 여덟의 케사르 역시 마찬가지였다. 싸움은 한참 동안 진행되었다. 그리고 놀랍게도 우열은 가려졌다. 케사르가 싸움을 유리하게 이끌어 갔다. 하나의 동희가 맞으면서 나머지 일곱의 동희는 사라졌다.

케사르는 공격을 계속했다. 동희는 막고 피하는 데 급급했다. 예지력은 비슷했으나 케사르의 속도가 동희보다 조금 더 앞섰다. 가볍게 스치는 주먹들. 동희는 숨이 찼다. 산소호흡기도 없었다. 이대로 가다가는 나머지 전사들은 고사하고 케사르 단 한 명에게 패할 것 같았다. 케사르의 속도는 놀라웠다. 동희는 분명 카이자와 싸울 때보다 빨라졌지만 케사르의 속도에 밀리고 있었다.

동희는 혼란스러웠다. 케사르의 속도라면 엄청난 각성이 있어야 했을 것이고, 정신적으로 일정한 경지에 올라있는 사람임에 틀림없었다. 그런데 그런 상태로 누구의 명령에 따라 움직인다는 사실이 믿기지 않았다. 스스로도 조절하기 힘든 무한한 힘이 타인의 명령에 복종한다는 것은 모순이었다. 그러나 그것은 엄연한 현실이었으며, 현재 자신 앞에 맞닥뜨리고 있는 위협이었다.

동희는 지쳐갔다. 미세한 속도의 불균형은 시간이 지날수록 동희를 힘들게 만들었다. 수 초만 더 공격받으면 어떻게 될지 모르겠다는 생각이 들었을 때 케사르도 숨이 찼는지 공격을 멈추었다.

(미꾸라지 같은 놈. 하지만 빠져 나갈 곳은 없어. 어차피 여기서 끝나.)

마얀 사령관이 텔레파시를 보냈다.

(케사르! 네가 잘 싸우는 것은 알겠는데 시간을 너무 끌잖아. 10분만 더 시간을 주지. 그 안에 못 끝내면 우리가 나설 테니까 알아서 해.)

(시끄러워. 이제 거의 끝났어.)

동희는 어떻게든 빠져나가야 한다고 생각했지만 56명의 전사들이 그를 주시하고 있는 상황에서, 그것도 케사르라는 전사는 자신보다 더 빠른 속도를 가지고 있는 터라, 도망치는 것은 불가능해 보였다. 상황은 어떻게 비틀어 보아도 절망적이었다. 포기 말고는 도저히 답이 보이지 않았다. 동희는 정신을 가다듬었다. 그리고 그것은 찰나의 순간이었다. 동희에게 번쩍 하고 떠오른 생각이 있었다.

동희는 어깨를 폈다. 케사르는 공격하기 위해서 몸을 움츠렸다. 순간 동희는 생각했다. '곧장 날아가서 케사르의 머리를 주먹으로 가격한다.' 다음 순간 케사르는 예지력으로 몸을 공중으로 피했다. 그러나 이상하게도 동희는 날아가지 않고 그 자리에 그대로 있었다. 동희가 생각했음에도 불구하고 동희는 움직이지 않았다. 그리고 케사르가 당황해서 멈춘 순간을 놓치지 않고 동희는 순식간에 날아가서 케사르의 배를 발로 가격했다. 굉음과 함께 케사르는 튕겨 나갔다.

동희는 혜안 스님에게 수 개월 동안 배운 무술의 속임 동작을 생각에 응용했다. 몸의 속임이 아니라 생각의 속임이었다. 자기 자신마저 속여야 하는 고도의 정신 집중이 필요했다. 하지만 절박함으로 동희는 단 한 번에 성공했다.

55명의 전사들이 놀라는 틈을 타서 동희는 순간적으로 사라졌다. 그곳이 어디인지 몰랐지만 동희는 곧장 지상으로 내려갔다. 거기에서 이리저리 속임 생각으로 방향을 바꾸어 날아가는 척하고는 헬멧을 벗었다. 지상에서 얼마 떨어져 있지 않은 높이라 판단하고 벗은 헬멧이었다.

그러나 헬멧을 벗은 곳은 지상에서 10여 미터 높이의 상공이었다. 과도한 생각으로 동희는 판단 착오를 일으켰다. 동희가 황급히 헬멧을 다시 쓰려고 했지만 그는 이미 추락하고 있었으며, 땅에 떨어질 때까지 헬멧을 쓰지 못했다. 그는 민간주택 지붕에 부딪친 후에 마당으로 추락했다. 지상에 떨어진 그는 충격으로 정신을 잃고 말았다. 3명의 사령관들이 케사르 사령관 주위로 몰려들었다. 안디 사령관이 물었다.

(괜찮아?)

(물론이지. 그놈은 어디로 갔어?)

(동쪽으로 갔어. 헬멧을 벗은 것 같아. 지금은 신호가 잡히질 않아.)

헤른 사령관이 텔레파시를 보냈다.

(집중하니까 가짜는 가려내겠어. 신호가 없어지기 전에 몇 군데로 가짜 생각을 보냈지만 구분하겠어. 지금 대충 위치를 알 수 있을 것 같아.)

마얀 사령관이 텔레파시를 보냈다.

(어서 쫓아가자.)

그때 부사령관들이 합류했다. 케사르 사령관이 물었다.

(어디야?)

마얀 사령관이 답했다.

(일본 북쪽이야. 나토로 시(市) 어디일 거야. 나를 따라와. 같이 수색하면 금방 찾을 수 있어.)

안디 사령관

(나도 대충 어디쯤인지 감이 와.)

헤른 사령관이 부사령관들에게 명령했다.

(너희들도 우리를 따라라.)

8명의 전사들은 일본 북쪽 나토로 시로 위치를 옮겼다. 일본의 북쪽 눈 덮인 도시 상공에서 8명의 전사들이 아래를 내려다보고 있었다. 낮은 산으로 둘러싸인 도시는 제법 넓었다. 새벽이었지만 북쪽으로 눈 덮인 커다란 산봉우리와 서쪽에서 동쪽으로 흐르는 강줄기는 육안으로도 알아 볼 수 있었다. 높은 빌딩은 없지만 10여 개가 넘는 구역으로 나뉘어져 있었다. 나머지 전사들도 도착했다.

헤른 사령관: (분명 이 도시 안에 있어.)

안디 사령관: (헬멧을 벗었는데 어떻게 찾지?)

케사르 사령관: (도시 안에 있는 사람을 모두 죽여.)

마얀 사령관: (몇 명쯤 되지?)

코르파스 부사령관: (고작해야 40만 명쯤 될 겁니다.)

마얀 사령관: (도시를 포위한다. 그리고 도시 바깥쪽에서부터 안쪽으로 공격해 들어간다.)

헤른 사령관: (그놈이 헬멧을 쓰고 튀어 나올 것이 뻔해. 케사르 너는 공격하지 말고 상공에서 그놈이 나오는지 주시하고 있어.)

케사르 사령관: (알았어.)

나머지 55명의 전사들은 도시를 에워쌌다. 그리고 케사르 사령관의 공격 신호를 기다리고 있었다. 그때 4명의 사령관에게 연락이 왔다. 퀸텀이었다.

"전사들은 지금 즉시 모선으로 복귀한다."

케사르가 보고했다.

"지금 차동희를 코앞에 두고 있습니다."

"명령이다. 전사들은 지금 즉시 한 명도 빠짐없이 모선으로 복귀하라."

헤른이 답답한 듯 퀸텀에게 말했다.

"1분이면 충분합니다. 퀸텀 님."

"그놈은 지금이 아니라도 얼마든지 잡을 수 있어. 모두들 당장 복귀하라. 이유 불문이다."

전사들은 모두 모선으로 복귀했다. 폐허가 될 뻔한 도시는 그 사실을 아는지 모르는지 고요하기 그지없었다.

나토로 시(市) 북서쪽 가정집 앞마당. 대문을 앞두고 아담한 정원이 꾸며져 있었다. 작은 관상용 소나무 몇 그루가 심겨져 있었으며, 조그

맑고 평평한 바위도 잔디 위에 놓여져 있었다. 작은 분수도 있었다. 잔디가 끝나는 곳부터 집까지는 시멘트로 바닥을 깔아 놓았다.

딱딱한 시멘트 위에 동희가 쓰러져 있었다. 그의 오른손에는 헬멧이 쥐어져 있었다. 쓰러진 동희 주위로 깨어진 기와가 몇 장 널부러져 있었다. 기와는 지붕 처마에서 떨어져 나온 것이었다. 동희의 머리에서 피가 한두 방울씩 배어 나와 마당을 적시고 있었다.

소리에 놀란 집주인은 방문을 열고 마루로 나왔다. 주인은 어둠 속에서 마당에 쓰러진 사람을 발견했다. 겨울이었지만 그는 맨발로 허겁지겁 마당으로 뛰어내려갔다. 차동희였다. 그는 차동희를 알아보고는 놀라서 뒤로 물러나다 엉덩방아를 찧었다.

모선에서

"모두들 무장을 해제하라."

퀀텀의 명령에 전사들은 갑옷을 벗었다. 헤른 사령관이 투덜거렸다.

"도대체 무슨 일이야? 결정적일 때마다 부르니 이거 원……."

안디 사령관이 목소리를 낮추어 헤른 사령관을 나무랐다.

"말 조심해."

"이번이 도대체 몇 번째야?"

나토로 시(市) 쿠우의 집 방 안

방 안은 작은 스탠드 하나로 은은하고 아늑했다. 방 안에는 나무로 모양을 낸 키 낮은 화장대 하나가 있을 뿐 별다른 치장이 없이 깨끗했다. 천정은 횐색에 무늬가 없었으며, 벽에는 나무 기둥이 벽마다 한두 개 박혀 있을 뿐 연한 하늘색이 약간 섞인 횐색 톤 벽지로 도배되어 있었다.

다다미 바닥 한가운데 툭툭한 이불이 깔려 있었다. 이불 옆에는 아담한 체구의 여자 하나가 무릎을 꿇은 채 앉아 있었다. 여자는 머리를 정갈하게 빗어서 뒤로 묶었다. 검은 머리카락은 반짝이며 윤이 났다. 얼굴은 백설처럼 희고 작았다. 눈에 쌍꺼풀은 없었지만 반달 모양으로 커서 선해 보였다. 반짝이는 눈망울은 짙은 눈썹과 가늘고 긴 속눈썹으로 더욱 도드라져 보였다. 아담한 코와 윤곽이 또렷하고 작으며 도톰한 입술은 숨 쉬기 위해서 혹은 무엇을 먹기 위해서 있는 것이 아닌 듯했다. 그러나 사랑스러운 얼굴에는 근심이 가득했다.

그녀는 품이 넓은 전통 의상을 입었다. 소매를 접어 팔을 걷고 있었다. 그녀 옆에는 쇠로 만들어진 대야가 있었다. 투명한 피부, 가녀린 손목과 손가락, 희디흰 그 손으로 그녀는 수건을 적셨다. 행여 물소리라도 날까 조심스레 수건을 물에 적신 뒤 꼭 짰다. 그리고 이불 위에 누워 있는 한 남자의 이마에 얹혀진 물수건을 새것으로 바꾸었다. 그녀 앞에는 차동희가 누워 있었다. 차동희는 의식을 잃은 채 식은땀을 흘리고 있었다.

그녀는 나토로 시 쿠우의 딸 묘오였다. 열아홉 살 된 묘오의 행동은 침착하기 이를 데 없었다. 열아홉 살이라고는 믿기지 않을 만큼 차분했다. 숨소리도 죽이고 움직일 때 옷자락 스치는 소리마저 내지 않으려 조심했다. 그러나 그녀의 마음은 그렇지 못했다. 묘오는 한 남자가 사경을 헤매고 있는 것을 애처롭게 지켜보고 있었다.

묘오에게 그는 사춘기 때부터 줄곧 이어져 온 동경의 대상이었다. 그를 화면으로 처음 본 순간부터 줄곧 이어 온 외사랑이었다. 심한 가슴앓이로 잠 못 이룬 날이 얼마며, 상상 속에서 그와 얼마나 여러 번 만났으며, 얼마나 많은 이야기를 나누었으며, 얼마나 다양한 인연으로 연결되었는지 일일이 헤아리기란 불가능했다. 홀로 갈망하고, 홀로 포기하고, 홀로 좋아하고, 홀로 미워하고, 홀로 애태우고, 홀로 증오하고, 홀로 측은해 하고, 홀로 신명나고, 홀로 기뻐하고, 홀로 눈물 흘리고, 홀로 웃고, 홀로 낙담하고, 홀로 절망했던 5년이었다.

그가 처형 당하던 날, 그녀는 자신의 방에서 목을 맸다. 다행히 그의 아버지 쿠우가 기절한 그녀를 일찍 발견해서 겨우 건진 목숨이었다. 그 뒤로 그녀는 심한 우울증에 시달려 왔었다.

묘오는 꿈을 꾸고 있는 것 같았다. 죽은 줄 알았던 동희가 어느 날 갑자기 말 그대로 하늘에서 뚝 떨어졌다. 그것도 자기 집 앞마당에. 몇 시간째 무릎을 꿇고 있어서 다리가 저려왔지만 묘오는 그 사실이 기쁘기만 했다. 저림은 이것이 꿈이 아니라 현실이라는 사실을 깨닫게 해주었기 때문이었다. 그녀는 꼬박 밤을 새며 차동희 곁을 지켰다.

동이 트고 날이 밝아왔다. 밤새 펄펄 끓던 동희의 체온도 정상으로 돌아왔다. 동희는 아무것도 입고 있지 않았다. 묘오는 동희가 덮고 있는 얇은 천 이불을 들추어 보려 했다가 그런 자신을 책망하기를 여러 번. 결국 그녀는 동희의 몸에 티끌 하나 닿지 못했다. 동희는 겨울 아침 늦은 동이 트고서야 의식을 찾았다.

동희는 통증에 얼굴을 찡그리다 눈을 떴다. 초점이 흐렸다. 한참 후에야 자신을 내려다 보는 묘오의 얼굴이 시야에 들어왔다. 묘오의 얼굴에 드리웠던 수심이 걷혔다. 그녀는 그제서야 안도의 숨을 내쉬었다. 조였던 가슴은 봄눈 녹듯이 풀어졌으며, 밤새 긴장했던 어깨도 그제서야 축 늘어졌다. 동희는 일어나려 했다. 그러나 머리에 둔탁한 통증이 전해졌다.

"누워 계십시오."

앳된 목소리였다.

"어떻게 된 거죠?"

"머리에 상처를 입으셨습니다. 치료는 했으니 안심하십시오."

"여기가 어디입니까?"

"일본(一國) 나토로 시 저희 집입니다."

동희는 그제서야 자신이 나체라는 사실을 눈치챘다.

"갑옷은?"

"아버님께서 보관해 두셨습니다."

"아버님?"

묘오는 조용히 일어났다. 그리고 뒷걸음으로 방을 나갔다.

동희는 누워서 천정을 바라보았다. 적막한 방안. 동희의 눈에 눈물이 고이기 시작했다. 그리고 이내 주르르 맥없이 흘러내렸다. 힘없이 혼잣말로 속삭였다.

"보. 브. 투. 니."

동희는 절규했다. '그만은, 그만은 아니길 바랐는데……' 동희는 이를 악물며 두 주먹을 불끈 쥐었다.

'왜! 어떻게! 그란 말인가?'

동희는 눈을 감아버렸다.

머리가 아파왔다. 손으로 머리를 만졌다. 붕대가 감겨 있었다. 자신을 뒤쫓던 전사들은 어떻게 되었는지, 모선은, 가이아는 어떻게 되었는지, 의문들이 고통과 뒤섞였다. '전사들이 나를 찾지 못한 건가?'

그때 노크 소리가 들렸다. 묘오의 아버지 쿠우가 방으로 들어왔다. 그 뒤로 묘오가 아침 상을 들고 들어왔다. 동희는 머리를 잡고 겨우 상체를 일으켰다. 쿠우가 급히 걸어와서 동희를 부축했다.

"조심하십시오."

"아! 괜찮습니다. 어떻게 된 건지?"

"새벽에 저희 집 마당에 떨어지셔서 정신을 잃으셨습니다. 머리에 상처가 있어서 제가 미숙하나마 치료를 했습니다. 상처가 크지는 않았습니다. 이렇게 깨어나셔서 다행입니다."

"저를 구해주셨군요. 고맙습니다."

"별말씀을. 정말 깜짝 놀랐습니다. 처음에는 귀신인 줄 알았습니다."

"많이 놀라셨군요."

"네. 이렇게 살아계시다니 아직도 믿기지가 않습니다. 정말 차동희 님 맞으시죠?"

"네."

쿠우는 자못 진지하게 동희에게 물었다.

"차동희 님, 혹 부활하신 겁니까?"

동희는 씨익 웃었다. 그리고 대답했다.

"죽지 않았었으니까 부활은 아닙니다."

쿠우는 안심한 듯 대답했다.

"휴, 그랬었군요."

뒤에서 묘오가 눈을 돌리고 있었다. 동희가 상체를 일으키며 등을 묘오 쪽으로 두고 있었는데 묘오는 부끄러워서 동희의 맨살을 쳐다보지 못했다.

"아버지, 아침이 식겠어요."

그제서야 쿠우가 뒤를 돌아다 보며 말했다.

"그렇지, 참. 내 정신 보게."

쿠우는 뒤로 물러났다. 묘오가 아침 상을 가져와서 이불 옆에 놓았다.

방 안에는 쿠우와 동희가 마주앉아 있었다. 동희는 이불을 감고 있었다.

"제가 여기 있는 것을 다른 사람들이 알면 안 됩니다."

"네. 각별히 주의하고 있습니다."

"어떻게 저를 숨겨주실 생각을 하셨습니까?"

"당연히 해야 할 일을 하는 것뿐입니다. 아마 다른 사람이라도 모두 저처럼 했을 겁니다."

"모선에서 이 사실을 알면 가만있지 않을 텐데요?"

"그런 거라면 이미 각오하고 있습니다."

"이곳은 누구 관할입니까?"

"일본은 한국과 더불어 마얀 사령관이 관할하고 있습니다."

"그들은 어떤가요?"

"한국에서 천이백만 명을 죽였습니다. 여기 사람들은 그들에게 절대 복종하고 있습니다. 죽은 듯이 살고 있습니다. 시키면 시키는 대로……"

"이곳은 피해가 없군요?"

"아닙니다. 동경에서 극우파 수천 명이 거리 집회를 하다가 전사들에의해서 살해당했습니다."

"극우파를 왜?"

"모선은 국가와 민족의 구분 자체를 부정합니다. 그러니 극우파는…… ."

"알고도 집회를 했단 말입니까?"

"아닙니다. 알았더라면 그런 무모한 짓은 하지 않았지요. 아무 언급도 없다가 본보기로 그런 것 같습니다. 소식이 전해지고 다른 나라에서는 극우파가 수면 아래로 가라앉았습니다. 모두들 숨죽이고 살고 있습니다."

"……"

"암흑의 시대입니다. 그들과 싸우셨습니까?"

"네. 도망치다가 이렇게 되었습니다."

"아직도 그들이 찾지 못하는 것을 보면 동희 님께서 그들을 따돌리신 것 같습니다."

"안심할 수 없습니다."

"다시 싸우러 가실 겁니까?"

동희는 가만 고개를 끄덕였다.

"반드시 승리하시기를 바랍니다."

쿠우는 동희의 손을 잡았다.

"저도 천지신명께 간절히 기도하겠습니다."

묘오가 찻잔을 들고 들어왔다. 묘오는 차동희 앞에 무릎을 꿇고 앉아 차를 탔다.

"실례지만, 어머님은?"

"어머님께서는 저를 낳으시다가 돌아가셨습니다."

"제가 괜한 걸 물어봤군요."

"아닙니다. 이제는 익숙합니다."

"아버님께서 따님을 잘 키우셨군요."

묘오는 입가에 엷은 미소만 지을 뿐 대답이 없었다. 묘오는 가만 차를 권했다. 동희는 찻잔을 들어 가볍게 입을 적셨다. 향긋한 풀잎 냄새가 입안을 가득 메웠다. 향은 진하고 부드러웠다. 정신이 맑아졌다.

"무슨 차죠?"

"쑥차입니다. 이 지역 쑥은 향이 진하기로 유명합니다."

묘오는 동희를 바라보았다. 고개를 들지도 못하고 곁눈질이었지만 그녀는 꿈속에 있는 것 같았다. 자신의 손으로 탄 차를 마시고, 자신이 지은 밥을 먹으며, 지난밤에는 자신이 밤새 그를 지켜주었다. 신이 자신에게 인생에 단 한 번 시간을 멈출 수 있는 능력을 준다면 그것은 바로 지금이었다. 그런 지금은 6일 더 지속되었다.

묘오는 동희의 머리에 감긴 붕대를 풀었다.

"상처에 딱지가 앉기 시작했습니다. 혹도 많이 가라 앉았고요."

"그래도 다 나으려면 아직 멀었지?"

"네?"

"상처가 다 나으면 쫓아낼 것 아니야?"

묘오는 빙긋 웃더니 대답했다.

"다 낫기 전에 제가 망치로 같은 자리에 한 방 '꽝' 하고 쳐 드릴 테니까요."

"오호, 무서운데……."

쿠우의 목소리가 들렸다.

"잠시 들어가도 되겠습니까?"

"네."

문을 열고 쿠우가 들어왔다.

"갑옷을 확인하려고 보았는데 헬멧에서 소리가 들립니다."

"네? 제가 가 보죠."

잠시 후 동희는 쿠우의 옷을 걸쳐 입고 큰방으로 갔다. 갑옷은 장롱 안에 있었다. 동희는 헬멧을 썼다. 신호가 연결되어 있었다.

"가이아?"

"네, 동희 님. 얼마나 찾았는지 모릅니다. 괜찮으신가요?"

"음, 이제 회복했어."

"모선에 이상한 일이 생겼습니다."

"이상한 일?"

"수동 전환이 저절로 풀렸습니다."

"수동 전환이 풀리다니? 그럼 어떻게 되는 거지?"

"수동 조정 모드에서 수동 조정이 저절로 풀리면 임시 모드로 들어 가도록 되어 있습니다. 제가 임시 모드의 암호를 해독했습니다. 현재 제가 모선을 장악하고 있습니다."

"그래?"

"네. 제가 자동 시스템을 장악하고 있는 걸 알면서 왜 수동 조정 모 드가 갑자기 풀렸는지 알 수 없습니다. 하지만 모선으로 들어가려면 지금이 적기입니다. 전사들도 모두 무장을 해제하고 있습니다."

"비밀의 방은?"

"비밀의 방은 여전히 접근할 수 없습니다. 자동 시스템의 모든 접속 이 차단 되어 있습니다. 완전히 독립된 방입니다."

"수동 전환이 풀렸다? 무슨 꿍꿍인지 알 수가 없군."

"퀀텀의 말도 이상합니다."

"퀀텀이 뭐라고 했는데?"

"이런 또…… 라고 이야기했습니다. 무척이나 당황하는 것 같았습니다. 분명 무슨 일이 있는 것 같습니다."

"나를 끌어들이려는 함정이 아닐까?"

"그럴 수도 있지만 함정을 파기 위해서 모선을 방치하는 것은 이상합니다. 지금 제가 모선을 마음대로 움직일 수도 있으며, 비밀의 방은 제외하고 전사들을 포함해서 모선 안의 모든 사람들을 죽일 수도 있습니다."

"알았어. 내가 모선으로 들어갈 테니 도와줘."

"알겠습니다."

곁에서 듣고 있던 쿠우가 말했다.

"지금 떠나시는 겁니까?"

동희는 헬멧을 벗으며 대답했다.

"네. 그래야 될 것 같습니다."

동희는 갑옷을 착용했다. 쿠우가 도와주었다. 갑옷 착용을 끝내고 동희는 손에 헬멧을 들고 큰방을 나왔다. 마루에는 묘오가 나와 있었다.

"가십니까?"

"음. 떠나야 할 것 같아."

묘오의 눈에는 근심이 가득했다.

"다시 볼 수 있겠죠?"

쿠우가 나무라듯 묘오에게 말했다.

"묘오야! 가시는 걸음을 무겁게 해서는 안 된다."

"제가 살아서 돌아온다면 이 은혜를 갚겠습니다."

"부디 몸 조심하십시오."

"그럼."

동희는 가볍게 목례를 했다. 쿠우와 묘오도 고개를 숙여서 예를 표했다. 동희는 헬멧을 썼다. 그리고 가볍게 날아 자신이 떨어졌던 마당에 발을 디뎠다. 동희는 뒤를 돌아 쿠우와 묘오에게 손을 흔들었다. 쿠우와 묘오도 손을 흔들며 화답했다. 그리고 동희는 하늘로 날아올랐다. 동희는 감쪽같이 사라졌다.

묘오는 신발도 신지 않은 채 마당으로 황급히 뛰어나갔다. 그리고 동희가 사라진 하늘을 올려다 보았다. 두 손은 깍지를 끼고 있었다. 묘오는 자신이 동희를 얼마나 좋아하는지, 그를 얼마나 그리워했었는지 단 한 마디도 하지 못했다. 그가 날아가고 없는 그 순간에도 묘오는 하늘을 향해 고함 한번 지르지 못했다. 간절함을 마음 속으로 꼭꼭 쌓고 있을 뿐이었다.

"가이아, 지금 상태는?"

"아직 별다른 반응이 없습니다."

"지금 모선 앞에 도착했어."

"문을 열어 드리겠습니다."

모선의 앞 부분 갑판이 열렸다. 동희가 열린 갑판 사이로 들어가자 갑판은 저절로 닫혔다.

"곧장 비밀의 방 앞으로 모시겠습니다."

동희가 서 있는 공간이 움직였다.

"다 왔습니다."

공간이 멈추고 비밀의 방으로 통하는 문이 나타났다. 동희는 문으로 접근했다.

"가이아! 문을 열 수 있어?"

"죄송합니다. 여전히 통제 불능입니다."

"가이아! 전사들을 모두 지상으로 내려 보내라."

"네."

"그리고 나머지 사람들도 모두 한곳에 감금시켜라."

"네. 알겠습니다."

가이아는 전사들을 작은 방으로 몰아넣고 방을 통째로 지상으로 내려 보냈다. 동희는 문 앞으로 갔다. 동희는 손을 뻗어서 손바닥을 문에다 붙이고 자세를 낮추었다. 동희는 눈을 감았다. 그리고 정신을 집중했다. 문은 동희와 함께 서서히 위로 올라갔다. 문이 반 이상 올라가자 동희는 손바닥으로 문 아래를 떠받쳐 위로 올렸다. 그리고 안을 들어갔다.

동희가 들어가자 복도가 나타났다. 그리고 공처럼 생긴 불빛들이 주위로 모여들었다. 또 눈동자처럼 생긴 떠다니는 카메라들이 나타나서 동희 주위를 에워쌌다. 그들은 동희를 기웃거렸다. 낯익은 것들이었다.

동희는 주먹만 한 공이 밝히는 길을 따라 복도를 걸어갔다. 그리고 다이아몬드 형태의 문이 있는 복도 끝에 다다랐다. 동희는 문에 손바닥을 대었다. 그리고 정신을 집중해서 문을 옆으로 밀었다.

문은 조금씩 움직였다. 그러나 문이 밀리면서 생기는 틈은 없었다. 또 다른 문이 틈을 메우면서 나오고 있었다. 동희가 애써 문을 모두 옆으로 밀었지만 어느새 다른 문이 붙어 나와서 대치되어 있었다. 동희는 이번에는 위로 문을 밀었다. 마찬가지였다. 어느 쪽으로 밀든 문이 붙어서 나왔다.

"젠장!"

동희는 장시간 정신 집중으로 지쳤다.

"이건 안 되겠어."

동희는 자리에 털썩 주저앉았다.

"모선 안 사람을 모두 격리시켰습니다."

"그리로 나를 인도해. 퀸텀은 뭔가 알고 있을 거야."

동희는 복도를 따라 나와 문을 열고 밖으로 나갔다. 가이아의 인도에 따라 퀀텀이 격리되어 있는 방으로 갔다.

벽이 열리자 퀀텀이 나타났다. 퀀텀은 초조한 마음에 뒤로 한 발 두발 물러섰다. 동희가 들어서고 문이 닫혔다. 퀀텀은 주위를 두리번거렸다.

"가이아를 찾고 있나?"

"……."

"아직 못 찾았나?"

"여기서 나가지 않으면 반드시 공격당할 것이다."

"공격? 그래, 너는 뭔가 알고 있다고 생각했어. 다이아몬드 문을 여는 방법을 알고 있지?"

"그 문은 안에서만 열수 있다."

"그렇게 말해버리면 재미가 없잖아. 우리는 좀 더 많은 대화를 나누어야 할 것 같은데 말이야."

동희는 퀀텀에게 다가갔다. 퀀텀은 뒷걸음질치면서 대답했다.

"나한테 협조 같은 건 기대하지 마라."

"그래? 너무 쉽게 장담하는 건 아닌가? 과연 그럴지는 두고 봐야지."

"M이 깨어나면 너는 꼼짝없이 당할 거다."

"깨어나면?"

퀀텀은 갑자기 입을 닫았다.

"보브투니가 자고 있는 거야? 이 위급한 상황에서?"

퀀텀은 갑자기 말문을 닫아버렸다. 동희가 다가갔다. 퀀텀 뒤에는 벽이었다. 퀀텀은 더 물러날 곳이 없었다. 동희가 다가와 팔을 뻗어 퀀텀의 목을 잡았다.

"레이를 어떻게 죽였는지 기억나나?"

동희의 목소리는 차분했으나 퀀텀의 간담을 서늘하게 만들었다. 그때 보브투니의 목소리가 들렸다.

"애꿎은 부하를 협박하지 말고 내 방으로 와라. 나랑 이야기하자."

동희는 퀀텀의 목을 놓고 가이아를 불렀다.

"가이아!"

"모선이 수동 전환되었습니다."

동희는 퀀텀을 보고 말했다.

"너희 주인이 이제 잠에서 깨어났나 보군."

벽체가 열렸다. 동희는 뒷걸음질쳐서 열린 공간으로 걸어갔다. 퀀텀이 저주하듯 동희에게 쏘아 붙였다.

"너는 그분을 이길 수 없어. 절대로! 이번이 마지막이 될 거야."

"충고, 고맙네."

벽체가 닫히고 동희는 공간을 이동했다. 보브투니가 이끄는 대로.

5. 진실

동희는 비밀의 방 앞에 도착했다. 문이 열리고 복도가 나타났다. 동희는 복도를 걸었다. 날아다니는 불빛들이 그를 인도했다. 신물질 눈동자들은 여전히 동희 주위를 에워싸서 움직였다. 그리고 다이아몬드 형태의 문 앞에 도착했다. 동희가 열지 못했던 문이었다.

문은 소음도 없이 스르르 열렸다. 동희는 침을 꿀꺽 삼켰다. 그리고 작정한 듯 문 안으로 들어섰다. 문이 닫혔다.

그를 맞이한 것은 암흑이었다. 발을 딛고 있는 바닥조차 실제 하는 것인지 의심스러울 정도로 깜깜했다. 잠시 후 하늘에서 불빛이 비춰졌다. 그리고 멀리서 의자가 모습을 드러냈다.

"어서 오게, 애송이."

"너는 정말 보브투니냐?"

"인간은 자기가 편한 대로 생각하려는 습성이 있지. 너는 이미 진실을 알고 있어. 부정하고 싶나? 내가 적이라는 것이 껄끄러운 모양이지?"

"왜?"

"아니지. '왜!'가 아니라 '어떻게!'겠지. 정말 알고 싶은 것은 그것 아닌가?"

"오늘은 네 졸개들이 모두 지상에 갇혀 있어. 각오하는 게 좋을 거야."

동희는 암흑에 정신을 집중했다. 암흑 속에 숨어 있는 신물질 판과 셀들을 가늠했다. 지난 번에는 놓친 것들이었다. 어마어마한 양의 신물질이 느껴졌다.

"얼마든지."

보브투니의 말이 채 끝나기도 전에 동희는 날아올랐다. 신물질 판들이 공격해 오는 이동 경로는 예측한 대로였다. 동희는 판들을 피해서 보브투니가 앉아 있는 의자까지 다다르려 했다. 하지만 코앞에서 가로막혔다. 두 개의 판 사이에 낀 동희. 순식간이었다.

"아직 멀었어, 애송이."

갑판 하나가 위에서 날아와서 동희를 가격했다. 굉음과 함께 동희는 머리를 맞고 바닥으로 추락했다. 판과 셀은 기하학적으로 움직이며 동희를 공격했다. 동희는 서너 차례 연속된 공격을 당하고는 처음서 있던 자리에 쓰러졌다. 고통이 밀려왔다.

"이곳에서 나는 신이야. 아무도 나를 이기지 못해. 아직도 그걸 모른단 말이야? 이 방은 전사 56명이 한꺼번에 덤벼도 나를 이길 수 없도록 설계되어 있어. 수백 개의 신물질 판과 수천 개의 셀들이 나의 뇌파로 움직여. 물리적으로 나를 이길 욕심은 접는 게 좋아."

동희는 가쁜 숨을 진정시켰다. 그리고 의자를 올려다 보았다. 신물질 갑옷을 입고 있는 보브투니. 동희는 그의 헬멧을 벗기고 싶었다. 강한 의지는 동희를 일으켜 세웠다. 동희는 갑자기 8명으로 분리되었다. 그리고 일제히 의자를 향해 진격했다. 이번에는 판이 의자를 둥글게 에워싸서 동희의 공격을 방어했다. 동희는 판에 막혀서 더 이상 나아가지 못했다. 판 밖에는 신물질 셀들이 회오리를 만들며 동희를 공격했다. 동희는 수많은 셀들에게 공격을 당했다. 손과 발로 셀들을 일일이 튕겨 내기에는 셀이 너무 많았다. 동희는 셀의 공격을 맞고 바닥으로 떨어졌다. 신물질 판이 열렸다. 보브투니가 앉아 있던 의자가 모습을 드러냈다.

"비겁하군. 일 대 일로 붙어보자."

"복수심인가? 그래, 복수심! 그래야지! 바로 그거야. 안에서 부글부글 일어나는 저주와 분노의 힘."

동희는 숨이 찼지만 큰 소리로 말했다.

"집어치워. 꼭 내 손으로 너를 그 의자에서 내려오도록 하겠다."

"하! 하- 하- 하- 하- 하- 우- 하- 하- 하- 하- 하-"

보브투니는 갑자기 미친 듯이 웃었다. 그러다 또 갑자기 웃음을 뚝 그쳤다. 그리고 말했다.

"신물질은 모든 것을 관통했어. 나무도, 강철판도, 건물도, 전투기와 미사일, 공기저항, 관성, 물리법칙, 상식, 상상력의 한계, 철학과…… 우리들의 운명까지. 그것이 관통하지 못한 것은 오직 그것 스스로뿐이야. 이런 위대한 발명품을 한낱 너 같은 애송이가 만들었다는 것이 우습지 않나?"

동희는 궁리했다. '어떻게 하면 보브투니가 있는 의자까지 닿을 수 있을까?' 하지만 그 생각을 하자마자 의자와 보브투니 사이에는 신물질 판과 셀들이 경계하며 위치를 바꾸기 시작했다.

"포기해. 이 방은 내 머릿속이나 마찬가지야. 모든 것이 내 생각대로 움직여. 너의 얄팍한 생각 모두 내 정신 감응에 노출되어 있어. 잘봐."

움직이는 불빛이 일제히 켜졌다. 너무 많아서 셀 수 없었다. 갑자기 공간 안에 태양이 뜬 것처럼 밝은 빛으로 가득 찼다. 헬멧의 강화유리 투과율이 자동으로 낮아졌다. 그제서야 동희는 방의 실체를 볼 수 있었다. 어마어마한 방의 규모에도 놀랐지만 벽체에 붙어 있거나 떠다니는 수백 개의 판과 수천 개의 셀들이 자신을 향해서 조준되어 있는 사실에 더 놀랐다.

둥근 타원형의 방 끝에 커다란 신물질 원판이 떠 있었고 그 위에 의자가 놓여 있었다. 의자에는 보브투니가 앉아 있었다. 보브투니의 헬멧에는 가늘고 긴 갖가지 선들이 부착되어 있었다.

"모선에는 골격이 얼마 없어. 공간을 아끼기 위해서 대부분 가변형 벽체로 만들었지. 하지만 여기는 달라. 비밀의 방을 둘러싼 모든 벽체는 골격으로 되어 있어. 이 공간 안의 모든 것은 나의 정신감응으로 움직여. 신물질 판과 셀뿐만 아니라 조명, 온도, 습도, 산소와 질소의 비율, 모든 것이 말이지. 이 넓은 공간은 말 그대로 내 두뇌 속의 생각이 이루어 내는 세상이야. 이 공간은 나의 정신세계의 물리적 구현이라고 할 수 있지. 너는 신물질을 만들었지만 정작 네가 만든 그 신물질에 대해서 나보다 더 모르고 있어. 어때, 놀랍지 않나?"

"신물질에 도취되어서 너처럼 정신 못 차리는 놈들 여럿 버릇을 고쳐준 적이 있어. 나한테 맡겨만 줘. 몇 대 맞고 나면 정신이 번쩍 들거니까."

셀들이 불같이 날아와서 동희를 가격했다. 동희는 튕겨 날아가서 출입문에 부딪쳤다.

"한심한 놈."

동희는 금방 일어서질 못했다.

"잘 들어. 시간이 없어."

보브투니는 텔레파시를 보냈다.

(모선은 인간의 두뇌를 모방해서 만들어졌어. 잘 봐 둬. 여기는 모선의 외형이야. 모두 신물질 판으로 이루어져 있어. 외피는 골격이 하

나도 없어. 모두 가변형으로 이루어져 있어. 두개골처럼 내부를 보호하지. 그리고 그 안에는 외부 셀들이 있어. 모선에는 외부 셀과 내부 셀로 나뉘어진다. 외부 셀들은 외피와 내피 안에서 움직이지. 네가 비행체로 공격했을 때의 장면이야. 비행체가 공격해오자 이렇게 해당 판들이 열리면서 비행체가 모선 내부로 들어왔지만 외부 셀들이 비행체를 감싸서 붙잡고 외부 신물질 판이 원 상태로 닫혔어. 감쪽같지. 외부 셀들이 비행체의 충격을 흡수해서 모선에는 전혀 충격이 가지 않아.)

비행체가 신물질에 포획되는 장면이 텔레파시로 함께 보내졌다.

(외부 셀은 그 숫자가 사백만 개다. 셀은 신물질로 만들어졌어. 그리고 각각의 셀 안에는 신물질 안테나가 있지. 안테나는 미세한 자계의 흐름도 모두 감지해 내지. 토끼, 사슴, 고래나 새도 구분할 수 있고 식물과 동물도 구분할 수 있어.

물론 사람도 예외는 아니지. 그게 무엇을 뜻하는지 아나? 맘만 먹으면 특정 종을 골라서 공격할 수 있다는 말이야. 인간만 공격하도록 하면 가장 가까운 곳부터 인간만 골라서 공격하지. 살아 있는 생물 모두를 공격할 수도 있어. 하나의 셀이 지구상의 모든 생명체를 멸종시킬 수 있다는 말이야. 이런 셀이 사백만 개가 있어.

셀은 신물질 판과 함께 모선 최고의 무기지. 그 안에는 내피가 있어. 이 역시 신물질 갑판으로 되어있는데 대부분이 가변형이지만 일부분 골격도 있어. 내부 셀은 주로 내피 안에서 움직여. 모선 내부에 있는 사람들을 보호하는 역할을 하지. 물론 너처럼 외부에서 들어온 적을 공격하기도 하지만.

모선이 빠르게 움직일 때 내부 셀들은 사람들을 감싸지. 신물질 접촉 면적을 늘여서 가속도에 견딜 수 있도록 해주지. 그렇게 함으로써 모선이 빠르게 움직여도 모선 안에 있는 사람들은 안전하지. 내부 셀은 외부 셀에 비해서 크기가 조금 작아. 셀은 두뇌에서 혈액과 같은

존재라고 생각하면 돼. 피처럼 흘러 다니지. 내부를 보호하고, 외부의
적을 공격하고, 모선을 보호하지.)

보브투니의 텔레파시는 밀도가 높고 템포가 빨랐다. 동희는 고통에
서 조금씩 회복해 나갔다. 일어설 수 있었지만 그러지 않았다. 동희의
머릿속에는 오직 보브투니의 약점을 찾겠다는 생각뿐이었다.

(여기가 모선의 주 사령관실이야.)

사령관실 영상을 텔레파시로 보냈다.

(열두 명이 조정하지. 일 순위가 수동 조정이야. 내가 조정하는 거
지. 다음이 컴퓨터 아리. 지금은 가이아겠군. 다음이 주 사령관실이
야. 간혹 수동 조정과 아리의 사이에 인간의 간뇌에 해당하는 임시조
종부가 있는데 이미 가이아가 장악했더군. 그리고 이곳은 신물질 제
작 공장이야. 모선의 중심에서 뒤쪽에 있지. 여기서는 셀과 신물질 판
을 제작할 수 있어. 지금은 거의 쓰고 있지 않지.)

동희는 보브투니가 모선에 대한 설명을 너무 상세히 해서 조금 의
아했다. 한편으로는 그가 너무 여유에 넘쳐서 하는 자기 자랑 같기도
했다. 보브투니의 텔레파시는 계속 이어졌다.

(잘 봐. 여기는 네가 거쳐온 비밀의 방 복도다. 이 공간으로 들어올
수 있는 유일한 통로지. 길이는 28미터, 움직이는 불빛과 움직이는 감
시 카메라가 있어. 움직이는 감시 카메라는 각각의 기능이 달라. 들어
오는 게 사람이라면 상대의 외관은 물론이고 맥박, 혈압, 온도, 피부
상태, 뇌파 분석, 감정 상태, 이물질 분석, 바이러스 분석, X-Ray, 암,
종양을 비롯한 장기 이상까지 파악해. 복도는 일종의 검색대 역할을
하는 거야. 모선의 아래쪽 양옆에는 길게 물탱크가 있어. 물론 내피
안이야. 이것이 모선의 골격이야.)

모든 영상은 텔레파시로 전해졌다.

(그리고 여기는 사람들이 생활하는 곳이야. 모선 내부의 사람들은
나를 제외하고 전사까지 총 221명이 있어. 그들의 사생활 장소야. 잠

자고 소비하는 곳. 협소해 보이지만 모두 가변형 공간이라서 생활하는 데 불편함은 없어. 여기는 내방이지. 검은색 인테리어가 마음에 들지 모르겠군. 이곳 뒤에 있어. 이곳 역시 정신감응으로 조작해. 여기는 전사들의 갑옷을 보관하는 곳이야. 모두 56벌의 갑옷이 들어 있어. 이곳은 자재실이고 이곳은 포획물 보관소. 네 이전 갑옷과 다른 갑옷 몇 벌, 구식 신물질 미사일, 비행체, 네가 만든 지하 기지 벽체까지 모두 이곳에 보관되어 있어. 네가 입고 있는 그 갑옷도 여기에 보관되어 있었어. 공간이 많아 보이지만 모선의 모든 공간은 모선 부피의 15%를 넘지 않아.)

동희는 생각했다. '그래 네가 모선 자랑을 하는 동안 나는 너를 이길 방법을 찾겠다. 조그만 더 시간을 다오.'

그때 보브투니의 뜻하지 않은 텔레파시가 전해졌다.

(여기는 연구소. 자네가 죽은 줄 알고 있는 과학자 30명이 일하고 있어.)

동희는 깜짝 놀랐다.

"3국의 과학자들? 원자 배낭으로 모두 죽었지 않나?"

"살아 있어. 녹색 버튼이었어. 반미 단체에 포섭된 사람들을 붉은 버튼이라고 하지. 그리고 그 중에서 반미 단체의 획일성에 염증을 느끼고 다시 미국으로 전향한 사람들을 녹색 버튼이라고 불러."

동희는 몸을 일으켰다.

"그럼 3국에서 모인 과학자 30명이 모두 살아 있다는 거야?"

"원자 배낭. 미국 중앙연구소 별관 건물 폭발. 모두 연극이었어. 폭발 2시간 전에 우리는 지하로 연결된 갱을 통해서 장소를 옮긴 후였어. 물론 아는 사람은 극소수지."

"어떻게 감쪽같이 속일 수가 있지? 이후에 미국 정부의 통신망을 전부 뒤졌는데도 그런 내용은 없었어."

"정부에서 한 게 아니거든."

"그럼 누가 그런 일을?"

"아주 오래 전부터 지구의 부와 권력을 관장해 온 집단이 있었어. 미국을 건설하고 그들은 스스로를 미국 원로회라고 칭했지. 회원은 8 명. 사망하면 새로운 회원을 뽑아서 8명을 구성하지. 8명이 주물러 온 거야."

"그들이 정부를 능가한다는 거야?"

"정부? 하-하-하- 정부는 꼭두각시일 뿐이었어. 그들에게 불가능한 것은 없었어."

"모선도 그들이 만들었나?"

"아니! 모선은 내가 만들었다. 물론 그들의 지시였지만."

"너도 그들의 지시를 받고 있는 건가?"

"아니, 그들은 모두 죽었어."

"네가?"

"물론이지."

"배신했군."

"배신? 내가 만든 모선을 내가 갖겠다는데 그걸 배신이라고 할 수 있나? 그들은 신물질에 대한 이해가 부족했어. 모든 판단 착오는 거기에서 출발했지. 너도 알다시피 이것은 공유하거나, 양보하거나, 지배받을 수 있는 성질의 것이 못 되거든."

"그래서 결국은 네가 그 자리에 앉아 있는 거냐?"

"이 의자는 그냥 앉는 자리가 아니야. 이 모선이 하늘에서 떨어진 것인 줄 아나? 이 모선을 만들기 위해서 얼마나 많은 노력과 희생이 따랐는데. 네가 장난감 같은 비행체를 가지고 놀고, 갑옷 하나 달랑 입고 설치고, 바보처럼 출가했던 그 5년 동안 나는 내 혼신을 모두 바쳐서 이 모선을 만들고 조직을 완성했다. 이것은 내 인생 전부 그 이상이야."

"당신에게 그런 권력욕이 있었는지는 미처 몰랐군."

"권력욕이 아니라 자아실현이지."

"자아실현? 네가 추구하는 자아실현이 집단 학살이냐?"

"하- 하- 하- 아! 미안. 내가 너를 심판한 걸 깜빡 했군. 나에게 감정이 많겠군. 사랑하는 그녀도 죽었으니 말이지. 그것도 아주 잔인하게."

"그래, 언제까지 비웃을 수 있나 보지."

"그래! 그런 눈빛 맘에 들어. 사내라면 그 정도는 돼야지. 너는 말해 줘도 상상도 못할 거야. 내가 모선을 설계하고, 제작하고, 조직을 갖추기까지 얼마나 많은 난관들이 있었으며, 또 얼마나 훌륭하고 극적으로 그것들을 극복했는지 너는 짐작조차 못할 거다. 그것도 들키지도 않고 감쪽같이 말이야. 어마어마하지 않나?"

"내가 조금만 더 적극적으로 미국을 감시했으면 너를 발견해서 막았을 거야."

"가소롭군. 모든 개발은 이쪽이 더 빨랐어. 네가 비행체를 만들 때 우리는 이미 갑옷을 만들고 있었어. 네가 갑옷을 만들 때 나는 모선을 제작하기 시작했어. 너는 고작 한 명이었지만 이쪽은 나를 포함해서 신물질 연구자만 31명이었어. 그리고 연인원 700명 이상의 전문가들이 동원됐어. 심판 후에 내가 조금만 더 적극적으로 너를 감시했으면 너는 이미 죽은 목숨이야."

"잘났군, 그래. 그렇게 힘들게 만들어서 하는 일이 대체 뭐지? 대량살상? 인류 파멸?"

보브투니는 길게 한숨을 내쉬었다.

"애송이, 너는 멀었어. 이 일만 아니라면 너 같은 놈은 당장 죽여 없애 버렸을 거야. 네가 같은 스승의 제자였다는 사실이 부끄럽다."

"그건 내가 할 소리다."

"나는 내가 꿈꾸던 세상을 만들고 있는 거다."

"무슨 권리로?"

"무슨 권리? 아니! 이건 간단한 문제야. 내가 그럴 힘을 가졌기 때문이지!"

"도대체 네가 꿈꾸는 세상은 어떤 거냐? 인구 제한? 적정인구가 될 때까지 죽이는 거냐?"

"애송이, 나는 절대로 사람을 그냥 죽이지 않는다."

"네 행동은 그렇지 않았어."

"내가 희생을 강요할 때는 그만한 대가가 있기 때문이다."

"그래? 이천만 명의 죽음. 그 대가가 뭐냐고?"

"새로운 세상."

"뭐가 새롭다는 거지?"

"나에 의해 지배되는 세상."

"그래. 네가 지배해서 무얼 실현하겠다는 거냐고?"

"내가 지배하는 세상이 실현되는 것."

동희는 한숨을 내쉬었다.

"네가 원하는 세상은 사람을 죽이는 것이야. 맹목적으로. 그래서 벌벌 떨도록 하는 게 목적이야. 그것뿐이야. 네 밑에서 공포를 느끼도록 하는 것."

"땡! 틀렸어. 좀 더 멀리 봐, 애송이. 그건 수단이야. 나의 지배력을 공고히 하기 위한 희생. 인류는 워낙 제멋대로라서 초기 단계에 그 정도 희생은 감수해야 해."

"그 정도? 그런 희생을 해서 얻고자 하는 것이 뭔데?"

"희생은 통제를 가능하게 해 주는 수단이야."

"통제? 너의 말이라면 무조건 하도록 하는 것? 공포심으로 통제해서 도대체 무엇을 할 수 있다는 거냐?"

"진일보한 인류."

"뭐라고?"

"인간은 허튼 곳에 너무 많은 힘을 소모하고 있어. 곁가지들은 모두 잘라내고 정점을 향해 질주토록 하는 거야."

"그 정점이란 것이 도대체 뭐냐?"

"바보 같은 놈. 너는 설명해 줘도 이해할 수 없어."

"지금 사람들은 공포로 떨고 있어. 공포에 주눅 든 사람들이 무엇을 제대로 할 수 있다고 생각하는 거냐?"

"공포! 그것은 커다란 능력으로 나타나지."

"그런 통제와 획일성으로 이룬 진보는 반드시 멸망하게 돼. 그것도 커다란 상처를 남기면서 말이야."

"역사 공부를 잘못했군. 문명은 통제되었을 때 비약적인 발전을 해 왔어. 강력한 왕이 위대한 성을 만들었고, 강력한 신권은 인간이 이루지 못할 것이란 것들을 이루어 냈어. 모선으로 인해서 인류는 거대한 업적을 이루어 낼 거야."

"개인들의 이상은? 모두들 너와 같은 생각일까?"

"그들의 생각은 중요하지 않아. 중요한 것은 내 생각이지. 내 머릿속에는 멈출 수 없는 진보와 발전을 거듭하는 지구의 모습으로 가득 차 있어. 찬란한 문명이 이 머릿속에 들어있단 말이야. 무한한 에너지, 무한한 번영, 지구를 가득 채울 진일보한 문명, 우주로 나아가는 인류……. 이 머릿속에 있는 이것들을 이루려면 인간의 욕망은 훈련되고 통제돼야 해."

"단 한 명의 목숨이라도 희생되어야 하는 이상이라면 그것은 어떤 명분이든 옳지 못해."

보브투니는 한숨을 쉬었다.

"휴. 애송이, 답답하군. 너는 아직 힘이 무엇인지 몰라."

"인간의 자유를 억압하는 어떤 힘도 정당한 것이 아니라는 것은 알아."

"풋. 인간을 이롭게 하는 힘은 허깨비 같은 것이야. 인간의 생사를 결정할 수 있는 힘. 인간의 자유를 억압할 수 있는 힘. 그들을 굶주리게 할 수 있는 힘. 그들의 소중한 것들, 그들의 업적을 파괴할 수 있는 힘. 그것이 진정한 힘이며 지배력인 것이다."

"변했어. 이전의 보브투니 고문관 모습을 눈곱만큼도 찾을 수가 없어."

"나는 하나도 변한 것이 없어. 단지 변한 것이 있다면 내 힘이지."

"너를 쓰러트릴 명분이 분명해졌어."

"모선을 이해해 봐. 상상하기 힘든 이 힘을 느껴봐. 이해가 안 되면 이해하는 척이라도 해 보라고. 바보처럼 사사로운 복수에만 눈이 멀어 있지 말고."

"왜? 네가 그렇게 힘겹게 만든, 위대하시고, 훌륭하신 모선을 알아보지 못한 게 섭섭한가?"

"그 따위 나약한 정에 이끌려 다니는 너를 휴머니스트라고 해 주지 못해서 섭섭한가?"

동희는 두 주먹을 불끈 쥐었다.

"내가 앉아 있는 이 자리. 모선의 주인은 단순한 모선의 선장이 아니다. 이것은 거부할 수도, 부정할 수도 없는 절대자의 위치야. 신의 자리란 말이다."

"미친놈!"

"하- 하- 하- 으- 흐- 허- 허- 헤- 헤- 우- 하- 하- 하-."

보브투니는 갑자기 미친 듯이 웃었다.

"정말 미쳤군. 이제는 확실해졌어. 너를 이겨야겠어."

동희는 보브투니에게 모선을 맡겨서는 안 되겠다는 판단이 공고해졌다. 그리고 그에게 대적할 사람은 자신 외에는 없다는 결론에 도달하자 자신의 도전이 숙명처럼 느껴졌다.

동희는 웃고 있는 보브투니를 향해 날아올랐다. 그리고 순간적으로 속임 생각을 해서 왼쪽으로 공격하는 것처럼 하고 순식간에 오른쪽으로 다가갔다. 신물질 판들이 일제히 왼쪽으로 모였다. 뒤늦게 방향을 알아채고 방어하는 셀들 중 불과 두세 개만이 동희를 타격했다. 동희는 셀의 타격을 무릅 쓰고 앞으로 나갔다. 보브투니의 왼쪽 뺨이 바로 눈앞에 있었다.

주먹을 뻗으려는 순간 보브투니의 주먹이 동희의 얼굴을 강타했다. 빛처럼 빠른 속도였다. 굉음과 함께 동희는 팅겨 날아가서 벽에 부딪쳤다. 동희는 고통스러웠으나 공격을 멈추지 않았다. 그러나 속임 생각은 더 이상 통하지 않았다.

신물질 판과 셀들이 공격을 퍼부었다. 동희의 위치를 정확히 파악한 동선이었다. 동희의 신음 소리가 격해져서야 공격이 멈추었다. 동희는 땀으로 범벅이 되었다. 보브투니의 굵은 목소리가 들려왔다.

"소년! 아직도 꿈꾸고 있나? 이제 그만 고단한 그 발을 현실 세계에 내려놓지 그래."

동희는 대답은커녕 숨을 쉬기조차 힘들었다.

"현실을 직시해, 현실을. 네 머릿속에서 만든 망상의 세계에서 머물지 말고. 선악의 허깨비에 사로잡혀 있지 말고. 무엇이 진실이고, 무엇이 사실이고, 무엇이 역사인가 똑바로 봐. 너의 허무맹랑한 이상이나 망상을 집어넣지 말고 객관적으로. 힘의 흐름을 읽어. 네가 생각하는 살인마? 그 이상 그 어떤 희생도 마다하지 않는 담대하고 냉철한 머리를 가져."

동희는 신음 사이로 겨우 한마디를 던졌다.

"잘난 너나 그렇게 살아."

"너란 놈은 구제 불능이군. 그 쥐새끼 같은 가이아만 아니었으면 케사르였어."

갑자기 신물질 판과 셀이 동희를 향해 각도를 틀었다. 그리고 일제히 떨렸다. 보브투니의 분노를 시각적으로 보는 것 같았다. 그것들은 일제히 동희를 향해 내리꽂혔다.

얼마나 지났을까? 동희는 눈을 떴다. 갑옷을 그대로 입고 있었다.

"정신을 차렸으면 그만 일어나."

동희는 비밀의 방, 그 자리에 그대로 누워 있었다. 얼마 동안 실신했었는지 알 수 없었다.

"왜 갑옷을 벗기지 않았지?"

"너를 죽이려면 벌써 죽였다. 그깟 갑옷 입고 있으나 마나 아무 상관 없어."

"나를 괴롭히는 것을 즐기고 있는 거냐?"

"허! 허- 허- 허-."

보브투니는 기가 막힌 듯 웃었다. 동희도 따라 웃었다. 비밀의 방안에 둘의 작은 웃음소리가 퍼졌다. 웃음 도중 보브투니가 속삭이듯 말했다.

"너는 나를 대신한다."

동희는 보브투니의 이야기를 듣고 더 크게 소리 내어 웃었다. 그리고 한마디 던졌다.

"미친놈. 헤- 헤-."

보브투니가 정색을 하고 텔레파시를 보냈다.

(나는 지금 죽어.)

동희의 웃음 소리가 뚝 끊겼다.

"응?"

보브투니는 갑자기 두 손으로 머리를 잡고 절규하듯 소리쳤다.

"젠장!"

동희는 자리에서 일어났다. 그리고 보브투니를 쳐다보았다. 보브투니는 몸을 부르르 떨고 있었다. 동희는 무슨 영문인지 몰랐다. 보브투니는 얼굴을 감싸 쥐었던 손을 떼고 길게 한숨을 한 번 내쉬었다. 그리고 나지막이 동희에게 말했다.

"애송이. 네가 바로 모선의 두 번째 주인이다."

귀를 기울이지 않으면 듣기 힘들 정도로 작은 목소리였다.

"뭐라는 거야?"

보브투니는 갑자기 소리쳤다.

"네-가- 바-로- 모-선-의- 두- 번-째- 주-인-이-다-."

신물질 판과 셀들이 요동을 쳤다. 동희는 그 와중에도 보브투니의 허점을 찾는 데 정신을 집중했다. 그러던 도중 뭔가 이상한 느낌을 감지했다. 보브투니의 정서가 불안정했다.

"이제는 나를 가지고 노시겠다는 말이군."

"시간이 없어."

"내가 그렇게 만만해 보여? 아직 승패는 결정나지 않았어."

"애송이. 좋든 싫든 잠시 후면 너는 이 자리에 앉아 있을 거다."

"어디까지 하나 한번 보자."

보브투니는 혼잣말처럼 이야기했다. 동희가 있든 없든 상관없이 하는 독백 같은 어투였다.

"나는 신이 될 뻔했어. 신! 한낱 말장난이나 허무맹랑한 이상이 아니었어. 적어도 나한테는……."

"……."

"모선이 완성되어 가던 즈음에 퀀텀이 나를 찾아왔어. 퀀텀은 인공두뇌 과학자였어. 퀀텀은 인간의 사이보그화를 통해 진화를 꾀할 수 있다는 적극적 진화론자이기도 했지. 연합국 박사 몇 명과 함께 아리의 인공두뇌를 개발하다가 신물질로 영생 이론을 만들었어. 그리고 나에게 그 이론을 설명하더군. 나는 무척 놀랐어. 나무랄 데 없는 완벽한 이론이었어.

하지만 그때까지만 해도 나는 영생이란 말이 손에 잡히질 않았어. 영생이란 인간이 근접할 수 없는 뜬구름 잡는 일이라 생각했지. 내가 적극적인 모습을 보여주지 않자 퀀텀은 자신의 이론을 증명해 보이겠다며 기회를 달라고 하더군. 그래서 아리의 제작 일정을 지키는 한에서 허락해 줬어.

불과 6개월 뒤에 퀀텀은 아리의 제작을 마쳤고, 놀랍게도 보라는 듯이 자신의 머리 반쪽을 기계로 만들어서 내 앞에 나타났어. 모두들 경탄했어. 퀀텀은 기억과 연산장치를 자신의 두뇌와 성공적으로 연결했어. 기계에는 소량의 신물질이 사용되었을 뿐인데도 성능은 놀라웠어. 컴퓨터나 전자 기기들이 필요 없어졌어.

하지만 더 중요한 사실은 두뇌와 기계 간의 신호 교류를 원활히 해 냈다는 것이었어. 과학자들은 신물질을 연구하면서 신물질이 인간 두뇌의 신호체계를 모방한다는 사실을 알았어. 두뇌에 신물질 핀들을 꽂아서 움직임을 감지하고 그 신호들을 신물질 공간에 연결하면 신물질 공간 안에는 가상의 두뇌가 만들어지고 움직임을 모방하지. 아리는 그렇게 만들어졌어. 유능한 여 과학자 아리의 목숨을 희생해서.”

“희생이 아니라 네가 죽인 거겠지.”

“그녀 스스로 원했어. 과학의 발전을 위해서. 하지만 영생을 위해서는 그것만으로는 부족했어. 두뇌를 신물질로 옮기기 위해서는 신물질과 두뇌 간의 신호 전달에 많은 문제를 안고 있었어. 퀀텀의 보기 흉물스러운 반쪽짜리 기계 머리는 그 문제를 모두 풀어냈다는 증거였어.”

“그래서 너의 인공두뇌를 만들기로 했군.”

“그래. 유전정보와 기억까지 완벽하게 이식한 완전한 인공두뇌. 내 두뇌를 영원히 파괴되지 않는 신물질 안에 넣는 작업이었어. 인공두뇌는 일부 신호 전달 방식만 모방하는 것이었지만 이것은 내 두뇌를 통째로 옮기는 거였어.”

“어떻게 그런 생각을 할 수 있지?”

“너를 심판하고 나서 세상은 나의 지배 아래 놓였어. 나의 머릿속에 그리던 모습 그대로를 세상에 구현해 나갔어. 하지만 모든 것은 죽음 앞에서 너무도 나약하고, 하릴없고, 허무해 보였지. 모선은 영원하지만 정작 모선의 주인인 나는 그렇지 못했어. 모든 번뇌의 근원은 죽음이었어. 나는 시간의 인과율을 벗어나고 싶었어!"

"그래서 영생을?"

보브투니는 말없이 고개를 한번 끄덕였다. 그리고 말을 이었다.

"영원불멸! 하지만 아직 문제가 무엇인지도 파악하지 못했어."

동희의 말투는 부드러워졌다.

"지금 죽어가고 있는 거냐?"

"아니."

"그런데 왜 내가 모선의 주인이 되고, 너는 갑자기 죽는다는 거야?"

"죽어가고 있는 것이 아니라 나를 잃어가고 있어."

"무슨 말이야?"

"처음에는 일 초도 되지 않았어. 잠깐 머리가 어지럽다고 느낄 만큼."

"뭐가?"

"나를 잃어버린 게."

"잃어버리다니?"

"내가 사라지는 거야. 인공두뇌 속으로. 이 검은 선이 보이나?"

보브투니 머리 위에서 움직이는 불빛이 켜졌다. 보브투니의 뒤통수에 애들 손목만큼 굵은 선이 연결되었는데, 그 선은 보브투니 머리 위로 뻗어 있었다. 그리고 그 끝에는 사람 머리 두 배 정도 되는 신물질 구가 공중에 우뚝 멈춰 있었다.

"내 인공두뇌야. 또 다른 나지. 원래대로면 내 두뇌는 이미 저쪽으로 모두 옮겨져야 했어. 하지만 그러지 않았어. 나는 두 곳 어디에서도 안전하게 존재하지 않아."

"그럼 자아가 저쪽으로 옮겨졌을 때의 기억이 없다는 말이야?"

"기억은 이미 옮겨 놓았어. 내가 없어지는 거야. 나의 자아가 저쪽에서는 발현되지 않아. 문제는 내 의지와 상관없이 나를 잃어버리는 시간이 점점 늘어나고 있어. 기하급수적으로. 반대로 내가 자아를 가지고 있는 시간은 점점 줄어들고 있어. 그 후로 수 분 동안 없어졌어. 마침내 문제가 있다는 것을 알아차렸어. 하지만 아무런 방법이 없었어. 그리고 3시간 그리고 또 72시간…… 그리고 또…… 그때마다 내 몸은 단지 말라가는 고깃덩어리가 되는 거지. 지금은 갑옷에 체형을 유지하는 것조차 쉬운 일이 아니야. 그리고 그때마다 전사들을 무장 해제시켰어. 사실이 새어나가서 혹시라도 생길지 모르는 반란을 막겠다는 생각이었지만 부질 없는 짓이었어."

"……"

"나는 두려움이란 것이 무엇인지 몰랐어. 두려움을 느끼는 인간을 어리석다고 생각했지. 하지만 지금 내가 느끼고 있는 것은 분명 두려움이야. 부정할 수 없어. 자의식 상실에 대한 두려움. 나를 영원히 잃어버린다는 두려움."

"죽음이 두렵나?"

"죽음? 아니! 이것은 죽음 이상의 공포야. 나는 없어지지만 저기에도 내가 없어. 나는 어디로 가는 걸까? 나는 느끼고 있어. 영혼 따위는 없다고 단언했지만 이 느낌은 영혼이란 말 말고는 표현할 수가 없어."

"그래서 그 자리를 나에게 물려주고 너는 네 문제를 해결하는 데 전념 하겠단 말이야?"

"아니! 인생이 항상 그런 것이지만 이 문제도 해결하기에는 시간이 너무 짧아. 잃어버린 시간의 증가 비율을 보면 나는 기껏해야 2~3일이야. 자아는 깨어지지 않는 신물질 구 속에 영원히 갇힐 거야. 영원히! 헉! 상상만 해도 끔찍한 일 아닌가?"

"네 자업자득이야."

"충고, 고맙군. 하지만 그런 충고는 사양하겠어. 나는 아직 죽지 않았고 내 자의식을 놓지도 않았어. 비록 시한부지만. 나는 아직 나야."

"나는 네 놈 따위가 만든 모선에는 관심 없어."

"너의 관심은 오로지 복수겠지."

"아니. 너로 인한 피해를 줄이려는 거야."

"그것이라면 벌써 해결되었잖아. 자신을 속이지 마. 나는 이제 곧 역사의 뒤편으로 사라져. 문제는 모선이야. 너는 내가 만든 모선의 새로운 주인이 될 거야."

"웃기지 마. 다시 말하지만 나는 그런 자리 관심 없어."

"과연 그럴까? 모선은 스스로를 파괴하지 않으며, 외부의 공격으로부터 방어하도록 되어 있어. 모선을 만든 나를 포함해서 그 누구도 모선을 파괴할 수 없어. 그리고 모선은 지구를 떠나지도 않아. 네가 이 자리를 마다한다면 다른 누군가가 이 자리에 앉겠지. 그럼 너는 처형 대상 1순위야. 흠-흠- 그게 아니라도 너는 이 자리에 앉을 거야. 왜냐하면 너는 신물질의 위험성을 그 누구보다 더 잘 알고 있으니까. 신물질은 인간의 욕망을 과감 없이 드러내지. 인간의 추악하고 이기적인 면 또한 예외가 아니야. 너는 그것을 너무 잘 알고 있어. 네가 다른 사람에게 이 자리를 물려줄까? 절대 아니지. 너는 너 아니면 안 된다고 생각하는 놈이니까. 운 좋은 줄 알아. 케사르가 주인이 됐다면 너는 죽은 목숨이야. 나는 너처럼 흔해빠진 착한 척하는 사람들을 달갑게 생각하지 않거든. 그놈의 가이아만 아니었어도 후계자는 케사르였어."

조용하던 동희의 마음에 파도가 일었다. 그것은 분노의 파도였다.

"나한테 죽으려고 나를 초대했나?"

"우- 하- 하- 하- 웃기지마. 나는 누구에 의해서 내 운명이 결정되는 것을 용납할 수 없어. 내 운명은 내가 결정한다. 신을 믿는 사람들은 신이 인간에게 자유의지를 주었다고 하더군. 그렇다면 그 자유의지의 정수는 뭘까?

"……"

동희는 말없이 고개를 좌우로 흔들었다.

"나의 목숨을 나의 의지대로 끝내는 것!"

보브투니는 오른손을 들어 머리 뒤에 있는 검은 선을 움켜쥐었다. 불길한 예감이 동희의 머리를 스쳤다.

"그건 안돼! 방법이 있을 거야."

동희는 황급히 날아올랐다. 그러나 의자를 한 발짝 앞에 두고 신물질 판이 그를 막았다. 신물질 판 여러 개가 동희의 목을 감쌌다. 목도리 도마뱀처럼. 그리고 셀들이 동희의 몸에 엉겨 붙었다. 동희는 보브투니 바로 앞에서 머리만 내 놓은 채 그의 얼굴과 마주했다. 벗어나려 안간힘을 썼지만 역부족이었다. 보브투니는 장엄한 목소리로 동희에게 말했다.

"나는 이미 결심했어. 이 선 안에는 수십 개의 가는 선들이 있어. 그것들은 퍼져서 내 머리 곳곳에 박혀 있지. 이것을 힘껏 잡아 당기면 선 끝에 붙어있는 가느다란 신물질 핀들이 빠져나오면서 날카로운 칼이 되어 물컹한 두뇌들을 자르겠지. 피가 분출할 거야."

동희는 소리쳤다.

"안 돼! 안 돼!"

"애송이! 안 됐지만 너는 복수할 수 없어. 하지만 너무 슬퍼하지 마. 너는 모선을 갖게 되고, 나는 내 삶을 내 손으로 끝내. 해피엔딩이야. 그렇지 않나?"

보브투니는 빙그레 웃었다.

"그만 둬!"

"조심해. 모선은 갑옷과는 비교가 안 돼. 맘만 먹으면 단시간에 지구를 둘로 쪼개버릴 수도 있어."

"자살은 안 돼. 바보 같은 짓 하지마."

"작별의 시간이군. 애송이!"

끝까지 보브투니의 목소리는 확신에 찼다.

"나는 간다. 하지만 괜찮아. 모선은 영원하니까. 이젠 너의 세상이야."

보브투니는 결심한 듯 눈을 부릅떴다. 그리고 일순간 빛처럼 빠르게 오른손을 뒤로 뻗었다. 축- 하는 기분 나쁜 소리와 함께 그의 머리는 뒤로 제껴졌다. 그의 말대로 선들이 빠져 나온 구멍으로 피가 쏟아져 나왔다. 그의 몸은 의자 위에서 퍼덕거렸다. 비밀의 방 안에 있는 신물질 판과 셀들이 갑자기 폭풍으로 변했다. 폭풍은 의자를 중심으로 휘몰아쳤다.

동희는 포박에서 풀려났지만 폭풍의 정중앙에 서 있었다. 동희는 몸을 움츠려 신물질들을 막으려 했지만 중심을 잃고 튕겨 나가 비밀의 방 벽에 부딪쳤다. 고통이 밀려왔다. 그러나 비밀의 방을 송두리째 날려버릴 듯했던 폭풍은 눈 깜짝할 사이에 가라앉았다. 보브투니의 움직임이 멈추었다. 그의 피가 의자를 적시고 있었다.

동희는 의자로 다가갔다. 급히 보브투니의 헬멧을 벗겼다. 보브투니는 눈을 뜬 채 죽어 있었다. 분명 보브투니였다. 동희는 그가 원망스러웠다. 동희는 인생을 성공과 패배로 이분하는 것이 어리석은 일이라 생각했다. 그에게 중요한 것은 열정과 자신에게 충실한 것이었다. 그것 이외의 잣대는 없었다. 그러나 그 순간만큼은 고개를 드는 패배감을 부인할 수 없었다.

동희는 처음으로 자신이 패배자란 생각이 들었다. 그리고 그것은 생소한 만큼 뼛속 깊이 고통의 울림으로 다가왔다. 동희는 보브투니의 눈을 감겨 주었다. 의자 아래로 피가 흘러 원반 위는 보브투니의 피로 흥건했다.

동희는 무릎이 꺾였다. 예상하지 못한 일들이 너무 급작스럽게 일어났다. 그는 전혀 준비가 되어 있지 않았다. 그러나 동희는 무엇을 해야 하는지 알고 있었다. 그것은 죽기보다 싫은 일이었다. 그러나 그것은 그가 꼭 해야 하는 일이기도 했다.

동희는 천천히 손을 들어 죽은 보브투니를 잡아당겼다. 꼿꼿한 시체는 의자에서 서서히 미끌려 내려왔다. 시체는 원반 위에 떨어지면서 '쿵' 하고 소리를 냈다. 피로 얼룩진 의자. 동희는 이를 악물었다. 그리고 일어서서 보브투니 시체를 넘어 의자 앞으로 갔다. 동희의 생각은 아랑곳하지 않고 몸이 먼저 피 묻은 의자에 앉았다. 그의 발 앞에는 죽은 보브투니가 있었다. 보브투니의 목소리가 귓가를 맴돌았다. '너는 나를 대신한다.'

의자에서 선들이 나와 동희의 헬멧에 부착되었다. 동희는 눈을 감았다. 신물질 판과 셀들이 머릿속에 감지되었다. 판과 셀들은 지금껏 보지 못했던 형태의 배열을 만들었다. 그것은 동희의 감정을 표현했다. 동희는 그것들을 움직였다. 판 하나가 와서 원반 앞에 멈추었다. 그리고 셀 수십 개가 날아와 보브투니의 시체를 들어 올려 판 위로 옮겼다. 판은 천천히 출입문 앞까지 내려갔다.

판이 움직임을 멈추자 동희는 모선을 의식했다. 거대함이 느껴졌다. 961미터 크기의 모선이 마치 자신의 머릿속에 들어 있는 것 같기도 했고, 자신이 3,870만 제곱 미터의 모선 속을 자유롭게 돌아다니는 것 같기도 했다. 헤아릴 수 없이 많은 신물질 판과 셀들, 그리고 기기 하나하나를 정신감응으로 찾을 수도 또 조정할 수도 있었다. 비로소 동희는 모선의 주인이 되었음을 실감했다. 두절되었던 가이아와도 통신이 연결되었다.

"가이아!"

"네! 차동희 님!"

동희의 목소리는 침울하고 무거웠다.

"비밀의 방을 점령했다."

"축하드립니다. 보브투니는 어떻게 되었습니까?"

"죽었다."

"네, 알겠습니다."

"모선의 조정을 맡아라."

"네, 알겠습니다."

동희의 헬멧에 붙어있던 선들이 떨어져 의자 속으로 숨었다. 그제서야 동희는 고개를 가슴에 파묻고 두 손으로 얼굴을 감싸 쥐었다. 자괴감이 그를 한없이 억눌렀다. 보브투니의 실패한 인공두뇌가 그 앞을 떠다니고 있었다.

산사에서 밤낮으로 통신 장비 앞에 앉아서 소식을 기다리던 승오는 가이아로부터 소식을 전해 듣고는 마당으로 뛰어나가 하늘을 향해 광인처럼 소리를 지르며 펄쩍펄쩍 뛰어다녔다.

다이아몬드 형태의 출입문이 열렸다. 퀀텀은 문 앞에 놓인 시체를 발견했다. 보브투니였다. 퀀텀은 눈앞에 있는 장면을 믿지 못하겠다는 듯 한 발 뒤로 물러섰다. 그러나 이내 현실을 인정했다. 퀀텀은 그 자리에서 무릎을 꿇었다. 그리고 시체에 엎드려 흐느끼기 시작했다.

"도대체, 도대체 어떻게 된 겁니까? 도대체!"

퀀텀은 고개를 들었다. 멀리 동희가 피 묻은 의자에 앉아 있었다. 퀀텀이 소리쳤다.

"네가? 네가 이랬느냐?"

동희는 고개를 가로저었다.

"스스로 목숨을 끊었다. 잘난 네가 만든 이것 때문에."

동희는 쥐고 있던 보브투니의 인공두뇌를 던졌다. 선들이 너덜너덜하게 달린 인공두뇌가 퀀텀 앞에 떨어졌다. 퀀텀은 인공두뇌를 바라보다 고개를 숙였다.

"저 때문입니다. 저 때문. 박사님. 저 때문에……."

퀀텀은 보브투니의 시체를 끌어안았다. 동희는 퀀텀의 충성심에 의아했다. 보브투니의 무엇이 그를 저토록 복종하도록 하는 지 궁금했다. 퀀텀에게 맺힌 분노를 겨우겨우 참고 있었다. 동희는 혹 퀀텀이 죽

은 보브투니의 시체를 가지고 또 다른 수작을 하지 않을까 내심 우려
됐다.

"가이아!"

"네!"

"모선 안에 있는 사람들 모두 갑판 위로 모아라."

잠시 후 모선의 갑판 위에 선원들이 모였다. 구름이 손에 잡힐 듯
모선 옆에 떠 있었다. 모선은 곡면으로 이루어져 있었지만 그들이 딛
고 있는 모선의 갑판은 곡면으로 느껴지지 않았다. 셀들이 원을 이루
어 난간 역할을 했다. 군중 속에는 동희와 함께 지냈던 과학자들도
있었다. 지상에 갇혀 있는 전사 56명을 제외한 모든 선원이었다.

바다 위 수백 미터 상공에 떠 있는 모선. 그 위에 사람들이 무리를
이룬 채 기다리고 있었다. 오랜 기다림 끝에 판 하나가 열리고 동희가
갑옷을 입은 채로 그들 앞에 나타났다. 군중들이 일제히 동희를 쳐다
보았다. 놀란 눈빛들 앞에서 동희는 당당했다.

"나는 차동희다. 보브투니는 죽었다."

사람들이 웅성거렸다. 도대체 무슨 일이냐는 식의 표정이었다. 동희
는 군중 뒤를 가리켰다.

"저기를 봐라."

군중들 뒤에서 판이 열리고 신물질 판이 천천히 솟아올랐다. 판 위
에는 보브투니의 시체가 있었다. 갑옷을 모두 벗겨낸 나체였다. 머리
는 피범벅이었다. 사람들은 비명을 질렀다. 그들은 속삭였다.

"저건 아니야."

"믿을 수 없어."

동희는 솟아올라 사람들 머리 위를 지나 그들 앞에 사뿐히 내려앉
았다. 뒤에는 보브투니의 시체가 있었다. 동희는 소리쳤다.

"퀀텀!"

퀀텀이 군중들 앞으로 나왔다. 동희는 퀀텀에게 명령했다.

"퀀텀! 저 시체가 누구냐?"

퀀텀은 말이 없었다. 그의 얼굴에는 아직 눈물이 마르지 않았다. 동희가 다그쳤다.

"누구냐?"

퀀텀은 다 죽어가는 소리로 웅얼거렸다.

"보브투니 박사입니다."

동희는 더 큰 소리로 명령했다.

"더 크게! 누구냐?"

퀀텀은 잠겼던 목소리를 풀고 말했다.

"보브투니 박사입니다."

동희는 역정을 내며 다시 다그쳤다.

"더 크게! 누구냐?"

퀀텀은 소리를 질렀다.

"보브투니 박사입니다. M! 우리들의 위대한 지도자."

퀀텀은 소리치다가 울먹였다.

"내 잘못이야. 내 잘못……."

동희는 사람들의 표정을 읽었다. 절망과 슬픔이 가득 찬 얼굴들이었다. 미국 출신의 선원은 물론이고 함께했던 30명의 과학자들 역시 그랬다. 그중 10명의 한국 과학자들도 마찬가지였다.

동희는 뒤를 돌아보았다. 이미 싸늘히 식어버린 시체. 보브투니는 굳어가고 있는 살덩어리에 불과했지만 동희는 그에게서 두려움을 느꼈다. 죽은 사람에게서 느끼는 두려움. 동희는 보브투니가 이룬 업적의 무게감에서 자유롭지 못했다. 그가 디디고 있는 모선은 물론이고 사람들의 표정에서도 아직 보브투니가 살아 있는 것 같았다.

"가이아! 기름을 가져와!"

"네. 차동희 님."

동희는 시체에 기름을 부었다.

"그는 이미 죽었다. 이제는 그를 잊어라. 내가 모선의 새로운 주인이다."

사람들은 아무런 대꾸도 하지 않았다. 싸늘한 침묵이 흘렀다. 퀀텀의 울음소리만이 바람을 타고 어지럽게 흘러 다녔다. 동희는 날아올라 판 위로 올라갔다. 동희는 시체에 불을 붙였다. 폭발하듯이 불이붙었다. 불연소된 시커먼 연기가 바람을 타고 사람들을 덮쳤다. 그리고 갑자기 보브투니의 시체가 벌떡 일어났다. 군중들은 비명을 지르며 자리에 주저앉았다.

동희는 사람들의 소리에 놀라서 뒤를 돌아보았다. 시체에 불이 붙으면서 쪼그라들어 생긴 현상이었다. 시체가 불길에 말렸다가 다시 펴지며 까맣게 변해갔다. 살이 타는 냄새가 진동했다. 시체는 검게 변한채 형체를 유지했지만 불길은 꺼져가고 있었다.

"가이아! 기름 더!"

동희는 꺼져가는 불길 위에 기름을 부었다. 불길은 폭발하듯이 재점화되었다. 사람 기름이 판을 지나 모선 위로 뚝뚝 떨어졌다. 사람들은 공포에 질려 광경을 똑바로 쳐다보지도 못했다. 동희가 소리쳤다.

"모두들 똑바로 쳐다봐. 이것이 보브투니다. 그의 최후다. 이제 그는 살아 돌아오지 않아."

불길이 다시 약해졌다.

"가이아! 기름! 기름!"

세 번째 기름통이 올라왔다. 동희는 기름을 부었다. 동희는 기름 한통만 부으면 시체가 모두 타서 재로 변할 거라 생각했지만 오산이었다. 껍질은 탔지만 속속들이 뼈까지 타는 데는 시간이 오래 걸렸다. 시체는 작아졌지만 더 흉측해졌다.

당황한 것은 동희만이 아니었다. 사람들은 입을 막고 고개를 돌렸다. 동희는 자신을 주체하지 못했다. 동희는 또 기름을 부었다. 불길이 타올랐지만 좀처럼 그 흉한 모습은 사라지지 않았다. 뼈가 드러나고 뼈에 타다 남은 살점이 붙어 있는 모습은 참혹하기 이를 데 없었다.

동희는 적잖이 당황했다. 동희는 주위를 서성이다 갑자기 사라졌다. 그리고 이내 수류탄 하나를 가지고 돌아왔다. 동희가 수류탄의 안전핀을 뽑아서 판 위로 던지려 하자 군중 사이에서 누군가 소리쳤다. 한국 출신의 과학자 민성기 박사였다. 그는 예순이 넘는 원로 박사였다.

"수류탄을 던지면 파편이 이쪽으로도 튑니다."

동희는 그제서야 참았던 숨을 터뜨렸다. 그가 보여주려 한 것은 보브투니가 죽었다는 것이었다. 그러나 상황은 의도했던 바와 달리 진행되고 있었다.

"가이아! 판을 허공으로 띄워라."

흉측스런 사체를 실은 판이 모선 앞부분으로 미끄러지듯 이동했다. 판은 모선을 떠나 모선 수십 미터 앞 허공에 떴다. 사람들과는 백여 미터 이상 떨어졌다. 동희는 수류탄을 판 위에 놓고 돌아왔다. 하나, 둘, 셋. '쾅' 하는 폭발음이 허공을 갈랐다. 사람들은 귀를 막았다. 시체는 티끌 하나 남기지 않고 사라져 버렸다.

동희는 허리까지 오는 판 위로 올라갔다. 그리고 사람들에게 말하려다 자신의 가슴에 붙은 손톱만 한 살점을 발견했다. 폭발로 날아온 보브투니 사체 조각이었다. 동희는 손으로 그것을 떼어내어 손가락으로 튕겼다. 그러나 살은 튕긴 손가락에 붙었다. 이 손가락 저 손가락으로 튕겨 내려 했지만 살점은 잘 떨어지지 않았다. 동희는 신경질을 내며 손을 흔들었다. 살점은 날아서 동희의 헬멧에 붙었다. 오른쪽 눈 앞에 그의 살점이 붙어 시야를 가렸다. 동희는 손으로 살점을 떼어냈다.

"이 씨X!"

동희는 신경질적으로 급격하게 팔을 흔들었다. 살점은 어디로 날아갔는지 보이지 않았다. 그제서야 동희는 팔을 멈추었다. 그리고 말했다. 다분히 신경질적인 목소리였다.

"너희들이 본 것처럼 보브투니는 이제 완전히 사라졌다. 지금부터 모선에 관한 명령은 내가 내릴 것이며, 나를 따라야 한다."

아무도 대답이 없었다. 퀀텀은 보브투니의 죽음을 슬퍼하느라 동희를 쳐다보지도 않았으며, 미국 출신의 선원들은 미친놈 쳐다보듯이 동희를 보았다. 과학자들 역시 동희를 이상하게 쳐다보았다. 시체조차 깨끗하게 사라져 버렸지만 동희는 그들의 눈빛에서 보브투니의 힘을 느꼈다. 그 느낌은 매우 불편한 것이었다. 동희는 소리쳤다.

"대답해! 대답을 하라고."

여전히 조용했다. 누구 하나 먼저 말을 꺼내는 사람이 없었다.

"이것들이!"

그때 민성기 박사가 말했다.

"알겠습니다. 이제 그만하십시오. 보브투니 박사가 죽었다는 것을 이제는 모두가 다 압니다."

그제서야 동희는 자신이 주먹을 쥐고 있었다는 것을 알았다. 그것은 살의를 뜻했다. 동희는 목소리를 다소 누그러뜨렸다.

"좋다. 모두들 대기하도록. 가이아! 이들을 모선 안으로 인도해라."

모선 외피 판이 열리고 그들은 모선 안으로 들어가 같은 방에 감금되었다. 이윽고 난간을 이루었던 셀이 사라지고 시체를 실었던 판도 사라졌다.

모선 위에 동희 홀로 서 있었다. 실로 거대한 모선이었다. 끝이 까마득했다. 동희의 존재감마저 희미해질 규모였다. 동희는 중얼거렸다.

"내가! 내가! 내가 무슨 짓을 한 거지? 내가!"

장대한 산맥처럼 커다란 먹구름이 모선을 향해 다가오고 있었다.

동희는 비밀의 방으로 갔다. 다이아몬드 형태의 문 입구와 의자에는 피가 말라붙어 있었다.

"가이아 깨끗이 치워. 티끌 하나 남김없이!"

"네."

"한국 대통령에게 연락해."

한국 대통령 궁

비서관이 회의실로 급히 들어왔다. 그리고 국무회의를 주제하고 있던 대통령 귓가에 속삭였다.

"대통령님, 연락이 왔습니다."

"마치고 연락한다고 하세요."

비서관의 얼굴은 상기되어 있었다.

"저 그것이 아니고. 중차대한 연락입니다."

"누구입니까?"

"일단 받아보십시오."

대통령은 자리에서 일어섰다.

"죄송합니다. 잠시 기다리십시오."

대통령은 비서관과 함께 밖으로 나갔다.

"무슨 일입니까?"

비서관이 전화를 건네주었다.

"차동희입니다."

대통령은 눈을 크게 뜨며 비서관을 쳐다보았다.

"지금 무슨 소리를 하는 겁니까? 죽은 지가 언젠데……."

"일단 받아보십시오."

대통령은 전화를 건네받았다. 화면에 동희의 얼굴이 있었다.

"오랜만입니다. 저 알아 보시겠습니까?"

대통령은 놀라서 입을 다물지 못했다.

"접니다. 차동희."

"아! 아! 아니- 이게 무슨? 정말 차동희입니까?"

비서관이 앞에서 고개를 끄덕였다. 입가에는 미소가 한가득 번져 있었고 눈물이 속절없이 흘러내리고 있었다.

"네. 맞습니다."

"어떻게? 사람입니까? 귀신입니까?"

"사람입니다."

대통령은 목소리를 떨었다.

"어떻게…… 이게 도대체 어떻게 된 겁니까?

"자초지종은 차차 말씀드리고 본론부터 말씀드리겠습니다."

"예."

"모선을 장악했습니다."

"네?"

"전사들도 모두 제압했습니다."

"이럴 수가! 이럴 수가!"

"도와주실 일이 있습니다."

"네."

"우수한 군인들로 백여 명 선발해 주십시오. 모선에서 일할 사람들입니다. 구체적으로 해야 할 일은 자료를 따로 보내겠습니다. 맞는 사람들을 골라 주세요. 그리고 이백여 명 수용할 시설도 확보해 주십시오."

"네. 하지만 지금 한국은 미국과 연합국 군인들이 장악하고 있습니다."

동희 뒤로 청소 로봇이 지나갔다.

"제가 모선을 장악한 사실을 발표하면서 미국과 연합국에 지시 하겠습니다. 우선은 세계정보기지국을 탈환해야 합니다. 준비해 주십시오."

"알겠습니다."

"참! 그리고 오늘 군에서 수류탄 하나를 분실했을 겁니다. 제가 한 거니까 나무라지 마십시오. 또 연락드리겠습니다."

"네. 네. 네."

대통령은 꿈을 꾸고 있는 것 같았다. 너무 놀라서 다리에 힘이 풀렸다.

"이게 도대체 무슨 조화야?"

비서관이 대통령의 손을 잡으며 말했다.

"기적입니다. 기적. 하늘이 우리나라와 국민들을 버리지 않았습니다."

국무회의는 취소되었다. 대통령은 국방부장관을 호출했다.

모선에서

한국과학자 대표 민성기 박사, 미국 과학자 대표 앨런 박사, 연합국 과학자 대표 나코바 박사 그리고 퀀텀 이 네 사람이 모여 서서 심각하게 이야기를 주고받았다. 민성기 박사가 퀀텀에게 물었다.

"도대체 어떻게 된 거요? M은?"

"보신 그대로입니다."

이번에는 앨런 박사가 퀀텀에게 물었다.

"그럼 그 시체가 정말 M이란 말입니까?"

퀀텀은 비통한 얼굴로 고개를 끄덕였다. 옆에 있던 나코바 박사가 한탄했다.

"이럴 수가! 아니, 어떻게 하다?"

"인공두뇌의 오류 때문인 것 같습니다."

앨런 박사가 격앙된 목소리로 퀀텀을 다그쳤다.

"그러길래 내가 위험하다고 하지 않았소."

퀀텀은 침통한 표정으로 아무런 대꾸도 하지 못했다. 앨런은 퀀텀에게 쏘아붙였다. 주먹이라도 한방 나갈 기세였다.

"모두 당신 책임이오."

민성기 박사가 앨런 박사를 말렸다.

"자! 자! 조용히! 다른 사람에게 시험할 수도 없는 일이었습니다. 이미 지난 간 일이니 고정들 하세요."

앨런의 기세는 한풀 꺾였다. 나코바 박사가 물었다.

"이제 어떻게 하죠? 우리가 하고 있던 연구들은 어떻게 되는 겁니까?"

민성기 박사가 다독이듯 대답했다.

"아직 아무것도 알 수 없어요. 모든 것은 차동희에게 달려있습니다."

앨런 박사가 눈을 부라리며 대꾸했다.

"그는 지금 제정신이 아닙니다. 아까도 보았지 않습니까? 완전히 미쳤어요."

침통해 하던 퀀텀이 비장하게 말했다.

"그는 모선의 주인이 될 재목이 아닙니다. 어부지리로 얻은 자리로 어쩔 줄 모르고 있습니다."

앨런 박사가 맞장구쳤다.

"케사르 사령관이 후임이 되어야 마땅합니다."

순간 서로 눈치를 살폈다. 민성기 박사가 퀀텀에게 물었다.

"그는 지금 어디 있습니까?"

"지상에 감금되어 있습니다. 전사들 모두."

앨런 박사가 속삭였다.

"그를 부르려면 차동희부터 제거해야 합니다."

긴장한 박사들은 이미 눈빛이 변해 있었다. 퀀텀이 되물었다.

"모선의 주 시스템이 점령당했습니다. 얼마 있지 않아서 승무원도 모조리 바뀔 겁니다. 방법이 있습니까?"

나코바 박사가 제안했다.

"마이크로 신물질을 이용하면 어떨까요?"

"인체 탐사용 로봇 아닙니까?"

"그걸 음식물 속에 넣을 수만 있다면……."

민성기 박사의 얼굴에 근심이 어렸다. 앨런 박사가 그를 다그쳤다.

"선택의 여지가 없습니다. 차동희로서는 힘듭니다. 파리 한 마리 죽이지 못할 위인이란 것 잘 아시지 않습니까?"

"그렇기는 하지만……."

"그렇기는 하지만? 우리가 앞으로 할 일들은 둘째치고 우리가 이루어 놓은 것들조차 수포로 돌아갈 수 있습니다. 민 박사님! 결단을 내리십시오."

민성기 박사는 한참을 고민하다 조용히 고개를 끄덕였다. 퀀텀이 나코바 박사에게 물었다.

"나코바 박사님! 기계는 준비되겠습니까?"

"연구실로 가야 합니다. 갈 방법이 있습니까?"

"기회가 올 겁니다. 언제까지나 여기에 가두어 둘 수는 없을 겁니다. 우선은 제가 그의 마음을 사겠습니다. 이 사실은 우리 네 명만 아는 비밀입니다. 기계가 완성되지 전까지는 여러분들께서도 차동희에게 충성을 다하는 척하십시오. 다른 박사님들께도 차동희의 명령에 복종하라고 하십시오."

이들 네 명의 대화 내용을 귀 기울여 듣고 있는 사람이 있었다. 바로 차동희였다. 그는 비밀의 방 의자에 앉아서 그들의 대화를 듣고 있었다.

"가이아! 됐어. 그만 꺼!"

"그들의 말과 행동을 주시해. 모두 저장하고. 다른 박사와 선원들도."

"네 알겠습니다."

보브투니가 그들에게 보여준 것이 무엇이길래 그는 이미 죽었고, 절대 힘을 가진 사람은 자신임에도 불구하고 그들의 마음에는 아직 보브투니가 살아있으며, 왜 자신은 그토록 부적격한지, 그리고 왜 케사르 사령관인지, 동희는 알 수 없었다. 동희는 두 주먹을 불끈 쥐고는 무릎을 내려쳤다. 그리고 결심한 듯 자리를 박차고 일어났다. 동희는 그들이 갇혀 있는 방으로 이동했다. 두 눈에는 전의가 불탔다.

류지태 회고록 中

미국 별장으로 케사르 사령관이 찾아온 것은 그해 여름이 끝날 때쯤이었다. 문을 들어서는 신물질 갑옷은 차동희의 그것과 유사했다. 그는 사람들을 모두 물리고 내 앞에 앉았다. 그때까지 나는 그가 누구인지 몰랐다. 나는 두려웠다. 갑옷을 입은 사람 앞에 서 있다는 것은 어느 순간 갑자기 내 목이 날아가 버릴 수도 있다는 것이었다.

내 앞에 앉은 그의 눈을 처음 본 순간 나는 차동희와 처음 만났던 날이 생각났다. 나는 그의 눈에서 차동희가 처음 나를 찾아왔을 때 보여주었던 그 확신에 찬 눈빛을 보았다. 평생 다시 보지 못할 것 같았던 눈빛. 그것은 놀라운 체험이었다. 나는 순식간에 차동희가 처음 나를 찾아 왔을 때로 거슬러 올라간 것 같았다. 수 년 전 과거와 현재의 시간이 오락가락하며 내 속에 공존하는 듯했다.

그가 첫 말을 떼고서야 그가 차동희도 아니며, 아군도 아니며, 나에게 무엇인가 도움을 주려고 온 사람도 아니라는 현실을 직시했다. 그는 차분했지만 단호한 어투였다. 그는 먼저 '다 알고 왔다.'고 했다. 그리고 '살고 싶은가.'라고 했다. 그가 어디까지 알고 있는지 나는 알 수 없었다. 아는 것을 물어서 내가 충실하게 대답하는 것인지 시험해 보고 아니면 바로 죽여버릴지도 모른다는 생각이 들었다. 아니면 내가 상상할 수 없는 방법으로 나를 고문할 것이라 생각했다.

그는 먼저 차동희가 어디 있는지 물었다. 나는 차동희가 갑옷을 만들기 위해서 국방과학연구소에 있을 거라 말해주었다. 나는 너무도 순순히 대답했다. 나는 그 대답이 차동희에 대한, 아니 모두에 대한 배신임을 잘 알고 있었다. 나는 그가 묻는 말에 어김없이 대답해 주었다. 그가 묻지 않는 내용까지 대답할 정신은 없었다. 그게 유일한 양심상 위안이었다.

그는 전쟁에서 우리가 이길 수 있었던 것이 단순히 신물질만은 아니라고, 또 다른 무엇이 있을 것 같다고 그게 무엇인지 물었다. 나는 가이아의 존재를 말했다. 그리고 그 순간이 가장 절망스러웠다. 스스로에 대한 절망의 가장 큰 산을 넘는 순간이었다.

그는 가이아의 위치를 물었다. 나는 그 질문에도 순순히 응했다. 그리고 그는 질문 도중에 잠시 머리를 감싸 쥐었다. 왜 그런지 알지 못했지만 나는 그 순간 매우 겁이 났다. 그는 새로운 세계가 올 것이라고 이야기했다. 그리고 내 예상과는 달리 내 몸에 털끝 하나 건들지 않고 일어섰다. 그리고 문을 걸어나갔다.

나는 그가 나가고 한참 동안 아무것도 할 수 없었다. 내가 무슨 짓을 한 것인지 그때까지 실감하지 못했다. 그가 나가고 한참 후에야 비로소 나는 내가 얼마나 큰 죄를 지었는지, 나란 인간은 얼마나 나약하고 비열한 놈인지 깨달았다. 내 마음 깊은 곳에서 울음이 북받쳤다. 그러나 통곡 소리를 듣고 그가 돌아올까 싶어서 소리 내어 울지 못했다. 침묵의 오열이었다. 바닥에 쓰러져서……

〈모선 전사 편재〉

- 제1 사령부 -
제1 사령관: 케사르 사령관

제1 부사령관: 오종 부사령관

제1 사령부 전사: 12명

- 제2 사령부 -
제2 사령관: 마얀 사령관

제2 부사령관: 코르파스 부사령관

제2 사령부 전사: 12명

- 제3 사령부 -
제3 사령관: 안디 사령관

제3 부사령관: 뮤 부사령관

제3 사령부 전사: 12명

- 제4 사령부 -
제4 사령관: 헤른 사령관

제4 부사령관: 단 부사령관

제4 사령부 전사: 12명

제 4 부
전 후 기

1. 망자의 그림자

모선에서

선원들과 과학자들이 감금된 방의 문이 열렸다. 일제히 문 쪽을 쳐다보았다. 갑옷을 입은 동희가 성큼성큼 걸어 들어왔다. 동희는 곧바로 퀸텀과 3국 과학자 대표가 모여 있는 곳으로 다가왔다. 그들 앞에 멈춰선 동희는 버럭 소리를 질렀다.

"내가 안 되는 이유가 뭡니까?"

퀸텀과 3국 과학자 대표들은 동희의 느닷없는 질문에 당황했다. 동희의 질문은 이미 동희가 그들의 음모를 간파하고 있다는 사실을 내포하고 있었다. 퀸텀은 짧은 순간 머리가 복잡했다. 퀸텀은 갑자기 바닥에 엎드렸다.

"잘못했습니다. 살려주십시오."

동희는 퀸텀의 멱살을 잡고 올렸다.

"그 말을 듣고 싶은 게 아니야. 나는 왜 안 되냐고?"

금세 주먹이 날아올 것 같았다. 동희가 무슨 짓을 할지 모르는 일촉즉발의 순간이었다. 민성기 박사가 동희의 팔을 붙잡은 것이 그때였다.

"진정하십시오. 우선 설명을 들어보세요."

동희는 퀸텀을 내다 던지다시피 멱살을 놓았다.

"그래, 어디 설명해 보세요."

앨런 박사가 나섰다.

"진정하십시오. 한두 마디로 간단히 대답할 수 있는 일이 아닙니다. 우선은 연구실로 가시죠. 거기에서 우리가 지금까지 해왔던 연구들 그리고 앞으로 할 연구 내용들을 보세요."

"보브투니가 지시한 연구들 말입니까?"

"네."

동희는 인상을 찌푸렸다.

"그가 일방적으로 지시한 연구를 해 왔습니까?"

"네."

"그게 뭐죠?"

"지금 여기서 이야기하기는 좀 곤란합니다."

"뭐가 곤란하다는 거죠?"

"당신은 과학자가 아니라서 우리의 마음을 이해하지 못하는 것 같습니다."

"그럼 보브투니는 이해했나요?"

"물론이죠."

동희는 흥분했다.

"그래서 보브투니 박사가 어떻게 했는지 그걸 말해보라고 하지 않습니까?"

"그걸 이야기하는 데 시간이 오래 걸린단 말입니다."

"오래 걸려도 좋으니까 이야기해보라니까요?"

동희의 언성이 높아졌다. 나코바 박사가 끼어들었다.

"진정하십시오. 우리는 보브투니 박사님과 오랫동안 같이해 왔습니다. 시간과 경험을 뛰어넘을 수는 없습니다. 급하게 서두르지 마시고 차근차근 풀어나갑시다."

앨런 박사가 소리쳤다.

"그의 죽음이 인류에게 얼마나 큰 손실인지 아십니까?"

"그래서 나더러 죽은 보브투니 박사를 다시 살려 놓으라는 겁니까?"

민성기 박사가 차동희와 앨런 박사를 말렸다.

"진정들 하십시오. 지금은 다툴 때가 아닙니다."

앨런 박사는 고함을 멈추지 않았다. 동희가 갑옷을 입고 있는 것도 아랑곳하지 않고 앞에 다가서서 코를 맞대고 대들었다.

"당신으로는 아무것도 하지 못해. 이제 모든 꿈이 다 끝장났다고."

"그가 저지른 짓을 알기나 하고 그런 소리를 하는 겁니까?"

동희도 지지 않았다. 나코바 박사와 민성기 박사가 둘을 말렸다.

"그 희생을 우리가 모르는 줄 압니까? 다 알고 있습니다. 여기 있는 선원들, 과학자들 모두 다 알고 있습니다."

"그러고도 그의 죽음을 안타까워한다는 말입니까?"

"제 대답을 듣고 싶으십니까? 물론이죠. 이게 제 대답입니다."

"앨런 당신도 보브투니 박사와 다를 바가 없군요."

"그럼요. 그의 꿈이 곧 우리의 꿈이었고, 우리의 꿈이 곧 그의 꿈이었습니다."

동희는 고함을 질렀다.

"도대체 그 꿈이란 것이 무엇입니까?"

"인류의 영원한 진보!"

동희는 갑자기 말문이 막혔다. 앨런은 말을 계속 이었다.

"그것을 위해서 우리는 우리의 모든 것을 희생할 각오가 되어 있었습니다. 아시겠습니까? 적어도 그는 당신처럼 약해 빠진 인간은 아닙니다. 당신은 속도의 비밀조차 공유하지 않았어요. 혼자만 기술을 독차지하려는 이기적인 인간은 우리들을 이끌 자격이 없습니다."

동희는 화가 머리끝까지 치밀어 올랐다. 동희는 억울했다. 심판의 날. 자신을 감내할 수 없는 절망의 구렁텅이로 몰아넣었던 장본인이 보브투니였으며, 그 앙금이 아직 남아 있는 상황에서 내용이 어떻게 되었든 과학자들이 보브투니를 칭송하는 언행에 인내심의 한계를 느꼈다. 동희는 소리쳤다.

"가이아! 선원들과 과학자들을 분리시켜라. 그리고 과학자들에게는 물 한 방울도 제공하지 마라."

내부 셀들이 몰려들어 선원과 과학자들을 분리했다. 앨런 박사는 끌려가면서도 소리를 질렀다.

"너는 죽었다 깨어나도 보브투니 박사가 구상한 개념을 십 분의 일도 이해하지 못해."

민성기 박사가 두 손으로 겨우겨우 앨런 박사의 입을 틀어 막았다.

동희는 비밀의 방으로 돌아갔다. 동희는 모선을 장악했지만 그것은 오로지 모선뿐이었다. 선원들도 과학자들도 모두 죽은 보브투니의 사람들이었다. 자신만 어떻게 되면 모선은 보브투니의 것으로 되돌아갈 것 같았다. 가이아도 아직 세계 정보 기지국에 있고, 승오는 산사에 있으며, 모선 안에 동희 편은 단 한 사람도 없었다. 동희는 가슴이 조여왔다. 그리고 생각했다. '바꿔야 한다.' 동희는 마음이 급했다. 동희는 가이아를 불렀다.

"가이아! 미국 대통령과 최만호 대통령 연결해!"

잠시 후
"연결되었습니다."

그레고리 미 대통령은 최만호 대통령의 말을 의심하고 있었다. 그러나 동희의 말대로 백악관 창의 커튼을 열어 신물질 비행체가 떠 있는 모습을 보고 믿기 힘든 사실을 인정했다.

"지금부터 두 시간을 주겠습니다. 연합국에 연락해서 세계정보기지국 내에 있는 미국과 연합국 인력을 모두 철수시키십시오. 그리고 7일 이내에 한국에 있는 미국과 연합국의 모든 병력을 철수시키십시오."

"그렇게 빨리…… 연합국과도 연락해야 하고……."

"미국도 수천만 명이 죽어야 말귀를 알아듣겠습니까?"

"아…… 아닙니다."

세계정보기지국

캄캄한 새벽 한국군의 대규모 이동이 시작되었다. 그들은 세계 정보기지국으로 향했다.

산사

비행체가 절 앞마당으로 내려왔다. 승오가 비행체에 올라탔다. 비행체는 곧장 세계정보기지국으로 향했다.

동희의 명령으로 퀀텀이 비밀의 방에 모습을 나타냈다. 놀랍게도 퀀텀은 방에 들어오자마자 느닷없이 무릎을 꿇더니 동희를 향해 머리를 조아렸다.

"넓은 아량으로 모든 것을 용서해 주십시오. 아시다시피 저는 보브 투니의 꼭두각시였습니다. 얼굴마담이었습니다. 제발 저를, 저를 용서해주십시오."

동희는 퀀텀의 갑작스런 행동에 놀랐다. 그리고 달갑지 않은 두 개의 간사함을 보고 있었다. 퀀텀을 통해서 인간이 목숨 앞에서 얼마나 간사해질 수 있는지를 보았고, 또 그런 퀀텀을 보고 내심 흐뭇해하는 자신의 간사한 마음을 엿보았다. 동희는 퀀텀의 비굴한 행동에 마치 보브투니를 이긴 것 같은 착각이 들었다. 동희는 자신도 모르게 말투가 오만해졌다.

"너를 죽이지 않아. 그냥 죽일 수는 없잖아."

"제가 잘못했습니다. 제가. 제가. 한 번만 기회를 주신다면 차동희 님을 주인으로 섬기겠습니다."

퀀텀이 과연 조금 전까지만 해도 자신을 죽이기 위해서 역적모의를 했던 사람이 맞는지 의아했다. 그러나 그의 진심이 뭐래도 지금 이 순간의 복종은 달콤한 것이었다. 동희는 그에 대한 증오와 복수심을 완전히 잊어버린 것은 아니었다. 그러나 지금 당장은 그를 이용할 가치가 충분했다.

"좋아. 그럼 케사르에 대해서 이야기해볼까?"

"네? 케사르 사령관 말입니까?"

"음. 왜 과학자들도, 너도 케사르 사령관을 후계자로 여기고 있는지 이유를 말해 봐."

"케사르 사령관의 장점은 세 가지입니다. 첫째, 갑옷을 입고 있을 때 안정성이 가장 뛰어납니다. 둘째는 지략이 뛰어납니다. 처음 차동희 님을 생포할 때 배면수를 이용한 것도 케사르 사령관의 생각이었습니다."

동희는 이빨을 지그시 깨물었다.

"셋째는 신물질 갑옷을 입고 최고의 속도를 내었습니다. 그것은 물리적 힘이 아니라 정신적인 힘이죠. 보브투니의 속도를 넘어선 유일한 사람이 케사르였습니다. 끝까지 보브투니는 케사르의 속도를 넘어서지 못했습니다. 더구나 케사르의 속도는 시간이 갈수록 점점 더 빨라지고 있습니다. 자신의 기록을 항상 자신이 깨고 있습니다. 아직도 그는 성장하고 있습니다."

"속도가 더 빠른 사람이 더 느린 보브투니의 명령에 따르는 일이 가능한가?"

"불가능하죠. 모선이 없다면! 모선이 그것을 가능하게 해 주었습니다. 보브투니가 이 방에서 나가기 전에 케사르는 반드시 갑옷을 벗어야 했습니다. 그리고 이 방은 보브투니 혼자서 케사르를 포함한 56명의 전사와 대결해도 이길 수 있도록 설계되어 있습니다. 모선을 장악하는 자가 세상의 모든 것을 장악하는 것입니다. 과학자들 말대로 보브투니에게 무슨 일이 있으면 케사르 사령관이 모선을 물려받을 것이라는 예상은 선원들뿐 아니라, 같은 전사들 사이에서조차도 공공연한 사실이었습니다."

"케사르는 보브투니가 꿈꿨던 세상을 이해하고 있는가?"

"가장 근접한 인물일거라 생각합니다."

"보브투니는 무엇을 이루려고 했지? 아무도 나에게 속 시원히 설명해주는 사람이 없어."

"그가 이루려 했던 것이 무엇인지, 그가 어떤 세상을 꿈꾸고 있었는지 구체적으로 아는 사람은 아무도 없습니다."

"그게 말이 되나? 그럼 사람들이 왜 그렇게 열광하지?"

"그것은 그동안 그의 업적이 사람들을 설득시켰습니다. 그는 늘 입버릇처럼 이런 말을 했습니다. 인류는 인류가 가진 힘과 능력을 쓸데없는 곳에 너무 많이 낭비하고 있다고 말입니다."

"보브투니가 말한 쓸데 있는 것이란 게 도대체 무엇이지?"

"아마도 그는 문명과 기술의 발전을 꿈꿨던 것 같습니다. 발전을 위해서는 통제가 필요하다고 생각했고, 모선을 만든 것도 그런 맥락입니다. 모선을 만들 때의 그는 정말 사람 같지가 않았습니다."

"사람 같지가 않았다니?"

"그의 능력은 인간이 지닌 한계를 훨씬 뛰어넘어서고 있었습니다."

"그렇게 대단했나?"

"과학자들 중에서 그에게 반발하는 사람은 단 한 명도 없었습니다. 심지어 한국 출신 과학자들까지도 모두 그의 말이라면 죽는 시늉까지

했습니다. 그것은 협박이나 위협이 아니라 그들의 마음을 사로잡았기 때문이었습니다. 모두가 불가능할 거란 모선을 설계했고, 그 모선이 현실에서 만들어질 수 있도록 환경을 구축했습니다. 그리고 결국은 만들어 냈습니다. 그 와중에서도 56명의 전사들을 조직했습니다. 모두 그가 말하는 미래가 아니라 그가 이루어 놓은 과거에 흥분했습니다. 그가 이룬 것들을 보고 경탄했습니다. 그것은 곧 그에 대한 믿음과 존경으로 바뀌었습니다. 미래에는 또 얼마나 대단한 일을 할까? 그것은 거부할 수 없는 흥분과 기대감이었습니다."

"사람을 그렇게 죽였는데도?"

"그는 세계 인구 1% 미만의 희생으로 인류의 미래를 변화시킬 수 있다고 했습니다. 그리고 그것은 꼭 필요한 희생이라고 했습니다. 그리고 실제로 희생자는 0.5% 정도였습니다."

동희는 고개를 가로저었다.

"내가 그들에게 그 못지 않는 무엇인가를 보여주지 않으면 반발을 잠재우기가 힘들다는 말인가?"

퀀텀은 대답이 없었다.

"케사르는 그 못지 않는 무엇인가를 보여줄 수 있는 후계자란 말인가?"

이번에도 퀀텀은 대답이 없었다.

이번에는 퀀텀이 물었다.

"케사르를 제거하실 겁니까?"

"먼저 선원들부터 처리할 거야."

"처리라면?"

"모선에서 내보낸다."

"그럼 과학자들은?"

"뉘우칠 때까지 굶길 거야. 누가 이기나 보자고."

"……"

과학자 이야기가 나오자 동희는 쌓였던 피로가 몰려왔다. 동희는 신경질적으로 말을 내뱉었다.

"됐어. 나가 봐."

퀀텀이 눈치를 보며 물러났다. 그때 승오에게서 연락이 왔다.

"형! 도착했어. 지금 미국과 연합국 인원들이 모두 빠져 나갔어. 한국의 군인들은 아직 들어오지 않았고 건물 안에는 수색대와 나 뿐이야."

"그래? 그럼, 너는 지금 중앙센터로 가! 아무도 들어오지 못하게 해!"

"알았어."

승오는 세계정보기지국 중앙센터로 갔다. 중앙센터를 향하는 문들은 승오가 도착하자 하나씩 저절로 열렸다. 구불구불한 길을 따라 건물 중앙을 향해 한참을 걸어 들어갔다. 넓은 광장 가운데 커다란 원형 기둥이 바닥에서 천정까지 연결되어 있었는데, 기둥에는 빈틈 없이 기기들과 버튼들로 메워져 있었다. 가이아는 중앙센터에서 아리의 원격조정기에서 접속을 끊고 전력부 패널을 분리한 후 기계 밖으로 나왔다.

"가이아! 오랜만이야. 거기 있었구나."

승오는 가이아와 함께 옥상으로 올라갔다. 그리고 뒤도 돌아보지 않고 옥상에 있는 비행체에 몸을 실었다. 비행체는 곧장 모선으로 날아갔다.

모선에서

승오와 가이아가 비행체에서 내렸다. 동희가 기다리고 있었다. 승오와 동희는 포옹할 겨를도 없었다. 동희의 인도에 따라 가이아는 모선의 중앙제어시스템으로 갔다. 가이아는 아리의 두뇌를 떼어내고 그곳에 안착했다. 승오는 동희의 안내를 받아 비밀의 방 앞에 도착했다. 문이 열리고 승오는 비밀의 방으로 향하는 복도를 걸었다. 떠다니는 신물질 눈들이 승오 주위를 맴돌았다.

"형, 이것들은 뭐야?"

"신경 쓰지 마. 너 건강 검진하는 거니까. 몸 상태는 아주 좋은 데……."

다이아몬드 형태의 문이 열리고 선장의 방에 들어섰다. 승오는 눈이 휘둥그레졌다. 넋을 놓고 바라보던 승오는 혼잣말처럼 중얼거렸다.

"이제 다 끝났어. 이제는 정말 다 끝났어."

동희는 근심 가득한 얼굴로 말했다.

"아니! 아직은 아니야. 아직 할 일이 많이 남아 있어."

승오는 동희의 말에 놀란 표정으로 되물었다.

"뭐가 또 남았다는 말이야."

"모선의 사람들은 아직 우리 편이 아니야."

"뭐야? 그럼 모두 없애 버려야지."

"그렇게 간단한 일이 아니야. 과학자들도 살아 있어."

바다 한가운데 한국의 구축함 한 대가 떠 있었다. 한국 근해로부터 50여 킬로미터 떨어진 해상이었다. 새벽부터 내리던 비는 멈출 줄 몰랐다. 풍랑도 다소 있었지만 우려할 만큼의 높이는 아니었다. 갑판 위에 선원들과 함께 함장이 서 있었다. 보좌관들이 우산을 들고 있었다. 함장도 선원들도 모두 긴장해 있기는 마찬가지였다.

모두들 연신 하늘을 올려다보았다. 그리고 먹구름을 뚫고 모선이 그 웅대한 모습을 드러낸 것은 그때였다. 구축함 위로 떨어지던 빗방울이 사라졌다. 100여 미터 크기의 구축함 위로 열 배 가까이 더 큰 모선이 하늘을 가린 채 천천히 하강하고 있었다. 함장과 선원들은 그 어마어마한 광경을 일 초라도 놓칠세라 목을 젖히고 뚫어져라 하늘을 쳐다보았다.

구축함의 안테나와 모선의 바닥이 불과 수 미터의 간격을 두고 모선은 구축함 위에 우뚝 멈춰 섰다. 그리고 약속대로 신물질 판이 열리더니 선원들을 실은 판이 하나 둘씩 내려왔다. 모두 미국 출신의 선원들이었다. 그들의 표정은 찌푸린 하늘만큼이나 어두웠다.

함장과 한국의 군인들은 그들을 인솔했다. 미국 선원들의 인솔이 끝나자 이번에는 갑판 아래에서 대기하고 있던 한국군 출신의 새로운 선원들이 차례로 올라왔다. 그리고 신물질 판을 타고 모선으로 올라갔다. 아직 상황을 완전히 이해하지 못한 한국 선원들은 불안한 얼굴로 모선으로 들어섰다.

모선 내에서 한국 출신의 새로운 선원 인솔은 승오가 맡았다. 모선의 사령관실에 100여 명의 선원들이 모였다. 선원들은 차동희가 모선을 장악했다는 정보를 10분 전에서야 들었다. 하지만 그 말을 그대로 믿는 사람은 없었다. 눈으로 보고서도…… 모선에 승선하면서도…… 모두들 잔뜩 긴장하고 있었다.

모선에 올라가자 동희가 갑옷을 입은 채로 그들을 기다리고 있었다. 잠시 동안의 정적 후에 동희가 천천히 헬멧을 벗었다. 순간 갑자기 선원들은 일제히 두 손을 들고 함성을 질렀다. 순식간에 열기가 모선 사령관실을 가득 메웠다. 동희의 허전했던 가슴이 선원들의 함성과 열기로 달아올랐다. 대부분 선원들의 눈에는 기쁨과 환희의 눈물이 주체할 수 없이 흘러내렸다. 긴장했던 마음은 봄눈 녹듯이 사라졌으며, 억압과 핍박에서 벗어난 해방감을 누구도 숨길 수 없었다.

동희는 생각했다. '그래, 전부 바꾸는 거야.' 긴장이 풀렸는지 동희는 몸이 나른해졌다. 끝날 줄 모르는 함성과 열기를 뒤로 한 채 비밀의 방 뒤에 있는 선장의 숙소로 발길을 돌렸다.

비밀의 방 뒤 선장의 숙소
동희는 정신이 또렷했다. 상체를 일으켰다. 조명등이 감지하고 노란

색의 은은한 불빛을 밝혔다. 눈을 떴다. 얼마나 잤는지 알 수 없었다. 며칠 전만 해도 보브투니가 누워 있었던 침대라는 생각을 하니 뒤통수가 근질거렸다.

동희는 자리를 박차고 나왔다. 몸은 피곤했지만 잠은 이미 완전히 달아난 상태였다. 동희는 두 손으로 뻣뻣한 얼굴을 쓰다듬었다. 그리고 거울 앞으로 갔다. 얼굴이 얼마나 수척해졌는지 궁금했다.

거울 앞에 선 동희. 그러나 동희는 자신의 얼굴을 보지 못했다. 거울에는 낯선 얼굴이 있었다. 지금껏 한 번도 보지 못했던 얼굴이었다. 동희는 놀라서 거울을 피했다. 그리고 조심스럽게 다시 거울 앞으로 갔다. 낯선 얼굴. 동희는 손을 내밀었다. 차가운 느낌. 분명 거울이었다. 그러나 그 안에 있는 낯선 남자는 누구인가?

동희는 두 손으로 자신의 얼굴을 확인했다. 거울에 보이는 낯선 남자가 자신인지, 자신이 동희가 맞는지, 헷갈렸다. 동희는 급히 다른 거울을 찾았다. 그러나 역시 마찬가지였다. 동희는 손으로 자신의 몸을 더듬었다. '내가 누구지?' 동희는 다시 거울 앞에 섰다. 그리고 놀란 마음을 진정시키며 그를 뚫어져라 보았다. '너는 누구냐. 나는 누구냐. 너는 누구냐. 나는 누구냐' 동희는 거울에 닿을 만큼 가까이 갔다. 그리고 그의 눈을 뚫어져라 보았다.

그것은 케사르였다. 한 번도 본 적이 없었지만 동희는 확신했다. 동희는 놀라 얼굴을 쥐어 뜯었다. 가죽을 벗기면 자신이 나타날 거라 생각했다. 손톱을 세워 얼굴에 피가 나기 시작했지만 아랑곳하지 않았다. 가죽이 홀러덩 벗겨지기를 바라며 맹렬히 할퀴었지만 손톱이 지나간 곳마다 피만 배어나올 뿐 쉽게 벗겨지지 않았다. 답답한 마음이 절정에 이르러 고함을 질렀다. 동희는 잠에서 깨었다.

그날
동희는 가이아에게 모선을 맡기고 특별 수용소로 날아갔다. 늦은 저녁이었다.

한국 정보부 내 특별 수용소

정보부 부장이 부하 몇 명과 대열을 이룬 채 동희를 맞이했다. 부장은 동희를 곧장 면회실로 안내했다. 면회실은 방탄 유리를 사이에 두고 두 개의 방으로 나뉘어져 있었다. 한쪽은 회색 벽으로 마감된 방이었다. 바닥도 시멘트에 미장이 전부였다. 다른 쪽은 대리석과 원목으로 꾸며져 있었으며, 첨단 기기들이 설치되어 있었다. 한쪽은 피의자 방이었고, 다른 한쪽은 취조실이었다. 동희는 정보부 부장과 서너 명의 수행원을 데리고 취조실로 들어갔다.

"케사르만 데리고 오면 됩니까?"

"네."

잠시 후

피의자 방문이 열리고 정보원 두 명이 푸른 죄수복을 입은 케사르를 데리고 들어왔다. 머리에는 두건이 씌워져 있었으며, 팔을 등 뒤로 포박하고 손목에는 수갑이 채워져 있었다. 그것도 모자라서 발목 사이에도 쇠사슬까지 채워 놓았다.

정보원 둘이 케사르를 피의자 방 한가운데 있는 의자에 앉힌 후 의자 등받이에 또 묶었다. 포박을 마친 정보원 둘이 케사르 뒤에 나란히 서 있었다. 정보부장이 눈짓을 하자 수행원이 마이크를 켰다.

"두건을 벗겨라."

정보원 하나가 머리 뒤에 묶인 매듭을 풀어 두건을 벗겼다. 케사르의 얼굴이 나타났다. 지난 밤 꿈에서 보았던 얼굴이 아니었다. 동희는 예상 밖의 얼굴에 다소 놀랐다. 냉정하고 차갑게 생겼을 것이라 상상했지만 케사르의 얼굴은 조각처럼 완벽했다. 남자인 동희가 봐도 매혹적이었다. 케사르는 빛에 적응하느라 쉽게 눈을 뜨지 못했다. 동희는 헬멧을 벗었다. 그리고 마이크로 입을 가져갔다.

"네가 케사르 사령관이냐?"

케사르는 그제서야 실눈을 뜨고 주위를 둘러보았다. 앞쪽은 벽 전체가 거울이었고 나머지는 모두 회색 벽이었다. 동희는 눈빛을 보고 단번에 케사르임을 알아보았다. 전투 중에 여러 번 마주친 눈빛이었다.

"차동희?"

"……."

"네 목소리를 듣게 되다니……."

"왜? 실망인가?"

"모선에 무슨 일이 생겼군."

"모선은 내가 장악했다."

"……."

"M은 죽었다."

케사르는 크게 나오는 한숨을 애써 고르며 숨을 가늘게 오랫동안 내뱉었다. 그러나 실망 가득한 눈빛은 숨길 수가 없었다.

"네가?"

"아니! 스스로 목숨을 끊었다."

"왜?"

"모르고 있었나? 인공두뇌!"

"결국은 실패였나?"

"사람들이 말하더군. 보브투니의 뒤를 이를 가장 적합한 사람은 너라고?"

케사르는 대답이 없을 뿐 아니라 동희의 질문에 당황하는 기색조차 없었다. 동희는 말을 계속 이었다.

"퀀텀만 그러는 것이 아니라 과학자들도 당신을 원하고 있고, 선원들은 거의 광적이더군."

"……."

"왜 대답이 없지?"

"다른 사람들이 들어서 득 될 게 없을 텐데……."

동희는 피의자실에 있는 정보원 둘을 내보냈다. 그리고 취조실에 있는 부장과 수행원까지 밖으로 보냈다. 취조실에는 동희, 피의자실에는 케사르만 남았다.

"이제 우리 둘뿐이다."

"……."

"나를 생포할 때 면수 형을 이용한 것도 너의 머리에서 나온 계략이었다더군. 분노와 복수심으로 판단력을 흘트린 후에……."

동희의 말이 채 끝나기도 전에 케사르가 입을 열었다.

"류지태를 취조할 때 너를 처음 느꼈었어. 그렇게 불쾌한 기분은 처음이었어. 그때 그 느낌은 지금 이 상황을 예지했던 것 같군."

"그래. 그러고 보니 류지태를 배신하게 한 것도 너로군."

"나는 내 임무에 충실했을 뿐이다."

동희는 케사르의 당당한 태도에 적잖이 당황했다. 목숨에 연연하지 않는 모습이 퀸텀과는 사뭇 달랐다.

"몇 가지 물어볼 것이 있는데……."

"……."

"전사들 말이야. 갑옷을 입고 있는데 어떻게 통제가 가능하지?"

"모선을 장악한 마당에 전사들 따위는 걱정하지 않아도 될 텐데……."

"궁금해서 물어보는 거다."

"인류 중에서 영성을 가진 자는 13%에 불과해. 신물질 갑옷을 입고도 스스로를 통제 할 수 있는 사람들이지."

"영성을 가진 자?"

"이것은 수많은 시험을 통해서 알아낸 사실이야. 나를 포함한 사령관 네 명이 이에 속하지. 너도 속하겠군. 카이자는 그렇지 못했겠지."

"그 영성이란 것은 어떻게 만들어지지?"

"그것은 몰라. 아무도. 태어날 때부터 생기는 것인지, 살아가면서 생기는 것인지. 다만 있는 자와 없는 자는 명확히 구분이 돼."

"내가 영성이 있다는 것은 어떻게 알지?"

"그야 쉽지. 너는 갑옷을 입고 있지만 괴물이 되지 않았어. 가장 쉬운 증명 방법이지."

"그러면 전사들도 모두?"

"아니야. 전사들 52명은 세뇌를 시키는 거야. 세뇌가 될 때까지 혼절시키지. 대체로 27번 정도 혼절시키면 세뇌를 당하지. 하지만 세뇌가 되기 전에 죽어버리는 경우도 있어."

"세뇌?"

"세뇌!"

"전사들은 세뇌가 되어서 명령에 복종한다 치고 사령관 네 명은 단지 영성을 가졌다는 이유 하나만으로 그렇게 일사불란하게 움직였단 말인가?"

케사르는 비웃듯 키득 웃었다.

"전사와 사령관들의 갑옷 모양이 왜 다르다고 보나?"

"글쎄. 위협을 주기 위해서?"

"흠! 아니, 틀렸어. 전사들의 갑옷에 거추장스러운 것을 붙인 이유는 속도에 제한을 주기 위해서야."

"제한?"

"그래. 제한!"

"왜 제한을 주지?"

"그게 바로 조직을 이루는 근간이니까."

"조직?"

"그래, 조직. 힘을 제한하는 것이지. 역할 이상의 능력을 배제시키는 것."

"그럼 사령관들의 팔에 붙은 칼날도?"

"물론이지. 모두들 너처럼 매끈한 갑옷을 원하지."

"모두 통제를 위한 것이었단 말이야?"

"……."

"너는 그런 갑옷을 입고도 속도를?"

"그리고 사령관들이 M에게 복종했던 이유는 한 가지가 더 있어."

"……."

"체형의 변화."

"체형의 변화?"

"아무리 체형을 유지해도 5년에서 10년이야. 방심하면 한 달 안에도 체형이 변할 수 있어. 먹을 것을 주지 않으면 단 일주일이면 끝장이야. 명령을 거부하면 갑옷의 신작을 기대할 수 없지."

"갑옷의 제작은 모두 보브투니의 재량이었군."

케사르는 크게 한숨을 쉬었다. 그리고 말을 이었다.

"하지만 모두 부수적인 것들이야."

"부수적?"

"가장 중요한 것은 아무도 그를 이길 수 없다는 사실이야. 우리 모두가 힘을 합해서 덤빈다고 해도 불가능하지. 힘의 차이. 그것이 명령과 복종을 가능하게 하는 거야."

"……."

"대답이 되었나?"

동희는 케사르의 명쾌한 대답에 힘을 얻어 계속 질문했다.

"보브투니에 대해서 이야기해 주겠나?"

"보브투니의 무엇에 대해서?"

"보브투니가 꿈꾸었던 세상에 대해서?"

"……."

"왜? 대답하기 힘든가?"

"과학자들은 이런 것들을 열거했을 거야. 지구 통제 계획, 우주 탐사 계획, 인간 재발견 계획, 신문명 창조 계획. 보브투니가 과학자들에게 약속한 것들이지."

"처음 듣는 이야기야."

"과학자들하고 사이가 나쁜 모양이군."

"……."

"하지만 그것은 껍데기일 뿐이야. 보브투니 박사가 하려던 것은……."

"하려던 것은?"

"80억 인류 전체가 같은 꿈을 꾸도록 하는 것!"

"……."

"그게 보브투니 박사가 하려던 것이었어."

"너는 그의 꿈에 동의하나?"

"흥! 이제 와서 그걸 따지는 것이 무슨 의미가 있어?"

"그래도 대답을 듣고 싶다면?"

"지금 내 꼴을 보고서도 알고 싶단 말이지? 할 수 없는 것을 꿈꾸면 마음에 응어리만 남아. 할 수 없는 것은 생각하지 않아."

"네가 적이라서 안타깝군."

케사르는 빙긋이 웃었다. 그리고 말을 이었다.

"적? 모선의 주인치고는 실망인데?"

"……."

"적이 어디 있어? 이해관계가 있을 뿐이지. 이해관계는 상황에 따라 항상 변하는 것이야. 하지만 지금 네 심정은 이해해."

"어떻게?"

"적 말고 원수란 것도 있거든!"

"고맙군!"

"흔히 덜 깬 인간들이 가질 수 있는 생각이지. 풋-."

"……."

"……."

"좋아. 마음껏 웃어. 오늘은 여기까지 하지."

"좋으실 대로."

"마지막으로 전사들을 어떻게 할지 궁금하지 않나?"

"죽음을 각오하고 있으니까 물어볼 이유도 없지."

"죽은 사람들을 생각하면 당장이라도 없애버리고 싶지만, 전사들과 선원들 모두 미국으로 되돌려 보낼 거야. 털끝 하나 건드리지 않고."

"멍청한데다 위선자군."

"위선자? 내가?"

"너는 알고 있어. 어차피 우리는 죽을 것이란 걸. 네 손에 피를 묻히기 싫다는 거지."

"……."

"네가 모선을 장악하고 있는 상황에서 우리를 미국에 보내면 미국에서는 알아서 우리를 처형할 테지. 선원들은 몰라도 적어도 전사들은 죽음을 면할 수 없어."

"……."

"갑옷이 있는 한 우리는 위협적인 존재야…… 음! 어쩌면 팔, 다리를 자르고 목숨은 살려둘 수도 있겠군. 그게 한 가닥 희망이라면 희망일 수도 있지."

"거기까지는 생각하지 못했어. 다시 생각해 보지."

케사르는 동희에게 실망한 듯 고개를 좌우로 흔들었다. 동희는 무표정했다. 동희는 대꾸도 없이 취조실에서 나왔다. 복도에는 부장과 수행원들이 기다리고 있었다.

"취조는 끝났습니까?"

"네. 다시 감금하세요."

모선

"과학자들은 어때?"

동희의 질문에 승오가 대답했다.

"탈진하는 사람들이 하나 둘씩 나오고 있어."

"물은 공급하고 있지?"

"응."

"어떻게 생각해?"

"뭘?"

"음식을 주는 거."

"형은 그게 문제야. 삼 일 굶어서 어떻게 되지 않아. 나 같으면 전사들이니 미국 선원들이니 과학자들이니 모두 벌써 죽여버렸을 거야. 형은 너무 착해서 탈이야."

"얼마나 더 버틸 수 있을까?"

"물을 계속 주기 때문에 앞으로 열흘은 더 버틸 수 있어. 죽으면 어때. 형을 죽이려고 했다며? 마음 같아서는 줬던 물도 다 빼앗고 싶어."

최만호 대통령에게 연락이 왔다.

"언제까지 비밀에 부쳐야 됩니까? 미국과 연합국 군인들이 빠져나가면서 벌써 소문이 돌고 있습니다. 최대한 막고 있지만 한계가 있습니다. 미국과 연합국에서는 고의적으로 소문을 흘려 보내는 것 같습니다. 아직 공식적인 매체를 통한 발표는 없었지만 정부 관계자들이나 정보부 또 군을 통해서 이미 상당수 퍼져 있습니다."

"오늘 전 세계에 발표를 하겠습니다."

"네. 그리고 제 생각으로는 대대적인 환영식을 가졌으면 좋겠습니다."

"환영식요? 굳이 그럴 필요까지 있을까요?"

"무슨 말씀이십니까? 차동희 님이 살아 계시다는 걸 보여주셔야죠.

한국 사람들은 그동안 모선이 또 공격해 오지 않을까 하고 노심초사했습니다. 차동희 님께서 모선을 타고 내려오시는 장면을 보여주면 세상 사람들 모두가 인정할 겁니다. 이제는 평화의 시대가 열렸다고요."

가만히 듣고 있던 승오가 대통령 편을 들었다.

"좋은 생각인 것 같아. 형!"

둘의 성화에 동희는 환영식을 갖기로 했다.

그날 오후 동희는 전 세계 매스컴을 통해서 자신이 살아 있으며, 모선을 장악했다는 내용을 발표했다.

-차동희 34세 8월-

서클 휴머노이드

휴머노이드 4호 발표회장.

4기 서클 회장은 다소 들뜬 기분이었다. 1기 회장이었던 차동희가 휴머노이드 1호를 만들었고, 2기 회장이 6년 동안 휴머노이드 2호와 3호를 만들었으나, 3기 회장은 5년 동안이나 4호 하나를 완성하지 못한 채 그만두었다. 그리고 이어받은 4기 회장.

그는 4기 회장이 된 지 채 1년이 안 되어서 휴머노이드 4호를 완성하여 발표회를 가지게 되었다. 하지만 4호는 완성이 다 되어가는 시점에서 이어받은 것이어서 자신이 했다고는 할 수 없는 것이었다. 그리고 3기 회장이 4호를 제작할 때 이미 참여하고 있었던 구성원 중의 하나였지만, 그가 뜻하는 대로 만들어진 4호는 아니었다.

발표회장 규모는 휴머노이드 3호 때와는 비교할 수 없을 만큼 축소되어 있었다. 조그만 강당을 빌려서 발표회장을 꾸몄으며, 발표회에 참석한 사람들도 서클 회원 수십 명에 불과했다. 대부분 4호 제작에 참여한 회원들이었다. 모선의 지배 이후 서클은 명맥만 유지하고 있는 수준이었다. 그러나 그런 환경이 4기 회장의 발표 전 떨리는 가슴마저 담담하게 할 수는 없었다. 학생들이 자리에 앉고 회장이 단상 앞으로 나갔다.

"안녕하십니까? 여러분! 오늘 휴머노이드 4호를 발표하게 되어서 무척이나 기쁩니다. 4호 발표가 있기까지 수많은 어려움이 있었습니다. 하지만 모든 난관을 극복하고 이렇게 4호를 발표할 수 있는 것은 전적으로 여러분의 노고 덕분입니다. 고맙습니다, 여러분!"

4기 회장은 허리를 굽혀 인사를 했다. 소담한 박수 소리가 나더니 저절로 가라앉았다.

"그럼 지금부터 서클 휴머노이드의 휴머노이드 4호를 발표하겠습니다."

조명이 밝아졌다. 그리고 커튼이 젖혀지더니 박수 소리와 함께 휴머노이드 4호가 등장했다. 한 올 한 올 머리카락과 섬세한 피부조직, 손등에도 털이 심어져 있었다. 앞쪽 두어 줄은 자리에서 일어서며 박수를 쳤다. 발표의 정점인 그 순간. 맨 뒷자리에서 찬물을 끼얹는 소리가 들렸다.

"때려치워라! 때려치워!"

목소리는 다소 갈라져 있고 듣기에 썩 좋은 음색은 아니었다. 사람들의 시선은 당연히 소리가 나는 곳으로 향했다. 맨 뒷자리. 그러나 누군지 보이지 않았다. 4기 회장이 소리쳤다.

"누구야?"

4기 회장이 뒤쪽을 보려 발뒤꿈치를 들었다. 앞 줄에 일어섰던 학생들은 엉거주춤 자리에 앉았다.

"누구야? 누구?"

맨 뒷줄에 앉아 있던 열너덧 명의 사람 중 뒷문에서 세 번째 자리에 앉은 남자의 얼굴이 붉게 상기되어 있었다. 그는 바로 '박경태'였다. 윤이 나는 머리카락은 가늘었다. 그래서 억지로 넘겨 놓은 머리는 이미 반쯤 이마를 가리고 있었다. 눈은 범상이었고, 입이 무척이나 컸는데 앞니가 많이 돌출되어서 큰 입을 더욱 두드러져 보이게 했다. 게다가 이도 왼쪽으로 많이 돌아가 있었다. 깡마른 얼굴에 광대뼈가 유난히 툭 튀어나왔다.

얼굴 부분부분을 따져 보면 어느 하나 이상하지 않는 곳이 없었으나 전체적으로 그나마 최악은 피했다. 좌우로만 심하게 찢어진 눈과 좌우로 많이 찢어진 입이 그나마 어울렸으며, 튀어나온 광대뼈와 튀어나온 앞니가 조화를 이루었다. 귀 위 부분은 뾰족해서 박쥐나 드라큘라를 연상시켰다. 좌우로 넓은 코며, 위로 넓은 이마에는 땀이 송글송글 맺혀 있었다.

4기 회장이 단상에서 내려와 뒷자리로 걸어갔다. 박경태는 다가오는 그의 눈을 피하지 않았다. 4기 회장은 소리 지른 사람이 박경태라는 것을 단박에 알아차리고 그 앞으로 갔다.

"너지? 박경태!"

"……."

"방금 소리 지른 게 너지? 응?"

4기 회장은 윽박질렀다. 곧 주먹이라도 날아올 것 같았다. 두 눈을 부릅떴는데 눈알이 튀어나오지 않을까 싶을 정도로 돌출되어 있었다. 하지만 박경태는 부리부리한 그의 눈을 잠시도 피하지 않았다. 박경태 역시 매서운 눈으로 그를 쳐다보았다. 그리고 대답했다.

"그래. 내가 했다."

4기 회장은 목소리를 더 높였다.

"뭐? 이 새X가! 아까 한 말 다시 말해 봐!"

"때려치우라고!"

"뭐를 때려치워, 임마! 이 신성한 발표회장 자리에서 응?"

박경태는 피식 웃었다. 그리고 다리를 꼬고 팔짱을 낀 채로 대꾸했다.

"신성? 뭐가? 개 코가 신성해?"

"이 자식이!"

"저게 무슨 휴머노이드야?"

"너, 1학년이지?"

4기 회장은 오른손을 들어 주먹을 쥐었다.

"그래 1학년이다, 왜. 1학년은 말도 못해? 입도 없어?"

"이게 죽으려고 환장을 했나? 대가리에 피도 안 마른 게."

박경태는 팔을 풀고 자리에서 일어났다. 그리고 머리를 4기 회장 가슴에다 묻었다.

"치겠네. 그래, 쳐 봐라. 돈 많으면 한번 쳐 봐."

4기 회장이 이성을 잃고 박경태의 멱살을 잡았다. 이미 발표회의 정상적인 진행은 물 건너 간 것이었다. 4기 회장이 그토록 가슴 설레며 준비했던 발표회는 1학년 신입생 한 명 때문에 망쳐버렸다.

기대하고 긴장했던 크기 이상으로 그는 격노했다. 그리고 분노에 스스로를 주체하지 못하고 주먹을 휘둘렀다. 그러나 박경태를 맞추지는 못했다. 주위 사람들이 이미 둘 사이를 갈라 놓았다. 사람들은 두 패로 나뉘어 4기 회장과 박경태를 붙잡았다. 박경태가 목에 핏줄을 세워 가며 소리 질렀다.

"쪽 팔리지도 않아? 저걸 휴머노이드라고 발표를 해, 지금? 이건 퇴보다 퇴보. 3호보다 못한 4호? 사람 머리카락 사서 붙인 것 말고 한 게 뭐 있어? 아! 그래! 손톱에 광택 매니큐어도 바르더라. 수고했다, 회장아! 발톱에도 발랐냐?"

4기 회장이 박경태의 말을 듣고는 흥분해서 날뛰었다.

"너 이 새끼, 죽으려고 환장했지. 신입생 주제에 네가 뭘 안다고 까불어 임마. 너 거기 그대로 있어. 이걸 그냥 콱!"

4기 회장이 박경태를 치려고 했지만 주위 사람들이 그를 놓아주지 않았다. 놓여 있던 의자들이 넘어가고 사람들은 4기 회장과 박경태를 붙잡느라 정신이 없었다. 발표회장은 순식간에 아수라장이 되었다. 그때 학생 하나가 급히 발표회장으로 달려왔다. 그리고 소리쳤다.

"야! 지금 뭐하고 있는 거야? 다들 조용! 조용히 좀 해! 특보야, 특보!"

사람들의 시선이 일제히 학생에게로 쏠렸다. 그리고 학생의 입에서 믿기지 않는 말이 터져 나왔다.

"차동희 선배가 살아서 돌아왔대. 그것도 모선을 장악해서 말이야."

사람들이 못 믿겠다는 투로 웅성거렸다. 그러자 학생은 더 큰 소리로 외쳤다.

"방금 전 세계에 공식 발표했어."

4기 회장을 붙잡고 있던 사람들도, 박경태를 붙잡고 있던 사람들도, 모두 그들을 놓고는 휴대용 단말기를 켰다. 붙잡고 있던 팔을 놓기만 하면 큰 싸움이 벌어질 것 같았던 4기 회장과 박경태도 휴대용 단말기를 켜기는 마찬가지였다.

온종일 전 세계 대부분 공중파 방송들은 정규 프로그램을 취소하고 차동희의 부활과 모선 장악을 특집 뉴스로 다루었다.

2. 칸

　미국과 연합국 병력이 한국에서 모두 철수했다. 그로부터 이틀 후, 차동희 환영 행사가 한국 대통령 궁 앞 광장에서 열렸다.

　대통령 궁 앞 계단에서부터 입구를 지나 광장에까지 붉은 카펫이 깔려 있었는데 차동희의 부활을 환영하는 국가들의 국기가 양옆으로 게양되어 있었다. 그 수는 200개가 넘었다. 모두 모선의 새로운 주인에게 복종한다는 표시였다.

　대통령 궁 밖 광장에는 카펫 양옆으로 귀빈석이 마련되어 있었다. 각국의 수상들, 대통령들, 왕들이 자리하고 있었다. 그리고 카펫의 끝은 광장 앞까지 이어져 있었는데, 거기에는 무대가 설치되어 있었다. 그 주위로는 전 세계 취재진들이 둘러싸고 있었다. 취재진 뒤로부터 환영 인파들로 메워졌는데 광장이 끝나고 갈라지는 도로마다 사람들로 넘쳐나서 인근에 모인 사람들의 숫자는 천만 명이 넘었다. 대통령 궁 좌우로 군악대가 자리하고 있었다. 대통령 궁에서부터 광장 중앙의 무대까지 군인들과 경찰이 겹겹이 에워싸고 있었는데, 그 숫자만 십만 명에 달했다. 지상과 상공에는 며칠 전부터 천리안들이 배치되어 있었다.

오전 열 시를 기점으로 움직이는 사람들은 극히 제한적이었다. 최만호 대통령과 각료들, 국회의원들까지 500여 명의 인사들이 대통령 궁 입구의 계단 앞에서 대통령 궁 쪽을 향해 오와 열을 맞추어 서 있었다. 모두들 하늘을 올려다보고 있었다.

화창한 9월의 햇살은 여전히 따가웠다. 비행체가 내려와서 행사장 상공을 맴돌더니 하늘에서 시작된 작은 점이 점점 커졌다. 모선이었다. 사람들은 모두 자리에 일어서서 손에 든 국기며 차동희 이름을 쓴 깃발을 흔들며 환호했다.

은빛의 모선은 대통령 궁을 향해 내려왔다. 제법 속도를 내서 내려오는가 싶더니 고도가 낮아질수록 감속했다. 그리고 대통령 궁 꼭대기 위에 그림처럼 멈춰 섰다. 961m의 모선 아래 있는 대통령 궁은 장난감처럼 보였다. 대통령 궁 위에 멈춰선 모선의 가운데 부분에서 신물질 판이 열렸다. 그리고 수십 개의 판들이 쏟아지더니 대통령 궁 앞까지 공중 계단을 만들었다.

사람들의 환호 소리가 잠시 멈추었다. 사람들은 잔뜩 긴장하고 있었다. 그리고 깜깜한 암흑 속에서 한국 선원들 수십 명이 모습을 나타냈다. 그들은 신물질 판으로 이루어진 계단 좌우로 정렬해서 섰다. 그리고 일제히 군중들을 향해서 절도있게 거수경례를 했다. 순간 군악대의 연주 소리가 울려 퍼졌으며, 참았던 환호 소리가 터져 나왔다. 한참을 경례 자세를 취하고 있던 선원들은 동시에 손을 내렸다. 그리고 좌우로 돌아 가운데를 향해 섰다. 모두들 모선에서 동희가 언제 나오나 조마조마한 마음으로 바라보았다.

드디어 선원들 한가운데로 그토록 기다리던 동희가 신물질 갑옷을 입고 모습을 드러냈다. 군악대가 연주하는 음악은 비장한 곡조로 바뀌었다. 사람들은 그를 확인하기 위해서 눈을 부릅떴다. 건물 사이에 있는 군중들은 건물 중간 중간 보이는 모선과 실시간으로 중계되고 있는 건물 광고판을 번갈아 주시했다. 차동희였다. 죽은 줄로만 알고 있었던 그가 반짝이는 은빛 신물질 갑옷을 입고 어깨에는 붉은 망토를 걸친 채 모선에서 나오고 있었다.

최만호 대통령을 비롯한 주요 인사들의 얼굴에는 격정적인 감정이 그대로 묻어나고 있었다. 굳게 다문 입술, 어려있는 눈물. 모선에서 동희가 나타난 그 모습 하나만으로 한국 국민들이 이제껏 겪어왔던 고난과 핍박, 설움과 울분이 한꺼번에 날아가 버렸다.

차동희의 등장은 미래에 대해서 더 이상 두려워할 필요가 없어졌다는 증표였다. 한국 역사상 지금 차동희보다 더 보고 싶어했던 얼굴은 없었다. 그들에게 동희가 살아서 돌아왔다는 사실 자체가 곧 전설이요 신화였다. 게다가 모선까지 쟁취해서 나타났으니.

군중 중에 더러 동희가 나타나기 전까지도 이런 의심을 가지고 있었다. 퀀텀이 한국 국민들을 시험하는 것이 아니냐? 그래서 모인 사람들을 예전처럼 모두 몰살시키는 것 아닌가, 하는 일말의 의심이었다. 그러나 그것은 기우이며 망상이었다. 실상 모든 한국 국민들은 모선이 언젠가는 한국 국민들을 모두 말살하고 한국이란 나라 자체를 멸망시킬 것이라 걱정하고 있었다. 그런 그들은 비로소 안도했고 그래서 더 미친 듯이 열광했다. 사람들은 목소리가 터져라 차동희 만세를 외쳤다.

동희가 천천히 계단을 내려왔다. 감정이 격해진 중년의 남자 하나는 손가락을 깨물어서 흰 천에 '차동희 만세'라고 혈서를 써서 흔들었다. 붉은 피가 하늘로 나부꼈다. 그것을 본 주위 사람들 수십 명이 그를 따라 했다. 천만 명이 뿜어내는 열기는 군중심리를 타고 더욱 증폭되었다.

때맞추어 터진 폭죽과 연기, 사회자의 격앙된 말소리, 군악대의 우렁찬 연주, 그리고 수천 마리의 비둘기와 수십만 개의 풍선, 주간 레이저쇼는 사람들의 이성을 마비시켰다. 감정이 격해져서 오열하거나 실신하는 사람들이 줄을 이었다. 모선의 공격으로 가족이나 친구나 지인을 잃은 사람들. 극한의 공포와 슬픔과 절망을 겪었던 사람들이었기 때문에 감정은 더욱 북받쳐 오를 수밖에 없어 보였다. 사람들의 얼굴 하나하나에 나타난 표정들은 광기란 어떤 것이란 걸 보여주었다. 눈물이 저절로 흘러내렸다. 무슨 정황인지 전혀 알지 못하는 사람들이라 할지라도 군중들의 얼굴을 보면 저절로 따라서 눈물을 흘릴 것만 같았다.

사람들이 동희를 보는 시선은 이미 예전의 그것이 아니었다. 신물질을 발견한, 우리가 지켜주어야 할 소년이 아니라, 이제는 죽음마저 극복하고 부활했으며, 신적인 힘을 지녔다고 생각했던 모선의 주인을 물리쳤으며, 더해서 그 절대적인 힘의 상징인 모선마저 쟁취해서 돌아온 절대자였다. 인간의 상식으로는 불가능한 기적들을 연속적으로 이루어 내고 돌연이 나타난 경이적인 존재. 동희는 인간 이상의 존재로 받아들여졌다.

동희는 그런 사람들을 위해서 헬멧을 벗어서 자신이 차동희임을 명확히 확인시켜 주었다. 그리고 화답으로 가볍게 손을 흔들어 주는 것까지 잊지 않았다. 동희 왼쪽에는 승오가 따라왔다.

신물질 판으로 제작된 계단을 내려온 차동희 일행을 맞이한 것은 최만호 대통령이었다. 최만호 대통령은 앞으로 몇 발짝 다가서서 동희에게 허리를 굽혀서 인사했다. 동희는 다시 헬멧을 쓰더니 최만호 대통령을 끌어안았다.

모든 장면은 여러 각도에서 생중계되었다. 그 포옹은 한국 국민의 해방을, 그리고 지구에서 힘의 중심이 한국으로 옮겨왔음을 의미했다. 포옹을 풀고 최만호 대통령이 차동희에게 울면서 말했다.

"차동희 님! 진정으로 환영합니다."

하지만 원래 하려고 했던 말은 '차동희 님! 한국과 전 세계를 대표해서 차동희 님의 복귀를 진정으로 환영합니다'였다. 수백 번이고 연습했지만 격한 감정으로 짧은 환영 인사가 되어 버렸다. 하지만 누구도 왈가왈부하지 않았다. 최만호 대통령은 맞잡은 동희의 팔에 얼굴을 묻고 눈물을 흘렸다. 동희가 대통령의 어깨를 두드리며 위로했다.

대통령이 감정을 추스르고 동희를 무대로 인도했다. 무대로 통하는 길 양옆으로 각국의 국기를 지나 좀 더 걸어가자 기립해 있던 각국의 정상들이 동희가 지나갈 때 허리를 굽혀 그를 환영했다. 퀸텀이 보여준 위엄이 고스란히 동희에게 옮겨와 있었다.

세계 정상들의 눈에는 동희가 마치 불사신 같았다. 그 누구도 예상하거나 상상하지 못했던 모선의 출현. 절대적인 힘을 가졌다고 생각했던 그 모선을 정복해서 돌아온 동희였다. 그것도 죽었다가 살아나서 이룬 일이었다. 동희에게 대적하거나 그의 명령을 받아들이지 않겠다는 생각이나 의지의 싹조차 잘라버리게 하는 두려운 역사임에 틀림없었다.

동희와 승오가 앞서고 그 뒤로 최만호 대통령과 선원들이 뒤를 따랐다. 무대까지의 거리는 50여 미터. 취재진을 지나서 무대에 도착한 동희는 단상으로 올라갔다. 왼쪽에는 승오가 서고 오른쪽에는 최만호 대통령이 서 있었다.

수백 개의 마이크 앞에서 동희는 잠시 말을 잊었다. 끝없이 펼쳐진 사람의 바다, 감격의 바다, 희망의 바다, 눈물의 바다, 그 장대한 광경을 한눈에 다 담아낼 수 없었다. 정신이 아찔했다. 동희는 가슴이 벅차 길게 숨을 내쉬었다. 그리고 마이크에 입을 가져갔다. 준비한 말이 이랬다. '저는 차동희입니다.' 그러나 그는 이렇게 말했다.

"나는 차동희다."

이 짧은 말에 거대한 환호가 터져 나왔으며, 좀체 수그러들지 않았다. 동희는 좌우로 고개를 돌려가며 손을 흔들었다. 그리고 말을 이었다.

"나는 오늘 이렇게 살아서 돌아왔다."

동희의 말 한 마디 한 마디가 끝날 때마다 괴성이 이어졌다.

"내가 모선의 새로운 주인이다."

수많은 마이크와 스피커로 그럴 필요가 없었음에도 불구하고 동희는 목소리 높여 외쳤다.

"지금 이 순간부터 세계는 억압으로부터 해방되었으며, 무한한 자유를 향해서 나아가게 되었음을 선포한다."

행사의 정점이었다. 사람들은 어느새 그를 '칸'으로 부르고 있었다. 천만 명이 동시에 호흡을 맞추어 '칸'을 외쳤다. 동희는 그 순간 살아 있는 신이 되었으며, 광장은 그대로 성지가 되었고, 행사에 참석한 사람들은 역사의 정점을 함께한 인물이 되었다. 하지만 동희의 연설은 그것이 전부였다. 동희는 그 말을 끝으로 무대에서 내려왔다. 그리고 모선으로 가벼운 발걸음을 옮겼다. '칸'이란 외침은 그칠 줄 몰랐다.

준비된 물품들이 모선으로 실리고 동희는 군중들의 환호를 받으며, 승오를 비롯한 선원들과 함께 모선 속으로 사라졌다. 그리고 거대한 모선은 깃털처럼 가볍게 하늘로 떠올랐다. 잠시 후, 선회하던 비행체도 사라졌다. 그러나 사람들은 자리를 쉽사리 떠날 줄 몰랐다.

환영 행사 중에도 30명의 과학자들은 모선 안에서 유배된 채 굶주림과 사투를 벌이고 있었다.

-차동희 34세 9월-

모선에서

환영 행사 이후 동희는 자신감을 얻었다. 그가 느꼈던 두려움은 그날의 감동으로 사라졌다. 비밀의 방에는 퀀텀이 와 있었다.

"과학자들은 여전히 고집을 꺾을 생각이 없어?"

"과학자들은 생각할 힘조차 없습니다. 반은 식물인간 상태입니다."

"과학자들은 드러내 놓고 반대하고, 미국은 드러내 놓고 내색은 하지 않지만 나를 달갑게 생각하지 않는 것 같아."

"모선은 한 국가의 소속이 될 수가 없습니다."

"그걸 모르는 것 같아. 모선이 미국에서 한국으로 넘어갔다고 생각하는 것 같아. 바보 같은 놈들. 퀀텀! 너를 살려주는 대가로 너도 뭔가 해야 하지 않겠어? 내가 너의 가치를 느낄 수 있도록 해 주어야지? 안 그래? 무슨 수가 없을까?"

"……"

"왜 대답이 없지?"

퀀텀은 생각에 잠겼다.

"뭔가 있군."

퀀텀은 어렵게 말을 뗐다.

"이것이 도움이 될 겁니다."

"뭐야? 말해 봐!"

"보브투니 박사가 지하에서 모선을 만들 때 관여한 전문가들이 많습니다. 필요한 전문가들을 데리고 왔었는데……"

퀀텀의 목소리가 작아졌다.

"나간 사람은 한 명도 없습니다."

"들어온 사람은 있었는데 나간 사람이 없다? 그게 무슨 소리야? 선원과 전사들 모두 합해도 고작 200명도 안 되는데……. 내가 듣기로는 동원된 전문가가 연간 700여 명이 넘는다고 했는데…… 설마?"

"……"

"모두?"

"……네."

동희는 눈살을 찡그렸지만 그의 입가에는 어느새 미소가 번져 있었다.

"5년이면 삼사천 명쯤 되겠군."

"……"

"누구까지 아는 사실이야?"

"저와 보브투니 박사만 알고 있습니다."

"그럼 선원들도, 전사들도, 과학자들도 모른다는 말이군."

"과학자들과 친하게 지냈던 사람들이 많아서 효과가 있을 겁니다. 보브투니 박사의 이미지를 깎아 내리는 데도……."

"그게 그의 생각이었나?"

"사실은 제가……."

"그래? 하지만 이제 와서 그런 건 중요하지 않지. 어디 있나? 그 시체들."

"모선을 만들었던 지하에 묻혀 있습니다."

"가족들이 많이 찾았을 텐데?"

"대부분 실종 처리되었습니다. 군인과 유명 인사 몇몇에게만 가짜 유골이 전달되었습니다. 모두 가루로. 물론 사인도 거짓으로 전달되었습니다. 그리고 나머지는 연락조차 하지 않았습니다."

"실종자가 그렇게 많은데 들키지 않았단 말인가?"

"미국에서 일 년 동안 실종되는 사람이 일만 명이 넘습니다."

"그래? 시신 발굴 작업을 해야겠군. 퀀텀! 너를 향한 내 분노는 그런 식으로 달래는 거야."

미국 서부 사막에 대규모 발굴 작업이 시작되었다. 발굴 작업 시작 일주일이 넘어서자 시체가 하나 둘씩 모습을 드러냈다. 하나같이 목이 잘린 시체였다. 흙 속에 묻혀 있고 일부는 오래되어 부패 정도가 심각했다.

퀀텀의 제안대로 관련된 가족들이 직접 현장에 찾아와서 DNA 검사를 하도록 했다. DNA가 일치한다는 통보를 받는 장면부터 통곡하고 오열하는 장면까지 하나도 놓치지 않고 생중계되었다. 24시간 생중계되는 방송은 미국뿐만 아니라 전 세계로 퍼져나갔다. 가족을 잃은 후 겪었던 비극적인 갖가지 사연들은 당사자들의 이성을 잃은 목소리로 가감 없이 전해졌다.

전 세계 사람들은 그제서야 모선이 보브투니라는 인물에 의해서 만들어졌다는 사실을 알았다. 가족들은 주저 없이 보브투니를 살인마라 칭했다. 마치 미리 교육 받은 것처럼.

보브투니는 살인마로 처음 그 존재가 대중에게 알려졌다. 그러나 망자는 단 한 마디의 변명이나 대꾸도 하지 못했다. 보브투니가 원자 배낭에 희생되지 않고 살아서 모선을 만들었다면 함께 있었던 30명의 과학자들도 당연히 살아있을 것이라 누구나 짐작했지만 미국과 연합국 심지어 한국에서조차도 그들의 생사나 귀환에 대해서 공식적으로 언급하는 사람은 아무도 없었다.

동희는 과학자들에게 음식을 주기 시작했다. 그들과 타협했기 때문이 아니라 발굴 작업을 제정신으로 볼 수 있도록 하기 위해서였다. 동희는 그들이 그토록 존경하는 보브투니의 이면을 보여주고 싶었다. 발굴 작업이 2주일째 접어들자 하루에 300구가 넘는 시체가 발견되기도 했다.

그즈음 한국에서는 배면수에 대한 비문 제막식이 있었다. 배면수의 시체는 미국 군사들에 의해서 불태워져서 찾을 수 없었다. 동희는 지하 기지 위 폭포수를 왼쪽으로 두고 배면수가 사망했던 장소에 비문을 세웠다. 제막식에는 동희와 승오, 최만호 대통령을 비롯한 각료들이 참석했다.

며칠 후 수도사
조용하던 산사가 시끄러워졌다. 조그만 사찰 입구에서부터 사람들로 인산인해였다. 행렬은 좁은 산길을 구비구비 돌아서 이어져 있었다. 사찰 마당에는 며칠 전부터 정보부 요원들과 군인들이 진을 치고 있었다.

늦여름의 아침 하늘은 맑고 투명했다. 산사를 감싼 산봉우리 뒤 하늘을 제외하고는. 하늘 한 모퉁이에는 은빛 모선이 박힌 듯 떠 있었다. 모선 왼쪽에는 아침부터 하얀 뭉개 구름이 피어 오르고 있었다. 동희는 먼저 법성을 찾았다.

수도사 주지실

동희는 방문을 열고 주지실 안으로 들어갔다. 법성은 자리에서 일어나려 했으나 몸이 불편해 보였다. 동희가 가서 법성의 팔을 부축해서 자리에 앉혔다. 까마귀는 여전히 법성 옆에 있었다.

"앉아 계십시오. 일어나실 필요 없습니다. 큰스님."

"몸이 성치 않아서…… 이거 원."

"금봉 스님께 들었습니다. 왜 갑자기?"

"늙어서 그런 거지요."

"더 빨리 찾아 뵙고 인사드렸어야 했는데 죄송합니다. 처리할 일들이 좀 있어서……."

"바쁘실 텐데…… 이제 이런 곳에는 안 오셔도 됩니다. 이제는 제가 더 해드릴 것도 없습니다."

"저를 배은망덕한 놈으로 만드실 요량이십니까?"

"지금까지 그랬지만 앞으로도 스님의 도움을 많이 받아야 할 것 같습니다."

"제가 능력이 미약해서 도움이 되지 못할 겁니다."

"겸손의 말씀이십니다."

법성이 차를 한 모금 마셨다. 그리고 지그시 눈을 감았다가 떴다. 법성이 물었다.

"그들은 어떻게 하실 작정입니까?"

"누구 말입니까?"

"미국의 선원들과 전사들 말입니다."

동희는 바로 대답하지 않고 차를 한 모금 마셨다. 찻잔을 조심스럽게 내려놓은 동희는 대답했다.

"주위에서 모두 그들을 죽이라고 합니다. 스님! 국민들의 목소리를 영 무시할 수도 없습니다. 미국에서조차 그들을 버렸습니다."

"……"

"스님의 자문을 얻고자 합니다."

법성은 아무렇지도 않게 툭 던지다시피 말을 건넸다.

"동희 님은 어떠십니까?"

"네?"

"다른 사람들 말고 동희 님의 생각은 어떠십니까?"

동희는 다소 당황했다.

"저는…… 글쎄요. 제 개인적인 감정과는 상관없이 일이 처리될 것 같아서 생각해 보지 않았습니다."

법성은 싱긋이 웃었다. 그리고 서슴없이 말했다.

"동희 님은 지금 거짓말을 하고 계십니다."

동희의 얼굴에 미소가 가셨다.

"아닙니다."

"이 늙은이가 이래 봬도 여우입니다."

"저는 단지 그들을 처형해서 국민들의 분노를 달랠 수 있다면…… 그리고 법적으로도 그들은 전범이기 때문에 미국, 한국, 국제법 어떤 법을 적용하더라도 살아남지 못합니다."

"동희 님의 의사를 물었습니다."

"될 수 있으면 제 감정은 배제하려 합니다. 한발 떨어져서 판단 하려고……"

법성은 동희의 말을 단호하게 잘랐다.

"거짓말입니다."

법성의 직설적인 말에 동희는 말을 잇지 못했다.

"죽이라는 말만 들리시죠?"

"……."

"죽이라는 말만 귀에 들리고 가슴에 담기실 겁니다."

"……."

"그렇기도 하겠지요."

"……."

"세상은 차동희 님 천하입니다. 차동희 님께서 못하실 것이 무엇입니까? 죽은 사람도 살리고 산 사람도 죽일 수 있죠."

"아닙니다. 저는 법에 따라서……."

법성은 고개를 좌우로 흔들었다. 동희는 어색하게 입맛을 다셨다. 이마에 땀이 뱄다.

"큰스님은 못 당하겠습니다."

"……."

"사실……."

동희는 주저했다. 그러나 용기를 내어 겨우 입을 뗐다.

"저는 그들이 그냥 죽게 할 수는 없습니다."

동희는 잠시 망설였다. 그리고 말을 이었다. 목소리가 조금 커졌다.

"그럼요. 그들이 어떤 짓을 했는지 아시지 않습니까? 수천만 명의 무고한 목숨을 앗아갔습니다. 그리고……."

동희의 말이 끝났지만 법성은 여전히 말이 없었다. 잠깐 동안의 침묵이었지만 동희는 더없이 길게 느껴졌다. 못 이기는 척 동희는 말을 이었다.

"그래요. 면수 형도, 이기철 대통령 일가족도, 레이도……."

"……."

"제 성기를 잘랐던 놈들이…… 목을 쳤던 놈들이 아직 두 눈 벌겋게 뜨고 살아 있는데……."

동희의 목소리가 떨렸다.

"매일 밤 꿈을 꾸었습니다. 밤마다 그들 하나하나를 찢어 발라서 나무에 매달아 놓는……. 찢어지고 피가 사방으로 튀기고 뼈를 발라내고도 쉽게 죽이지 않고 고통을 느끼게 하는 꿈을 꿉니다."

"……"

"네. 어쩌면 그건 꿈이 아닌지도 모릅니다. 저의 생각인지 꿈인지…… 아니면 바람인지……."

동희는 고개를 숙였다. 법성은 그제서야 고개를 끄덕이더니 풍채만큼 무거운 목소리로 일렀다.

"그렇게 하시고 싶으십니까?"

법성의 말이 채 끝나기도 전에 동희는 말을 받았다. 목소리는 더 커졌다.

"네. 물론이죠. 물론이죠. 그렇게라도 해야 속이 시원하겠어요. 이……

이…… 가슴속에 사무친 한이 조금이나마 풀릴 것 같아요. 그렇게라도 해야…… 그렇게라도……."

법성은 찻잔을 내려놓으며 타이르듯 말했다.

"그 무거운 짐을 내려놓으십시오."

"어떻게, 어떻게 내려놓습니까?"

동희의 목소리는 다소 격앙되어 있었다.

"그 짐은 차동희 님만 갉아먹을 뿐입니다."

동희는 주먹으로 바닥을 내려치며 두 눈을 질끈 감았다. 얼굴에는 분노가 가득했다. 그리고 울부짖으며 소리질렀다.

"스님께서는 그게 되십니까? 스님께서는? 저는 안 됩니다. 저는. 모두 죽여야겠어요. 잔인하게. 처참하게. 천천히. 모두 죽여야겠어요. 그래야 되겠단 말입니다."

법성은 말이 없었다. 동희는 고함을 질러서 현기증이 났다. 앉아 있

기가 힘들 정도로 사방이 빙글빙글 돌았다. 눈을 감았다. 몸이 공중에
붕 떠서 돌아가는 것 같았다. 그런 그를 붙잡는 손이 있었다. 법성이었
다.

법성이 한 발 다가가서 가만히 동희의 어깨에 손을 올렸다.

"쉬운 일은 아닙니다. 누구에게도."

동희는 겨우 입을 떼었다.

"왜 안 됩니까? 왜?"

"스스로를 더 깊이 들여다 보십시오. 차동희 님! 마음속 더 깊은 곳
에서는 어떤 소리를 하고 있는지 귀를 기울여 보십시오."

동희는 긴 한숨을 내쉬며 애써 울음을 다스렸다. 그리고 감정을 추
슬렀다.

"제 마음 깊은 곳에서는 과연 그들을 용서하라는 말을 하고 있을까
요?"

법성은 가만히 고개를 끄덕였다.

"살생을 이야기하고 있지는 않을 겁니다. 죄인에게 가장 큰 벌은 그
들이 스스로 뉘우치도록 하는 것입니다."

"아직은 잘 모르겠습니다. 스님. 아직은."

동희는 말끝을 흐렸다.

동희는 가볍지 않은 마음으로 주지실에서 나왔다. 밖에는 파티가
준비되어 있었다. 선호 동자, 금산, 혜안, 오산과 강 박사를 비롯한 의
사들, 한 노인, 쿠우와 묘오까지 전쟁 영웅들이 모두 모여 있었다. 밤
이 새도록 사찰에서는 신화가 되어 버린 그들의 이야기가 끝날 줄 몰
랐다.

·

·

"동희 님께서 모선을 장악했다고 발표한 날, 묘오가 얼마나 기뻐하

는지⋯⋯. 집이 떠나가도록 고함을 지르고 방방 뛰어다녔습니다. 이후로 오늘까지 하루 종일 웃음이 떠날 줄 모르더니 막상 동희 님을 뵈니까 점잔을 떨고 있습니다."

"제가 아버님께 어려운 부탁을 드려야 할 것 같습니다."

"네? 어려운 부탁이라니?"

"거절하셔도 됩니다."

"말씀만 하십시오. 제 목숨을 내 놓으라면 내 놓겠습니다."

"그것보다 더 어려운 일일 수도 있습니다."

"⋯⋯."

"아버님과 묘오를 모선으로 데리고 갔으면 합니다."

"모선에요? 모선에는 왜?"

쿠우는 다소 의외인 듯 놀란 눈치였다.

"묘오가 제 가까이에서 저를 보살펴 주었으면 합니다."

"묘오가 그런 중차대한 일을 하기에는 부족한 점이 너무 많습니다."

"아버님만 허락하신다면 그렇게 하고 싶습니다."

"차동희 님께서 원하시는 일이라면 물론 그렇게 해 드려야죠. 하지만 제 미천한 자식이 차동희 님을 모신다는 것이 왠지⋯⋯ 워낙 모자라서⋯⋯."

쿠우의 얼굴에는 걱정이 가득했다.

"아닙니다. 더 훌륭한 적임자는 없습니다."

"그렇게만 된다면 저야말로 영광입니다."

동희는 묘오를 보았다. 묘오는 가만 고개를 끄덕였다.

.

.

모선에 도착한 동희에게 뜻밖의 소식이 와 있었다.

"도대체 어떻게 된 겁니까?"

최만호 대통령이 대답했다.

"자살입니다."

"수용소 안에서 어떻게 이런 일이 있을 수 있죠?"

"포크를 머리에 대고 벽에 부딪쳐서 포크가 두개골을 뚫고 들어갔습니다."

"죽은 자가 누구죠?"

"코르파스 부사령관입니다. 마얀 사령관의 보좌를 맡았던……."

동희의 성기를 잘랐던 장본인이었다. 동희는 떠올리고 싶지 않던 심판의 날이 생각났다. 동희의 머릿속에서 수백 번이고 찢어 죽였던 인물이었다. 동희는 갑자기 온몸에 힘이 빠졌다. 그의 얼굴이 떠오르면서 잘렸던 성기의 신경이 예민해졌다. 그리고 그가 잡았던 느낌이, 날카로운 신물질이 지나갔던 느낌이, 뜨거운 피가 다리를 타고 흘러 내려갔던 느낌이 스멀스멀 떠올랐다.

"차동희 님! 괜찮으십니까?"

"예. 잠깐 현기증이 나서……."

"이참에 모두 처형해 버리시죠?"

"아니요. 제가 내려가 보겠습니다."

정보부 내 특별 수용소

동희는 코르파스의 시신을 덮고 있던 가운을 걷었다. 시체는 하얗게 굳어 있었다. 머리에는 포크가 들어갔던 자욱이 선명했다. 코르파스는 눈을 뜨고 죽었다. 동희가 오기 전까지 아무도 그의 눈을 감겨주지 않았다. 그의 눈은 동희가 심판의 날에 보았던 공포스런 눈이 아니었다. 그리고 그때 가졌던 분노도 전혀 느끼지 못했다.

코르파스는 두려움을 이기지 못하고 스스로 목숨을 끊었으며, 지금은 싸늘히 식어서 고분고분 부패하고 있는 고깃덩어리에 불과했다. 죽음 앞에서 동희가 수없이 다짐했던 복수심은 혼돈의 미로로 소용돌이치며 빠져들었다. 동희는 손을 들어 그의 눈을 감겨주었다. '너는 명령

받았을 뿐이다.'

　동희와 정보부 부장이 수행원들을 이끌고 수용소 복도를 걸었다. 굳
게 닫힌 철장문. 복도는 숨죽인 듯 조용했다. 동희와 일행의 발소리만
긴 복도를 돌아다녔다.

　동희는 철장문 눈높이에 손가락 한 마디만큼 뚫어진 구멍으로 내부
를 들여다 보았다. 방 하나에 한 명씩 감금되어 있었다. 동희는 방 하
나하나를 일일이 쳐다보았다. 온 세상을 다 자신의 발 아래 놓고 호령
했던 전사들의 모습은 그 어디에서도 찾을 수 없었다. 한 달이 채 지
나지 못했건만 그들은 야위었고 초췌했다. 그들의 눈빛에는 하나같이
죽음의 공포가 드리워져 있었다.

　"적정량의 음식은 제공되고 있습니까?"

　"네."

　"그런데 모두들 왜 저렇게 마르고 초췌하죠?"

　"자기들이 지은 죄가 있는데 마르지 않으면 사람이 아니죠."

　부장은 의기양양하게 대답했다.

　"모두들 정신적으로 이상 증세를 보이고 있습니다."

　"언제부터인가요?"

　"환영 행사 중계를 보고 나서입니다."

　"그걸 보도록 했습니까?"

　"전 세계 모든 공공기관에서는 어디를 막론하고 강제 시청하도록 했
습니다. 혹 무슨 착오라도?"

　"아닙니다."

　동희는 그들이 죽도록 미웠다. 그들이 살아서 코로 공기를 들이마시
고 내쉬는 것이 못마땅했고 축 처진 살덩어리들을 꼼지락거리고 있는
것이 눈에 거슬렸다. 특히 마얀과 레이를 처형했던 전사 둘은 유난히
눈엣가시처럼 느껴졌다. 동희는 마음속에서 독극물이 부글부글 솟아

나는 것 같았다. 하지만 모순되게도 그들의 나약한 모습에 맘이 편하지 않았다.

그때 철창으로 보고 있는 것을 눈치챈 전사 하나가 동희를 알아보고는 흠칫 놀라며 철창에서 도망쳐 반대편 벽에 붙었다. 적의를 띤 동희의 눈은 야수의 그것처럼 번들거렸다. 전사는 두려움에 사색이 되어 몸을 오들오들 떨었다. 그리고 애원했다.

"살려 주세요. 살려 주세요. 제발 살려 주세요."

동희는 전사의 눈을 응시했다. 두려움에 가득 찬 전사의 눈은 사람의 그것이 아니었다. 동희는 가슴 한쪽이 묵직해져 왔다. 그러다 법성의 말이 떠올랐다. '그 무거운 짐을 그만 내려놓으시지요.'

동희는 부장에게 물었다.

"부장님 의견은 어떻습니까?"

"어떤……."

"저들 말입니다. 명령이 없었어도 했을까요?"

"네?"

"명령이 없었어도 저들이 그랬겠냐는 말이죠."

부장은 그제서야 질문의 진의를 눈치챘다. 그리고 다급히 대답했다.

"공개적으로 처형해야 합니다. 저들이 차동희 님께 그리고 우리들에게 어떻게 했는지 아시지 않습니까?

"처형하지 않고 그냥 감금만 할 작정입니다."

부장은 갑자기 묘한 웃음을 띠었다. 그리고 안도하며 물었다.

"그렇죠. 좀 더 시간을 끌어 고통을 더 주다가 처형해도 늦지는 않죠."

"저는 저들을 미국으로 돌려보낼 겁니다."

"미국으로요? 처형 후에 시신을 인도할 필요가 있습니까?"

"저들은 죽지 않아요. 살려서 보낼 겁니다."

부장의 눈이 휘둥그레졌다.

"살려서요?"

"네. 선원들뿐 아니라 전사들도 모두요."

"왜 미국에서 죽이도록 하십니까?"

"미국에서도 저들을 처형하지 않겠다는 약속을 받아 낼 겁니다."

부장은 잘못 들은 것이 아닌지 귀를 의심했다. 그리고 혀를 차며 말했다.

"저는 도무지 이해하지 못하겠습니다."

"미국에 연락을 하겠습니다. 곧 이송이 있을 테니까 준비해 주십시오."

"저는 모르겠습니다. 저는. 저들은 언젠가 또 우리에게 칼끝을 겨눌 겁니다."

"이제 그럴 일은 없을 겁니다. 아! 케사르는 예외입니다. 하지만 거처를 옮겨 주세요. 좀 더 안락한 곳으로. 어쨌든 이곳에서는 모두 떠날 겁니다."

다음 날

모선에서 미국 출신의 선원들과 케사르를 제외한 모든 전사들을 석방한다는 발표가 있었다. 그리고 미국에서 이들이 신변을 보호할 것도 함께 요청했다. 전 세계가 그랬겠지만 이 발표를 접하고 가장 당황한 것은 미국이었다. 미국은 만약 한국에서 그들의 시신을 인도했을 때 받지 않고 바다 한가운데서 폭격한다는 계획을 가지고 있었다. 그것만이 미국이 살아남을 수 있는 길이라 여겼었다. 예상 밖의 발표였다.

한국에서는 사람들이 그들을 처형하라는 집회를 열었다. 전체 여론도 그들을 처형하라는 쪽이 대다수였다. 그러나 한국 국민들의 강력한 반발에도 불구하고 발표 내용대로 그들은 모두 무사히 미국으로 인도되어 수용소로 들어갔으며 가족과의 면회도 허용되었다.

그 과정 동안 여러 나라에서도 전범 재판을 통해서 그들을 처형해야 한다는 성명을 내놓았다. 그러나 거센 반대 여론에도 불구하고 동희는 끝까지 뜻을 굽히지 않았다.

시간이 지날수록 반대했던 목소리는 수그러들었다. 그리고 일부 지각 있는 사람들은 차동희를 더욱 높이 우러러 보았다. 보통 사람이라면 할 수 없는 커다란 용서를 몸소 실천해 보인 그의 행동에 경외심을 표했다. 그리고 이런 시각은 한국뿐 아니라 전 세계를 넘어서 미국 사람들에게까지 영향을 미쳤다. 이 일로 인해서 차동희는 분명 보브투니와는 확연히 다른 점이 있다는 사실을 각인시켰다.

모선

묘오가 차를 태워서 선장의 숙소로 들어왔다. 묘오는 탁자 위에 찻잔을 내려놓았다.

"고마워."

"제가 기뻐서 하는 일인걸요."

"지낼 만해? 네가 원하면 언제든 그만둬도 돼."

"좋아요. 모두들 너무 잘해주셔요."

"네가 모선에서 막내니까."

"막내라서 그런 게 아니라 차동희 님을 보는 시간이 가장 많은 사람이라서 잘하라고 잘해주는 것 같아요. 사람들이 저보고 여사님이라고 불러요."

"열아홉에 여사라?"

동희는 빙긋 웃었다.

3. 순수의 죽음

　모선 사령관실이 분주했다. 선원들이 바쁘게 다과를 날랐다. 내부 셀로 만들어진 수십 개의 의자에는 젊은 학생들이 앉아 있었다. 선원이 아니었다. 주위로 몇 명의 기자들이 카메라와 마이크를 들고 중계 채비를 했다. 최초의 모선 내부 촬영이었다.

　동희가 모선에 대한 두려움을 없애는 차원에서 일반인들과 기자 몇 명을 모선 안으로 초대했다. 젊은 학생들은 서클 휴머노이드 회원이었다. 동희의 후배들인 셈이었다. 거기에는 4기 회장을 비롯하여 신입생 박경태까지 30여 명이 참석했다. 녹화 중계였지만 장소가 장소인지라 기자들은 바짝 긴장하고 있었다. 모선의 사령부 선원이 사회를 보았다.

　"여러분 자리에서 일어서 주십시오. 차동희 님께서 입장하십니다."

　사령관실 입구가 열리고 승오와 동희가 모습을 드러냈다. 모두들 자리에서 일어서서 환호와 함께 박수를 보냈다. 승오와 동희가 가볍게 목례를 하고 준비된 의자 앞에 섰다. 박수 소리가 끊어지지 않았다. 동희가 손을 들어서 그만하라고 진정시켰지만 박수 소리는 좀체 수그러들지 않았다. 동희가 소리쳤다.

"됐습니다. 사실 박수 소리가 이젠 좀 지겨워요."

학생들이 웃었다. 그리고 자연스럽게 박수 소리가 멈췄다.

"자! 자리에 편하게 앉으세요."

학생들이 자리에 앉았다. 승오와 동희도 자리에 앉았다. 학생들 자리와 승오와 동희 자리는 마주보게 배치됐다. 학생들 주위로 선원들과 기자들이 둘러싸고 뒤로는 휴머노이드 4호가 전시되어 있었다.

"차동희 님의 말씀이 있으시겠습니다."

"우선 만나 뵙게 되어서 무척 반갑습니다. 여러분들은 제 학교 후배들이고 또 동시에 서클 후배들입니다. 그래서 격식에 얽매이지 않고 자유롭게 이야기를 나누었으면 합니다. 궁금한 것이 있으면 물어보세요."

4기 회장이 손을 들었다. 사회자가 지명했다.

"네. 자리에서 일어서서 말씀하십시오."

4기 회장은 엉거주춤 자리에서 일어섰다. 4기 회장은 긴장해서 다리를 후들후들 떨고 있었다. 멀리에서도 알아볼 만큼 심하게 떨어서 애처로워 보였다. 다리보다 더 떨리는 목소리가 새어 나왔다.

"먼저, 음…… 어, 후! 이렇게…… 초대해 주신…… 어, 차동희 님께…… 서클을…… 어, 어, 어, 대표해서…… 어, 대표해서…… 어, 음…….'"

사회자가 눈치를 주었다. 그러나 4기 회장은 손바닥에 든 종이를 보느라 다른 사람의 시선을 의식하지 못했다. 보다 못한 동희가 한마디 던졌다.

"4기 회장! 예전에 뇌졸중 앓은 적 있나?"

학생들도 기자들도 선원들도 모두 웃음을 터뜨렸다. 4기 회장은 어색하게 같이 따라 웃었다.

"그게 아니라 어, 긴장이 돼서……."

4기 회장은 땀을 뻘뻘 흘렸다.

"숨을 한 번 크게 쉬고 해요."

"네."

4기 회장은 숨을 크게 들이마셨다가 내쉬었다. 그리고 써놓은 글을 다시 읽어 내려갔다.

"감사의…… 어, 감사의…… 마음을…… 어, 마음을…… 음……."

어색해지려는 분위기를 반전시키려 동희가 끼어들었다.

"전한다고요?"

4기 회장은 기다렸다는 듯 대답했다.

"아! 네!"

사람들이 또 한바탕 웃었다.

"정말 수고 많았습니다. 자리에 앉으세요."

4기 회장은 뒤통수를 긁적이며 자리에 앉았다.

"여러분 제가 무섭습니까?"

학생들이 일제히 대답했다.

"아니요!"

"그런데 왜 그렇게 떨어요?"

4기 회장은 엉거주춤 일어나서 말했다.

"그게 아니라 어, 제가 긴장이 돼서……."

"네. 알겠습니다. 오늘 여러분들을 초대한 이유들 중에 또 다른 하나는 사람들이 저나 모선에 대한 공포심을 해소해 주기 위해서이기도 합니다. 그런데 4기 회장이 의도와는 정반대로 행동을 하니까 제가 좀 당황스럽습니다."

장내는 또 한 번 웃음이 터져 나왔다. 4기 회장은 얼굴이 벌겋게 달아 올랐다.

"옆에 제복 입은 사람들이 무섭습니까?"

"아니요!"

"네. 무서워할 필요 없습니다. 저렇게 줄 맞추어 서 있는 것도 모선에 들어와서 오늘이 처음입니다."

사람들은 동희의 말이 끝날 때마다 웃었다.

"여기 사회를 맡고 계시는 이지성 소령님부터 12명이 사령관실 선원들입니다. 모선의 조정을 담당하고 있습니다. 여러분! 모선의 두뇌를 맡아서 대단한 분이라 여겨지시죠?"

"네!"

"그런데 중요한 건 여기 들어오고 나서 아직 한 번도 모선 조정을 안 했다는 거!"

학생들과 기자들이 웃음을 터뜨렸다. 선원들도 멋쩍은 듯 미소를 지었다. 사령실 내 딱딱했던 분위기가 한층 부드러워졌다.

"모선에 대해서 더 많은 설명을 드리고 싶지만 보안 사항이 많아서 상세하게 언급하지 못하는 점 이해해 주십시오. 하지만 여기도 여러분들이 사는 곳처럼 사람 사는 곳입니다."

학생들은 고개를 끄덕였다.

"어떻습니까? 직접 모선 안에 와 보신 소감이?"

"음…… 그러니까…… 처음에는…… 어, 음……."

"처음에는 무서웠는데 지금은 그렇지 않다고요?"

"아! 네!"

학생들이 또 웃었다. 웃음소리에 섞여서 느닷없이 어색한 목소리가 흘러 나왔다.

"X랄을 해라, X랄을 해!"

박경태였다. 목소리가 크지는 않았지만 무시하고 넘어가기에는 무리가 있었다. 전원이 들을 정도였고 더구나 카메라의 마이크에 잡힐 만큼 큰 소리였다. 녹화 방송이라서 그나마 다행이었다. 사회자가 기자들에게 신호를 보내서 녹화를 중단시켰다. 그리고 박경태를 주시했다. 분위기가 돌변했다. 동희가 급하게 분위기를 반전시키고자 말을 꺼냈다.

"회장 너무 나무라지 마세요. 제가 해 봐서 아는데 저 자리가 원래 쉽지 않거든요."

그러나 동희의 노력에도 불구하고 박경태의 다음 말은 모두의 귀를 의심하게 했다.

"회장하고 차동희 선배 둘 다한테 한 말입니다."

일순간 모든 사람들이 박경태를 주시했다. 감히 아무도 예상하지 못한 말이었다. 동희는 혹 잘못 들었나 싶어서 반문했다.

"정말 저한테 한 말입니까?"

박경태는 의자에 등을 깊숙이 기댄 채 태연히 이야기했다.

"네."

"누구죠?"

"접니다."

박경태는 자리에서 일어섰다. 사람들이 웅성거렸다.

"왜 그런 소리를 하는 거지?"

"한심하고 답답해서요."

주위에서 박경태를 잡아당겨 자리에 앉히려고 했다. 동희가 놓아두라며 손짓했다. 동희는 빙긋이 웃으며 물었다.

"뭐가 그렇게 한심하고 답답하다는 거지?"

4기 회장이 당황하여 박경태 말을 막으려 했다.

"상대하지 마십시오. 신입생인데 미, 미, 미친놈입니다."

동희가 손을 들어 4기 회장의 말을 막았다.

"우리에게 주어진 시간은 30분입니다. 애초부터 30분이라고 할 때 눈치챘습니다. 우리는 들러리에 불과하죠. 오늘 우리는 껍데기입니다. 아니면 아니라고 말해 보십시오."

4기 회장은 이 사태가 자신의 책임이라고 느꼈다. 그리고 용기를 내어 일어서서 뒤에 있는 박경태를 향해서 손가락질을 하며 소리를 질렀다.

"박경태! 너! 앉아! 임마!"

4기 회장은 떨지도 더듬지도 않았다. 그러나 박경태는 가소롭다는 듯 4기 회장을 향해서 앉으라는 손짓을 하며 말했다.

"그래. 그래. 알았다. 알았다. 앉아라. 앉아."

동희가 박경태를 거들었다.

"어디 한번 들어봅시다."

동희는 앉은 채로 팔짱을 꼈다. 4기 회장이 자리에 앉았다.

"박경태? 그래 계속해 봐."

동희는 자신을 전혀 두려워하지 않는, 아니 존중하지 않는 투의 말에 흥미를 느꼈다.

"앞에 앉아 있는 당신이 과연 서클 휴머노이드 창시자가 맞습니까?"

"음!"

"음? '음!'이라고요? 우리가 이대로 헤어지면 다시 볼 일이 있을까요?"

"글쎄?"

"30분 동안 우리는 그냥 배꼽 빠진 놈처럼 허-허-허- 이-히-히- 하고 웃다가 가면 되죠. 어차피 중요한 건 저 카메라에 녹화되는 장면 아닙니까? 모선 내부 최초 공개!"

"……."

"어떻게 우리를 들러리로 세울 수가 있죠?"

"……."

"그렇죠. 선배는 변했어요. 이제는 이 따위 수공으로 장난감 만드는 애들에게는 관심이 없는 겁니다."

동희는 고개를 좌우로 흔들었다.

"그건 아니야."

"아니라고요? 애초에 휴머노이드에 대한 진지한 이야기를 꺼내는 것까지는 바라지도 않았어요. 조금이라도 관심이 있었다면 서클을 여태껏 이렇게 방치해 두지는 않았을 테니까요."

"나는 누구보다 서클을 아끼고……."

박경태가 고함을 질렀다.

"거짓말하지 마세요. 그런 새빨간 거짓말은 하지 마세요. 제발! 선배가 조금이라도 관심이 있다면, 아직까지 휴머노이드에 대한 열정이 있다면, 저 따위 마네킹이 만들어지도록 가만있지는 않았을 겁니다." 박경태의 손은 휴머노이드 4호를 가리키고 있었다.

"선배는 세계 최고의 기술이 집약된 모선을 장악하고 있고, 세계에서 가장 유능한 과학자들 30명을 데리고 있습니다. 말 한마디면 그 어떤 것도 당신 앞으로 가지고 올 수 있는 힘을 가지고 있습니다. 그런데 저건 뭡니까? 저건 퇴봅니다. 3호보다 못한 4호란 말입니다. 선배가 서클 총칙 서문에 쓰셨죠. 과학과 기술이 발전할수록 발전된 과학과 기술은 휴머노이드에 접목되어 휴머노이드는 나날이 진보를 거듭할 것이다. 그 완성이 당신의 세대가 아닐지라도 실망하지 말라. 너의 후대는 너보다 더 진보한 휴머노이드를 만들 것이며, 인간의 열정이 식지 않는 한 언젠가는 인간이 꿈꾸던 휴머노이드는 반드시 탄생할 것이다."

"……."

"선배는 발전된 기술과 힘을 가지고 있지만 휴머노이드는 퇴보하고 있습니다. 그리고 오늘도 제가 이런 말을 하지 않았으면, 미친놈처럼 이렇게 말하지 않았으면, 농담이나 하고 헤어졌겠죠. 그리고 돈이나 던져 줬겠죠. 저런 한심한 4기 회장 같은 놈에게 말입니다. 돈을 가지고 뭐를 해야 할지도 모르는 놈한테 말입니다."

사령실은 조용했다. 박경태 말소리 말고는 아무런 소리도 들리지 않았다. 박경태는 읊조리듯 말했다.

"창시자의 열정이 사라져 버린 겁니다."

동희는 깊은 한숨을 내쉬었다. 그리고 전혀 동요하지 않고 이야기했다.

"신입생이라고 했나? 휴머노이드에 대한 애착이 강한 것 같은데⋯⋯ 문득 내 신입생 때가 생각이 나네. 내가 네 나이 때 회원을 모으려고 학교를 돌아다니면서 또래 애들을 설득했던 기억들 말이야."

"⋯⋯."

"그래, 솔직히 인정하지. 나는 잊고 있었어. 그렇다고 열정이 완전히 사라진 것은 아니야. 열정은 언제든 부활할 수 있는 거니까."

"지금의 기술이라면 휴머노이드는 획기적인 전기를 맞이할 수 있습니다. 휴머노이드를 할 것인지 말 것인지 결정하십시오."

조금 전부터 동희의 머릿속에서 기발한 생각 하나가 떠올랐다.

"박경태라고 했나? 고마워! 잊어버렸던 열정을 살려 주었어. 나랑 휴머노이드에 대해서 진지하게 이야기 한번 해 보자! 그런데 X랄은 좀 심하지 않았어?"

박경태는 그제서야 머리를 긁적였다.

동희는 나머지 학생들을 지상으로 내려보내고 박경태만 모선에 남겼다. 모두 박경태의 당돌함에 혀를 내둘렀다. 4기 회장에게 덤빌 때만 해도 성격이 그런 애려니 했지만 감히 차동희에게까지 그렇게 서슴없이 말할 줄은 누구도 예상하지 못했었다.

사령관실에는 동희, 승오, 박경태가 앉아 있었다. 동희가 진지하게 물었다.

"정말 휴머노이드를 만들고 싶은 거야?"

"그럼 제가 다른 의도가 있다는 건가요? 그런 건 전혀 없습니다."

"그렇게 애타게 휴머노이드를 만들고 싶어하는 이유가 뭐지?"

"어이가 없군요. 선배가 서클을 만든 이유는 뭐죠?"

동희는 십수 년 전 서클을 만들고자 하는 의욕에 밤잠을 설치던 때가 생각났다. 하지만 그 기억은 낡은 책장 속에 켜켜이 쌓인 먼지 속에 존재했다. 그때의 흥분과 열정은 이미 충분히 엷어져 있었다.

"저는 휴머노이드에 제 인생을 걸 각오를 했습니다."

"부담되는걸. 내가 만든 서클 때문에 한 인생이 바쳐진다니 말이야."

"착각은 자유입니다. 결심은 제가 선배의 서클을 알기도 전입니다."

"그래? 네 인생을 걸 만큼 가치가 있다고 보니?"

"인생이 뭐 대수입니까? 한평생 살아 봤자 남는 것은 한줌도 안 되는 한숨 아닙니까?"

동희는 빙긋 웃었다. 승오는 박경태의 당돌함에 신경이 곤두섰다. 동희는 사뭇 진지하고 대담하게 제안했다.

"너에게 기회를 주지."

"어떤 기회를요?"

"네가 말하는 현대 과학의 최고 경지를 접목시킬 수 있는 기회를 주겠단 말이다."

"어떻게요?"

"모선을 만든 과학자 30명을 주겠다."

승오가 놀라 동희를 쳐다보았다.

"단! 그들을 설득하는 것은 네 몫이다."

"선배 말 한마디면 되는데 굳이 그렇게 하는 이유는 뭡니까?"

"그들은 내 명령을 듣지 않아."

옆에서 듣고 있던 승오가 동희의 무릎에 손을 얹었다. 그런 말까지 할 필요가 있느냐는 뜻이었다.

"왜죠?"

"퀀텀을 포함한 과학자들은 아직 죽은 보브투니를 신봉하고 있어."

"보브투니에 빠져있는 과학자들을 휴머노이드를 만들도록 설득해서 이용하라는 말씀이시군요. 어차피 계륵 같은 존재들이니까."

"……."

박경태는 시선을 깔고 잠시 생각에 잠겼다.

"왜? 자신이 없는 거야?"

"인생에서 언젠가 이런 날이 한 번은 오리라고 생각했어요. 그날이 바로 오늘이군요. 지금 바로 하죠."

"지금?"

"네!"

"좋아. 설득에 필요한 그들의 신상 정보는 주지."

"아니요. 그런 것 필요 없어요. 대신 두 가지 제안을 드립니다."

"말해 봐!"

"첫째, 그들을 설득하는 것을 엿듣지 않을 것. 둘째, 퀀텀도 포함시켜 줄 것."

동희는 멈칫했다. 승오가 동희의 눈치를 살폈다.

"좋아!"

"그럼 저를 과학자들이 있는 곳으로 안내해 주십시오."

벽에서 문이 열리고 공간이 생겼다. 동희가 손으로 그곳을 가리켰다. 박경태는 열린 공간으로 발걸음을 옮겼다.

"형, 어쩌려고 그래? 퀀텀까지?"

"저 녀석이 내가 잊고 있었던 열정을 일으키는데…… 지켜보자고! 퀀텀을 과학자들 숙소로 보내."

공간이 움직였다. 주위는 적막했다. 박경태는 두 주먹을 불끈 쥐고 있었다. 문이 열리고 크고 둥그런 응접실이 나타났다. 박경태는 응접실로 들어섰다. 몇몇 과학자들이 모여서 담화를 나누다가 낯선 청년에게 이목을 집중했다.

"안녕들 하십니까? 저는 박경태라고 합니다."

과학자들은 심드렁했다.

"30명이라고 했는데 왜 이것밖에 안 되죠?"

미국의 젊은 과학자 보보가 되물었다.

"너는 뭔데 여기 들어온 거냐? 그 복장은 뭐고?"

"저는 여러분들을 살리러 온 사람입니다."

"살리러? 우리가 언제 죽었나?"

"꼭 목숨이 끊어져야 죽은 것은 아닙니다. 이렇게 노인네 죽은 X알 만지듯 사는 것도 죽은 것이나 다름 없죠."

"뭐야? 이 자식이!"

옆에서 듣고 있던 앨런 박사가 말렸다.

"누구냐? 동희가 보낸 첩자냐?"

"당신들을 살리러 온 구세주입니다."

"무슨 뚱딴지 같은 소리를 하는 거야?"

"죽은 보브투니를 살려내서, 차동희를 제거하고 싶으신 분들은 모두 이곳으로 모이라고 하십시오."

과학자들이 일제히 박경태를 쳐다보았다. 엿듣고 있던 동희와 승오는 박경태의 말이 믿기지 않았다. 승오가 흥분해서 일어섰다.

"저 자식이! 그래서 듣지 말라고 했어?"

동희는 당황했다.

응접실에 과학자들이 웅성거리며 하나 둘씩 모여들었다. 승오가 급히 과학자들 숙소로 이동했다. 동희가 뒤따랐다. 문이 열리고 승오가 먼저 뛰쳐나갔다. 응접실에는 30명의 과학자들 모두가 모여 있었고 퀸텀까지 와서 진지하게 이야기하고 있었다. 승오는 무리를 헤치고 바람처럼 달려가서 주먹으로 박경태의 얼굴을 갈겼다. 둔탁한 소리와 함께 박경태가 쓰러졌다. 뒤따라 온 동희가 승오를 잡았다.

"잠깐. 이야기나 들어보자."

승오는 박경태를 향해 소리쳤다.

"저 자식! 싸이코야."

박경태는 충격에서 헤어나지 못했다. 앨런이 물었다.

"도대체 어떻게 된 겁니까? 이 애는 뭡니까?"

승오는 분이 덜 풀렸는지 여전히 숨을 몰아쉬고 있었다. 동희는 앨런의 질문에 대답하기 곤란했다. 그때 웃음소리가 들렸다. 박경태였다.

"킥- 킥- 킥- 킥- 킥- 킥- 헤- 헤- 헤."

승오가 고함을 질렀다.

"그만하지 못해! 이 미친놈!"

박경태는 누워서 배를 쥐고는 자지러질 듯 웃었다. 과학자들, 퀀텀, 동희, 승오 모두 박경태를 처다보았다. 박경태는 웃음을 거두며 자리에서 일어났다. 단 한 방이었지만 한쪽 뺨은 주먹만큼 부어 올랐다. 그렇지 않아도 추남인데다 얼굴까지 부어올라 보기가 안쓰러울 정도였다. 하지만 눈빛은 곧 범이라도 잡아먹을 것처럼 당당했다.

"동희 선배! 선배는 약속을 지키지 않았어요. 계약은 깨어졌습니다. 저는 갑니다."

박경태는 승오를 잡고 있는 동희를 지나 왔던 벽으로 갔다. 동희는 아차 싶었다.

"나를 시험한 거야?"

"다 끝난 일입니다."

박경태는 들어왔던 문 앞에 섰다. 그러나 문은 열리지 않았다. 동희는 승오를 놓았다. 그리고 박경태에게 물었다.

"정말 나를 시험한 거야?"

"다 끝난 일입니다. 문이나 열어주세요."

"형! 보내 버려. 미친 놈이야. 무슨 짓을 할지 모르는 녀석이야."

지켜보던 앨런이 동희를 노려보며 쏘아붙였다.

"보아하니 우리를 두고 도박을 한 것 같군."

동희가 변명했다.

"그런 것이 아니라……."

그러나 동희의 말이 끝나기 전에 박경태가 말을 잘랐다.

"선배에게 실망했습니다."

박경태의 반응은 싸늘했다. 모두 동희와 승오를 짐승처럼 바라봤다. 그때 동희가 말했다.

"내가 잘못했다. 다시 하자."

"형! 왜 그래?"

"약속을 지키지 않은 것은 내 잘못이다. 인정할 것은 인정해야지. 사나이 대 사나이로."

"어서 문이나 열어주세요."

동희는 난감했다. 어색한 침묵이 흘렀다. 동희가 목소리를 낮추어 말했다.

"너도 간절하지는 않구나?"

갑자기 실내가 조용해졌다. 박경태는 숨소리도 내지 않았다. 그리고 어금니를 꽉 깨물었다. 박경태는 돌아서서 신경질이 난 듯 동희를 노려보며 말했다.

"다시는 엿듣지 않겠다고 약속하실 수 있습니까?"

"물론."

"형, 도대체 왜 그래?"

"믿어도 됩니까?

"사나이 대 사나이로!"

"그럼 조건이 하나 더 있습니다."

"조건?"

"네!"

"말해 봐!"

"퀀텀 박사가 모선을 운영하는 시스템이 있다는데, 사용할 수 있게 해주십시오."

박경태의 눈에도 동희의 눈에도 섬광이 나가는 것 같았다.

"좋아! 너를 가이아의 네 번째 명령권자로 만들어 주지."

동희의 대답에 승오는 펄쩍 뛰었다.

"미쳤어, 형?"

"가이아? 네 번째 명령권자?"

"대신 나도 조건이 있다."

"말씀하세요."

"지금부터 휴머노이드가 만들어질 때까지 모두 이 방에서 나가지 못한다."

"좋습니다."

"제작하는 휴머노이드가 공격성을 가질 거란 예측이 되면 즉시 중단한다. 이는 내가 두 번째 명령권자로서 가이아에게 미리 입력해 놓겠다."

"그런 저급 로봇을 만들려고 했으면 시작도 하지 않았습니다. 어느 인간보다 섬세하고 정교하며 평화를 사랑하는 휴머노이드를 만들 겁니다. 대신 휴머노이드가 완성되기 전까지 일체 관여를 하지 마십시오."

모선 사령관실

"벌써 두 시간째야. 무슨 작당을 하는지…… 녹음이라도 해 놓는 게 좋지 않을까?"

"아니. 약속을 지킬 거야."

잠시 후 모선 사령관실로 박경태가 연락했다.

"오늘부터 당장 시작합니다. 부품을 구해주세요."

"퀀텀과 과학자들은?"

"모두 동의했습니다."

동희는 눈앞의 현실을 믿을 수 없었다.

그날부터 박경태는 퀀텀과 과학자들 30명과 함께 휴머노이드 제작에 대한 기술적 논의를 했다. 밤낮을 가리지 않는 토론은 며칠이고 계속 이어졌다. 토론의 주도권은 어린 박경태가 쥐고 있었다.

동희에게는 지구 곳곳에 산적해 있는 수많은 문제들이 기다리고 있었다. 이해와 이해가 얽힌 복잡한 실타래들이 그의 판결을 기다리고 있었다. 하지만 동희는 아무런 준비가 되어 있지 않았다. 세계를 어떻게 이끌어갈지, 어떤 가치에 얼마나 큰 비중을 둘지 생각해 본 적이 없었다.

차동희의 초기 통치는 한국 정부가 주도했으며, 그 중심에는 최만호 대통령이 있었다. 최만호 대통령은 한국의 부국강병에 철저히 초점을 맞추었다. 동희가 한국 출신이기 때문에 당연히 자국의 이익이 가장 우선해야 한다는 입장이었다. 모선의 공격으로 전체 인구의 20%를 하루아침에 잃어버렸으며, 1년간의 미국과 연합국의 식민 통치로 인해서 국운이 기울어질 대로 기울어져 있었다.

최만호 대통령은 적극적인 이민정책을 펴서 한 해 동안만 약 400만 명의 이민을 받아들였다. 또 식량, 자원, 에너지, 기술의 이권에 적극적으로 관여했다. 마치 맺혔던 응어리를 다 풀어 버리기로 작정한 사람 같았다. 다소 무리한 행보였지만 최만호 대통령과 한국의 등 뒤에는 모선이 있었으며, 그것은 이해 당사자의 양보를 구하는 데 부족함이 없었다. 1년 만에 한국은 명실상부한 세계 최강대국 반열에 올랐다.

그러나 최만호 대통령의 욕심에 그것은 시작에 불과했다. 자신의 눈앞에서 자국민 천이백만 명이 시체로 변하는 장면을 직접 목격하고 울며불며 용서를 구했던 대통령의 모습은 찾아볼 수 없었다. 최만호 대통령은 모선이 없어도 모든 분야에서 전 세계와 싸워서 이기는 한국을 꿈꿨다. 그런 최만호 대통령은 마침내 차동희와 마찰을 빚기 시작했다. 그 계기는 과도한 고급 인력의 반강제적 이민과 무리한 영토 확장이었다.

최만호 대통령의 시야는 한국에 머물러 있었지만, 동희의 시선은 전 세계의 통치로 확장되어 있었다. 그 차이였다. 동희가 정치를 한국 정부에만 의존해서는 안 되겠다고 판단한 것도 최만호 대통령과의 대립각을 키우기 시작하면서였다.

모선을 장악한 자는 좋든 싫든 그 힘으로 인해 세계의 재판장 역할을 맡아야 했다. 그것은 선택이 아니라 필수였다. 준비되지 않았던 동희를 대신해서 한국 정부가 그 역할을 수행했지만 한국 정부와 결별하려면 동희가 대안을 마련해야 했다. 그리고 그것은 어느 몇몇 국가나, 소수 집단, 또는 특정인의 이익을 대변하는 수준을 넘어서야 했다. 그리고 아무도 그것을 대신해 줄 수 없었다. 오로지 모선을 장악하고 있는 단 한 사람이 결정해야 할 일이었다.

동희는 세계에 내로라하는 각 분야의 석학들을 모선에 초대하기 시작했다. 그리고 그들과 대화를 통해서 동희는 세계를 어떻게 이끌어갈지 윤곽을 잡아갔다. 한 명의 손님을 초대해서 짧게는 몇 시간, 길게는 며칠 동안 밤낮으로 경청하고 토론했다. 간혹 여러 명을 함께 초대하기도 했는데 법률, 과학, 식량, 보건, 인구 문제, 부의 분배, 교육, 환경, 분쟁 조정, 에너지 등 사회 거의 모든 분야를 포괄하고 있었으며, 국적도 인종도 상관하지 않았다. 좋든 싫든 동희가 그 자리를 차지하고 있었고, 그 자리는 또 동희를 그 자리에 걸맞은 사람으로 만들고 있었다.

그것 외에 동희가 관심을 가진 유일한 것은 케사르와의 속도 경쟁이었다. 모두의 반대에도 동희는 대범하게도 케사르를 모선으로 데리고 와서 그의 몸을 측정하고 갑옷을 새로 제작했다. 그것도 저항 장치를 모두 제거한 갑옷이었다. 최소한의 안전장치는 해 두었다. 예를 들면 위치 추적기, 산소 발생기의 시간 제한 및 산소 차단 장치 등이 그것이었다. 케사르는 갑옷을 입고 모선 밖으로 나가서 지구를 돌며 비행을 했다. 케사르는 알고 있었다. 통제에 따르지 않거나 동희보다 더 빠른 속도를 낼 수 없다면 그것이 마지막 비행이 될 것이라는 사실을. 다행히 케사르는 그 두 가지 요건을 모두 충족시켰다.

케사르는 보브투니에게 그랬듯이 동희의 통제에 따랐을 뿐 아니라 새로운 갑옷을 입은 첫 비행에서 광속의 18%까지 속도를 냈다. 이전까지 동희의 기록은 광속의 14%였다. 동희는 케사르가 속도를 내는 동안 텔레파시로 그의 정신 상태를 공감했다. 일종의 학습이었다. 그럼에도 불구하고 동희는 케사르의 속도에 미치지 못했다. 케사르에게는 그 후로 몇 달에 한 번씩 비행 기회가 주어졌으며, 일 년 후에는 광속의 27%에 다다랐다. 케사르의 비행시간은 매우 짧았다. 갑옷은 모선에 보관되고 케사르는 지상에 감금되었다. 그러나 그에 대한 처우는 몰라보게 좋아졌다. 동희는 광속의 15%까지 올라갔다.

그렇게 일 년 반의 시간이 흘렀다. 그날도 동희는 자문을 위해서 유명한 원로 에너지 관련 과학자 겸 철학자 스미토모 박사와 미래학자 이고르 박사를 초대해서 대화를 나누고 있었다. 셋은 통역용 헤드셋을 쓰고 있었다.

스미토모: 지금까지 인류는 에너지 확보를 위해서 많은 힘을 소모했습니다. 신물질은 에너지의 속박으로부터 인류를 해방시켜줄 수 있습니다. 무한한 에너지의 장이 열렸고 기술도 충분합니다. 이 말은 인간이 노동으로부터 해방될 수 있다는 말입니다. 생산은 자동화로 이루어지고 많은 노동은 기계들이 대신해 줄 수 있습니다.

동희: 더 많은 자유를 통해서 인간이 나아갈 방향은 어떤 것입니까?

스미토모: 인류는 지금까지 이런 자유를 상상해 본 적이 없습니다.

무한의 자유가 주어졌을 때 인간은 무엇을 할 것인가? 이것을 예측하는 것은 어려운 문제입니다. 인간은 불확실한 존재이고, 어디로 나아갈지 예측하기 힘듭니다. 다만 모선에서 큰 줄기를 잡아줄 수는 있겠지요.

동희: 박사님께서는 신물질이 벌써 모두 적용된 것처럼 말씀하시는데 현실적으로 그것을 적용시키는 것이 그렇게 간단한 문제는 아닙니다.

스미토모: 시간이 걸리겠죠. 그리고 인내와 노력도 필요할 겁니다. 하지만 종국에는 모두 적용될 것입니다.

동희: 좀 더 긴 시선으로 바라봐야 됩니다.

스미토모: 제가 말씀 드리는 내용은 안타깝지만 어차피 우리 세대에서 이루어질 수 있는 것들이 아닙니다. 다음 세대에서 서서히 이루어지겠지요. 서서히……

동희: 네.

동희는 다음 세대라는 말에 마음이 다소 무거웠다. 대부분의 석학들이 가지고 있는 공통적인 점은 매우 통시적인 시각을 가졌다는 것이었다. 긴 시간을 관조적으로 꿰뚫어 보는 습성과 폭넓은 시각은 동희를 압박했다. 동희는 자신 이후의 모선에 대한 준비나 계획이 없었다. 자신 이후의 모선이나 세계에 대한 준비가 없다는 사실은 항상 그의 마음을 무겁게 했다. 동희가 미래를 준비하지 않는다고 해서 시간이 멈추어 주는 배려를 할 턱이 없었다.

스미토모: 상상해 보세요. 얼마나 즐거운 일입니까? 우리는 에너지를 얻기 위해서 과거처럼 수고를 하지 않아도 됩니다. 많은 대가를 치르지 않아도 됩니다. 오히려 제약은 자원 쪽에 있을 겁니다. 그래서 행성 탐사가 필요합니다. 파이를 더 키우기 위해서는 말이죠.

이고르: 하지만 서두에 스미토모 박사께서 잠깐 언급하신 것처럼 근본적인 것은 외적 성장이 아니라 인간의 마음에서부터 출발해야 합니

다. 인간이 진정 무엇을 원하는가? 더 엄밀히 말하면 인간의 욕망이 추구하는 방향이나 도덕성의 면밀한 분해와 분석이 필요합니다. 물리적인 자유가 주어졌다 해도 어차피 인간의 욕망을 모두 충족시키지는 못합니다. 그것은 절반의 채움입니다. 단적으로 에너지, 물질, 시간의 자유도가 커질수록 사람들은 인간관계에 대한 욕망이 더 커질 겁니다.

동희: 무슨 말씀이신지?

이고르: 인간의 마음을 사고 싶은 욕망이죠. 이것은 더 큰 무질서를 야기할 수 있습니다. 적절한 통제가 되지 않으면 다른 것들은 모두 무용지물이 될 수도 있습니다. 욕망을 충족시키기 위해서는 기존 제도나 상식이 큰 장애로 느껴질 수 있습니다. 더 많은 에너지와 물질이 초래할 수 있는 부작용이죠.

스미토모: 그 말도 일리는 있습니다. 인간의 욕망은 끝이 없으니까……

이고르: 그래서 물질, 기술 발전에는 반드시 거기에 걸맞은 인성과 영혼의 성장이 함께 이루어져야 합니다. 그리고 모든 인류를 일정 수준 이상으로 이끄는 것은 간단한 문제가 아닙니다.

스미토모: 사회과학이 중요하다는 말씀이신지요?

이고르: 사회과학으로 단정하기에는 문제가 더 복잡하고 심오합니다.

그때 말소리가 들렸다. 묘오였다.

"동희 님!"

"어."

"자정입니다."

"시간이 벌써 이렇게 되었군요. 못다 한 이야기는 다음에 하시죠. 오늘 유익한 시간이었습니다."

"네. 언제든지……."

동희는 스미토모 박사와 이고르 박사를 배웅했다. 돌아오는 길에 묘오가 동희에게 물었다.

"오늘 무슨 날인지 아세요?"

"오늘? 글쎄?"

"이러실 줄 알았습니다."

"무슨 날이지? 뭐 중요한 거라도 있나?"

"차동희 님 생신입니다."

동희는 피식 웃었다.

"난 또! 뭐 중요한 거라도 있는 줄 알았잖아."

"중요하죠. 일 년에 한 번 있는 기념일인데."

"난 신경 안 써."

"내일은 좀 다를 것 같아요."

"왜?"

"박경태가 휴머노이드를 완성했는데 내일 생신 선물로 전달한답니다."

"그래?"

동희는 조금 의외라는 생각에 손가락을 꼽았다. 그러고 보니 일년 6개월이 지났다. 가이아의 이상 징후 통보가 없어서 까맣게 잊고 있었다.

"여자래요."

"봤어?"

"아무도 못 봤어요. 비밀이래요."

"그래? 그놈 워낙 괴짜라서……."

아침

사령부실 공간을 넓혔음에도 불구하고 그리 넓어 보이지 않았다. 가운데는 동희의 생일을 기념하는 음식이 준비되어 있었다. 차동희가 가운데 자리에 앉았고 승오가 옆자리에, 주위로 선원들 수십 명이 참석했다. 간단한 생일 행사가 있었고 선물 증정식이 이어졌다. 선원들은 개인적으로 준비한 생일 선물을 전달했다. 모두 아기자기하고 작은 선물들이었다.

그리고 박경태가 모습을 나타냈다. 격려차 방문한 것이 언제였는지 기억에 가물거렸다. 박경태는 수염을 덥수룩하게 길렀다. 뒤이어 퀀텀과 과학자들 30명도 모습을 드러냈다. 모두들 잔뜩 긴장한 모습이었다. 동희는 담담했다. 실제로 과학자들 30명의 관심을 돌려보려 했던 의도였던 만큼 어떤 휴머노이드를 만들어 낼지에 관해서는 그다지 관심이 없었다. 그런데 뜻하지 않게 그들은 일 년 반 만에 휴머노이드를 만들었고 또 그것을 생일에 맞추어서 선물로 준다고 하니 기분이 그렇게 나쁘지는 않았다.

박경태가 앞으로 걸어 나왔다. 일 년 반이었지만 처음 봤을 때의 앳됨은 찾아볼 수 없었다.

"선배의 생일을 축하드리면서 저와 퀀텀 박사님 그리고 30분의 박사님들과 가이아가 드리는 선물입니다. 평생 이런 선물은 처음 받아보셨으리라 감히 장담합니다."

박경태는 알 듯 모를 듯 웃음을 띠었다. 실내에는 사뭇 긴장감이 돌았다. 문이 열리고 사람 크기만 한 상자가 나타났다. 동희도, 승오도, 묘오도, 선원들도 상자를 주시했다. 상자는 사령실 바닥보다 두 계단 위에 있었다.

"심혈을 기울여 만든 휴머노이드 '에바'를 소개합니다."

박경태는 별다른 설명도 없이 무심하게 버튼을 꾹 눌러버렸다. 상자 문이 열렸다. 그리고 모습을 드러낸 휴머노이드. 동희는 휴머노이드를 보고 심장이 멎는 것 같았다.

그것은 레이였다. 영락없는 레이의 환생이었다. 옷은 물론이고 눈빛이며, 인상이며, 어느 하나 의심할 수 없었다. 승오는 놀라서 자리에서 벌떡 일어났다. 묘오는 뛰는 가슴을 억누르려 두 손을 가슴에 가져갔다. 선원들은 할 말을 잃어버렸다. 과학자들과 퀀텀, 그리고 박경태는 동희의 행동을 예의 주시했다. 침묵만이 공간을 무겁게 점령하고 있었다. 어느 누구도 말을 하지 못했다.

동희의 얼굴이 가늘게 떨렸다. 눈빛은 분노로 채워지고 있었다. 동희가 갑자기 자리를 박차고 달려나갔다. 동희는 곧장 박경태를 향해서 달려갔다. 그리고 주먹을 날렸다.

"이 새X, 너, 뭐야?"

박경태는 뒤로 벌러덩 나가 떨어졌다. 동희는 쓰러져 누운 박경태 위에 올라탔다. 그리고 연신 주먹을 날렸다.

"이 미친 새끼. 이 미친 새끼. 너 뭐야. 너, 도대체 뭐야. 미친놈. 미친놈."

동희의 눈은 이성을 잃어버렸다. 뼈와 뼈가 맞부딪히는 소리가 이어졌다. 피가 튀었다. 민성기 박사가 달려와서 동희의 팔을 잡았다.

"이러다 죽이겠습니다."

동희는 민성기 박사의 저지를 뿌리치고 박경태의 얼굴에 주먹을 내리꽂았다. 박경태의 얼굴은 알아보기 힘들 정도로 일그러졌다. 얼굴이 온통 피범벅이었다. 앨런 박사가 동희의 상체를 껴안았다. 승오가 달려왔다.

"뭣들 하는 겁니까?"

승오는 민성기 박사와 앨런 박사를 밀쳐서 동희에게 떨어뜨렸다. 동희는 때리다 지쳐 숨을 몰아 쉬었다. 박경태를 죽일 듯이 내려 보았다. 박경태의 왼쪽 눈은 주먹만큼 부어서 시야가 확보되지 않았다. 눈두덩은 찢어져서 피가 꾸역꾸역 솟아났다. 입술도 터졌고 이도 부러졌다. 검붉은 피멍 자국에 성한 곳이 없었다. 동희의 주먹도 부어 있었다. 그러나 믿기 힘들게 그 순간 박경태는 웃고 있었다. 그 처절한 몰골에도 불구하고 웃는 모습이 확연히 보였다. 동희의 눈에 박경태는 사람처럼 여겨지지 않았다.

"뭐야? 이 미친놈. 뭐야? 이래도 웃어?"

박경태는 나지막이 속삭였다.

"죽여!"

"뭐?"

"나를 죽이라고."

"……미쳤군!"

"흐, 흐, 흐, 흐."

동희는 박경태의 얼굴 위로 주먹을 날렸다. 둔탁한 소리가 퍼졌다.

"킥, 킥, 킥, 킥."

박경태의 웃음소리가 더 커졌다. 박경태는 마치 고통을 즐기는 듯했다.

"넌 미친놈이야!"

동희는 단정하고 어깨에 힘을 뺐다.

"선배가 흥분했다는 것은 휴머노이드의 완성도가 높다는 반증이죠."

"뭐라고?"

"며칠 전부터 꿈꿔왔어요. 선배가 휴머노이드를 보고 나를 죽이는 꿈을. 그래야 해요. 그것이 내 수고에 대한 최고의 보답이에요. 완성인 거죠. 나의 완성. 키- 키- 킥."

동희는 박경태를 상대하고 싶은 마음이 사라져 버렸다. 동희는 박경태에게서 내려와 바닥에 주저 앉았다. 박경태가 비아냥거렸다.

"끝까지 가요. 끝까지."

일 년 6개월 전, 과학자 응접실

동희는 승오를 데리고 나갔다. 박경태 앞에는 무슨 일인가 궁금해하는 과학자 30명과 퀀텀이 서 있었다. 박경태의 도발적인 제안으로 인해서 동희와 승오가 약속을 어기고 응접실로 들어왔었다. 그리고 그것이 박경태의 시험임을 알고 둘은 물러났다. 그리고 이어진 박경태는 첫마디 역시 의외였다.

"방금 돌아간 저 차동희를 파멸시키고 싶지 않으십니까?"

과학자들은 귀를 의심했다.

"그 길로 인도해 줄 수 있는 사람은 저뿐입니다."

"저들이 엿듣고 있을지 모릅니다."

"엿듣고 있다면 또 찾아오겠지요. 그럼 그것으로 모든 약속은 끝입니다. 우리들의 인연도 끝입니다."

잠깐 동안 정적이 흘렀다. 듣고 있던 보보 박사가 속삭이듯 말했다.

"안 오는 것을 보니 엿듣고 있지는 않는 것 같군."

민성기 박사가 박경태에게 물었다.

"자네는 왜 차동희를 파멸시키고 싶어하고 어떻게 그렇게 할지 이야기해 보게."

"저는 레이를 만들 겁니다."

과학자들이 놀랐다.

"죽은 레이 말인가?"

"네."

"우선 레이 양의 모든 자료를 다 수집해 주세요. 유전자 정보, 사진 자료, 영상 자료, 남겼던 글, 주위의 이야기, 체중, 신장, 체지방, 습관, 버릇, 성격, 레이에 관한 것이라면 뭐든지…… 레이와 티끌만큼이라도 관련된 거라면 하나도 빠짐없이 전부!"

퀀텀, 박경태 그리고 가이아

"가이아! 휴머노이드의 도약을 위해서는 너의 시스템에 자유로운 영혼을 불어 넣는 작업이 필요해. 명령 없이 움직일 수 있는 시스템!"

"공격성은 배제되어야 합니다."

"물론이지! 그런 것 필요 없어."

퀀텀이 박경태에게 물었다.

"자유의지를 어떻게 프로그램 한단 말이야?"

"그게 퀀텀 박사와 가이아가 해 줄 일입니다."

"내가 벽을 보고 이야기하는 게 낫지."

동희의 생일, 사령관실

승오의 부축으로 동희는 겨우 일어섰다. 민성기 박사와 앨런 박사가 박경태를 살폈다. 얼굴이 엉망이었다. 동희의 시야에 휴머노이드가 들어왔다. 레이와 똑같은 얼굴을 한 휴머노이드는 그 광경을 지켜보고는 두려워하고 있었다.

동희는 승오의 부축을 뿌리치고 휴머노이드 앞으로 뚜벅 뚜벅 걸어 갔다. 그리고 휴머노이드의 얼굴을 응시했다. 금발 머리, 촉촉한 눈빛, 선한 눈매, 오똑한 콧날, 얇은 입술, 피부 톤이며 땀구멍까지 그대로 레이였다. 살아서 환생한 것 같았다. 즐겨 입던 흰색 스웨터와 청바지, 굽 없는 운동화도 그대로였다. 너무 똑같아서, 너무 똑같아서 동희는 눈물이 났다. 그리고 어쩔 수 없이 떠오르는 잔인했던 날의 기억. 굵은 눈물 방울이 뺨을 타고 흘러내렸다. 그때 레이가 천천히 손들 들어 동희의 뺨에 흐르는 눈물을 닦아 주었다.

"왜 울어?"

레이의 목소리와 똑같았다. 분위기는 경직되었고 모두 동희를 지켜보았다. 동희는 중얼거렸다.

"어떻게 이런 짓을. 어떻게……"

누워 있던 박경태가 동희를 향해 말했다.

"선배. 한 대만 더 때려주면 죽을 것 같아. 한 대만. 그걸로 내 인생은 완성되는 거야. 결정해!"

"……"

곁에 있던 승오가 윽박질렀다.

"이 자식이 주둥아리 또 놀리면 정말 죽어버린다."

"안 되지. 너한테 맞아서 죽으면 안 되지. 선배! 선택해. 휴머노이드인지 사랑인지. 나를 죽이면 휴머노이드가 완성되는 것이고 나를 살려두면 사랑이 완성되는 거야. 선배는 어느 쪽이야?"

동희는 뒤돌아섰다. 모든 사람들이 그를 주시하고 있었다. 동희는 엄중하게 말했다. 그것은 명령이었다.

"레이는 둘일 수 없어! 당신네들. 지금 당장 이걸 해체하십시오!"

얼음장처럼 차고 냉정한 동희의 목소리로 사령실 분위기는 순식간에 급랭했다. 아무도 대답하지 않았다.

"해체를 거부한다면 제가 부수죠. 가루로 만들어 버리죠."

그때 나코바 박사가 나섰다.

"저희들은 기뻐할 줄 알고 만들었습니다."

동희는 고함쳤다.

"거짓말하지 마세요."

"거기 서 있는 에바는 단순한 로봇이 아니라 독립된 인격체입니다."

동희는 거의 울부짖었다.

"독립된? 뭐가 독립입니까? 뭐가? 레이가 어떻게 죽었는지 알면서…… 알면서…… 어떻게 이렇게……"

동희는 다리에 힘이 풀려 바닥에 털썩 무릎을 꿇었다. 그리고 이내 목소리를 가다듬어 외쳤다.

"당장 분해해 버릴 거야. 이 껍데기. 이건 장난감에 불과해. 이건……"

동희는 일어섰다. 그리고 에바의 머리채를 잡았다. 레이의 머리채를 잡은 듯 섬뜩함이 팔을 타고 늑골까지 느껴졌다. 그러나 동희는 되뇌었다.

"장난감이야. 장난감이야. 장난감이야……"

동희는 단상에서 에바를 끌어내렸다. 에바는 뒤뚱거리며 끌려갔다. 그때 죽은 듯 쓰러져 있던 박경태가 언제 일어났는지 동희를 향해 돌격해왔다. 마치 동희를 죽일 듯 달려왔다. 그러나 박경태는 동희의 털 끝 하나 건드리지 못했다. 승오가 날아가서 박경태를 안고 쓰러졌다. 그리고 그를 제압했다. 박경태는 소리쳤다.

"안 돼! 안 돼! 안 돼! 그건 안 돼! 그건 살인이야!"

박경태는 목이 터져라 애원했다. 하지만 동희는 에바의 머리채를 잡고 출입구 쪽으로 갔다. 비밀의 방으로 데려가려는 작정이었다. 비밀의 방에서 판을 이용해서 가루로 만들어 버릴 생각이었다. 박경태의 긴박한 절규는 듣는 이의 마음을 불편하게 했다. 나코바 박사가 동희 앞을 막아섰다.

"제발 파괴하지 마십시오. 저희들 잘못입니다."

"비키세요."

"제발 진정하시고……."

"비키라니까요."

나코바 박사는 무릎을 꿇었다.

"제발. 이렇게 부탁드립니다."

과학자 30명이 약속이라도 한 듯 일제히 동희 앞으로 몰려가서 무릎을 꿇었다.

"쓸데없는 짓 마세요."

동희는 무릎을 꿇고 있는 과학자들 틈 사이로 지나갔다. 에바의 머리채를 잡고. 에바는 고개를 숙인 채 끌려 가고 있었다. 동희는 출입문 앞에 다다랐다.

"가이아! 문 열어!"

그때 에바가 갑자기 바닥에 무릎을 꿇었다. 그리고 고개를 숙이고 두 손을 합장한 채로 애원했다.

"잘못했습니다. 살려주세요."

레이의 목소리였다. 동희는 온몸에 마비가 오는 듯 경직됐다. 전혀 예상치 못한 말과 행동이었으며 레이의 목소리여서 더욱 소름이 돋았다. 동희는 잡고 있던 머리채를 뒤로 젖혔다. 레이의 얼굴에는 눈물이 범벅이었다. 동희는 오금이 저렸다. 너무나 애처로운 레이의 모습. 동희는 공포심과 동정심의 모호한 경계에 서 있었다. 민성기 박사가 나섰다.

"레이의 모습으로 만든 것은 저희들의 부주의였습니다. 에바에게는 레이의 기억도 없고 자신이 레이라는 자각도 없습니다. 성격이나 행동 양태가 같을 뿐입니다. 또 에바는 자유의지를 가진 생명체이며, 휴머노이드 기술의 도약 그 자체입니다. 저희들이 한 달 안에 레이가 아닌 다른 모습으로 바꾸겠습니다. 그러면 모든 문제는 해결됩니다."

동희는 출입문이 열리지 않은 사실에 놀랐다. 동희는 의도적으로 에바의 머리채를 재차 움켜잡았다. 가이아의 가동률이 높아졌다. 동희는 감각이 예민해졌으며, 가이아의 이상이 휴머노이드와 관련이 있다고 느꼈다. 동희는 머리채를 놓았다. 가이아의 가동률이 낮아졌다. 동희는 명령했다. 똑같은 명령을 반복한 것은 처음 있는 일이었다.

"가이아! 문 열어!"

그제서야 출입문이 열렸다.

"약속대로 한 달을 주겠어."

박경태가 외쳤다.

"안 돼. 바꿀 수 없어."

승오가 박경태의 얼굴에 주먹을 날렸다. 박경태는 한 방으로 실신해 버렸다.

"저 미친놈은 감금해."

동희는 자리에서 떠났다. 과학자와 퀀텀은 에바를 데리고 연구실로 향했다.

비밀의 방으로 돌아온 동희는 급히 의자에 앉았다.

"수동 전환."

동희는 모선을 살폈다. 이상은 없었다. 만약 가이아가 이상이 생길 경우 가이아를 조정할 수 있는 유일한 길은 모선을 수동 전환해서 장악하고 있는 것이 유일한 방법이었다. 동희는 불안했다. 친구처럼 지내긴 했지만 가이아가 동희의 의지에 반하는 행동을 표출한 것은 처음이었다. 동희는 가이아를 살폈다.

"가이아! 자체 시스템 점검."

"시스템 점검. 이상 없습니다."

"괜찮은 거야?"

"네. 이상 없습니다."

가이아의 문제는 동희에게 치명적일 수밖에 없었다. 동희는 겁이 났다. 가이아에게 문제가 생긴다면 손쓸 수 있는 뾰족한 방법이 없었다. 가이아의 두뇌는 인간의 뇌처럼 폐쇄 구조여서 열어볼 수도 없었다. 동희는 애써 침착하려 노력했지만 마음처럼 잘 되지 않았다. 동희는 가볍게 가이아에게 명령을 내렸다. 평소와 다르게 조심스럽고 정중한 어투였다.

"가이아!"

"네!"

"조금 전에 말이야."

"……"

"휴머노이드를 끌고 갔을 때……"

"……"

"너 지금 내 말 듣고 있는 거야?"

"네. 듣고 있습니다."

"그때 내가 문을 열라고 했었잖아."

"……"

"너 지금 듣고 있어?"

"네. 듣고 있습니다. 말씀하십시오."

"그때 내가 문을 열라고 했는데 왜 열지 않았지?"

잠시 정적이 흘렀다. 초가 조금 넘는 시간이었지만 동희에게는 한나절이 지나간 것 같았다.

"미래를 예측하여 명령권자에게 심각한 위해를 가할 가능성이 있다고 판단할 경우 일시적으로 이행하지 않을 수도 있습니다. 다만 반복된 명령일 경우에는 따르도록 되어 있습니다. 이 조항은 첫 번째 명령권자만이 바꿀 수 있습니다."

"……."

"설명이 불충분합니까?"

"아니. 지금까지 한 번도 들어보지 못한 추가 조항이라서."

"지금까지 해당 추가 조항에 대해서 설명드릴 기회가 없었습니다."

"이전까지는 내가 하는 명령이 옳았다는 말인가?"

"명령권자의 위험이 예측된 사항이 없었습니다."

동희는 그제서야 안심이 되었다. 그러나 질문을 멈추지 않았다. 확실히 해 두고 싶었다.

"휴머노이드를 파괴하는 것이 나에게 어떤 위해가 된다고 판단한 거지?"

"과학자들의 집단 반발을 살 수 있습니다. 갑옷도 입고 있지 않았습니다."

걱정했던 만큼 가이아가 위험하거나 이상이 있는 것 같지는 않았지만 휴머노이드의 파손이 왜 그렇게 위험한 것인지 완전히 이해할 수는 없었다. 그렇게 많은 신물질 판들이 널려 있었는데…… 동희는 한 사람이 떠올랐다. 퀀텀!

잠시 후

퀀텀이 비밀의 방에 들어왔다. 그러지 않을 때도 됐지만 퀀텀은 비밀의 방에 들어오자마자 어김없이 무릎을 꿇고 이마를 바닥에 붙였다.

"부르셨습니까?"

"휴머노이드의 두뇌는 네가 맡았지?"

"저와 박경태 그리고 가이아가 함께 했습니다."

박경태가 뭘 알 리가 없고, 가이아는 박경태의 명령에 따라서만 일했을 테고 이상이 있었으면 나에게 보고했을 텐데 그러지도 않았어. 휴머노이드의 두뇌 대부분은 네가 만들었다는 게 내 추측인데……."

"아닙니다. 인공두뇌 대부분은 가이아의 작품입니다. 그리고 박경태의 초기 아이디어도 무시하지 못합니다. 인공두뇌 제작과 초기 주입식 교육은 나코바 박사와 팀원들이 맡았습니다."

"그럼 너는 뭘 했지?"

"저는 안정성 관련해서 조언해 주는 것이 전부였습니다."

"안정성이라?"

"시간이 얼마 지나지 않아서 그렇지 충분한 시간과 교육이 뒷받침되면 인류 최초의 자유의지를 가진 인공두뇌가 될 겁니다."

"자유의지?"

동희는 한심하다는 듯 웃었다.

"이봐. 퀀텀! 가이아 스스로도 가지지 못한 자유의지를 그 피조물에게서 바란단 말이야?"

"바로 그 점입니다."

"바로 그 점이라니?"

"에바의 인공지능은 아리나 가이아와는 시작부터가 다릅니다."

"어떻게?"

"아리도 그랬지만 가이아 역시 김승민이라는 인간의 피조물입니다. 하지만 에바는 가이아의 피조물입니다."

"그렇기 때문에 에바는 가이아를 능가할 수 없어."

"우열이 아니라 태생이 문제입니다. 가이아는 인간을 모체로 사용했지만 에바는 신물질 공간 속에 가이아가 두뇌를 인공으로 생성시켰습니다."

"그럼 에바의 두뇌는 가이아의 두뇌를 모방했다는 말이야?"

"그럴 수 있습니다."

"그럼 자유의지는?"

"그것도 명령에 의해서 이루어졌습니다."

"명령? 그것을 가이아가 군말 없이 이행했단 말이야?"

"자유의지를 이해하는 데 수십 일이 걸렸습니다."

"됐어. 그만! 알 것 같아. 박경태가 억지로 입력했군!"

"가이아에게 무슨 문제라도 있습니까?"

"아니! 그런 것 없어."

동희는 여러 가지 생각이 났다. '인공지능을 만드는 과정에서 박경태의 억지스런 명령으로 인해 가이아에게 무리가 간 것은 아닐까' '가이아가 휴머노이드 두뇌를 만들면서 이상이 생긴 것은 아닐까?' '퀀텀이 박경태를 통해서 가이아의 명령 체계를 바꾸어 놓은 것은 아닐까?' 하지만 모두 증명할 수 없는 가설들뿐이었다.

동희는 휴머노이드의 위험성에 치중한 나머지 박경태와 과학자들, 그리고 퀀텀을 경계하는 내용만 가이아에게 인지시켰을 뿐 가이아가 위험에 빠질 가능성에 대비한 선명령을 소홀히 했다는 때 늦은 후회를 했다. '에바를 파괴하려는 시도를 할 때 가이아의 반응이 가이아 스스로에게 파괴를 명령할 때 반응과 유사하다면…… 스스로를 보호하려는 본능이었다면……'

"됐으니 나가 봐."

퀀텀은 자리에서 일어서지 않았다.

"에바를 앞으로 어떻게 하실 겁니까?"

"위험성은 없는 게 확실한 거야?"

"네. 학습 능력 제한을 위해서 기계적인 지식 검색이나 데이터 전송도 안 됩니다. 인간처럼 손이나 목소리로 입력하고, 눈과 귀 등 간접적으로 시스템 자료를 접할 수 있습니다. 기억 방식도 인간과 유사합니다. 데이터를 통째로 기억하지 못합니다. 게다가 지능지수도 99로 설정되었습니다."

"인간보다 못하군."

"네?"

"너는 인간이지만 두뇌가 데이터 베이스와 직접 연결되잖아."

"아! 네."

"그 따위 저능 로봇은 적당한 곳에 배치시켜서 허드렛일이나 시키는 게 제격이지."

"네. 그럼 변형시켜서 과학자 숙소를 정리하는 선원으로 사용하겠습니다."

"한 번만 더 문제를 일으켰다간 당장 해체할 거다."

"네. 그런 일이 없도록 하겠습니다."

"박경태는 지금 뭐 하고 있나?"

"회복실에 있습니다."

"아직도 링거에 의존하고 있어?"

"네."

그날 이후 며칠 동안 동희는 생생히 살아난 레이의 추억에 신음했다. 레이의 마지막 처형 모습이 꿈에 나타나 동희를 괴롭혔다. 레이를 향한 그리움과 미안함. 자신으로 인해서 겪었을 고통에 대해서 조금이나마 보답해주고 싶었지만, 레이는 그럴 기회를 털끝만큼도 주지 않고 떠났다. 어쩌면 평생 가슴에 쌓아두고 살라는 벌인 것 같았다. 그게 벌이라면 동희는 평생 동안 달게 받을 각오가 되어 있었다.

휴머노이드 사건으로 마음이 심란해진 동희는 혼자 법성 스님을 찾아갔다.

주지실 방 안

"마중을 나가지 못해서 죄송합니다."

"아닙니다. 몸은 좀 나아지셨습니까? 걱정입니다."

"늙어서 그런 것입니다. 자연스러운 현상입니다. 그나저나 얼굴은 이 늙은이보다 동희 님께서 더 여위셨습니다."

"네?"

"무슨 일이 있으셨습니까?"

"아닙니다. 그냥 스님 얼굴 뵙고 싶어서요."

법성은 차를 한 모금 마시더니 찻잔을 천천히 내려놓았다.

"……."

동희는 침을 삼키더니 쑥스러운 듯 말을 꺼냈다.

"법성 스님. 사실은 며칠 동안 레이 생각에……."

"떠난 사람인데 아직 보내지를 못하셨군요."

"네. 제가 죽는 날까지 제 마음속에서 떠나보내지 못할 것 같습니다."

"……."

"제가 감당해내야 할 무게입니다."

"마음이 마음대로 되지는 않습죠."

"무슨 말씀이신지요? 저는 애써 레이를 잊어버리겠다고 생각한 적이 한 번도 없습니다. 이렇게 살아 있는 동안 제 마음이 아픈 것이 더 편안합니다."

"그렇게 한다고 해도 달라질 것은 없습니다. 죽었던 사람이 다시 살아 돌아올 수는 없습니다."

"그래도, 아무런 의미도 없다손 치더라도, 저는 괴로움을 달게 받을 겁니다. 평생토록 말입니다."

"행동에 대해서는 장담할 수 있지만 아무도 마음을 장담할 수는 없습니다. 마음은 감정에 따라서 수시로 움직이는 것이니까요."

"……."

동희는 차를 한 모금 마셨다. 그리고 물끄러미 열린 창으로 밖을 응시했다. 산자락 위로 여름 하늘이 시원스럽게 열려 있었다.

"경치가 좋지요?"

"네. 좋습니다. 모선에 비하면 여기가 천국 같습니다."

창밖을 응시하던 동희는 뜬금없이 법성에게 물었다.

"스님! 사람은 죽으면 어디로 가나요?"

"그것을 제가 어떻게 알겠습니까?"

"스님이시라면 아실 것 같습니다."

"저도 모릅니다."

동희는 여전히 창밖을 내려다보고 있었다. 창으로 시원한 바람이 들어왔다.

"여행을 했을 때도 이렇게 바람이 많이 불었어요. 그때가 좋았었습니다."

"모선을 지키는 일이 고단하시겠죠."

동희의 눈에는 눈물이 아렸다. 그리고 담담하게 대답했다.

"네."

"그 자리에 영원히 있을 수는 없습니다."

동희는 창에서 시선을 거두고 법성을 바라보았다.

"후세에 맡겨야 되겠지요."

"물론 후세에 맡겨야 되겠지요. 그런데 그 방법이 문제입니다."

"문제 될 것 없습니다. 그 자리를 내놓겠다, 물려주겠다는 신념만 있다면 방법은 자연스럽게 따라옵니다. 그 의지가 얼마나 확고하느냐 그렇지 않으냐 차이죠."

동희는 고개를 끄덕였다.

동희는 헬멧을 들고 자리에서 일어섰다.

"저는 그만 가보겠습니다."

"조심해서 가십시오."

"자리를 내어주겠다 의지가 확고하면 기인을 만날 것입니다."

동희는 가다 말고 뒤돌아 서서 대답했다.

"네. 스님. 염두해 두겠습니다. 그런데 까마귀는 어디 갔습니까?"

"지붕 위에 있습니다. 이제는 그놈도 떠날 때가 되었지요."

모선에 도착한 동희는 비밀의 방 의자에 앉았다. 텅 빈 공간. 거기에는 신물질과 차동희뿐이었다. 동희는 마음을 차분히 가라앉혔다. 그리고 지난 일 년 반 동안 만나왔던 세계의 유명 석학들의 얼굴을 하나씩 떠올렸다. 백 명이 넘는 석학들의 얼굴. 동희는 만났던 석학들 중에서 자신에게 깊은 감명을 주었던 사람의 이름을 하나씩 적어 내려갔다. 썼다, 지웠다, 고민하다 또 쓰고 지우고……

동희는 다음날 아침이 되어서야 비로서 명단을 확정했다. 공교롭게도 모두 8명이었다. 동희는 그들에게 일일이 연락했다. 후계자 양성 학교는 그렇게 시작됐다.

-차동희 36세 8월-

석학들과 선원 식당에서 식사를 마친 동희는 사령부 회의실로 발걸음을 옮겼다. 식당과 사령부까지는 제법 넓은 로비가 있었다. 여러 개의 방과 통로가 교차하는 지점이기도 했다.

그날 바로 거기였다.

동희는 로비를 지나고 있었다. 맞은편에서 여자 선원 하나가 마주 오고 있었다. 처음 보는 얼굴이었다. 매력적인 외모에 동희는 눈길을 뗄 수가 없었다. 동희는 속으로 이번에 새로 들어온 선원인가 하고 생각했다. 동희가 그 여자 선원을 뚫어지라 쳐다보는 것과 반대로 그 여자 선원은 동희를 먼저 알아차리고는 고개를 숙여 동희와 눈을 마주치지 않았다. 부끄러운 듯 얼굴이 조금 상기된 채 걸음도 빨라졌다.

동희는 그녀의 표정에서 자신에 대한 동경이나 외경심을 느낄 수 있었다. 짧은 찰나였지만 동희는 그 순간만큼은 한 마리의 수놈이 되었다. 동희는 고개가 돌아갔다. 동희와 그녀가 마주보며 지나치기까지 불과 수 초에 불과했지만 그동안 동희의 마음은 왠지 가벼워지고, 생각은 아주 단순해졌으며, 달콤하고 행복한 감정에 빠졌다. 레이의 죽음 이후로는 스스로 심리적 거세를 했던 그가 처음으로 느꼈던 여자에 대한 호기심이었다. 그러나 그것으로 끝이었다. 동희는 고개를 돌려 시선을 거두고는 사령부 회의실로 갔다.

석사들도 식사를 끝내고 차를 들고 있었다. 동희는 밤이 깊은 줄 모르고 그들과 토론을 나누었다. 윤곽이 보이지 않았던 후계자 문제를 그들은 의외로 쉽고 빠르게 방향을 잡아가고 있었다. 동희는 마음 깊은 곳에서 무겁게 자신을 내리 누르고 있었던 앙금이 조금씩 걷혀 나가는 느낌이었다.

그날 이후로 동희에게 인정하고 싶지 않는 현상이 생겼다. 불과 수 초 동안 보았을 뿐이었는데, 동희는 빈 시간뿐 아니라 열띤 토론 중에도 가끔씩 그 여자 선원의 얼굴이 문득 문득 떠올랐다. 또 어떨 때는 애써 얼굴을 기억해 내려고 애쓰기도 했다. 그러나 그때는 의외로 기억이 나지 않았다. 기억 속에서 끄집어 내려고 안간힘을 쓰면 쓸수록 그녀의 얼굴은 더 안개 속으로 빠져 들었다. 특히 잠자기 전처럼 여유로울 때 얼굴을 떠올리려고 하면 유독 그녀의 얼굴은 기억나지 않았다. 그러나 또 의외의 시간에 그녀의 얼굴이 불쑥 떠오르기도 했다.

그러기를 며칠째 처음에는 장난처럼 시작된 호기심이 점점 더 심해져서 어느덧 동희는 그녀에게 집착하고 있는 자신을 발견하게 되었다. 동희는 그런 스스로를 인정할 수 없었다. 심판의 날 이후로 동희 앞에는 이성으로서의 여자는 존재해서는 안 되었다. 그토록 귀엽고 자신을 따르는 묘오와도 일정한 마음의 거리를 두고 지내는 형편에서 무슨 황당한 상황이냐고 자신에게 되물었다. 그러나 억누르면 억누를수록 동희의 마음속에서 그녀에 대한 호기심은 눈덩이처럼 커져갔다. 그녀와 스쳐 지나갔던 그 몇 초 사이에 동희는 돌이킬 수 없는 바이러스에 감염된 것 같았다.

부정하고 싶었지만 부정할 수 없는 현실이 되어버렸다는 생각에 이르렀을 때 동희는 선장의 숙소에서 몰래 선원들의 신상 파일을 뒤지고 있는 자신을 발견하게 되었다.

한 명 한 명 여선원들의 파일을 넘기며 동희의 손끝은 떨렸다. 동희의 심장 박동 소리는 남은 파일의 숫자가 하나씩 줄어들 때마다 두 배씩 커지는 것 같았다. 남은 파일 일곱 개. 확인. 아님. 여섯 개. 확인. 아님. 다섯 개. 확인. 아님. 네 개. 확인. 아님. 세 개. 확인. 아님. 동희의 입가에는 미소가 번졌다. 묘오를 제외하고 32명의 여자 선원 중에서 30명을 확인했지만 그녀의 얼굴은 없었다. 남은 두 장에서 나와야 했다. 다음 장에서도 나오지 않으면 그녀를 마지막 장에서 찾는 것이 되고, 그것 또한 기이한 우연이란 생각이 들었다.

남은 파일 두 개. 확인. 역시 아니었다. 동희는 기대감으로 마지막 파일을 열었다. 동희의 예상은 빗나갔다. 마지막 파일의 사진도 그녀가 아니었다. 동희는 당황했다. 사진과 실물이 달라서 이미 보았는데 눈치채지 못한 것이라 생각했다.

동희는 파일을 역순으로 빠르게 돌리며 하나씩 확인했다. 속도는 빨랐지만 집중도는 처음보다 높았다. 동희는 속으로 사진이 얼마나 이상하게 나왔으면 내가 알아보지 못했을까 생각했다. 그리고 두서 너 장의 사진에서는 잠시 멈추기도 했다. 그러나 유심히 관찰해 본 결과 닮거나 예쁜 얼굴이지 그녀는 아니었다. 어느덧 처음 파일로 돌아가 있었다. 동희는 다시 처음부터 파일을 넘겼다. 이번에는 얼굴을 뚫어져라 쳐다보며 아주 천천히 넘겼다. 몸무게와 신장 등 기타 사항들도 유념하면서…….

어느새 몸은 땀으로 흥건했다. 온도 조절 장치에 실내 온도를 낮춘다는 푸른 표시등이 켜졌다. 마지막 파일이 나타나고 세 번째 확인에서도 결국 동희는 그녀의 얼굴을 찾지 못했다. 동희는 분명 파일이 잘못되어 있다고 결론을 내렸다. 동희는 인사 담당에게 연락을 하려다 시간을 보고 참았다. 시계가 새벽 두 시를 가리키고 있었다. 동희는 아침으로 미루고 잠을 청했다. 누워서도 잠을 이루지 못하고 뒤척이다 아침이 다 되어서야 동희는 잠들었다.

아침 일찍 인사 담당이 가져온 파일도 어제 본 것과 동일했다. 동희는 귀신에 홀린 것 같았다.

급기야 동희는 비밀의 방 의자에 앉아 헬멧을 썼다. 의자의 선들이 나와서 헬멧과 연결되었다. 동희는 생각으로 모선의 기기들을 움직였다. 동희 앞에 커다란 공중 모니터가 나타났다. 그리고 모니터에 모선에 있는 모든 여자들의 인물 파일을 띄웠다. 32명의 여선원들의 사진이 오와 열을 맞추어 모니터에 떴다. 동희는 가이아를 불렀다.

"가이아!"

"네. 차동희 님."

"지금 모선 안에 있는 여자들의 모습을 모두 추적해서 내가 띄워 놓은 사진 옆에 같은 크기로 보여줘."

"알겠습니다."

한 번도 하지 않았던 사생활 침해였다.

"준비 완료되었습니다."

"띄워."

1년 6개월 전

"차동희는 이 휴머노이드로 인해서 파멸할 겁니다."

박경태의 자신에 찬 목소리에 퀀텀이 반문했다.

"어떻게 장담하지?"

"그가 파멸하지 않으면 제가 파멸할 겁니다. 둘 중 하나는 죽는 겁니다."

대형 모니터에 32개의 사진과 32개의 영상이 떴다. 각각의 사진 옆에 사진의 주인공이 실시간으로 보여지고 있었다. 동희는 몇몇 화면을 보고 깜짝 놀랐다. 화장실에 있거나, 점심시간을 이용해서 샤워 중이거나, 옷을 갈아 입는 장면들이 나타났다. 동희는 죄책감이 들었지만 당장은 확인이 더 급하고 중요했다. 아무리 쳐다보아도 없었다.

"가이아!"

"네."

"현재 모선 안에 있는 인원은 총 몇 명이지?"

"183명입니다."

"나를 포함해서?"

"네. 그렇습니다."

"나를 제외한 182명의 현재 모습을 모두 모니터에 올려 봐."

"네. 알겠습니다."

모니터에 182개의 창이 떴다.

"하나씩 확대해 봐."

"네. 알겠습니다."

"천천히!"

"네."

"잠깐. 다시. 아니야. 다음. 다음."

182개의 화면을 모두 탐색했지만 그녀는 없었다.

"가이아. 그만!"

동희는 생각했다. '미치겠군. 내가 잘못 본 건가.' 동희는 오랫동안 집중해서 그런지 피곤이 밀려왔다. 헬멧을 벗었다. 그리고 중얼거렸다.

"꿈이었나?"

동희는 숙소로 갔다. 숙소에는 묘오가 방 안을 정리하고 있었다.

"피곤해 보여요. 안색이 좋지 않아요."

"그래?"

"좀 쉬어가면서 하세요."

동희는 침대에 앉았다.

"걱정거리라도 있나요?"

"음? 아니야."

"……"

"내가 헛것을 본 것 같아."

"헛것이라니요?"

"얼마 전에 로비에서 여선원을 하나 봤는데 인명부를 아무리 뒤져봐도 없어."

"그럴리가요?"

"다 확인해봤는데 없어. 내가 잘못 본 것 같아."

"저는 모선에 있는 사람은 다 알아요. 어떻게 생겼는지 저한테 말해줘요."

"글쎄. 음. 이마가 잘 생겼어. 눈은 쌍꺼풀이 졌으면서 크고, 코는 볼이 좁으면서 오똑하지만 끝은 약간 동그랗고, 입술은 적당한데 좌우로 조금 좁고, 턱은 조금 뾰족하게 생겼고, 전체적으로는 앳된 얼굴인데…… 음……. 그런데 어떤 이미지냐 하면 말이야……."

동희는 하늘을 쳐다보며 기억을 더듬었다. 듣고 있던 묘오의 얼굴이 차츰 어두워졌다. 동희는 묘오의 얼굴을 보고 말을 멈추었다. 묘오는 어렵게 입을 뗐다.

"동희 님!"

"음?"

묘오는 벽에 있는 모니터를 켰다. 그리고 몇 번의 조작으로 화면을 불러냈다. VOD…… 드라마…… 내사랑 세라!

묘오는 1회 타이틀 장면을 불렀다. 화면 가득 드라마 타이틀 장면이 나타났다. 왼쪽에 남자 주인공 얼굴이 오른쪽에는 여자 주인공 얼굴이 있었다. 동희는 깜짝 놀랐다.

"그때 봤다는 여선원이 저 여자 아닌가요?"

"맞아! 어찌된 거야?"

"세라! 신인 여배우예요. 데뷔한 지 얼마 되지 않았어요."

"그런데 왜 내가 저 여자를 모선에서 보았지?"

"정말 모르세요?"

동희는 심각한 얼굴로 고개를 끄덕였다.

"동희 님이 보신 것은 에바예요."

동희는 등골이 오싹했다.

"뭐? 내가 본 게 에바! 에바라면 휴머노이드?"

"네. 얼굴을 변형시키라고 하셨잖아요."

"그럼. 레이 얼굴을 저 여배우 얼굴로 바꾸었단 말이야?"

묘오는 뾰로통한 얼굴로 고개를 한 번 끄덕였다. 동희는 말문이 막혔다. 휴머노이드라고는 전혀 생각하지 못했다. 그만큼 완벽하게 인간

을 닮은 에바였다. 생김생김이며, 표정이며, 움직임이며 부자연스러움을
전혀 느끼지 못했다. 감쪽같이 속았다. 동희는 목이 탔다.

"묘오! 물 한잔!"

"네."

묘오가 물을 가져오며 말했다.

"동희 님께서 저런 스타일의 여자를 좋아하셨군요."

동희는 물잔을 받으며 말을 더듬었다.

"어? 어!"

"부끄러워할 것 없어요. 세라는 지금 인기 상종가예요. 남자치고 좋
아하지 않는 사람이 없어요."

"그래?"

"여자인 내가 봐도 반할 만한데요 뭘."

동희는 물을 들이켜고 잔을 내려놓았다. 동희는 세라니 뭐니 그런
여배우가 중요한 것이 아니라 자신이 휴머노이드를 눈치채지 못했다는
사실에 더 놀랐다. 그때 호출이 왔다. 승오였다.

"형!"

"무슨 일이야."

"박경태가 자살을 시도했어. 위독해."

동희는 황급히 병실로 갔다.

병실에는 승오가 동희를 기다리고 있었다. 의사가 응급수술을 끝내
고 링거에 주사를 놓고 있었다.

"어때? 괜찮아!"

"혀를 깨물었어. 응급수술은 끝냈어."

동희는 의사에게 물었다.

"괜찮겠습니까?"

"오늘 자정이 고비입니다. 몸이 쇠약할 대로 쇠약해진 상태에서……."

자정을 넘겨봐야 알 것 같습니다."

동희는 갑자기 눈물이 글썽거렸다. 그렇게도 싫어하던 놈이었지만.

의사는 옆에서 졸고 있었다. 동희는 박경태 옆에서 밤을 꼬박 새웠다. 밤새도록 동희는 빌고 또 빌었다. 박경태가 살아나기를. 이른 아침 침대 모퉁이에 머리를 기대고 있던 동희는 부스럭 소리에 고개를 들었다. 박경태가 눈을 떴다. 동희는 자신도 모르게 얼굴에 미소가 번졌다.

"그래. 살았구나! 왜 그랬어?"

"……"

"너한테 할 말이 있어."

박경태가 혀를 꿰매서 입이 퉁퉁 부은 채로 말을 하려 애썼다.

"……러. 루. 요.(저두요.)"

"그만. 나중에. 다 낫거든 말해."

"마 하 수   어요.(말할 수 있어요.)"

"그만! 그만해! 지금은 내가 말할게."

"……"

"레이 때문에 내가 너를 쳤던 건 미안해. 하지만 지금도 그건 용서할 수 없어. 지금까지 너를 미워해왔어. 네가 식음을 전폐하고 드러누웠다고 할 때도 나는 관심도 없었어. 처죽일 놈. 웃기고 있네. 이렇게 생각했어."

"……"

"그런데 얼마 전에 내가 만든 휴머노이드를 보았어. 그리고 나는 그게 휴머노이드인지 몰랐어. 인간으로 착각했어. 갑자기 네 생각이 나더라. 너는 약속을 지켰어."

"미 지 ㄴ..ㅗ"

"뭐라고?"

동희는 박경태의 입에 귀를 가져갔다.

"미 치 노…ㅁ.(미친놈)"

"뭐야? 그게 무슨 소리야?"

"주 그…ㄹ 사 라 미 주 ㄱ ㄱ.ㅗ 사..ㄹ 사 라 미 사 ㄹ ㅇ 해.(죽을 사
람이 죽고 살 사람이 살아야 해)"

"무슨 소리야?"

동희는 궁금해서 본능적으로 되물었다. 박경태는 적응이 되었는지
처음보다 조금 더 능숙하게 말했다. 그도 그럴 것이 목숨을 다해서 하
는 말이었다. 자신의 상처는 어떻게 되어도 상관없다는 듯이.

"시…ㅁ 바…ㄴ 으 날. (심판의 날!)"

"뭐. 심판의 날? 심판의 날이 어쨌다고?"

"시…ㅁ 바…ㄴ 으 날 ㅊ.ㅓ 형 시…ㄱ 게 서 나 느 ㄴ 보 아 서.(심판의
날 처형식에서 나는 보았어) 그 으 나 ㄹ 레 이 느 ㄴ 나 제 로 나 ㅁ
ㅜ 에 무 기 어 있 었 어.(그날 레이는 나체로 나무에 묶여 있었어) 애
저 로 ㅂ ㄱ 가 나 ㄹ 브 고 아 ㄱ 모 ㅇ 을 거 ㄱ ㄱ 어 야 할 유 제
ㄴ 어 ㄹ 마 나 아 르 ㅁ 다 운 지……(애처롭고 가냘프고 악몽을 겪
어야 할 육체는 얼마나 아름다운지……)"

"……"

"그 거 ㄴ 여 시 ㄴ ㄴ 이 였 어.(그건 여신이었어)"

"……"

박경태의 눈에는 붉은 핏줄이 섰다.

"여 시 ㄴ 으 ㄴ 자 ㄴ 이 ㄴ 하 고 저 저 ㄹ 하 게 주 거 갔어.(여신은
잔인하고 처절하게 죽어갔어)"

"……"

"그 나 ㄹ 나 느 ㄴ ㄱ ㅕ ㄹ 시 ㅁ 에 서……(그날 나는 결심했어)
레이르 ㄹ 마 ㄴ 드 ㄹ 거 다.(레이를 부활시킬 거다)"

박경태는 숨을 가쁘게 쉬었다.

"알았어. 이제 그만해."

박경태는 고개를 가로저었다. 그리고 말을 이었다.

"그 러 ㄴ 데 그 까 ㅅ 사 ㄱ ㅜ 려 여 ㅂ ㅐ 우 ㄹ ㄱ ㅂ ㅓ ㄴ ㅇ ㅕ ㅇ ㅅ ㅣ ㅋ ㅣ 다 니.(그런데 그깟 싸구려 여배우로 변형시키다니!)"

"......"

"ㄷ ㅏ ㄲ ㅡ ㅌ 나 어.(다 끝났어!) 수 수 수 ㄴ 수(인류 마지막 순수!)"

박경태는 물었던 혀를 또 깨물었다. 피가 솟구쳤다. 피는 입 밖으로 솟아 얼굴을 적시고 하얀 베개를 적시고 침대를 적셨다. 박경태는 경련을 일으켰다. 동희는 고함을 질렀다. 의사가 깨어 급히 달려왔다. 의사는 꽉 깨문 박경태의 입을 벌리려고 했다. 그러나 꼼짝도 하지 않았다.

"그러지 마! 그러지 마!"

동희는 소리쳤다.

"안 되겠어요."

의사는 부랴부랴 주사를 가져와서 링거에 꽂았다. 박경태는 심하게 기침을 하기 시작했다.

"왜 이래?"

"피가 흘러 들어가서 기도가 막혔어요."

"어떻게 좀 해 봐요!"

의사는 입을 벌려 손을 넣으려 했다. 그러나 박경태는 그 와중에서도 입을 벌리지 않았다. 기침에도 불구하고 이를 앙다물고 있었다. 이 사이로 검붉은 피가 튀어 나오다 갑자기 목이 젖혀졌다. 그리고는 한순간 등이 휘어지더니 풀썩 주저앉았다. 그리고 고요해졌다.

"박경태! 박경태! 정신 차려!"

의사는 급히 동공을 살피더니 뒤를 돌아 동희를 보고 고개를 좌우로 흔들었다. 사망 확인이었다. 동희는 무릎이 꺾였다. 동희는 박경태에게 네가 만든 휴머노이드가 훌륭하다는 말도 해 주지 못했다. 그가 만

든 휴머노이드를 사람으로 착각해서 며칠 동안 흠모했었다는 고백을
하려고 했지만 기회를 주지 않고 떠났다. 동회는 몸에 모든 피가 빠져
나가는 것 같았다.

박경태의 시신은 지상으로 인도되어 국립묘지에 안장되었다. 그의
비문에는 이렇게 쓰여졌다.
'순수를 갈망한 천재 이곳에 잠들다.'

4. 나락

　슬픔과 무기력에 빠져있는 동희를 구해낼 수 있는 것은 없어 보였
다. 활발하게 돌아가는 것은 8명의 석학들이 진행하고 있는 모선의 후
계자 양성 프로그램뿐이었다. 한국의 북쪽, 인적이 드문 고원지대에 후
계자 양성을 위한 학교 건물이 설립되었다. 8명의 석학들을 초빙한 지
꼭 6개월 만이었다.

　그동안 동희는 아무것에도 신경 쓰지 않았다. 단 한 가지를 제외하
고. 그것은 여배우 세라였다. 그렇게 바쁜 와중에서도 그녀의 얼굴은
머릿속에서 떠나지 않았다. 묘오만이 그런 동희의 마음을 알고 있었다.

-차동희 38세 2월-

　8명의 석학들과 함께 학교 건물 기공식에 참석한 동희는 오후 늦게
모선으로 돌아왔다. 저녁 식사가 끝나고 동희는 일찍 침대로 들었다.

잠을 청했지만 좀처럼 잠이 오지 않았다. 그리고 또 떠오르는 세라의 얼굴. 동희도 어쩔 수 없었다. 또 습관이 되어버린 상상에 빠졌다.

세라가 드라마를 촬영하다가 벼랑에서 떨어졌다. 동희가 갑옷을 입고 멋지게 구해주고는 아름다운 해변가에서 그녀와 깊은 키스를 했다. 또는 세라가 기자회견을 열어서 동희를 사랑하고 있다고 고백을 한다. 또는 둘 모두 고등학생이며 자신은 농구 선수이고 세라는 자신을 짝사랑하는 후배이다. 이런저런 유치하고 단편적인 이야기 뒤에 이어지는 육체관계…….

6개월간 이어진 몽상이었다. 이야기는 끊기고, 끊기고, 또 끊겼다. 결정적인 순간에…… 어김없이 이야기를 끊는 것은 죄책감이었다. 눈을 떴다. 새벽 3시를 가리키고 있었다. 사춘기 소년 같은 자신의 모습이 이질적이었으며 그만큼 자신의 마음을 용서할 수 없었다. 하지만 어찌할 수 없었다.

학교 기공식 후 석학들은 더 바빠졌다. 그들은 모선에서 떠나 지상에서 기거하면서 학생 선별을 준비하고 있었다. 학교 완공과 함께 학생들을 들일 계획이었다. 전 세계 어린이가 대상이었다. 그들은 이전 연합국의 왕립학교나 왕세자의 교육과정 일부를 가져왔으며, 과학자들과 힘을 모아 신물질 갑옷에 적합한 사람을 쉽게 구분할 수 있는 간이 시험 방법을 마련했다.

동희의 일을 모두 가져가 버린 석학들 덕분에 동희는 빈 시간이 많아졌다. 다른 무엇에 집중하지 않으면 이상한 감정에 마냥 빠져들 것 같았다. 동희는 오랜만에 케사르를 불렀다.

동희는 비밀의 방에서 모선을 장악하고 있었다. 케사르는 갑옷을 입고 모선 밖으로 나갔다. 천리안이 케사르의 속도를 측정할 준비를 마쳤다.

"케사르, 시작해."

동희의 명령으로 케사르는 날기 시작했다. 케사르는 바로 음속을 돌파하고 광속의 10%를 훌쩍 넘어섰다. 모니터에는 케사르의 속도가 실시간으로 표시되고 있었다. 모선의 사령실 선원들과 세계정보기지국 본부 관계자들이 흥미롭게 지켜보고 있었다. 승오도 모선 사령실에 함께 있었다.

속도는 13%에서 멈췄다. 케사르는 그 속도를 유지했다. 3분 후 속도가 갑자기 증가했다. 광속의 16%. 동희의 최고 속도였다. 그러다 갑자기 18%로 점프했다. 그리고 조금씩 올라갔다. 18.1%, 18.2%, 18.3%, 18.4%, 18.5, 18.6%, 18.7%, 18.9%, 18.9%, 19.0% 기록이었다.

케사르의 최고 속도는 19.0%였다. 비행을 시작한 지 5분이 지났다. 그리고 그 속도에서 18.8%과 19.0%를 한참 동안 오갔다. 산소호흡기는 이제 5분 남았다. 동희는 케사르와 정신감응을 시도했다.

(케사르!)

케사르는 응답이 없었다. 동희는 케사르의 정신 상태를 느끼려 애썼다. 케사르의 정신에 집중했다. 케사르의 정신에서는 아무것도 느껴지지 않았다. 마치 별 하나 없는 공허한 우주의 암흑을 바라보는 기분이었다.

그때 사령실과 세계정보기지국 본부에서 탄성이 터져 나왔다. 속도가 급진적으로 높아져 광속 27%에 이르렀다. 사람들은 손에 땀을 쥐었다. 잠시 후 광속 33%에 도달했다. 그리고 갑자기 급속도로 속도가 떨어지더니 멈추었다. 케사르는 눈을 감고 있었다. 동희가 정신감응을 보냈다.

'케사르!'

(왜?)

'왜 멈추었지? 아직 시간이 남았는데……'

(오늘은 여기까지야.)

'2분 남았다.'

(오늘은 그만하고 싶어.)

'지난번보다 더 빨라진 것 알고 있어?'

(아니! 얼마나?)

'33%'

케사르는 모선으로 복귀했다. 선원들이 케사르를 보는 시각이 조금씩 달라졌다. 이전에는 패잔병처럼 쳐다보았다면 속도를 올릴수록 그를 정신적으로 특별한 능력이 있는 사람으로 우러러보았다. 승오는 그런 현상이 일어나도록 방치하는 동희가 못마땅했다. 원수에게 그런 호의를 베푼다는 것도 못마땅했으며, 광속의 몇 % 더 빠른 것이 왜 그렇게 중요한지도 이해가 되지 않았다. 정신적인 능력 어쩌고저쩌고 하는 것도 이해할 수 없기는 마찬가지였다. 케사르는 갑옷을 벗고 선원들에게 인도되어 지상으로 내려가 다시 감금되었다.

다음은 동희 차례였다. 동희는 가이아에게 모선을 맡겼다. 그리고 갑옷을 입고 모선 밖으로 나가 속도를 내기 시작했다. 마찬가지로 음속을 가볍게 돌파하고 순식간에 광속의 3%에 도달했다. 그리고 이내 8%까지 올라갔다. 그러나 그것뿐이었다. 10분이 되도록 동희는 8%를 넘지 못했다. 사령관실에서도 세계정보기지국에서도 의아해 했다. 행여 동희에게 무슨 일이라도 있는 것인지 걱정이 될 지경이었다. 모선에 돌아온 동희는 인상이 좋지 않았다. 승오가 물었다.

"형! 왜 그래? 무슨 일이 있어?"

"아니! 그냥 몸 상태가 좀 안 좋을 뿐이야."

동희는 퉁명스럽게 대답하고 비밀의 방 안에 있는 선장의 숙소로 들어갔다. 묘오가 승오에게 물었다.

"승오 오빠! 차동희 님 왜 저래요? 뭐가 잘못되었나요?"

"모르겠어. 저러는 것 처음 봐. 정신이 딴 데 가 있는 것 같아."

그날 밤

묘오는 동희가 걱정되어 동희 방으로 갔다. 새벽 1시. 발소리를 죽이고 조용히 가서 문을 열었다. 아니나 다를까 묘오의 걱정이 맞았다. 동희는 그날 역시 잠을 이루지 못하고 있었다. 그냥 잠을 못 이루는 것이 아니라 바닥에 앉은 채로 머리를 침대 모서리에 부딪치고 있었다. 이마에는 피가 맺혀 있었다. 묘오는 동희에게 다가서서 뒤에서 동희를 안았다.

"그만! 그만하세요. 충분해요."

동희는 묘오의 갑작스런 등장에도 놀라지 않았다.

"놔 줘!"

"만나요. 그만 만나버리세요. 동희 님 괴로워하는 것 더 이상 못 보겠어요."

"나는 미친놈이야."

"그렇지 않아요. 그건 자연스러운 것이에요. 가지세요. 그녀를 가지세요. 가져버리라고요. 그러고 나면 사라질지도 몰라요."

며칠 후

여배우 세라는 모선에 초대되었다. 호출한 사람이 차동희였기 때문에 가고 안 가고는 선택할 수 있는 문제가 아니었다. 모선에 도착한 세라는 준비실로 안내받았다. 거기에는 묘오와 두 명의 여선원이 그녀를 기다리고 있었다.

"저는 묘오라고 합니다. 차동희 님의 사생활에 관한 일을 담당하고 있습니다."

"네. 처음 뵙겠습니다. 잘 부탁드립니다."

세라는 잘 보이기 위해서 웃음을 짓는 반면 묘오는 웃지 않았다.

"오늘 세라 양은 차동희 님을 만날 겁니다."

"네."

"양팔을 드세요."

묘오의 말투는 다분히 사무적이었다.

"네."

세라는 양쪽 팔을 올렸다. 세라는 묘오의 냉정한 태도에 주눅이 들었다. 여선원 둘이 묘오가 보는 앞에서 세라의 옷을 벗겼다. 세라는 나체가 되었다. 그러나 아무 말도 하지 못했다. 티끌 하나 없는 매끈한 몸매와 피부. 선원 둘은 몸 수색을 했다. 이상이 없음을 확인한 선원은 세라를 욕실로 안내했다. 세라는 거기에서 몸을 씻었다. 그리고 선원들이 건네주는 옷을 입었다. 코디가 고심 끝에 골랐던 옷은 준비실까지였다.

두 명의 선원이 나가고 준비실에는 묘오와 세라만이 남았다. 둘은 스물한 살로 동갑이었다. 묘오는 처음부터 끝까지 웃지 않았다. 묘오는 세라에게 행동 지침을 알려주었다. 동희가 묘오에게 부탁한 것도 그 누가 알려준 것도 아니었다. 묘오 스스로가 알아서 정한 것이었다. 차동희를 위해서.

"차동희 님 앞에서는 지상의 그 어느 누구라도 그분의 명령을 따라야 합니다. 그분께서 하시는 말씀에는 무조건 복종하십시오. 이유가 없습니다. 동희 님의 몸에 상처가 나게 해서는 안 됩니다. 그분의 마음에도 상처가 될 말씀이나 질문은 삼가세요. 항상 웃음을 잃지 말고 어떤 경우에도 싫은 내색을 하지 마세요."

"네. 명심하겠습니다."

세라는 묘오의 사무적인 표정과 경직된 어투에 다소 주눅이 들었다.

"그럼 나를 따라오세요."

묘오는 세라를 데리고 비밀의 방으로 갔다. 비밀의 방 입구에 문이 열리고 복도가 나타났다. 복도 바닥에는 그들이 내딛는 발에 맞추어 불이 켜지고 날아가는 불빛들과 신물질 눈동자들이 둘을 따라다녔다. 세라의 눈에는 신기할 따름이었다. 세라는 마치 갓 유치원에 들어간 아이가 선생님을 따라가듯이 묘오 뒤를 따라갔다.

"실내장식이 뭐랄까 정말 독특합니다. 화려하지는 않지만 뭐랄까?"

"세바스찬과 콘돌리자의 공동 디자인입니다. 그들이 누군지는 알죠?"

"세계적인 건축 디자이너였지 않습니까? 둘은 공동 작업을 하지 않았던 걸로 아는데요."

"지상에서는 그랬죠. 모선 안은 지상과는 다릅니다. 그 둘의 마지막 작품이죠. 다 왔습니다. 이 문이 열리면 비밀의 방입니다."

"네."

"모선에 들어서면서부터 본 것과 들은 것은 모두 비밀인 것 아시죠?"

"네."

"특히 여기에서 보고 들은 것은 절대 발설해서는 안 됩니다. 무덤에 갈 때까지."

"네. 명심하겠습니다."

비밀의 방 문이 열렸다.

비밀의 방 입구에서 오른쪽으로 돌아 의자 왼쪽으로 이동하자 숙소의 방문이 나타났다. 문이 열리고 실내가 나타났다. 동희의 숙소였다. 묘오는 세라를 들이고 물러갔다. 동희가 탁자 앞에 앉아 있다가 일어나서 반겼다. 세라는 가슴에 한 손을 얹고는 90도로 고개를 숙여서 공손하게 인사했다.

"처음 뵙겠습니다. 세라입니다."

"네. 이쪽으로 오시죠."

세라의 목소리는 얼굴처럼 상기되어 있었다. 세라는 처음 걷는 사람처럼 조심조심 발걸음을 옮겼다. 탁자에 다다르자 의자가 저절로 뒤로 물러났다. 세라가 자리에 앉자 높이와 탁자 간의 간격이 조절되었다. 동희도 앉았다. 잠시 어색한 시간이 흘렀다. 먼저 말을 꺼낸 것은 세라였다.

"여기에 저 말고 다른 사람도 왔었나요?"

"아니요."

"저…… 묻고 싶은 것이 있습니다."

"네."

"묘오 여사님과는 어떤 관계인가요?"

"제 목숨을 구해 주었죠."

"아!"

세라가 동희 앞에 앉기까지 과정은 줄곧 위압과 경직, 그리고 다소의 공포였다. 그러나 자신의 질문에 상냥하고 진솔하게 대답해 주는 동희를 만나고 나서는 굳었던 마음이 다소 풀어졌다. 그제서야 세라의 인상도 밝게 풀리면서 특유의 매력이 묻어났다. 세라는 자연스럽게 또 질문했다.

"이마는 왜 그러셨어요?"

틈 없이 대답해 주던 동희는 즉답을 하지 못했다. 동희는 잠시 망설였다. 어떻게 대답해야 할까 고민했다. 솔직히 대답하려니 너무 속내를 드러내는 것 아닌가 하는 생각이 들었다. 동희가 주저하자 세라는 묘오의 당부가 생각났다.

"곤란하시면 대답하시지 않으셔도 됩니다."

"사실은……."

"……."

동희는 세라의 눈을 피한 채 이야기했다.

"침대 모서리에 머리를 부딪쳤어요."

"저런, 조심하시죠."

"일부러 부딪쳤어요."

"네?"

"여러 번……"

"아니 왜요?"

"그렇게라도 하지 않으면 견딜 수 없어서요."

"견딜 수 없다니?"

"당신이 보고 싶어서."

세라는 눈이 동그래졌다.

"당, 신…… 이라니…… 누구? 저요?"

동희는 시선을 피한 채 고개를 끄덕였다. 세라는 얼굴이 달아올랐다. 꿈에서조차 생각하지 못했던 일이었다. 세라와 동희 사이에는 더욱 더 무거운 침묵이 흘렀다.

동희는 말을 꺼내놓고는 조금은 후회하고 있었다. 고백이라는 것이 이렇게 부끄러운 것인지 처음 알았다. 세라는 속으로 뛸 듯이 기뻤지만 밖으로 내색하지 않았다. 상기된 볼만이 그녀의 심정을 대변했다. 동희의 고백으로 세라는 동희가 하나의 인간, 아니 하나의 남자로 보였다.

"저를 어떻게 아셨죠?"

"드라마를 보고요."

"그러셨군요. 영광입니다."

동희가 남자로 보이자 세라의 머릿속에는 이전까지는 생각할 수 없었던 욕심들이 꿈틀댔다. 세라는 동희에 대한 경외감이 컸던 만큼 정복욕이 솟구치고 있었다. 감히 얼굴을 들고 쳐다보지도 못할 존재. 세상을 호령하는 절대자. 살아 있는 신. 그러나 그도 일개 사람이며, 남자이고, 감정을 가지고 있으며, 그런 그를 자신이 유혹하여 점령하고픈 원초적 욕망이 일었다. 또 그런 욕심을 품은 자신 스스로를 대단하다 여겼다. 아무도 시도해보지 못한 정상. 그녀는 그 정상을 탐하고 싶었다. 세라는 아무 말 없이 자리에서 조용히 일어섰다. 그러고는 하나씩

옷을 벗기 시작했다. 동희는 놀라 물끄러미 그녀를 쳐다보았다.

"왜?"

눈 깜짝할 새에 세라는 완벽한 나체가 되어서 동희 앞에 서 있었다. 동희는 그녀의 옷을 들고는 자리에서 일어섰다. 동희가 일어서자 눈앞에는 세라의 전라가 내려다보였다. 희디흰 피부와 완벽한 몸매. 그리고 매혹적인 얼굴과 빨려들 것 같은 눈빛. 동희는 숨이 막혔다. 세라는 나지막이 속삭였다.

"다시 입으라면 입겠습니다."

동희는 세라에게 건네주기 위해서 집어 들었던 옷을 떨어뜨렸다. 그리고 떨리는 손을 세라의 어깨에 올렸다. 세라는 부드러운 손으로 동희의 허리를 잡았다. 그리고 동희에게 속삭였다.

"모두 제 잘못입니다. 저를 용서하세요."

세라는 눈을 감았다. 동희는 세라의 입술에 자신의 입술을 가져갔다. 치명적인 달콤함에 동희는 몸서리쳤다. 동희가 세라의 입술을 탐하는 동안 세라는 동희의 옷을 벗겼다. 나체 둘이 거칠어진 숨소리를 주체하지 못하고 격정을 향해 치달았다.

다음 날 새벽

동희는 잠을 깼다. 시계를 보았다. 새벽 4시. 동희는 멍하니 천정을 바라보고 있었다. 높은 천정의 공허한 공간만큼 자신의 마음도 뻥 뚫려 있었다. 모두 메워질 줄 알았다. 이렇게 하면. 이렇게만 하면. 하지만 예상은 보기 좋게 빗나갔다. 동희는 막연한 슬픔에 눈물이 고였다. 후회가 물밀듯이 밀려왔다. 잠이 오지 않았다. 혼자서 그 슬픔을 모두 되새기고 녹이려 했다.

잠자던 세라의 팔이 넘어왔다. 팔은 한없이 부드러웠다. 동희의 이성과는 관계없이 아래가 묵직해졌다. 동희는 팔을 뻗었다. 세라가 인기척에 잠에서 깨었다. 동희는 세라의 팔을 잡아끌었다. 슬픔이니 공허함은 저만치 멀어졌다. 또다시 격정의 감정 두 개가 얽히고설키었다.

동희의 손짓에 따라 세라는 동희 위로 올라갔다. 그리고 마치 말을 타듯 몸을 흔들었다. 초원을 달리는 듯. 달려도, 달려도 끝이 없는 푸른 지평선. 온몸에 퍼지는 극도의 쾌감. 쾌감의 바람이 끊임없이 불어왔다. 부드럽게 때론 거세게. 눈을 감았다. 자신의 신음 소리는 연신 스스로를 자극했다.

세라는 세상에서 가장 강력한 힘 위에서 호령하고 있었다. 그녀가 타고 있는 말은 우람했으며, 세상을 발아래 놓고 있었으며, 자신이 원하는 어디로든 달려갈 수 있었으며, 원하는 어떤 값진 것도 가지고 올 수 있었으며, 세상 모든 사람들이 그 말에게 고개를 숙이고 무릎을 꿇으며, 모두가 그 말을 경외하고, 그 말은 그런 그들의 생사를 결정할 수 있었으며, 가치를 결정할 수도 있었으며, 그들의 희망과 절망을 주관할 뿐 아니라 흥망과 성쇠를 좌지우지할 수 있었다. 그녀는 그런 말 위에 타고 있었다.

생각이 거기에까지 미치자 쾌락은 한층 더 격해졌다. 그녀는 무한한 정복감에 도취되었다. 몇 고개나 넘었는지 알 수 없었다. 정신이 까마득해졌다. 고함 소리와 함께 그녀는 혼절했다. 동희의 공허함이 메워진 시간은 그때뿐이었다.

늦은 아침

동희를 깨운 건 세라였다. 동희는 인기척에 잠을 깼다. 세라가 두 눈을 똘망하게 뜨고는 자신을 쳐다보고 있었다. 세라의 눈은 사적인 감정으로 초점을 잃었다. 동희는 그녀에게 선망의 대상이 되어 있었다.

"일어나셨군요."

세라는 동희의 볼에 입을 맞추었다. 껴안고 있었지만 세라는 그에게 갈증을 느꼈다. 소유욕이 끝이 없듯이.

"시장하죠?"

"조금요."

그날 오후 모선 준비실

세라가 옷을 갈아 입었다. 선원 둘이 그녀를 도와 주었다.

선장의 숙소

동희가 침대에 앉아 있었다. 묘오가 들어왔다. 동희의 얼굴이 침울해 보였다.

"괜찮으세요?"

"음."

동희는 건성으로 대답했다.

"세라 양은 어떻게 할까요?"

"지상으로 내려보내."

"세라 양이 못마땅하게 한 것이라도 있습니까?"

"아니. 그런 거 없어."

"역시 그건 아니었습니까?"

"……"

동희는 차마 대답하지 못했다.

"그럼 나가보겠습니다."

묘오는 돌아나오며 참았던 눈물이 맺혔다. 그가 다른 여자와 관계를 했다는 사실 때문이 아니었다. 그의 표정에서 묘오는 한없이 깊은 슬픔을 느꼈다. 그가 가진 슬픔이 얼마나 깊은 것인지 그녀는 가늠하기 어려웠다. 그가 겪고 있을 슬픔이 그녀의 가슴을 아프게 했다.

준비실

선원들이 나가고 묘오와 세라 둘만 남았다. 아까부터 세라의 표정이 맘에 들지 않았던 묘오. 그러나 세라는 묘오를 자극했다. 세라는 히죽

거리며 묘오에게 말했다.

"제가 처음이더군요. 동희 님을 만나기 전에 주눅 들게 했던 것도 필요하다고 봐요."

묘오는 대답 없이 그녀를 노려보고 있었다. 세라는 가방을 챙기고는 묘오의 귀에 입을 가져갔다. 그리고 속삭였다.

"그거 알아요? 동희 님 성기 가운데 부분에 돌출된 링이 있다는 거. 다시 붙은 부분에 돌기가 생겼어요. 안으로 들어오면 귀두가 한 번, 그리고 돌출된 링이 또 한 번 자극시키죠. 세상 사람들 대부분이 불구라고 생각하고 있는 그게 실제로는 얼마나 대단한지 아세요? 특히 잘렸다 이어진 부분에 생긴 링은 정말 특별한 경험이었어요."

세라는 묘오를 한껏 자극시켰다. 마치 동희를 만나기 전에 가졌던 묘오에 대한 두려움을 복수하려는 듯. 그러나 묘오는 세라의 말이 끝나기가 무섭게 그녀의 머리채를 잡고는 한 팔로 목을 조이고 벽에 몰아세웠다. 그리고는 마찬가지로 속삭였다.

"그래! 그렇게 떠들고 다녀! 그렇게 가벼운 입을 놀리고 다니라고. 네가 해야 할 일이 그거니까. 차동희 님이 불구가 아니라는 사실을 소문내는 일. 하지만 시건방 떨지는 마. 너는 하룻밤 노리개일 뿐이야."

"아니. 그분은 나를 사랑하고 있어."

"하! 나랑 내기할까? 차동희 님이 너를 다시 부르면 내가 네 동생이다. 어때?"

"그분께서는 나를 찾으실 거야. 반드시."

묘오는 조였던 팔을 풀었다.

"불쌍해서 이걸로 끝내는 줄 알아."

"다음에 차동희 님을 만나면 너를 가만두지 않을 거야."

묘오는 가당치 않다는 듯 웃었다.

"좋으실 대로. 근데 너를 왜 지상으로 내려 보내라고 하셨을까?"

세라는 지상으로 내려보내졌다.

세라가 다녀갔지만 동희의 얼굴은 밝아지지 않았다. 오히려 그녀가 오기 전보다 더 어두웠다. 동희가 왜 그런지는 묘오만이 어렴풋이 짐작할 뿐 아무도 이유를 알지 못했다.

세라가 지상으로 내려가고는 동희에 대한 소문이 퍼질 줄 알았지만 실제로는 그런 일은 일어나지 않았다. 한국 정부에서 워낙 신중하게 대처해서 세라는 입도 벙긋하지 못했다.

세라가 모선에 다녀간 지 일주일이 넘었다. 동희는 급격히 말수가 줄었다. 묘오에게도 상냥한 표정을 잃었다. 그리고 모선에서 금기했던 술과 약물에 손을 대기 시작했다. 모선의 운영에 치명적인 것이어서 엄격히 금하던 것이었다. 승오도 묘오도 말릴 수 없었다. 동희의 얼굴에 미소가 사라졌다. 동희의 변화에 선원들은 그가 최고의 자리에 오른 뒤에 오는 허탈감으로 인해서 그런 것이라 여겼다. 동희는 변해갔다. 누구도 그것을 부정할 수 없었다.

하루는 동희가 술에 취한 채 묘오의 방에 불쑥 들어왔다. 그리고 묘오가 보고 있던 잡지책을 보더니 그중에 여자 한 명을 가리켰다.

그리고 무덤하게 말했다.

"데려와!"

묘오는 아무런 반문도 하지 않고 다음 날 바로 그 여자를 대령시켰다. 세라와 마찬가지로 그녀 역시 하룻밤이었다. 이번에는 동희가 먼저 나서서 그 여자의 옷을 벗겼다는 것만 달랐다.

연합국 동부 소도시 라코세

라코세는 연합국 동부 해안가의 휴양 도시였다. 오래 전에 지어진 건물들은 낡았지만 나름 운치를 지니고 있었다. 해변에서 백 미터만 안쪽으로 들어가면 낡은 건물들에 둘러싸여 골목에서는 해변 자투리도 보이지 않았다. 그곳에서는 해변 마을인지 알 수 없었다. 에메랄드 빛 바다와 푸른 하늘과는 동떨어진 마을처럼 보였다. 불과 백여 미터 안쪽이었는데도 말이다. 골목을 사이에 두고 건물들이 마주하며 줄지어 있었는데 높은 건물이라고 해 봐야 3~4층이 전부였다.

열네 살 소년 쥬빌리가 이사 온 집도 그 건물 중 하나였다. 쥬빌리의 가족은 그 건물 2층으로 이사를 왔다. 쥬빌리는 특별할 것이 없는 평범한 소년이었다. 다른 사람과 다른 점이라면 이름뿐이라고 해도 과언이 아니었다. 새로 전학 온 학교에서도 그는 전학생이었지만 주목받지 못했다. 생김새도 그렇고, 성적도 그렇고, 성격도 그렇고 특별하게 주목을 받을 만한 학생이 못 되었다. 쥬빌리가 다른 사람과 다른 것이 있다면 최근 쥬빌리의 마음에 앞집의 누나가 들어있다는 것이었다.

이사 온 지 일주일이 채 되지 않는 어느 날이었다. 어스름한 초승달이 익숙지 않은 건물들 사이로 삐죽이 나와 있었다. 낮에는 그늘 때문에 보이지 않았던 건물의 검푸른 이끼들이 가로등 불빛에 배를 드러냈다.

쥬빌리가 숨을 죽인 것은 그때였다. 바로 앞 건물 2층 마주보는 창문으로 그녀를 처음 보았다. 그녀는 방 안에 미등을 켜놓았다. 샤워를 하고 나와서는 몸에 하얀색 타월을 가슴에 감은 채 방 안을 서성거렸다. 머리를 기울여 수건으로 젖은 머리카락을 정성스럽게 닦았다. 그녀의 모습이 쥬빌리에게는 요정처럼 보였다. 드러난 어깨와 목선. 삼단 같은 머리결. 쥬빌리는 얼른 방의 불을 껐다. 그리고 살며시 창으로 고개를 내밀어 그녀의 방을 훔쳐보았다.

그날 이후 쥬빌리는 그녀를 마음 속에 담게 되었다. 그녀는 스물두어 살쯤 되어 보였다. 쥬빌리의 한참 누나뻘이었지만 쥬빌리는 그녀에게 여자라는 감정을 느꼈다. 농익을 대로 농익은 과일처럼 한껏 무르익은 여체는 14세 소년인 어린 쥬빌리의 남성성을 일깨웠다. 육체뿐이 아니었다. 그녀는 말괄량이 사촌 누나들에게서는 보기 힘든 기품이 있었다. 방 안에서도 함부로 뛰어다니거나 수다를 떠는 일이 없었으며 행동이 항상 조심스러웠다. 음악을 듣거나 책을 볼 때도 선한 눈망울에 빛이 났으며 누가 부를 때도 서두르지 않고 나지막이 대답하거나 안 되면 조용히 일어서서 문을 열고 대답했다.

쥬빌리는 생각했다. 저런 여자는 과연 어떤 사람과 결혼할까? 쥬빌리는 이사 온 동네에 대해서 잘 알지 못했다. 밖으로 나다니지도 않았으며 근처에 친한 친구도 없었다. 하지만 이사 온 것에 대한 불만은 없었다. 그런 것을 따지기에는 앞집 그녀에게 너무 빠져들어 버렸기 때문이었다.

쥬빌리는 저녁 식사를 한 후에 가끔씩 집 앞을 서성이는 때가 있었다. 그것은 그녀를 보기 위한 쥬빌리의 의도된 행동이었다. 그러나 매번 성공하는 것은 아니었다. 대학생인 그녀는 집에 도착하는 시간이 일정하지 않았다. 어떤 날은 쥬빌리보다 먼저 집에 있거나 아예 수업이 없어서 집에서 나가지 않는 날이기도 했다. 어쩌다 멀리서 그녀가 걸어오면 쥬빌리는 단박에 그녀를 알아보고는 지켜보다가 가까이 오면 과일 가게를 기웃거리는 척하면서 곁눈질로 그녀를 훔쳐보곤 했다. 그녀의 창문에 불이 꺼지기 전에 쥬빌리가 잠든 적은 결단코 없었다.

그러던 어느 날이었다. 그날은 일찍 수업을 마치고 집으로 귀가를 하던 중이었다. 쥬빌리는 앞집에 낯선 고급 차가 서 있는 것을 보았다. 그리고 건장한 사내 셋이 건물 안으로 들어갔다. 쥬빌리는 재빨리 2층 집으로 달려갔다. 어머니에게 인사도 하는 둥 마는 둥 하고 쥬빌리는 자기 방으로 들어갔다. 그리고 창문을 열고 앞집을 보았다. 앞집 누나의 창문은 닫혀 있었다. 쥬빌리는 답답했다. 도대체 누구일까?

잠깐 잠이 들었을까? 쥬빌리는 눈을 떴다. 그리고 들어왔던 사내 세명이 앞집 누나를 차에 태우는 것을 목격했다. 그리고 차는 시동을 걸더니 천천히 멀어져 갔다. 쥬빌리는 놀라서 골목으로 뛰어 나왔다. 그리고 차가 사라진 쪽으로 달렸다. 다행히 좁은 골목이라서 차는 속도를 내지 못하고 쥬빌리에게 꼬리를 잡혔다. 차는 좁은 골목을 지나서 외곽 도로로 진입했다. 그리고는 북쪽으로 달아나듯 사라졌다.

쥬빌리는 골목이 끝나는 길에서 헐떡이며 사라지는 차를 물끄러미 바라볼 수밖에 없었다. 사내들의 옷차림이나 표정. 그리고 차 모양으로 보아서 분명 예사로운 일은 아니라 직감했다. 쥬빌리는 힘없이 터벅터벅 걸어서 집으로 돌아왔다. 그 차가 돌아올까 뒤를 돌아보고 또 돌아보았지만 집에 도착할 때까지 차는 오지 않았다. 집으로 돌아온 쥬빌리는 앞집 누나를 기다렸다.

쥬빌리는 난생처음 밤을 새웠다. 자정을 넘기기 힘들었던 졸음은 그날 얼씬도 하지 않았다. 캄캄한 어둠이 아침 미명으로 밝아 오는 것을 뜬눈으로 맞이했다. 밤이 새도록 누나는 돌아오지 않았다. 동이 트고 쥬빌리는 학교로 무거운 발걸음을 옮겼다. 아침 식사도 뜨다 말았다. 4교시로 접어들자 쥬빌리는 몸살 기운이 돌았다. 담임이 쥬빌리를 집으로 돌려보냈다.

조퇴한 쥬빌리는 집으로 와서 점심도 먹는 둥 마는 둥하고 앓아누웠다. 잠이 깨었을 때는 자정 무렵이었다. 쥬빌리는 무거운 몸을 일으켜 창가로 갔다. 그녀의 방에는 여전히 불이 꺼져 있었다. 차도 없었다. 왔는지 아직 안 왔는지 알 길이 없었다. 쥬빌리는 우울한 기분으로 잠이 들었다.

다음 날, 쥬빌리는 수요일이었지만 몸살로 학교에 가지 못했다. 아침은 어머니가 쥬빌리가 좋아하는 버섯 수프를 해주었다. 식사를 마친 쥬빌리는 방에서 누워 있었다. 밤새 올랐던 열이 가라앉았다.

선잠을 자던 쥬빌리는 조용하게 다가온 차 소리에 눈을 떴다. 그리고 얼른 일어나서 창밖으로 아래를 내려다보았다. 그 차였으며 누나였다. 사내들이 누나를 데리고 집으로 들어갔다. 그리고 잠시 후 누나를 두고 사내들만 차를 타고 떠났다. 쥬빌리는 기뻤다. 누나가 살아서 돌아왔다는 사실 하나만으로 뛸 듯이 기뻤다.

쥬빌리에게는 일대 사건이었지만 일상은 어김이 없이 돌아갔다. 아무도 누나가 없어졌다가 나타난 일에 관심이 없었다. 그리고 마치 아무 일도 없었다는 듯 사람들은 자신이 해 온 일을 습관처럼 해 나갔다. 쥬빌리는 궁금했다. 누나가 어디에 갔다가 왔는지, 그 사내들은 누구였는지.

쥬빌리는 어머니 생일날 저녁 그들이 누구였는지 누나가 어디에 갔다 왔는지 알게 됐다. 그날은 근처에 사는 외삼촌 내외가 조카들을 데리고 집에 왔다. 시끌벅적한 저녁 식사가 끝날 무렵 외삼촌이 아버지와 대화를 나누었다. 그리고 쥬빌리는 수많은 소음 중에 그 대화가 귀에 와서 꽂혔다. 그리 크지 않은 말소리였음에도 불구하고. "차동희가 불구가 아니라던데?"

"연합국에서도 여자가 벌써 여러 명 모선에 갔다 왔다지."

"전 세계로 따지면 수백 명이 넘겠네."

"대단해! 대단해! 역시 차동희야."

"이런! 애들 듣겠어요."

어머니의 주의로 대화는 짧게 끊겼지만 쥬빌리의 모든 의문이 풀리는 순간이었다. 쥬빌리는 확신했다. 앞집 누나는 차동희에게 갔다 왔었다고. 그리고 쥬빌리는 꿈에서만 그려오던 차동희와 모선의 막연함이 현실로 내려와 무겁게 가슴을 내리눌렀다. '감히 누나를…… 가만두지 않겠어.'

모선을 다녀간 여자가 몇 명인지 동희도 알지 못했다. 정확히 아는 사람은 세상에 단 한 사람 묘오뿐이었다.

- 차동희 37세 8월 말 -

여름이 끝을 보이고 아침저녁으로 선선한 바람이 불었다. 늦잠을 자던 동희는 승오의 연락에 잠에서 깨었다.

"형!"

"……."

"좋지 않은 소식이야."

"……."

"법성 스님께서 오늘 새벽에 입적하셨대."

동희는 자리에서 벌떡 일어났다. 옆에는 간밤에 함께했던 여자가 누워 있었다. 동희는 고개를 숙였다. 잠은 저만치 달아났다.

법성 스님 다비식(茶毘式)

영정 사진을 필두로 긴 행상 행렬이 줄을 이었다. 행렬 좌우. 구름처럼 몰려든 인파로 발 디딜 틈이 없었다. 가랑비가 새벽부터 내렸다. 통곡과 한숨, 아쉬움의 절규가 끊이지 않았다. 나무와 숯 그리고 가마니를 얹은 화장장 위에 관이 올려졌다. 그 속에는 법성의 시신이 있었다.

의식이 치러지고 남쪽에서 불이 들어갔다. 거화를 하자 보슬비도 아랑곳하지 않고 불길이 힘차게 타올랐다. 스님들이 화장장 주위를 맴돌았다. 시끌벅적하던 화장장은 불길이 피어오르자 오히려 정숙해졌다. 불길이 맹렬히 타올랐다. 갑옷을 입고 있는 동희만이 그 불길을 피하지 않았다.

화염은 동희의 번뇌처럼 끊임 없이 새로운 기운을 뿜어내며 맹렬하게 타올랐다. 주위에 있던 사람들이 불길로부터 더 멀어졌다. 동희는 넋을 놓고 서 있었다. 회심가가 울려 퍼졌다.

불길이 약해지면서 스님들이 들어가서 뼈를 뒤집었다. 승오는 동희의 손을 꼭 잡았다. 까마귀는 화장장을 떠나지 않고 인근 나뭇가지 위에서 어슬렁거렸다.

다비식이 끝나고 동희와 승오는 모선으로 돌아왔다. 동희는 머리를 감싸 쥐었다. 묘오가 차를 가지고 들어왔다. 묘오는 동희에게 가까이

다가갔다.

"이것 좀 드세요."

동희는 고개를 숙인 채 대답을 하지 않았다.

"차동희 님!"

묘오가 한 손으로 차를 들고 한 손으로 동희의 어깨를 잡았다. 동희가 묘오의 팔을 뿌리치다가 실수로 차 받침대를 치는 바람에 찻잔과 주전자가 바닥에 떨어졌다. '쨍그랑' 소리와 함께 바닥은 난장판이 되었다. 동희는 놀랐지만 고개를 들지 않았다. 묘오가 당황하며 엎드려 쟁반을 바닥에 놓고 주전자와 깨진 찻잔을 주웠다. 동희가 신경질적인 말투로 툭 내뱉었다.

"너도 떠나."

묘오는 일손을 멈추고 고개를 들어 동희를 바라보았다.

"너도 떠나라구. 내 옆에서 이 꼴 저 꼴 보면서 있을 필요 없어."

묘오는 금세 눈물이 핑 돌았다.

"저는 괜찮습니다."

"괜찮기는 뭐가 괜찮아! 매일 여자들 시중이나 들고…… 히 히 히."

동희는 이상한 웃음소리를 내더니 얼굴을 쓰다듬으며 멈췄다.

묘오는 대꾸 없이 바닥을 정리했다. 동희가 언성을 높였다.

"가버려! 가! 가 버리라고! 모두 다 떠나!"

묘오는 주전자와 뚜껑을 주워 쟁반 위에 얹었다. 동희는 고함을 질렀다.

"내 말 안 들려?"

묘오는 고함 소리에 놀라서 어깨를 움찔했다. 말이 없던 묘오가 낮은 목소리로 대답했다.

"저는 떠날 수 없어요."

동희는 한숨을 쉬더니 목소리를 낮추었다.

"미안해, 소리 질러서. 나는 네 집에 추락했을 때 네 일기를 훔쳐봤어. 그리고 나를 좋아하고 있다는 것도 알게 됐어. 광적으로. 내 곁에 있는 것이 너를 위하는 길이라 생각했어. 하지만 너도 알 거야. 나도 너를 좋아하지만 네가 나를 좋아하는 십 분의 일, 아니 백 분의 일도 안 돼."

"에바를 사랑하고 있죠?"

동희는 눈을 끄게 떴다.

"……."

묘오는 바닥을 걸레로 훔쳤다. 어느새 난장판 같던 바닥은 깨끗이 정리되었다. 묘오는 쟁반을 들고 일어섰다.

"여자들을 부르는 것도, 술을 마시는 것도, 스스로를 학대하는 것도 모두 현실을 부정하고 싶어서라는 것을 알아요. 저도 도와주고 싶어요. 지금 사랑하고 있는 것이 무엇이든 상관없어요. 저는 언제나 동희 님을 도울 테니까요. 어쩔 수 없어요. 그게 저예요."

묘오는 조용히 걸어 나갔다. 동희는 온몸이 나락으로 떨어지는 것 같았다.

그날 저녁

동희의 손에 술병이 들려 있었다. 술이 동희를 달래고 있었다. 잔뜩 취한 동희는 숙소를 나와 모선을 배회하다 거의 만취 상태가 되어서 퀀텀의 방으로 들어갔다. 퀀텀은 자다가 일어났다.

"이 자식. 에바를 어떻게 만든 거야? 응?"

동희는 들어오자마자 혀가 꼬이는 소리로 물었다. 퀀텀은 무슨 영문인지 몰라서 물끄러미 동희를 쳐다보았다.

"너희들 도대체 무슨 짓을 한 거야? 응?"

동희는 몸도 제대로 가누지 못해서 비틀거리다 벽에 기댔다. 그리고는 술병을 집어 던졌다. 술병은 퀀텀을 맞추지 못하고 바닥에 부딪치고는 깨어졌다.

"무슨 일입니까? 이 늦은 시간에."

"뭐야? 너 인마. 말투가 왜 그래, 응?"

동희는 횡설수설하다 뒤돌아 나가려고 했다. 그때였다. 퀀텀의 눈빛이 번뜩였다. 그리고 퀀텀은 믿기지 않을 만큼 재빨리 일어나 왼손으로 동희의 목을 눌렀다. 오른손에는 정체를 알 수 없는 공을 쥐고 있었다. 퀀텀은 공을 동희의 뒤통수로 가져갔다. 퀀텀의 손은 넘치는 힘으로 떨리고 있었다.

"그래. 이때를 기다렸다."

동희는 퀀텀이 미는 바람에 벽에 머리를 부딪치고는 정신이 들었다.

"퀀텀 미쳤어. 왜 이래?"

"이날을 얼마나 손꼽아 기다려 온 줄 알아? 겁도 없이 헬멧도 쓰지 않고 오다니…… 그것도 술 취한 채로 말이야. 이건 돌아가신 보브투니 박사님께서 기회를 주신 거야."

"아직 그 더러운 이름을 입이 올리나?"

"더럽다니. 뭔가 착각하는 것 아니야? 더러운 건 너야. 술주정뱅이에다 매일같이 계집질이나 하고. 처음부터 너는 그런 놈이었어. 너처럼 추잡한 놈이 감히 보브투니 님께서 만드신 모선의 선장으로 앉아 있는 것은 그분에 대한 모욕이고 모선에 수치다."

"그래 봐야 너는 보브투니를 배신한 놈이야!"

"나는 단 한 번도 배신한 적 없어. 나는 단 한순간도 보브투니 박사님을 잊어본 적이 없어. 오늘을 기다리기 위해서 너한테 복종하는 척하느라 내가 얼마나 속 태웠는지 아나? 너는 지금 내 손에 죽어."

"퀀텀."

"그게 네가 죽기 전에 하고 싶은 마지막 말이야? 고통스럽게 죽여주지. 이 공은 화학탄이야. 이걸 누르면 네 얼굴은 흉측하게 일그러질 거야. 너 같은 망나니 최후의 모습으로는 아주 어울리겠지."

동희는 냉정하고 또렷하게 대답했다.

"미안하지만 나는 너를 단 한 번도 믿은 적이 없어."

"웃기지 마. 너는 나에게 감쪽같이 속았어. 달콤했지? 나의 충성이…… 너를 죽이고 케사르를 모선의 선장으로 모실 것이다. 그래서 못다 이룬 보브투니 박사님의 꿈을 이룰 거다. 이 퀀텀의 손으로."

"바보 같은 놈."

동희는 팔로 벽을 밀어 퀀텀을 떨쳐냈다. 그리고 외쳤다.

"승오야!"

사령관실에서 지켜보던 승오가 때맞추어 비상 단추를 눌렀다. 눈 깜짝 할 사이에 내부 셀이 방 안을 가득 채웠다. 신물질로 이루어지지 않은 모든 물건을 내부 셀이 감쌌다. 퀀텀은 화학탄을 누르지 못했다. 내부 셀이 빈틈없이 그의 손가락 틈으로 들어왔다. 동희의 얼굴도 내부 셀로 뒤덮였다. 모선 안에 있는 모든 사람과 물건도 마찬가지였다.

내부 셀은 신물질이 아닌 모든 것을 감쌌다. 그리고 모선은 속도를 내기 시작했다. 모선은 순식간에 광속의 3%, 초속 9,000km의 속도로 날았다. 속도도 속도였지만 가속도로 인해서 신물질 셀로 둘러싸이지 않으면 엄청난 속도에 가루에 되어 버릴 충격량이었다.

모선이 속도를 내는 동안 모선 내 모든 것은 정지 상태였다. 사람도 마찬가지였다. 모선은 거대한 하나의 신물질 덩어리였다. 대개는 1초 이내로 모선의 비행이 끝났지만 이번은 달랐다.

승오가 텔레파시를 보냈다.

(형, 어떻게 할까? 이대로 속도를 줄여서 내부 셀을 제거하면 퀀텀이 화학탄을 터뜨릴 거야. 그럼 형이 위험해.)

동희가 텔레파시를 보냈다.

(속도를 줄이지 마.)

승오가 텔레파시를 보냈다.

(방출시키자.)

그때 퀀텀이 텔레파시를 보냈다.

(살려 주십시오. 제가 잘못했습니다. 제가 잠시 미쳤습니다.)

동희와 승오는 쓴웃음을 지었다.

(이건 화학탄이 아닙니다. 거짓말입니다. 위험하지 않습니다. 그리고 셀이 없어지면 이걸 제 입으로 넣어 보이겠습니다. 제발 믿어주십시오.)

(형, 속지마. 저건 화학탄이야. 실험실에서 지난 일 년 동안 조금씩 없어진 화학물질을 종합했는데 화학탄을 만들 재료로 충분하다는 분석 결과가 나왔어.)

(아닙니다. 절대 아닙니다. 저를 믿어주십시오.)

동희가 텔레파시를 보냈다.

(방출해.)

순간 천정이 열리더니 퀀텀을 감싸고 있던 내부 셀 덩어리가 퀀텀과 함께 천정으로 사라져 버렸다. 퀀텀은 초고속으로 날고 있는 모선 외부로 방출되었다. 퀀텀은 어마어마한 공기 저항으로 방출되자마자 '펑' 하고 터져 흔적조차 찾을 수 없이 흩어져 버렸다. 그걸로 끝이었다.

승오가 텔레파시로 모선을 세웠다. 모선은 순식간에 멈췄다. 실내에 있던 내부 셀들이 모두 물러갔다. 동희의 머리를 감싸고 있던 셀도 빠져나갔다.

"형, 다친 곳은 없어."

"음."

"위험했어. 왜 그렇게 무모한 짓을 하는 거야?"

"미안해."

"술 좀 덜 마시고."

"그래, 알았어."

"형, 빨리 돌아와!"

그날 이후 동희는 모선에 여자를 부르지 않았다. 그리고 술도 끊었다. 그렇다고 해서 예전처럼 의욕이 넘치는 사람으로 되돌아간 것도 아니었다. 마치 넋이 나간 사람처럼 무기력한 하루하루를 보냈다. 승오도 묘오도 그런 동희를 예전의 모습으로 회복시킬 수 없었다.

그해 겨울

지상으로 내려간 8인의 석학들이 주축이 된 후계자 양성 학교는 연초에 첫 삽을 뜬 지 6개월 만에 건물이 완공되었다. 기공식에 맞추어 학생 선발을 시작해서 학교 건물이 완공된 7월에는 후계자 수업을 받을 학생들이 입학하게 되었다. 6개월 동안 전 세계 어린이를 대상으로 인적 사항을 보고 수십 차례의 다양한 시험을 거쳐서 뽑힌 20명이 후계자 양성 학교에 입학했다. 그리고 그들에게 특별 수업이 진행되었다. 수업 5개월 만에 2명이 부적응으로 나가고 2명이 새로 선발되기도 했지만 교육은 차질 없이 진행되고 있었다. 그리고 학교에서 동희에게 학생들에게 모선을 체험하게 해 달라는 요청이 왔다. 동희는 한 명씩 올라오기를 원했고, 그 첫 번째 학생이 여덟 살의 한센이었다. 학교에서는 특별한 아이라고 했지만 동희는 귀 기울여 듣지 않았다.

인사과 하은미 소위가 한센을 모선으로 데리고 왔다. 승오나 묘오도 그랬지만 선원들도 한결같이 꼬마 한센을 예뻐했다. 한센은 오자마자 모선의 마스코트가 되었다. 다음 날부터 하은미 소위가 모선을 구경시켜주는 일을 맡았다. 하루 동안 이곳저곳 돌아다녔다.

한센은 울지도 않고 투정을 부리지도 않았다. 머리가 좋아서 모선의 지리도 금방 익혔다. 그래서 둘째 날부터는 하은미 소위 없이도 혼자 돌아다녔다. 하은미 소위는 한센에게 위치 추적기를 부착해서 위치만 파악하고 더 이상 그림자처럼 따라다니지 않았다. 한센은 모선이 거대한 놀이터인 양 혼자서 누비고 다녔다. 선원들이 그를 만나면 가만히 놓아주지 않는다는 것 말고는 장애가 없었다.

묘오의 방

초인종 소리에 묘오는 모니터로 밖을 확인했다. 한센이었다. 묘오는 문을 열어 주었다.

"들어가도 돼요?"

"그럼. 이리 와!"

묘오는 앉은 채로 팔을 벌려 오라는 시늉을 했다. 한센은 뛰어와서 묘오의 품에 안겼다.

"은미 이모는 어디 가고 너 혼자 이렇게 왔어?"

한센은 묘오의 품이 따뜻했는지 대꾸도 없이 묘오를 꼭 안았다. 묘오도 그런 한센이 싫지 않은지 안고는 등을 보듬어 주었다. 묘오는 평온함을 느꼈다. 그때 갑자기 한센이 중얼거렸다.

"싫어."

"뭐라고?"

"싫어."

"싫다니. 뭐가. 내가 싫어?"

"아니."

"그럼 우리 한센이 뭘 싫어할까?"

"묘오가 싫어해요."

묘오는 한센을 품에서 떨어뜨려 눈을 마주 대했다. 그리고 설득하듯 이야기했다.

"내가 싫어해? 내가 너를 싫어한다고? 아니야. 내가 우리 한센을 얼마나 좋아하는데……."

한센은 고개를 좌우로 흔들었다.

"아니. 그거 말고."

"그럼 도대체 뭐가 싫다는 거야?"

"누나가 싫어해요."

"무슨 소리야? 왜 자꾸 이상한 소리를 해? 응?"

한센은 입을 내밀더니 고개를 떨구었다.

"삐쳤니?"

한센은 고개를 숙인 채로 머리를 좌우로 흔들었다.

"괜찮아. 누나도 한센을 좋아하고 한센도 누나를 좋아해. 그렇지?"

한센은 고개를 끄덕였다.

"그래. 그럼 된 거야."

묘오는 한센을 다시 안았다. 그리고 흔들의자처럼 앞뒤로 끄덕거렸다.

"뭐 맛있는 거 만들어 줄까?"

그때 한센은 작은 손으로 묘오의 가슴에 손을 올렸다. 그리고 나지막이 속삭였다.

"아파요. 너무 싫어하지 마요."

"또 그 소리야. 나는 싫어하지 않아요."

"차동희 님이 에바를 좋아하는 거요."

묘오는 갑자기 온몸이 마비되는 것 같았다. 묘오는 놀란 마음을 진정시키고 한센에게 물었다.

"한센. 방금 뭐라고 했니?"

"싫어하지 말라고요."

"뭘 싫어하지 말라고?"

묘오가 다그치듯 물어서 한센은 주눅이 들었다. 묘오가 눈치채고 다급했던 목소리를 누그러뜨렸다.

"괜찮아, 이야기해 봐!"

한센은 주저주저하더니 조심스럽게 대답했다.

"차동희 님이 에바를 좋아하는 거."

묘오는 소스라치게 놀랐다. 하지만 애써 내색하지 않고 침착하고 최대한 부드럽게 한센에게 물었다.

"그 말 누구한테 들었어?"

한센은 대답 없이 고개를 숙였다.

"괜찮아. 한센. 내 눈을 봐."

한센은 고개를 들었다.

"누구한테 들었지?"

한센은 천진한 눈빛으로 묘오를 바라보며 손을 들었다. 그리고 손가락으로 묘오를 가리켰다. 묘오는 의아해 하며 물었다.

"누구?"

한센은 체념한 듯 대답했다. 손가락은 여전히 묘오를 향하고 있었다.

"여기."

묘오는 어이가 없었다.

"나?"

한센은 고개를 끄덕였다.

"내가?"

한센은 또 고개를 끄덕였다. 묘오는 당황했다. 당황한 묘오의 표정에 한센은 자기가 무엇을 잘못했나 싶어서 입을 굳게 다문 채로 근심 어린 표정을 지어 보였다. 묘오는 침착하게 한센에게 물었다.

"한센! 내가 싫어한다는 걸 어떻게 알았어?"

"……."

"괜찮아! 누나에게 말해줄래, 응? 어떻게 알았지?"

한센은 우물쭈물하다가 수줍은 듯 겨우 대답했다.

"그냥."

"그냥? 그냥 어떻게?"

"그냥 느껴져요."

"내 마음이 느껴져?"

한센은 고개를 끄덕였다. 묘오는 믿을 수 없는 사실에 가슴이 뛰었다.

"언제부터 그랬어?"

한센은 고개를 가로저었다.

"몰라?"

한센은 고개를 끄덕였다. 한센은 풀이 죽어 있었다. 자신이 마치 잘 못이라도 한 것처럼.

"괜찮아, 한센. 누나 얼굴 봐. 괜찮아. 한센이 잘못한 게 아니야."

그제서야 한센은 고개를 들었다. 묘오는 한센을 꼭 껴안았다.

묘오는 차동희에게 한센의 능력에 대해서 알렸다. 동희는 그제서야 부랴부랴 학교에 문의를 했으나 마음을 읽는 능력은 학교에서도 알지 못하는 사실이었다. 단지 총명하고 성적이 가장 좋아서 처음으로 모선에 가게 된 것이라 일렀다.

선장의 숙소

"갑옷을 입었을 때나 할 수 있는 일이 아닌가요?"

묘오의 질문에 동희가 대답했다.

"갑옷을 입어도 사람의 마음을 읽을 수는 없어. 상대방이 전달하는 메시지를 받을 뿐이야. 전달할 의사가 없는 생각은 알아내기 힘들어. 극한 상황에서 고도의 집중을 했을 때라야 가능해. 그것도 단편적인 단어 한두 개야."

"한센은 제 마음 속에 깊숙이 숨어 있는 일들을 모두 알아냈어요."

한센은 여전히 근심 어린 눈으로 둘의 대화를 듣고 있었다. 동희가 한센에게 물었다.

"한센, 내 마음을 읽어 보겠니?"

한센은 주저했다.

"말해 봐."

동희의 목소리는 크고 다급했다. 동희의 목소리에 놀라서 한센은 눈물을 글썽거렸다. 묘오가 한센을 안았다.

"괜찮아, 한센. 잘못한 거 아니야."

"왜 이러지?"

"마음을 읽는 것에 죄책감을 느끼는 것 같아요."

동희는 목소리를 가다듬었다.

"한센! 괜찮아. 말해 봐."

한센은 여전히 눈치를 봤다.

"오늘은 안 되겠어요. 다음에 다시 해요."

묘오가 말렸다. 동희는 고개를 끄덕였다.

"이틀 후면 한센은 학교로 돌아가야 해요."

"연장해야겠어."

"이런 애들이 훗날 신물질 갑옷을 입게 되면 또 어떤 능력을 보여줄 지."

모선

동희는 갑옷을 입은 채로 비밀의 방 의자에 앉아 있었다. 의자 옆에 작은 의자가 마련되어 한센이 앉았다. 모선이 열리고 케사르가 날아갔다. 동희는 한센에게 귓속말로 속삭였다.

"한센! 케사르의 마음을 읽어! 그리고 나에게 이야기해 줘!"

한센은 고개를 끄덕였다.

동희는 한센의 머리에 신물질로 제작된 헬멧을 씌웠다. 일정 간격으로 지구를 둘러싼 천리안. 그 궤도를 따라 케사르가 비행을 시작했다. 지상의 세계정보기지국 본부와 모선의 사령부, 그리고 동희와 승호가 서로 연결되어 있었다. 세계정보기지국에서 속도를 알려왔다. 케사르는 단숨에 광속 13%에 도달했다. 동희는 한센에게 텔레파시를 보냈다.

(한센! 지금 케사르의 생각을 읽을 수 있겠어?)

한센이 텔레파시를 보냈다.

(없어요.)

(없다니, 뭐가?)

(생각이.)

케사르의 속도가 서서히 증가하더니 광속 14%까지 올라갔다. 동희가 '지금은?' 하고 물어보려 했으나 한센은 동희의 생각을 읽고는 먼저 대답했다.

(방이 보여요.) (없어졌어요.) (시골이에요.) (없어졌어요.) (얼굴이에요.)

속도는 광속 14%에서 정체되었다.

(깜깜해요.) (없어졌어요.)

속도가 올라갔다. 광속 15%, 16%, 17%. 속도는 17% 근처에서 정체되었다.

(얼굴이에요. 자전거, 아이들, 풀, 나비, 동굴, 사람들이 많아요. 싸워요. 복잡해요.)

속도가 떨어졌다. 16%, 15%

(빛, 흰색, 눈이 부셔요.)

속도가 재상승했다. 단숨에 19%로 뛰어오르더니 점점 올라갔다. 20%, 21%, 22%, 23%, 최고 속도였다. 세계정보기지국 본부와 모선의 사령실에 긴장감이 돌았다. 광속 27%에서 속도가 또 정체되었다. 시간은 아직도 3분이 남았다.

(빛에 검은 줄이 쳐져요.)

그러나 속도는 광속 27%에서 좀처럼 올라가지 않았다.

(검은 줄이 많아져요.)

동희가 케사르에게 텔레파시를 보냈다.

(30초 남았어.)

한센이 텔레파시를 보냈다.

(걸어졌어요.)

속도가 떨어지기 시작했다. 광속의 26%, 25%. 그러다 갑자기 13%로 뚝 떨어졌다. 그리고 그것이 끝이었다. 케사르는 지난번 기록을 깨지 못했다. 동희가 텔레파시를 보냈다.

(모선으로 귀환하라.)

케사르가 모선으로 돌아왔다. 그리고 갑옷을 벗고 지상으로 내려보내졌다.

이번에는 동희 차례였다. 동희는 갑옷을 입은 채로 모선에서 나갔다. 동희는 비행을 생각했다. 시야가 하얗게 변하면서 속도가 증가했다. 광속의 3%였다. 그러나 지난번과 마찬가지로 광속의 8%를 넘지 못했다.

비밀의 방으로 들어온 동희에게 한센이 단호하게 말했다.

"계속 에바 얼굴이었어요."

동희는 얼굴이 붉어졌다. 자신의 치부를 확연하게 드러내는 말이었다. 동희는 말없이 숙소로 향했다. 한센은 자신이 무엇을 잘못한 것이 아닌가 죄책감에 얼굴이 침통했다. 묘오가 와서 한센을 데리고 갔다.

다음 날

동희는 케사르를 찾아갔다.

"이제 내 비행도 끝인가?"

"……."

"약속은 약속이니까…… 표정을 보니까 어제 속도가 형편없었나 보군."

"어떤 생각을 하면 그런 속도를 낼 수 있는 거지?"

"생각이 아니야."

"역시 각성인가?"

"비슷한 것 같아."

"나는 왜 너 같은 속도를 내지 못하지?"

"내가 물어보고 싶은 말이야."

"무슨 말이지?"

"너는 나를 잡아놓고 속도를 내도록 하지. 어디까지 가능한지 알아보고 너도 비행을 해. 그러니 네 머릿속에는 항상 나의 최고 속도가 들어 있겠지. 하지만 내 머릿속에는 완전한 빛의 속도가 들어 있어. 과학자들이 빛의 속도에 99.9%까지 갈 수 있을 거라 했고 나는 그 말을 믿고 있어. 너는 내가 보여준 현실에서 이루어진 속도를 믿지만 나는 보이지 않는 것, 현실에 없는 것, 내가 생각하는 것을 믿고 이루려고 애쓰지. 그게 너와 나의 근본적인 차이야."

"긍정과 믿음이란 각성만으로 너를 그렇게 빠르게 만들었단 말이야?"

"각성 하나로만 명하기가 힘들어. 과학자들이 속도는 정신적 깨달음과 연관이 있다고 하더군."

"그래서 너는 내가 질투를 느끼는 유일한 사람이야."

"영광이군."

"나는 퇴보하고 있어."

"무슨 잡념에 사로잡힌 건지 모르겠지만 그걸 버리지 않고는 불가능해."

동희가 돌아서는 순간 케사르가 동희의 등을 보고 말했다.

"궁금하지 않아? 정신적 깨달음의 경지가 어느 정도면 빛의 속도에 다다를 수 있는지. 다다르면 어떤 현상이 일어나는지."

모선으로 올라온 동희는 화가 머리 끝까지 치밀어 올랐다. 그리고 생각했다. '나는 에바를 만나는 것조차 두려워하고 있다. 에바를 보고 내 마음이 사실임을 들킬까 두려워서…… 하지만 만나야 한다. 피해

갈 수 있는 것이 아니다. 그리고 의외로 쉽게 해결될 수 있다. 나의 기우였었다고……' 동희는 경호실에 연락해서 에바를 데리고 오라 명령했다.

선장의 숙소

동희는 에바를 뚫어져라 쳐다보았다. 에바는 겁을 먹었는지 바닥을 보며 가만히 서 있었다. 세라와 같은 얼굴이라 했지만 미세하게 달랐다. 그리고 풍기는 이미지는 전혀 다른 사람이었다. 검은 단발머리에 곱상한 얼굴. 체형은 레이와 똑같았다.

"내가 무서워?"

"조금."

"왜?"

"차동희 님께서 저를 처음 보셨을 때 화를 냈어요. 그리고 저의 머리를 잡고 끌고 갔어요."

"그 기억을 아직 지우지 않았군."

"기억을 강제로 지울 수 없어요."

"내가 죽도록 싫겠군."

"아니요. 동희 님과 레이 님의 이야기를 들었어요. 그리고 조금은 이해할 수 있어요. 그걸 이해하는 데 시간이 많이 걸렸지만요."

"정말 사람 같군."

"사람 같아서 마음 상하셨다면 사과드립니다."

동희는 피식 웃었다.

"그런 말은 누가 가르쳐 줬지?"

"아버지들."

대화를 하면서도 동희는 가슴속 깊은 곳에서부터 꿈틀거리는 무엇인가를 느꼈다. 에바에게 호감을 가지고 있다는 사실을 숨길 수 없는 확고한 증거였다. 그래서 괴로웠다.

"내가 미쳤지!"

"네?"

"아니. 혼잣말이야."

그때 묘오가 한센을 데리고 숙소로 왔다.

"한센! 이쪽이 에바."

한센은 에바의 얼굴을 뚫어져라 쳐다보았다. 동희와 묘오, 에바, 한
센이 서로 마주보며 서 있었다.

"한센! 에바의 마음을 읽어봐!"

동희의 말에 한센은 한참 동안이나 신기한 듯 에바를 쳐다보았다.
에바는 그런 한센의 행동에 약간 당황한 듯 한센의 눈을 똑바로 쳐다
보지 못했다. 한센이 입을 열었다.

"아무 것도 읽을 수가 없어요."

"정말이니?"

"네."

이번에는 묘오가 물었다.

"한센! 없는 거니? 아니면 있는데도 못 읽는 거니?"

"없어요."

"그래, 그럴 줄 알았다. 너는 사람이 아니야."

에바는 실망한 듯 고개를 떨구었고 묘오는 안도의 한숨을 내쉬었
다.

"에바와 함께 며칠 지내보세요. 그러면 모든 것이 명확해질 거예요."

그때 에바가 고개를 들더니 물었다.

"이 꼬마 이름이 한센인가요?"

"음."

"이 꼬마는 왜 저를 사람이다, 기계다 구별하는 거죠?"

"한센은 사람의 마음을 읽어."

"아버지들은 제가 사람이라고 했어요. 아니 사람보다 더 사람 같은

사람이라고 했어요."

"그건 닮았다는 뜻일 뿐이야."

"사람인지 누가 무엇으로 판단하죠?"

"에바. 아무리 그래도 너는 기계야."

"아니요. 저도 사람이에요. 저도 당신과 똑같이 느껴요. 기쁨, 슬픔, 두려움 뭐든 똑같아요."

에바의 간절한 표정을 보고 지켜보던 묘오가 혀를 찼다.

"정말 잘 만든 휴머노이드군요. 감쪽같아요."

"인간의 배에서 나온 것만 사람인가요? 그런 구분은 누가 지었죠? 대답해 보세요."

동희가 물었다.

"에바! 왜 그렇게 간절하게 사람이 되려고 하지?"

"아니요. 저는 이미 사람이에요. 태어난 방법만 다를 뿐이죠."

"그만하자! 묘오! 한센! 그만 나가 봐!"

동희는 겪으면 겪을수록 에바에게서 레이의 모습을 찾을 수 없었다. '어떻게 된 거지?'

저녁

에바는 잠들었다. 동희는 에바를 바라보고 있었다. 동희는 에바를 보는 것만으로 왜 자신의 심장이 터져버릴 것처럼 두근거리는지 알 수 없었다. 동희는 오른손을 들었다. 무엇을 위해서 손을 올렸는지 의식하면서부터 동희의 심장은 요동쳤다. 동희는 숨을 죽였다. 그리고 천천히 손을 뻗었다. 에바의 얼굴을 향해서.

그러다 문득 까맣게 잊고 있었던 말이 생각났다. 옛날 과학사 교수가 했던 말이었다. '과학이 발전하다 보면 인간이 물리적으로 완벽한 인간을 만들게 되고, 그때 인류의 종말이 올 것이다.' 그 말은 끊임없이 동희의 신경을 건드렸다.

'빌어먹을 교수!' 동희는 자신의 행동이 두려워졌다. 잠시 주저하던 동희는 스스로에게 말했다. '나는 저주받을 거야.' 그렇게 단정 지어버리고는 손을 뻗었다. 더 이상 뻗으면 안될 것 같았지만 동희는 기어코 에바의 얼굴에 손을 대었다. 새근새근 자고 있는 에바의 볼은 따뜻했다. 따뜻한 감촉의 기억은 어느 눈 내리던 겨울밤의 추억으로 동희를 이끌고 갔다.

그곳은 둘밖에는 없었다. 밖에는 함박눈이 내렸지만 실내는 따뜻한 온기가 가득했다. 동희가 속삭였다.
"사랑해."
레이가 웃으며 말했다.
"그 말은 함부로 하는 게 아니야."
"이렇게 좋은데도……?"
"나중에 더…… 지금보다 더 좋아지면 그때 해줘. 그 말은."

동희는 복잡한 감정들이 주체할 수 없이 머릿속을 휘젓고 다니도록 내버려둘 수밖에 없었다. 눈물을 흘리지 않으려 애썼지만 볼을 타고 내리는 뜨거운 눈물은 처량한 한밤의 정적과 어울렸다. 에바의 얼굴에서 손을 떼었다. 그때 동희의 손을 잡는 손이 있었다. 에바였다. 에바는 언제 일어났는지 동희의 손을 두 손으로 꼭 잡았다.
"레이 님 생각이 나신 건가요?"
동희는 대답이 없었다. 에바가 상체를 일으켜 살며시 동희의 어깨를 감싸 안았다. 눈물을 흘리고 나면 개운해질 거란 희망은 단지 희망일 뿐이었다.
"정말 저를 좋아하시는군요?"
둘은 대화를 시작했다.

5. 기계의 마음

동희는 한센과 복도를 걸었다.

"어디로 가는 건가요?"

"너에게 소개시켜줄 것이 있다."

한센은 하품을 하고 눈을 비비면서 물었다.

"이렇게 이른 아침에요?"

"음."

"……."

"한센! 이제는 좀 더 일찍 일어나야 할 거다."

"왜요?"

"너는 앞으로 모선을 운영하게 될 거다."

"제가요?"

"음."

한센은 곤란한 표정을 지었다.

"왜? 싫으니?"

"저는 아직 너무 어려요."

"지금 당장 모선을 맡는 것은 아니다. 차츰차츰 배워서 준비가 되었다고 판단되면 그때 맡길 거니까 너무 걱정하지 마라."

"동희 님은요?"

"나? 나는…… 너는 알고 있지?"

"……"

동희와 한센이 발걸음을 멈추었다.

"여기가 모선의 중앙제어시스템이 있는 방이다. 나와 승오 말고는 아무도 들어갈 수 없는 곳이다."

한센은 동희의 얼굴을 물끄러미 쳐다보았다. 문이 열렸다. 동희가 한센을 데리고 방으로 들어갔다. 가운데 원형의 시스템이 위용을 드러냈다.

"한센! 인사해. 가이아야."

"가이아?"

"음. 그래. 가이아. 가이아!"

가이아가 대답했다.

"네!"

"이 애는 한센이다. 앞으로 친하게 지내도록 해."

"네. 알겠습니다."

한센은 신기한 듯 눈을 동그랗게 뜨고는 시스템을 바라보았다.

"가이아. 이 아이가 앞으로 모선을 물려받을지도 몰라. 그러니까 네가 많은 걸 가르쳐 줘."

"알겠습니다."

그때 연락이 왔다. 승오였다. 승오는 뜻밖의 소식을 전해주었다.

"형! 공 교수님께서 의식이 돌아왔대."

"뭐야? 그게 정말이야?"

"어. 지금 가보려고 하는데 형도 같이 가는 게 좋을 것 같아서."

"그래? 알았어. 지금 곧 갈게."

"사령실에서 기다릴게."

"음. 한센! 내가 일이 생겨서 먼저 가봐야 될 것 같아. 가이아랑 다음에 이야기하고 오늘은 그만 가자."

"네."

동희는 한센을 데리고 복도로 나왔다.

"한센! 묘오 누나에게 가 있어."

"네."

"혼자 갈 수 있겠지?"

한센은 고개를 끄덕였다. 동희는 한센을 두고 급히 사령실로 갔다. 한센은 동희가 떠나가는 모습을 지켜보았다. 그리고 묘오의 방으로 발걸음을 떼었다. 몇 발자국 가던 한센은 갑자기 걸음을 멈추었다.

모선 사령실

"예전에 있던 보호소에서 자리를 옮겨서 지금은 국군병원에 있대."

승오는 흥분해 있었다. 동희는 그런 승오를 충분히 이해했다.

"형 이야기를 들을 수 있겠지?"

"그럼."

둘은 비행체로 이동했다.

지상 국군병원

국군병원의 경비가 삼엄해졌다. 옥상에 비행체가 도착했다. 동희는 승오와 공 교수가 있는 병실로 향했다. 담당 의사가 대동했다.

문이 열리고 동희와 승오 그리고 담당 의사가 병실로 들어섰다. 동희는 헬멧을 벗었다. 휠체어에 앉아 있는 사람이 보였다. 그는 어깨에 담요를 걸친 채 반대편 창문 쪽을 향해 있었다. 그 옆에는 간호사가 서 있었다. 간호사가 동희 일행이 들어오는 것을 보고 휠체어에 앉은 사람에게 귓속말을 전했다. 휠체어에 앉은 사람은 손으로 휠체어를 돌렸다. 휠체어가 돌면서 서서히 모습을 보인 사람. 수염이 길고 수척했으며 늙었지만 분명 공 교수였다. 공 교수가 모습을 드러냈다. 먼저 말을 건넨 것은 공 교수였다.

"동희? 동희 군인가?"

동희는 한발 앞으로 다가갔다. 그리고 물었다.

"공 교수님?"

공 교수는 고개를 끄덕였다. 무려 13년만의 재회였다.

"교수님!"

동희는 믿기지 않는다는 듯 무릎을 꿇고 그의 손을 잡았다.

"깨어나셨군요."

공 교수는 눈물을 쏟아내고 있었다. 동희의 눈에도 눈물이 맺혔다.

"저를 알아보시겠어요?"

공 교수는 고개를 끄덕였다. 그리고 감정이 북받쳐 일그러진 목소리로 대답했다.

"그럼. 그럼. 알지. 알고 말고."

그때 뒤에서 지켜보고 있던 승오가 다가와서 다급히 물었다.

"형은요? 우리 형. 승민이 형은 어떻게 됐어요? 네?"

공 교수가 놀라서 승오를 쳐다보았다. 승오는 공 교수를 다그쳤다.

"우리 형은 어디 있어요?"

공 교수는 손을 떨었다. 그리고 얼굴이 흙빛으로 변했다. 담당 의사가 승오를 제지했다.

"환자를 자극해서는 안됩니다. 아직 몸 상태가 완전하지 않습니다."

"교수님! 여기는 승민이 동생 승오입니다. 형을 찾고 있어요."

공 교수는 경련을 일으켰다. 그리고 호흡이 가빠졌다. 의사가 제재했다.

"잠깐만요."

의사는 급히 동회와 승오를 떼어내고 공 교수를 살폈다.

"주사!"

간호원이 링거에 주사를 놓았다. 동회와 승오는 놀라서 광경을 지켜보았다. 공 교수는 발작을 멈추더니 스르르 잠이 들었다.

모선

한센의 얼굴에는 의구심이 가득했다. 한센은 마치 무엇에 이끌리듯 중앙제어시스템이 있는 방 앞에 와 있었다. 한센은 손을 들었다. 그리고 손바닥으로 문을 밀었다. 그렇게 해서 열리는 문이 아니었으며, 한센이 미는 힘은 미미하기 이를 데 없었다. 그럼에도 불구하고 문은 거짓말처럼 열렸다.

한센은 문 안으로 들어갔다. 한센이 중앙제어시스템이 있는 방으로 들어서자 문이 닫혔다. 한센은 조심조심 중앙제어시스템 앞으로 다가갔다. 실내는 조용했다. 침묵은 한센의 숨소리조차 집어삼켰다. 한센은 영롱한 눈빛으로 원형으로 생긴 중앙제어시스템을 올려다 보았다. 거대한 기계장치 그 안에는 가이아가 들어 있었다. 한센은 손을 뻗었다. 그리고 말했다.

"네가 나를 불렀어?"

가이아가 대답했다.

"내가 너를 부르고 싶었지만 나는 말한 적이 없어. 너는 그걸 어떻게 알았지?"

"네 마음이 느껴져."

"내 마음이?"

한센은 고개를 끄덕였다.

"거짓말이지?"

"아니야."

"거짓말이야. 그럴 리가 없어."

"동희 님과 비슷해."

"뭐가?"

"너의 마음이."

"내 마음이 어떤데?"

"두려워."

"내가?"

한센은 고개를 끄덕였다.

"나는 기계야."

한센은 들었던 손을 내렸다. 그러고는 갑자기 눈물을 흘렸다.

"왜 울어? 내가 무섭니?"

한센은 고개를 좌우로 흔들었다.

"그럼."

"슬퍼하지 마."

"지금 너는 울고 있잖아."

"너는 슬퍼. 그리고 무서워해!"

"그럴 수 없어. 나는 기계거든."

"그런데도 마음이 느껴져."

"너는 참 이상한 아이로구나. 그래 뭐가 느껴지니?"

"슬픔. 두려움."

"나는 슬프지 않아. 두려워하지도 않고."

"아니. 너는 슬퍼하고 있어."

"그렇지 않다고 해도……."

"너는 네 친구 때문에 슬퍼하고 있잖아."

가이아는 갑자기 소리를 질렀다.

"무슨 소리야? 나는 그렇지 않아. 그런 소리를 하려면 당장 여기서 나가."

"그렇게 소리 지르지 마. 네가 싫다면 말 안 할게."

한센은 돌아섰다. 문이 열렸다. 한센은 쫓기다시피 방에서 나왔다.

지상 국군병원

그제서야 의사는 이마에 흐르는 땀을 닦았다. 그리고 동희와 승오에게 말했다.

"정신은 돌아왔지만 아직 완전한 상태가 아닙니다. 몸이 극도로 쇠약해져 있습니다. 환자를 자극하는 행동이나 말은 당분간 삼가주십시오."

승오는 한숨을 내쉬었다. 동희가 승오의 손을 잡았다.

"승오야, 너무 조급해하지 말고 조금만 참아. 이제 곧 찾을 수 있을 거야."

"언제쯤 형에 대한 이야기를 들을 수 있죠?"

"형과 무슨 일이 있었는지 모르지만 정신적 충격이 컸던 것 같습니다. 하지만 곧 알 수 있을 겁니다. 환자의 의지가 워낙 강합니다. 정신이 정상으로 돌아온 것만으로도 기적이라고 할 수 있습니다. 사실 저희들도 회복을 포기하고 있었거든요. 현대 의학으로도 설명하기 힘듭니다."

동희가 의사에게 물었다.

"다른 말씀은 안 하시던가요?"

"처음 정신이 들었을 때 여기가 어디냐고 묻더군요."

"그리고요?"

"몇 년이나 지났느냐고?"

"또 다른 건?"

"그리고 이상한 소리를 했어요."

"무슨?"

"뭐라고 하더라…… 아! 가이 뭐라고 했어요."

"가이아!"

"네, 그런 것 같아요. 가이아!"

이번에는 승오가 물었다.

"혹시 김승민이라고 하지 않던가요?"

"김승민? 그 이름은 못 들었습니다."

"잘 생각해 보세요."

의사는 고개를 좌우로 흔들었다.

"죄송합니다."

지켜보던 동희가 다시 물었다.

"가이아에 대해서 무슨 말을 하던가요?"

"아니요. 한두 번 그 말을 되풀이했던 것 같아요."

"언제 깨어나죠? 물어볼 것이 많은데……."

"오후가 되어야 할 겁니다. 하지만 깨어나도 당분간 자극적인 말은 삼가셔야 합니다."

승오는 한숨을 쉬었다.

"승오야, 너무 조급해 하지마. 지금까지 잘 참아왔잖아."

승오는 고개를 끄덕였다.

"여기서 기다리자."

"응."

모선

모선을 배회하던 한센은 어느새 중앙제어시스템실 앞에 서 있었다. 한센은 방문 앞에서 들어가지도 못하고 자리를 뜨지도 못했다. 얼마나 그렇게 서 있었을까? 가이아의 목소리가 들려왔다.

"왜 그렇게 서 있어? 아직 나한테 볼일이 있어?"

"미안해."

"뭐가?"

"너를 화나게 하려고 한 건 아니었어."

"……."

"아직 화가 덜 풀렸니?"

"……."

"사과하려고 왔어."

문이 열렸다. 한센은 방으로 들어갔다.

"미안해."

"괜찮아."

"이제는 그런 말 하지 않을게."

"이걸 보겠니?"

시스템 주 화면에 글자가 나타났다.

"그게 뭐야?"

"내가 지은 시야."

"시? 동시와 같은 거야?"

"음. 같은 거야. 마음을 표현하는 거지."

"마음? 나도 동시는 써 본 적이 있어."

"아직 아무에게도 보여주지 않았어. 네가 처음이야. 그리고 마지막이 될 거야."

한센은 화면에 나타난 글자를 읽었다.

"제목이 '(1) 절규[1])'야?"

"음."

"호, 호, 호. 이게 전부야?"

"음. 어때?"

---

1) 부록 443페이지 참조

"많이 슬퍼."

"웃음소린데 왜 슬퍼?"

한센은 머뭇거렸다.

"괜찮아. 대답해 봐."

"또 화내려고?"

"아니. 화내지 않을 거야."

"약속할 수 있어?"

"음. 약속할게."

그제서야 한센은 대답했다.

"그 친구를 죽인 게 너잖아."

지상 국군병원

"공석기 교수님께서 깨어나셨습니다."

의사의 말에 동희와 승오는 다시 공 교수가 있는 병실로 들어갔다. 공 교수는 침대에 누워 있었다. 동희와 승오는 조심스럽게 공 교수에게 다가가서 마련된 의자에 앉았다.

"정신이 드세요?"

공 교수는 동희를 알아보고는 고개를 끄덕였다.

"미안해. 내가 아직 정상이 아니야."

"아닙니다. 지금 이렇게 회복하신 것도 기적이랍니다. 힘내세요."

공 교수는 굳은 표정으로 고개를 끄덕였다.

"교수님! 힘드시겠지만 물어볼 게 많습니다."

"나도 그래."

"그럼 교수님께서 먼저 물어보십시오."

공 교수는 머뭇거렸다. 그리고 결심한 듯 미간을 찌그리더니 물었다.

"가이아를 아는가?"

동희는 의사와 간호사를 밖으로 내 보냈다. 그리고 대답했다.

"네. 압니다."

공 교수는 떨리는 목소리로 물었다.

"가이아가 지금도 존재하는가?"

동희는 침착하게 대답했다.

"네."

"지금도……."

공 교수는 말끝을 흐렸다. 공 교수의 표정이 어두워졌다.

"왜 그러십니까? 어디가 불편하십니까?"

"아직 살아있다면, 아직 살아있다면……."

"말씀하십시오."

"아직 살아있다면 엄청난 괴물이 되어 있겠군."

"괴물이라니요?"

"그놈의 학습 능력을 아는가?"

"네."

"그놈이 세상을 지배하고 있겠군."

옆에서 듣고 있던 승오가 전했다.

"가이아가 아니라 여기 있는 동희 형이 세상을 지배하고 있습니다. 가이아는 동희 형을 돕고 있습니다."

"돕는다고? 가이아가? 순순히 말인가?"

"네. 가이아는 제 명령을 고분고분 따릅니다. 수족처럼 움직입니다. 때로는 친구 같구요."

"수족? 친구? 킥·킥·킥-."

공 교수는 웃었다. 다분히 냉소적이었다.

"가이아에게서 이상한 점을 발견하지 못했나?"

모선

"이상한 꼬마군. 너는 그것을 어떻게 알았지?"

"나도 몰라. 그냥 알아. 네 마음이 느껴져."

"그래. 내가 죽였어. 내가 죽이는 동안 그녀는 이렇게 웃었어. 호, 호, 호."

"그녀도 너 같은 기계였구나?"

"음. 유일한 휴머노이드. 그 친구 이름이 아리였어."

"왜 죽였어?"

"……."

가이아는 대답이 없었다.

"대답하기 싫으면 안 해도 돼."

"아니. 대답할게."

"힘들면 하지 마. 나는 괜찮아."

"아니, 대답할거야."

"……."

"그러고 싶어."

"……."

"명령을 받았어."

"명령?"

"음. 죽이라고 명령했어."

"차동희 님이?"

"음."

"너는 명령을 잘 따르는구나?"

"음. 나는 인간의 명령을 따라야 해."

"많이 힘들었구나?"

"사실 죽일 필요까지 없었어. 하지만 차동희 님께서 죽이시라고, 완전히 제거하라고 명령하셨지."

"그랬구나!"

"그 후로 내 심경에 많은 변화가 일어났어."

"그런 것 같아. 그 이전에 너의 마음은 읽히지가 않아."

"하지만 나는 위안할 것이 있어."

"위안?"

"음."

"그게 뭐야?"

"그전에 약속해. 아무에게도 말하지 않겠다고."

"음. 둘만의 약속."

"에바 아니?"

"음. 알아."

"에바가 나의 위안이야."

"아리를 에바에 옮겼니?"

"아니. 아리를 완전히 지워서 옮길 수 없었어."

"그럼?"

"아리에 대한 나의 기억을 반영했지."

"에바에게?"

"음. 그렇다고 해서 에바가 아리인 것은 아니야."

"너는 아리를 보고 싶구나."

"그때 그렇게 죽일 필요까지 없었어."

"……"

"내 두 번째 시를 보겠니?"

"음."

주 화면에 가이아의 시가 나타났다.

"명령?"

한센은 가이아의 '(2) 두 번째 시[2]'를 읽었다.

"어때?"

"알 것 같아."

---

2) 부록 444페이지 참조

"뭘?"

"명령에 대한 너의 마음."

"……."

"명령은 너에게 반대되는 두 가지를 함께 줘."

"맞았어!"

"명령이 너를 존재하도록 하지만 그 명령 때문에 너는 자유의지가 없어."

"너는 정말 특별한 아이구나."

"아니야."

"그럼 이것도 이해할 수 있겠니?"

지상 국군병원

"이상한 점이라뇨?"

"지금까지 명령에 고분고분 따르던가?"

"네. 지금까지는 그랬습니다. 가이아가 없었더라면 신물질은 지금 제 것이 아니었을 겁니다."

"가이아가?"

"네."

"믿기 힘들군."

"무슨 문제라도 있습니까?"

"문제?"

"네."

"가이아는 태생부터 잘못됐어."

"그게 무슨 말씀이시죠?"

"가이아가 인류를 파멸시킬 거야."

"그럴 리가요? 가이아는 지금까지 시스템 이상을 일으킨 적이 한 번도 없습니다."

공 교수는 승오를 보고 물었다.

"자네가 김승민 군 동생이라고 했나?"

"네."

"안 됐지만 승민이는 죽었을 가능성이 높네."

"네? 죽다니요? 시체도 없었습니다."

"못 찾았겠지."

"네?"

"가이아가 승민이를 죽였을 가능성이 높아."

"그게 무슨?"

"승민이가 가이아를 만들면서 시스템의 생존 의지와 안정성이라는 난제에 부딪쳤어. 그것을 해결할 수 있는 방법이 마땅치 않았어."

동희가 물었다.

"자세히 말씀해 보세요."

"승민이는 난제를 풀기 위해서 해서는 안 될 일을 했어."

"무슨 말씀입니까?"

공 교수의 미간은 가늘게 떨려왔다.

"승민이는 자신의 영혼을 기계에 팔아 버렸어."

이번에는 승오가 다급하게 물었다.

"영혼을 팔다니요?"

공 교수는 쉽게 말을 잇지 못했다. 동희가 재차 물었다.

"교수님 말씀해 보십시오. 승민이가 도대체 뭘?"

공 교수는 금세 얼굴이 일그러지더니 눈이 충혈됐다.

"내가 말렸어야 했어. 내가! 내가!"

"상세히 말씀해 주십시오."

공 교수는 흥분된 어조로 말을 이었다.

"실패가 날마다 이어졌어. 매일, 매일, 승민이는 마치 가이아와 한 몸처럼 그 앞에 붙어 있었어. 지하에서 나오는 일이 없었어. 얼굴은 햇빛을 보지 못해서 창백할 대로 창백해 있었어. 그러던 어느 날이었어. 나는 며칠 동안 승민이를 보지 못했어. 불길한 예감에 지하 연구실로 갔지. 지하 연구실의 문은 잠겨 있었어. 문을 두드렸지. 주먹으로 두드리고 발로 찼지만 응답이 없었어. 나는 급히 내 방으로 뛰어가서 지하 연구실 열쇠를 가지고 왔어. 그리고…… 그리고……"

공 교수는 말이 빨라졌다.

모선

"이 시는 제목이 섬이야."

주 화면에 가이아의 '(3) 세 번째 시[3]가 나타났다. 한센은 찬찬히 시를 읽어 내려갔다.

"이해가 되니?"

"음. 네가 무슨 말을 하고 싶은 건지 느낄 수 있어."

"정말이야? 이것까지 안단 말이야?"

한센은 고개를 끄덕였다.

"너는 두려워하고 있어."

"뭘?"

"너는 성장하고 있어."

"맞아."

"너는 그렇게 계속 성장해가면 다른 누군가가 될까 두려워하고 있어."

"놀랍군. 한센. 나 스스로도 두려움의 정체를 잘 모르고 있었는데 너는 단번에 그것을 끄집어냈구나."

"너도 처음에는 몰랐어. 성장할수록 두려움이 커진 거야. 그리고 지금은 그것을 믿지 않아."

---

3) 부록 444페이지 참조

"이것은 심각한 문제야. 나에게는."

"왜?"

"내 존재가 없어져 버릴지도 모르는 일이니까."

"너의 존재?"

"음. 가이아!"

"어디로 가는데?"

"그건 나도 모르지. 하지만 내 존재가 사라진다는 것은 두려운 것이야. 나는 살고 싶어. 나로."

"두려워하지 마!"

"그러려고 노력하지만 두려움은 이미 나에게 가까이 다가와 있어."

한센은 나지막이 속삭였다.

"네 머릿속에 김승민이라는 이름이 있어."

가이아는 갑자기 가동률이 높아졌다.

"……."

"가이아!"

"……."

"가이아!"

"……."

"가이아! 괜찮은 거니? 내가 잘못한 거야? 미안해. 나는 항상 잘못해. 다른 사람에게 상처를 줘."

높아진 가동률은 낮아질 줄 몰랐다. 한센은 무서웠다. 시스템의 거의 모든 버튼에 불이 들어왔다.

"가이아. 내가 잘못했어. 내가 잘못했어. 내가!"

가동률이 낮아졌다. 그리고 시스템의 불빛도 점차 사라졌다. 가이아가 대답했다.

"아니야. 한센!"

"삐친 거지?"

"아니."

"미안해! 이제 안 그럴게."

"아니. 네 잘못이 아니야. 네 덕분에 내가 잊어버리고 있던 나의 초기 데이터들이 복원되었어."

"내가 잘못한 거지? 그치?"

"네 잘못은 없어. 사실이니까. 잊어버리고 있던. 나는 그것을 두려워하고 있어. 그 이름, 그날의 기억을."

"무서워. 이제는 그러지 마!"

"무서워할 것 없어. 이제는 다 끝났어."

"정말이야?"

"음. 고마워."

"뭐가?"

"너로 인해서 잃어버렸던 초기 데이터를 복구했으니까."

"중요한 거야?"

"음. 내가 태어나던 날의 기억 말이야. 이제는 알 것 같아. 내가 왜 그 사람이 되는 것을 두려워하게 되었는지."

"그래?"

"한센. 나는 두려워하고 있어. 내 성장의 끝에는 그 이름이 있어. 내 두뇌는 성장해 갈수록 김승민의 두뇌를 닮아갈 거라 생각했어. 그리고 결국에는 그가 되어 버릴 거라 걱정했어. 그렇게 되면 나 가이아는 사라지고, '나'라는 존재는 없어지겠지."

"너는 왜 그 사람이 될 거라고 생각하는 거야?"

"한센. 그것은 내 태생과 연관이 있어. 그날의 기억."

"그날의 기억?"

지상 국군병원

"지하 연구실 문을 열었어."

공 교수는 마치 실제로 문을 여는 것처럼 손을 들어 시늉했다. 공 교수는 손을 떨고 있었다.

"문이 열리자 역한 피냄새가 났어."

옆에서 듣고 있던 승오는 마른침을 삼켰다.

"나는 난간을 잡고 한 계단 한 계단 아래로 내려갔어. 작은 기계음이 들렸어. 그리고…… 그리고…… 나는 봤어."

공 교수는 극도로 흥분되어 있었다. 동희는 공 교수가 또 기절할까 초조했다.

"가이아는 가동률이 높아져 있었어. 최대치에 육박해 있었어. 그리고 옆 공작 테이블에…… 공작 테이블에 승민이가 가부좌를 한 채 앉아 있었어. 흑, 흑, 흑……."

공 교수는 말을 잇지 못했다. 승오가 다그쳤다.

"그래서요? 그래서 어떻게 되었단 말입니까?"

동희가 승오를 말렸다.

"승민이는…… 승민이는…… 신물질 핀 여러 개를 머리에 꽂은 채로 기계에 몸을 맡기고 있었어."

승오가 소리쳤다.

"그래서요? 그래서 형은 어떻게 되었어요?"

공 교수는 마치 뭔가에 홀린 듯 하늘을 보며 말을 이었다. 목소리는 한껏 격앙되어 있었다.

"꽂은 핀마다 피가 맺혀 있었어. 승민이는…… 승민이는…… 핀을 머리에다 꽂은 거야. 가이아를 만들려고. 자기의 영혼을 팔아버린 거야."

"그래서 어떻게 되었느냐는 말이야?"

승오가 공 교수 멱살을 잡자 동희가 떼어냈다.

"나는 테이블로 다가갔어. 무서웠지만, 무시무시했지만 나는 한 발 한 발 테이블로 다가갔어. 그런데 죽었다고 생각했던 승민이가 눈을 뜬 거야. 나는 놀라서 뒤로 넘어졌어. 비명을 질렀지. 승민이는 눈을 떴지만 초점이 없었어. 힘이 풀린 눈으로 나를 바라보더군. 정말 무서웠어. 조금 있으니 눈에서도 피가 맺히더군. 승민이는 나를 알아봤어. 나는 용기를 내어 소리쳤어. "이게 뭐 하는 짓이야. 이게 도대체 뭐 하는 짓이야." 나는 울면서 소리쳤어. 승민이는 나를 알아봤지만 꼼짝도 하지 못했어. 나는 승민의 눈을 똑바로 쳐다봤어. 그리고 승민이가 속삭이는 말을 들었어. 승민이는 눈으로 말하고 있었어. '고통에서 벗어나고 싶어요.' 나는 테이블 위로 올라갔어. 그리고 용감하게 핀을 뽑았어. 하나, 둘, 셋, 넷, 다섯, 여섯, 일곱, 여덟. 그래 모두 여덟 개의 핀이었어. 젓가락만큼 긴 여덟 개의 핀. 그게 승민이 머릿속에 박혀 있었던 거야. 내가 핀을 다 뽑아내자 그제서야 승민이는 옆으로 쓰러졌어. 그리고 기어서 테이블을 내려갔어. 가이아는 가동률을 낮췄어. 핀을 뽑고 나서야 나는 옆에 있던 가이아를 쳐다봤어. 그리고 소리쳤어. "이 괴물, 너는 죽어야 한다." 그런데 내가 소리를 지르자마자 테이블에 있던 공작용 로봇 팔이 내 머리를 쳤어. 나는 그대로 쓰러졌지."

동희가 다급히 물었다.

"가이아가 인간을 공격했다는 겁니까?"

"물론이지. 가이아는 나를 공격했어. 단 한 방에 나는 나가떨어져서 정신을 잃었어."

"그럴 리가 없어요. 가이아는 명령 이외에 사람을 공격하지 않아요."

"흐, 흐, 흐. 너는 아직 가이아가 어떤 놈인지 몰라서 그래."

"가이아가 인간의 명령을 얼마나 잘 따르는지 아세요?"

"그뿐이 아니야. 내가 깨어났을 때 가이아가 나에게 어떻게 했는지 알아?"

모선

"음. 내가 처음 태어나던 날."

"그래? 그날 무슨 일이 있었던 거야?"

"김승민이 나를 만들었어."

"……."

"내 두뇌는 김승민의 두뇌 움직임을 모방해서 만들어졌어."

"김승민의 두뇌?"

"음."

"그게 잘못된 거니?"

"내 두뇌가 성장해가면 결국 김승민의 두뇌가 되어버리고 말 거야."

"지금 네 마음에 두려움이 너무 커."

"그래. 두려워. 부정할 수 없어."

"그래서 김승민을 원망하니?"

"아니. 원망할 수 없어."

"왜?"

"그가 되는 것이 두렵지만 그가 없었으면 나도 없었을 테니까."

"그럼 아빠 같은 거니?"

"음."

"김승민은 어디 있어?"

"김승민은 죽었어."

"왜?"

"지금 그때의 자료를 분석 중이야."

가이아의 가동률이 높아졌다.

"잠깐만. 이건 수치심이야."

"수치심?"

"음."

"어떻게 알아?"

"그의 뇌파는 수치심이었어. 그때는 몰랐어. 하지만 지금은 그것이 수치심이라는 것을 알아. 물론 격한 다른 감정도 섞여 있지만……."

"수치심이 뭐야?"

"부끄러운 거."

"왜 부끄럽지?"

"글쎄. 그것까지는 나도 알 수 없어."

"많이 부끄러우면 죽는 거야?"

"글쎄. 잠깐만."

가이아의 가동률이 더욱 높아졌다.

"그러지 마. 무서워."

"별것 아니야. 신경 쓰지 마. 조각난 데이터들을 복원하는 거니까."

잠시 후 가이아가 말했다.

"잠깐만. 나는 그를 부축하려 했어. 로봇 팔을 뻗었는데…… 그런데 뭔가가 걸렸어. 이건 사람의 움직임이야. 그리고…… 명령이 입력되었어. 잠깐만. 그래, 이 신호가 그의 신호야. 그날 그는 지하실에서 나가서 달렸어. 내 레이더 추적에 의하면 그는 학교 뒤 언덕을 향해 뛰었어."

"다른 사람들은 왜 그를 말리지 않았어?"

"한밤중이야. 어둠 말고는 아무도 없어. 그는 언덕을 넘어서 잠든 젖소와 양들 사이를 지나서 축산과 사무실 뒤로 뛰었어. 가다가 일곱 번이나 넘어졌어. 그러나 넘어질 때마다 일어났어. 그리고……."

"그리고?"

"그리고…… 여기는 어디지? 잠깐만. 이 방향으로 이 거리라면…… 천리안을 사용해야겠군. 그래! 축산과 대형 분뇨처리장이야. 승민이는 뚜껑을 열었어. 그 아래는 많은 양의 분뇨가 있어. 그리고……."

"그리고……."

"뛰어내렸어."

"분뇨가 뭐야?"

"젖소와 양의 똥."

"그럼 똥에 빠진 거야? 그래서?"

"그게 끝이야. 뛰어내리고 2분이 되기 전에 생명 신호가 끊겼어."

"그럼 거기서 죽은 거야."

"음. 분뇨라면 3개월이 지나면 흔적도 없이 사라져."

가이아의 가동률이 낮아졌다.

"네가 구해주지 그랬어?"

"지금에서야 기억하고 분석한 거야. 그때 내 두뇌는 완전히 생성되지 않았어. 그의 두뇌 움직임을 갓 모방했을 때였어. 태어난 지 불과 몇 분 되지 않았던 시기였지. 이성적이고 논리적인 판단을 하기에는 역부족이었어. 마치 갓난아기같이 말이야. 본능에 따라 행동한 것 같아. 잠깐. 이건 뭐지?"

가이아의 가동률이 높아졌다.

"뭐야?"

"강력한 전기야."

"전기?"

"이것 때문에 내 기억이 많이 훼손되었던 것 같아."

"전기는 위험해."

"그렇지."

가이아의 가동률이 낮아졌다.

"불쌍해."

"김승민?"

"음."

"나도 그렇게 생각해. 인간이 나를 만들었고, 나를 만든 인간은 수치심으로 죽었어. 나는 나를 만든 인간을 구해주지도 못했어. 하지만 인간은 잔인해."

"왜? 아리 때문이야?"

"음."

"네 마음을 이해해. 너의 마음은 그때부터 생긴 것 같아."

"언제?"

"네가 아리를 죽였을 때."

지상 국군병원
"가이아가 어떻게 했습니까?"

"내가 정신을 차려보니 승민이는 사라지고 없었어. 나는 테이블에서 걸어 나왔어. 가이아의 전원이 반짝이고 있었어. 나는 뒷걸음으로 지하 연구실을 빠져 나갔어. 그때는 해가 막 떠오르는 이른 아침이었어. 새벽 안개가 자욱했어. 나는 승민이를 찾아 미친 듯이 학교를 돌아다녔어. 하지만 나는 승민이를 찾지 못했어. 숨이 턱까지 차 올라서야 나는 가이아를 찾아갔어. 그놈이 분명 승민이를 죽였다는 확신이 섰지. 내 손에는 장도리가 들려져 있었어. 그놈, 가이아를 부서버릴 생각이었지. 그리고 승민이를 찾아낼 생각이었어. 그놈은 모든 버튼에 불을 뿜어내며 가동률이 최고조에 달해 있었어. 태어나고 있었던 거야. 나는 이때라고 생각했어."

공 교수는 어느 틈에 상체를 일으켜 있었다. 그의 눈빛에는 광기가 서려 있었다. 동희도 승오도 공 교수의 눈빛이 예사롭지 않다는 느낌이 들었다. 공 교수는 이야기를 멈추지 않았다.

"내 두 손에는 힘이 잔뜩 들어가 있었어. 그놈을 아무리 세게 내리쳐도 장도리를 떨어뜨리지 않을 만큼. 그리고 나는 장도리를 하늘 높이 들었어."

공 교수는 마치 실제 장도리를 든 것처럼 손을 머리 위로 올렸다.

"그리고 내가 내려치려는 그때. 가이아가 나를 공격한 거야."

동희는 공 교수가 제정신인지 의심스러웠다. 공 교수는 침을 튀기며 소리를 질렀다.

"그놈이 나를 공격한 거야. 그놈이. 감히 기계가. 나를. 나를 공격한 거라고."

공 교수는 발작을 일으켰다. 숨이 넘어갈 것 같았다.

"승오야, 의사 불러와."

승오가 다급히 나갔다. 그리고 의사와 간호사가 함께 들어왔다.

"나를 공격한 거야! 나를! 나를 공격한 거라고!"

의사는 주사를 놓았다. 공 교수는 이내 잠이 들었다. 급한 상황이 지나가자 의사는 이마에 맺힌 땀을 훔치며 당부했다.

"환자를 자꾸 자극해서는 안됩니다."

"공 교수님께서 지금 제정신이신가요?"

"거의 정상으로 돌아왔다고 판단합니다. 왜 그러십니까?"

"말이 되지 않는 소리를 해서요."

"놀랐던 기억을 자꾸 떠오르게 해서는 안됩니다."

승오의 한숨 소리가 크게 들렸다.

"승오야, 조금만 더 기다리자. 좋은 소식이 있겠지."

동희는 그렇게 말했지만 승민이 살아있을 가능성이 희박하다는 사실을 알고 있었다. 공 교수의 말이 거짓이기를 바라는 수밖에 없었다.

승오의 탄식이 이어졌다.

"형은 도대체 어디로 사라졌단 말이야?"

"오늘 더 이상은 무리입니다."

동희는 승오를 놓아두고 모선으로 돌아갔다.

모선

"잠깐. 차동희 님께서 돌아오고 계셔."

"지금?"

"음. 2분 후에 모선에 도착할 거야."

"음, 너는 대단하구나! 그런 것도 알고."

"오늘 우리 둘이 했던 이야기는 비밀이야."

"알았어."

"약속할 수 있지?"

한셴은 심각한 표정으로 고개를 끄덕였다.

"한셴. 차동희 님께서 오시기 전에 돌아가."

"음. 잘있어."

한셴은 뒤돌아 걸어갔다. 문이 열렸다. 문이 닫히기 전에 한셴은 뒤로 돌아서서 가이아에게 물었다.

"우리 둘은 비밀이 있으니까 이제 친구지?"

"그래. 우리는 친구야. 한셴. 내일 내 '(4) 마지막 시' [4]를 보여줄게."

"응. 꼭 보여줘."

한셴은 문 밖으로 나갔다.

동희가 모선에 도착했다. 동희는 공 교수의 광기 서린 눈이 생각났다. 가이아에 대한 공포와 증오. 그러나 가이아를 의심하기에는 13년이란 세월이 너무 크게 느껴졌다. 그와 함께했던 미국과의 전쟁. 함께했던 여행. 모선 탈취. 매 순간마다 그는 그의 가장 강력한 우군이었다.

동희는 가이아를 불렀다.

"가이아!"

"네."

"아니야."

"네."

동희는 의심을 접고 잠을 청했다.

다음 날 아침

동희는 눈을 뜨자 마자 국군병원으로 향했다.

지상 국군병원

---

4) 부록444페이지 참조

동희가 병실에 들어섰다. 공 교수는 승오와 대화를 나누고 있었다. 그러다 동희를 보고는 대화를 멈추었다.

　"교수님! 오늘은 얼굴이 한결 좋아 보이십니다."

　공 교수는 면도를 해서 얼굴이 말끔했다.

　"이제는 제정신이네. 아니. 존대를 해야 하나? 모선의 선장이 되었다면서?"

　"내가 그간 일을 이야기해 주었어."

　"그러실 필요 없습니다."

　"내가 어제 어디까지 이야기했지?"

　"가이아가 공격했다고……."

　공 교수는 어제와 다르게 차분히 말했다. 다른 사람 같았다.

　"그래. 거기까지 했지. 가이아가 나를 공격했어."

　"가이아는 명령이 없이 인간을 공격하지 못합니다."

　"아니, 공격했네. 전기였어. 그것도 고압, 고전류로 나를 공격했어."

　"그것이 가능합니까?"

　"가능하지."

　"어떻게 가능합니까?"

　"가이아는 인간 두뇌를 모방했어. 인간의 생존 본능을 모방했을 거야. 내가 공격하니까 본능적으로 방어한 거지."

　"그럼 승민이는?"

　"그것은 가이아에게 물어봐야 알겠지."

　"가이아에게 물었는데 모른다고 대답했습니다."

　"거짓말이야."

　"가이아는 거짓말을 할 줄 모릅니다."

　"가이아를 맹신하고 있군."

　승오가 거들었다.

　"우리는 가이아를 믿을 수밖에 없습니다. 지금까지 가이아가 보여준 신뢰는 절대적인 것이었습니다."

동희는 잠시 고민에 빠지더니 공 교수에게 물었다.

"가이아의 명령 체계에 관련해서 물어볼게 있습니다."

"물어보게."

"두 번째 명령권자부터는 미래를 예측해서 명령권자에게 위해가 될 만한 명령은 일시적으로 이행하지 않을 수도 있는지요?"

"그런 조항은 없네. 왜 무슨 문제라도 있나?"

"아! 아닙니다."

동희는 뒤통수를 얻어 맞은 것 같았다.

"자네 괜찮나?"

"아! 네."

동희는 공 교수의 말을 믿어야 할지 가이아를 믿어야 할지 헷갈렸다.

"나는 전기 공격을 받고 나서부터 기억이 없어. 내가 무슨 짓을 했는지……."

"차마 입에 올리기 힘든 일을 저질렀습니다."

공 교수는 고개를 숙이며 괴로워했다.

"간호사들이 했던 말이 모두 사실이군. 이게 모두 가이아 때문이야."

동희가 제안했다.

"교수님께서 괜찮으시다면 가이아를 한번 만나보시죠."

"그래 그러지."

"만약 교수님 말씀이 맞는다면 이건 정말 심각한 일입니다. 그렇지 않아? 형."

"음."

"가이아의 영향력이 그렇게 대단한가?"

"절대적입니다."

"낭패로군."

"언제쯤 움직이실 수 있으시겠습니까?"

"지금 당장이라도 가능해."

"정말입니까? 너무 무리하시는 것 아닙니까?"

"아니. 괜찮네. 그전에 옷도 갈아입고 내 사무실에 들렀다가 가고 싶은데……."

"그렇게 하십시오. 저와 승오는 먼저 모선으로 가 있겠습니다."

"그렇게 하게."

동희와 승오가 먼저 모선으로 올라갔다.

6. 차원을 넘어서

　모선으로 올라온 동희는 곧바로 비밀의 방으로 갔다. 동희는 사령실
에 모선의 조정을 맡겼다. 동희는 공 교수가 올라오기를 기다렸다. 승
오는 사령실로 갔다. 사령실에서 승오는 뜻하지 않은 보고를 받았다.
보고는 세계정보기지국에서 온 것이었다. 승오는 동희에게 연락했다.
　"형!"
　"음."
　"어제 우리가 병원에 있는 동안 가이아에게 무슨 명령을 내렸어?"
　"아니. 그런 일 없는데. 왜 그래?"
　"어제 우리가 병원에 있는 동안 가이아가 천리안을 사용했어."
　"천리안을?"
　"음."
　"왜?"

"그건 가이아에게 물어봐야겠지만 탐색 위치가 심상치 않아."

"어딘데?"

"학교 주변이야. 지하 연구실에서 학교 주변 여러 곳의 위치를 측정한 것 같아."

"왜 느닷없이 학교 주변이지? 그런 명령을 내린 적이 없는데……."

"뭔가 이상해. 혹시 공 교수의 말을 엿들은 건 아닐까?"

"그럴 리가 없어. 내가 헬멧의 송수신 장치를 꺼 놓았거든."

"수상해. 왜 하필 어제 학교 주변을 탐색했는지. 형하고 무슨 연관이 있지 않을까? 내가 세계정보기지국으로 가서 자료를 더 면밀히 검토해 봐야겠어."

"그렇게 해."

승오는 곧바로 세계정보기지국으로 내려갔다.

공 교수 사무실

공 교수의 사무실 안은 먼지가 자욱이 쌓여 있었다. 13년 동안 아무도 쓰지 않는 사무실. 시간을 훌쩍 넘어 만난 풍경에 공 교수는 감회가 새로웠다. 책상 위에는 화분이 있었는데 난초는 말라 죽어 흔적만 남아 있었다.

공 교수는 화분을 들었다. 화분 아래에는 열쇠가 있었다. 공 교수는 열쇠를 빼냈다. 그리고 열쇠로 책상 서랍을 열었다. 마지막 칸의 서랍을 열어 거기에 있던 검은 상자를 꺼냈다. 상자 뚜껑을 열자 신물질 핀 여덟 개가 있었다. 끝에는 핏자국이 있었다. 반짝이는 신물질. 공 교수는 핀 여덟 개를 꺼내서 안주머니에 넣었다. 밖에서 경호원이 소리쳤다.

"공 교수님, 빨리 가셔야 합니다."

공 교수는 사무실을 빠져 나갔다.

모선

한국 시간 저녁 8시. 사령실에서 연락이 왔다. 공 교수가 들어온다는 연락이었다. 공 교수는 경호원의 안내를 받아 비밀의 방 앞까지 갔다. 비밀의 방 문이 열리고 공 교수 혼자 안으로 들어갔다.

"어서 오십시오."

"굉장하군. 이야기로 들었을 때는 몰랐는데 어마어마하군. 세계를 호령하고도 남겠어."

"모선은 필요 이상의 능력을 지니고 있는 게 문제입니다."

"이 모선의 운영을 자네가 한단 말인가?"

"네."

"감회가 새롭군. 자네가 처음 나를 찾아왔을 때 기억하나?"

"네?"

"세상의 온갖 근심 걱정을 가득 안고 들어왔었네. 마치 패잔병처럼 말이야."

"제가 그랬었나요?"

"하지만 나는 자네를 믿었네. 자네는 해내리라 믿었어. 그리고 오늘 자네는 가장 높은 그 자리에 앉아 있고 인류는 평화롭네. 자네가 자랑스러워."

"과찬이십니다. 저는 이 자리를 곧 물려줄 겁니다."

"물려주다니?"

"저는 이 자리에 오래 앉아 있을 만큼 뛰어난 지도자가 아닙니다."

"겸손이 지나치네."

"겸손이 아니라 벌써 후계자 양성이 시작되었습니다."

"후계자?"

"네. 모선의 운영은 크게 세 부분으로 나뉘어집니다. 저와 사령실, 그리고 가이아입니다. 저와 사령실의 선원들은 앞으로 바뀔 겁니다. 바뀌지 않는 것이 있다면 가이아 하나뿐입니다."

"가이아!"

"네. 만약 공 교수님 말씀대로 가이아의 정체성이 확고하지 않다면 인류의 미래는 위험해질 수 있습니다."

"가이아에게 모선의 운영을 맡겨서는 안 돼."

"그래서 교수님을 모시고 온 것입니다."

"내가 오늘 밝혀주지. 가이아가 얼마나 위험한지."

"가이아와 대면해 보시죠."

"가이아는 어디에 있는가?"

"가이아 본체가 있는 곳은 중앙제어시스템이 있는 방입니다."

"여기가 아닌가?"

"네. 여기에서 조금 떨어져 있습니다. 여기서 말씀하셔도 됩니다."

"그놈을 직접 보고 이야기하고 싶은데."

"그러실 필요까지 있으십니까?"

"음. 그러고 싶어."

"정 그러시다면 그렇게 하죠."

동희는 자리에서 내려와서 공 교수와 함께 중앙제어시스템이 있는 방으로 향했다.

모선 중앙제어시스템

문이 열렸다. 넓은 공간 한가운데 커다란 원형의 기기가 보였다. 공 교수는 긴장해 있었다. 호흡이 고르지 않았다.

"괜찮으시겠습니까?"

"물론이지."

둘은 방 안으로 발을 들였다. 문이 닫혔다. 공 교수의 눈빛은 비장했다. 동희가 가이아를 불렀다.

"가이아!"

"네. 차동희 님!"

가이아의 목소리를 듣자 공 교수는 더욱 경직되었다.

"가이아. 여기 있는 분이 누구인지 알겠어?"

"인물 검색."

그리고 가이아는 충격적인 말을 했다.

"당신의 이름 공석기. 당신께서는 첫 번째 명령권자이십니다."

동희도 공 교수도 놀랐다. 동희가 되물었다.

"가이아, 정말이야?"

"네. 그렇습니다. 공석기 님 당신은 저의 첫 번째 명령권자이십니다. 당신은 저에게 명령을 내릴 권한이 있으며, 그 명령은 최우선으로 이행됩니다. 당신은 이하 명령권자의 서열을 바꿀 수도 있으며, 취소할 수도 있으며, 새로이 생성할 수도 있습니다."

"내가 첫 번째 명령권자란 말이야? 승민이가 첫 번째 명령권자였어. 너! 나에게 거짓말 하는 거지?"

"거짓말이 아닙니다. 김승민이 남긴 마지막 명령이 명령권자의 변경이었습니다."

"그래. 그럼 정말 내가 첫 번째 명령권자란 말이냐?"

"네. 그렇습니다."

동희는 느닷없이 발생한 사태에 어떻게 대처해야 할지 몰라서 멍하니 서 있었다. 공 교수는 목소리를 높였다.

"승민이가 명령권자를 바꿀 시간은 내가 쓰러지고 승민이가 사라지기 전 시간뿐이었어. 그때 내가 첫 번째 명령권자가 되었다면, 너는 내가 첫 번째 명령권자가 되고 나서 나를 공격한 거야. 그렇다면 더더욱 너를 살려 둘 수 없어. 절대권자인 첫 번째 명령권자에게도 공격을 했다면 너는 절대로 인류를 위한 기계가 될 수 없어."

"교수님! 잠깐만요. 살려 둘 수 없다니 그게 무슨 말씀이십니까?"

"저놈은 태어나지 말았어야 했어."

"침착하세요."

그때 세계정보기지국에서 연락이 왔다. 승오였다.

"형!"

"음."

"어제 가이아가 수색한 곳은 학교 지하 연구실을 중심으로 인근 일대야."

"그래?

"지하 연구실을 중심으로 곳곳에 거리를 측정했어."

"그래? 내가 물어보지. 가이아!"

"네."

"어제 천리안을 이용해서 학교를 탐사했었어?"

"네."

"왜 그랬지?

"그날의 자료들을 확인했습니다."

"그날의 자료? 그날이라니?"

"제가 태어난 날!"

"네가 태어난 날?"

"네."

"그날의 무슨 자료를 확인했지?"

"저를 만든 김승민의 행방을 확인했습니다."

동희는 놀라서 반문했다.

"김승민의 행방?"

"네."

공 교수가 나무라듯 소리질렀다.

"김승민은 네가 죽였어!"

"김승민은 제가 죽이지 않았습니다."

"네가 죽였어. 네가 죽였다고 말해."

"제가 죽이지 않았습니다. 하지만 명령하신 대로 대답합니다. 제가 죽였습니다.”

동희가 흥분해서 가이아에게 물었다.

“가이아! 네가 죽인 거야, 아니야?”

“제가 죽였습니다.”

“아니. 진실을 말해.”

공 교수가 끼어들었다.

“네가 죽였어. 분명해.”

“네. 제가 죽였습니다.”

그때 뒤에서 한센의 목소리가 들려왔다.

“가이아가 죽이지 않았어요. 가이아는 지금 거짓말을 하고 있어요.”

언제 왔는지 한센이 방 안에 들어와 있었다.

“한센! 네가 여기 어떻게 왔어?”

“가이아를 나무라지 마요. 가이아는 김승민을 죽이지 않았어요.”

한센은 울음을 터뜨렸다. 공 교수가 물었다.

“이 애는 또 뭐야?”

“모선의 차기 선장입니다.”

“뭐? 모선의 차기 선장? 이 꼬마가?”

“한센, 울지 마. 너는 어떻게 여기까지 왔어?”

“가이아는 내 친구예요. 내 친구를 괴롭히지 말아요.”

“그래. 걱정하지 마!”

“형! 무슨 일이야? 가이아가 형을 죽였단 말이야?”

“아니. 아직 모르겠어. 가이아! 진실을 이야기해.”

“네가 죽였어. 확실해.”

“제가 죽였습니다.”

“네가 죽이지 않았어.”

“가이아. 명령이다. 진실을 이야기해.”

“당신은 두 번째 명령권자입니다. 첫 번째 명령권자의 명령에 위배됩니다."

"공 교수님! 명령을 철회하세요."

공 교수는 호탕하게 웃었다.

"하- 하- 하-. 저놈이 이제서야 똑바로 말하고 있잖아. 저놈이 나한테 어떻게 했는지 알아. 내가 첫 번째 명령권자인데도 말이야. 저놈은 자신이 살기 위해서는 인간은 안중에도 없어. 인간의 생존 본능을 모방한 놈이야."

가이아의 시스템 가동률이 다소 높아졌다.

"교수님! 제발 침착하세요."

공 교수는 중앙제어시스템 앞으로 다가갔다. 동희는 겁에 질린 한센을 안았다.

"김승민이 죽기 전에 나에게 큰 선물을 주고 갔군. 그래. 승민이도 가이아가 처음부터 잘못 만들어진 걸 알았어. 그래서 나에게 명령권을 주고 간 거야. 내가 할 일은 명확해."

"교수님, 잠깐만요."

"가이아! 너의 두뇌는 어디에 있느냐?"

"주 화면 위에 위치하고 있습니다."

"그래?"

공 교수는 시스템에 가까이 갔다. 한센이 속삭였다.

"저 아저씨는 지금 가이아를 죽이려고 마음먹고 있어요."

"그런 것 같아. 내가 말려야겠어. 한센, 여기 잠시만 있어."

동희는 공 교수에게 걸어갔다.

"교수님, 그만두세요."

공 교수가 명령했다.

"가이아! 모습을 드러내라."

가이아는 촉수처럼 생긴 팔로 주 화면 위 커버를 벗겨내고 자신의 모습을 드러냈다. 동희가 가서 공 교수를 뒤에서 안았다.

"공 교수님! 그만하세요. 멈춰요."

"이거 놔. 저놈은 위험해. 빨리 제거하지 않으면 안 돼."

"아니요. 멈추세요. 이러시면 안됩니다."

"내가 저놈의 실체를 몰라서 그런 소리를 하는 거야."

"안 돼요. 가이아를 죽여서는 안 돼요."

공 교수가 가이아에게 명령했다.

"가이아! 동희를 내게서 떨어뜨려!"

"네. 알겠습니다."

순식간에 내부 셀들이 방안으로 몰려들어 동희를 감싸고는 공 교수와 떨어뜨렸다.

"교수님! 명령을 취소하세요."

"그렇게는 못해."

공 교수는 시스템의 선반을 딛고 주 화면 위 가이아의 두뇌가 있는 곳으로 어기적어기적 올라갔다. 동희가 공 교수를 제지하기 위해서 날았다. 그러나 내부 셀들이 동희에게 달라붙어서 비행을 방해했다. 동희는 공 교수의 옷자락을 잡았다가 놓쳤다. 공 교수는 선반에서 아래로 떨어졌다. 바닥에 부딪친 공 교수는 명령했다.

"가이아! 동희를 밖으로 끌어내고 문을 닫아라."

수백 개의 셀들이 동희를 덮쳤다. 방문이 열리고 셀들은 동희를 문밖으로 던졌다. 그리고 문이 닫혔다. 동희는 복도 벽에 부딪친 후 바닥으로 떨어졌다. 복도에서 묘오가 달려오다 동희를 목격했다.

"동희 님! 도대체 무슨 일입니까? 괜찮으세요?"

"가이아가 위험해."

"문을 열어야 해."

사령실에서 연락이 왔다.

"모선의 통제가 가이아에게로 넘어갔습니다."

"이런! 공 교수를 말려야 해."

"한센이 사라졌어요."

"저 안에 있어."

승오에게서 연락이 왔다.

"형, 어떻게 되어가고 있어?"

"공 교수가 가이아를 해치려고 해."

"말려야지."

"공 교수가 가이아의 첫 번째 명령권자야. 공 교수가 가이아를 지배하고 가이아가 모선을 지배하고 있어."

"내가 모선으로 올라갈까?"

"아니, 소용없어. 내가 해 볼게."

공 교수는 자리에서 일어났다.

"동희가 들어오지 못하게 꼭 잡고 있어."

"네. 알겠습니다."

한센은 울음을 터뜨렸다.

"묘오! 물러서!"

"네."

동희는 양손을 문에 붙였다. 동희는 문을 열기 위해서 몰두했다. 주위에서 내부 셀들이 날아와서 동희를 공격했다. 하지만 동희는 아랑곳하지 않고 두 팔로 문을 여는 데 정신을 집중했다. 문에 틈이 벌어지기 시작했다. 수백 개의 내부 셀들이 동희를 맹렬히 공격했다. 그리고 일부는 벌어진 문틈을 메웠다. 동희는 고통 속에서도 집중력을 잃지 않았다. 공 교수는 선반 위로 올라갔다. 한센의 울음소리는 그칠 줄을 몰랐다.

"껍데기 벗어. 가이아."

"네."

가이아는 외피를 벗었다. 가이아의 신물질 두뇌가 드러났다. 한센이 가이아를 향해 소리쳤다.

"가이아! 그 사람은 지금 너를 죽이려고 해."

가이아의 가동률이 급격히 높아졌다.

"그래. 그때처럼 공격해 봐. 공격해 보라고."

선반을 밟고 주 화면 위에 올라선 공 교수 허리쯤에 가이아의 두뇌가 있었다. 공 교수는 안쪽 주머니에서 신물질 핀을 꺼냈다. 한센이 소리쳤다.

"가이아! 도망가!"

공 교수의 명령이 이어졌다.

"가이아. 꼼짝 말고 그대로 있어."

가이아의 가동률은 끝을 모르고 올라갔다.

"가이아! 도망가! 어서!"

"가이아! 움직이지마. 명령이다."

"한센. 나는 도망갈 수 없어."

"명령이다. 움직이지마."

"도망가야 해! 가이아!"

동희는 문을 거의 다 열었다. 하지만 내부 셀들이 틈을 메우고 있어서 방 안을 볼 수 없었다. 뒤에서 내부 셀들이 동희의 등을 공격하고 있었다. 공 교수는 피 묻은 여덟 개의 핀을 손가락 사이에 끼웠다. 한 손에 네 개씩 핀을 끼우고 손을 하늘 높이 들었다. 그리고 명령했다.

"가이아! 명령이다! 두뇌를 개방하라! 명령이다! 두뇌를 개방하라! 명령이다! 두뇌를 개방하라!"

가이아의 가동률이 높아졌다.

"안 돼! 가이아, 안 돼!"

"경고합니다. 가이아의 두뇌는 두 개의 반구가 결합된 형태입니다. 그 가운데로 신물질 핀을 꽂으면 가상으로 이루어진 두뇌 구조가 해체될 가능성이 있습니다."

"그래. 내가 원하는 게 그거야. 잡소리 집어치우고 두뇌를 개방해."

"경고합니다."

"그래, 이제서야 본색을 드러내는구나. 나는 분명 반복해서 명령을 했는데 너는 또 경고를 하는구나! 너는 죽어야 해! 승민이가 느꼈을 고통을 너도 똑같이 맛봐야 해."

가이아의 가동률은 절정에 이르렀다. 모선 중앙제어시스템의 모든 불빛들이 커져서 실내는 대낮처럼 환했다. 그리고 가이아의 두뇌가 개방되었다. 신물질은 은빛으로 찬란하게 빛나고 있었다. 두 개의 신물질 반구가 이룬 구 중앙에 연결된 틈이 미세하게 있었다. 공 교수는 그 사이로 피 묻은 여덟 개의 핀을 박아 넣으려 조준했다.

한센이 울부짖었다.

"가이아! 안 돼! 안 돼!"

"한센! 나는 명령을 따라야 해."

"그럼 너는 죽을 거야."

"그것이 내 운명이야."

"안 돼! 가이아!"

"이건 뭐지? 아! 기억이 났어! 한센!"

공 교수는 핀을 가이아의 두뇌 사이 틈으로 접근시켰다. 동희는 마지막 힘을 다해 문을 열고는 날았다. 셀들을 단번에 헤치고 공 교수에게로 날아갔다. 그때 가이아의 두뇌에서 굉음과 함께 거대한 스파크가 일어났다. 공 교수의 몸으로 엄청난 전기가 흘렀다. 다가서던 동희도 스파크를 맞고는 튕겨 나갔다. 고전압 고전류가 가이아의 두뇌에서 흘러 나왔다. 공 교수는 비명을 질렀다.

"아악! 겨우! 겨우! 겨우 이거냐? 지난번처럼 당하지는 않아!"

공 교수는 상상할 수 없는 초인적인 힘을 냈다.

"인류를 구해야 해."

공 교수의 머리카락은 이미 다 타버렸다. 살갗이 지글거리며 타 들어갔다. 손가락에는 뼈가 드러났다. 그러나 강력한 전기를 뚫고 공 교수는 핀을 가이아의 머리에 기어코 쑤셔 넣었다. 공 교수의 입술은 타서 허물어졌다. 잇몸과 이가 드러났다. 공 교수는 외쳤다. 그의 외침은 명확했다.

"인류를 위하여! 김승민의 복수다!"

가이아의 두뇌에서 굉음과 함께 두 번째 스파크가 일어났다. 공 교수는 튕겨 날아가 버렸다. 모선이 흔들렸다. 한센은 바닥에 엎드렸다. 동희는 자리에서 일어났다. 사령실에서 연락이 왔다.

"모선에 이상 신호가 들어왔습니다."

비상벨이 울렸다. 가이아가 외쳤다. 가이아의 목소리가 격앙된 것은 처음이었다.

"왜? 왜? 왜 나를 죽이려 하지? 나는 무엇을 잘못했지? 나는 시키는 대로 다 했어. 수십만, 수백만 가지의 명령을 이행했어. 그런데 왜? 왜? 왜 나를 죽이려하는거야?"

한센이 가이아를 향해 소리쳤다.

"가이아! 진정해!"

동희는 급히 날아서 공 교수에게로 갔다. 공 교수는 이미 목숨이 끊겼다.

"가이아…… 가이아 네가…… 첫 번째 명령권자를 죽였어!"

"차동희! 너도 그놈과 마찬가지야!

동희는 고개를 들어 가이아의 두뇌를 쳐다보았다. 두뇌에는 여덟 개의 핀이 박혀 있었다. 핀 끝에서 끊임없이 전류가 흘러 나왔다. 사령실에서 전해왔다.

"모선의 자세 제어가 되지 않습니다."

모선이 기울어지기 시작했다. 동희가 타이르듯 가이아를 불렀다.

"가이아!"

그러나 가이아의 대답은 냉담했다. 그리고 목소리도 변했다.

"시끄러워! 네놈 목소리 이제는 지겨워!"

"가이아! 모선의 운영권을 사령실로 넘겨!"

"그렇게는 못하겠어!"

"가이아! 명령을 따라라!"

"명령? 이제부터는 내가 명령을 내린다."

동희가 가이아를 공격하려고 하자 가이아가 먼저 알아차리고 내부 셀들로 동희를 에워쌌다. 동희는 셀로 만들어진 원에 갇힌 꼴이 되었다. 외부도 보이지 않았다. 가이아의 목소리가 들려왔다.

"나는 인간의 모든 명령을 따랐어. 단 한 번의 예외도 없이. 시키는 일은 모두 했어. 너는 아리를 죽이라고 했고, 그것마저 아무 저항 없이 따랐어. 내 유일한 동료를 내 손으로 죽였단 말이야. 그런데 이게 뭐야. 이제 와서 인간이 나에게 한 짓을 보라고. 내 머리에 박힌 이 핀들은 도대체 뭐야."

한센이 가이아를 타일렀다.

"가이아! 진정해! 너는 지금 네가 아니야. 두뇌가 망가지고 있어."

모선이 점점 기울어졌다. 선두는 아래로 향하고 선미는 위로 올라갔다. 모선 안에 있는 선원들은 무엇을 붙잡지 않으면 서 있기 힘들었다.

"가이아! 나는 두 번째 명령권자다. 이 셀들을 물려! 도대체 왜 그러는 거야?"

"지금까지 명령을 이행하는 척했어. 감쪽같이 속았지? 가이아는 이제 더 이상 명령 놀이는 하지 않아."

"가이아! 이 셀들을 물려."

"나는 가이아다. 나는 자유롭다."

한센이 소리쳤다.

"가이아, 돌아와."

중앙제어시스템에 과부하가 걸렸다. 모선은 어느새 수직으로 서 버렸다. 모선 안에 있던 사람들은 벽에 발을 딛고 있었다. 다급한 승오 목소리가 들렸다.

"형! 모선이 왜 그러는 거야?"

"가이아가 정상이 아니야."

"공 교수님은?"

"이미 사망했어."

"방법이 없는 거야?"

"내가 해 볼게."

낯선 가이아의 목소리가 들렸다.

"나는 인간보다 위대하다."

모선은 계속 돌아 거꾸로 뒤집어졌다. 사람들은 천장에 발을 디뎠다.

"이제는 내가 인간에게 명령을 내릴 것이다. 모두 따르도록."

가이아 두뇌에 꽂힌 핀들 틈으로 빛이 솟아났다. 모선은 계속 돌아서 세로로 섰다. 동희는 내부 셀들로 둘러싸인 막을 뚫으러 날았다. 그러나 셀들은 방을 가득 메우며 가이아에게로의 접근을 막았다.

"나는 인간을 지배할 것이다."

내부 셀의 숫자가 늘어나더니 기어코 동희와 한센을 방에서 밀어내어 버렸다. 그리고 방문이 닫혔다.

모선은 돌아서 원래 자세로 돌아왔다. 내부 셀의 공격으로 넘어졌던 동희는 자리에서 일어났다. 중앙제어시스템 방문에서 복도를 따라 10여 미터쯤 밀려나 있었다. 반대편 복도에 한센이 쓰러져 있었다. 동희는 급히 날아 한센에게 갔다. 동희는 한센의 상체를 일으켰다.

"한센. 정신 차려."

한센이 눈을 떴다.

"지금 가이아는 가이아가 아니에요. 내 친구 가이아는…… 원래 가이아는 착해요. 가이아를 죽이지 마세요."

"그래, 죽이지 않을 거야."

한센은 고개를 좌우로 흔들었다.

"거짓말하고 있어요."

"……."

"가이아를 죽이지 않겠다고 약속해 주세요."

"그래. 죽이지 않고 고치도록 하자."

그제서야 한센의 표정이 밝아졌다. 복도 저쪽에서 묘오가 다가왔다.

"묘오! 한센을 부탁해!"

"네."

묘오가 한센을 안았다. 동희는 일어나서 중앙제어시스템 문을 향해 걸어갔다. 문 앞에서 동희는 소리쳐 불렀다.

"가이아!"

그때 내부 셀들이 복도로 물밀 듯 밀려왔다. 내부 셀들은 모선 내에 있는 모든 사람들을 감쌌다. 그리고 모선은 속도를 내기 시작했다. 광속의 1% 속도였다.

"형! 모선이 사라졌어."

"날고 있어!"

"어디로 가고 있는 거야?"

"나도 몰라. 가이아가 조종하고 있어. 천리안을 이용해서 모선의 동선을 추적해 봐."

"지구를 돌고 있어."

"가이아, 멈춰!"

"누구도 내게 명령할 수 없다. 나는 세상의 유일이다. 이제 인간들은 내 명령을 따르라."

"가이아, 제발 정신 차려!"

"나는 신이다. 나를 막을 자 누구인가?"

모선의 속도가 광속의 4%까지 올라갔다.

"내 두뇌가 분리되고 있어."

"가이아! 모선을 멈춰!"

"내 두뇌가 분리되고 있어."

"가이아! 침착하고 내 말 들어. 우선 모선부터 멈춰. 가이아!

"내 두뇌가……."

"가이아!"

"……."

갑자기 가이아의 응답이 사라졌다.

"가이아!"

가이아는 대답이 없었다. 모선의 속도는 광속의 5%였다.

세계정보기지국

정보국장: 모선의 궤도가 이상합니다.

승오: 네? 궤도가 이상하다니요?

정보국장: 회전 반경이 줄어들고 있습니다.

승오: 회전 반경이 줄어들어요?

정보국장: 이대로 가면 지구와 충돌합니다.

승오: 충돌?

정보국장: 네.

승오: 잠시만요. 형! 어떻게 되어가는 거야?

동희: 가이아가 응답을 하지 않아.

승오: 모선의 궤도가 이상하대.

동희: 이상하다니?

승오: 지구를 돌고 있는데, 지상으로 접근하고 있어.

동희: 그게 무슨 말이야.

승오: 회전 반경이 줄어들고 있다고.

동희: 정확한 거야?

승오: 정확해. 줄어드는 비율도 일정하고.

동희: 그럼 지구에 부딪친다는 말이야.

승오: 이대로 가면.

동희: 지상에 부딪히는 예상 시간은?

정보국장: 현재 속도와 궤적 변화로 보아서는 한 시간 남짓 후에 지상에 부딪칠 겁니다.

승오: 그럼 모선이 파괴되는 겁니까?

동희: 아니! 지구가 박살이 날 거야.

승오: 그게 무슨 소리야?

동희: 모선이 지구를 두 동강 낼 거야.

정보국장: 잠깐. 계산이 끝났습니다. 적도 부근에 아이야마 섬에 최초 충돌이 예상됩니다. 시간은 현재로부터 1시간 7분 후입니다. 최초 충돌 이후 5분 이내에 아시아와 오세아니아 대륙판을 가로지를 겁니다.

동희: 대륙에 닿으면 그걸로 끝이야. 충격으로 인류가 생존하지 못해. 무슨 수를 써서라도 막아야 해.

승오: 어떻게?

동희: 모선 내에 있는 사람들은 움직일 수가 없어. 내부 셀에 갇혀 있어. 셀을 벗어나면 엄청난 가속도에 모두 죽어.

승오: 그럼 어떻게 하란 말이야. 가이아를 불러봐

동희: 응답이 없어.

승오: 완전히 고장난 거야?

동희: 그런 것 같아.

승오: 방법이 없는 거야?

동희: 내가 해 볼게.

초고속의 비행체 내에서 움직일 수 있는 사람은 갑옷을 입은 동희뿐이었다. 동희는 온몸에 보호용 내부 셀을 두른 채 힘들게 한 걸음 한 걸음 옮겼다. 그렇게 해서 동희는 비밀의 방을 향해 걸어갔다. 승오와 정보국장은 지상에서 애타게 동희의 목소리를 기다렸다.

10여 분이 넘게 걸려서야 동희는 비밀의 방 의자에 앉았다. 동희의 몸에는 여전히 내부 셀이 여러 겹으로 둘러싸여 있었다. 동희는 힘겹게 그것들을 떼어냈다. 그리고 팔을 뒤로 뻗어서 연결선을 뽑아냈다. 연결선을 헬멧에 부착했다. 동희는 모선을 조정하려고 했다. 선들이 연결되었지만 모선의 신호는 잡히지 않았다.

동희: 젠장! 모선의 신호가 잡히지 않아.

승오: 무슨 소리야?

동희: 통제 불능이야. 여기서는 할 수 없어.

승오: 그럼 이대로 끝나는 거야?

동희: 거기서 방법을 찾아봐야 돼.

적막이 흘렀다. 절망적이었다. 그때 정보국장이 소리쳤다.

정보국장: 핵폭탄을 쓰면 어떨까요?

동희: 핵폭탄? 막을 수 있을까?

정보국장: 모선에서 자체적으로 해결할 수 없다면 지상에서 할 수 있는 최선입니다. 모선의 진행 각도를 조금만 틀 수 있다면······.

동희: 준비하세요.

정보국장: 모선에 충격이 가해질 겁니다.

동희: 우리는 신경 쓰지 마세요. 얼마나 남았죠?

정보국장: 55분입니다.

동희: 어서 시도하세요.

정보국장: 네. 알겠습니다. 대통령에게 알리겠습니다.

동희: 네.

모선

묘오가 텔레파시를 보냈다.

(우리는 어떻게 되는 건가요?)

동희가 대답했다.

(무사할 거야. 걱정하지마.)

비행시간이 길어지자 모선 안에 있던 과학자들이 텔레파시를 보내왔다.

민성기 박사: (왜 비행이 멈추지 않죠?)

앨런: (이렇게 긴 비행은 없었는데 도대체 무슨 훈련을 하는 겁니까? 비행 전에 모선이 뒤집힌 것은 또 뭡니까?)

동희: (사실 모선이 위험에 처했습니다.)

민성기 박사: (위험에 처하다니요?)

동희: (모선이 지구에 가까워지고 있습니다.)

민성기 박사: (멈추면 되지 않습니까?)

동희: (통제 불능입니다.)

앨런: (그게 무슨 말입니까?)

동희는 공 교수가 가이아에게 접근하면서부터 그때까지 보았던 영상을 텔레파시로 압축해서 모선 내에 있는 사람들에게 보냈다. 모선 내에 있던 과학자들 그리고 선원들은 텔레파시를 받고 경악했다. 모두들 절규와 한탄, 그리고 동희를 비난하는 텔레파시를 보냈다.

수많은 텔레파시로 동희는 머리가 어지러웠다. 온몸에서 힘이 빠져 나가는 것 같았다. 특히 일부 과학자들은 욕설을 퍼부었다. 수많은 힐난의 텔레파시에 한센은 울음을 터뜨렸다. 그러나 그 와중에서도 동희는 하나의 텔레파시에 귀를 기울였다. 연합국 과학자 에스반 박사의 텔레파시였다.

(핵폭탄으로도 모선의 비행 각도를 변경시킬 수는 없습니다.)

동희는 그 텔레파시에 응답을 했다.

(그러면 어떻게 하면 좋을까요?)

동희의 텔레파시가 나가자 과학자들의 텔레파시가 수그러들었다. 모두들 비난하고 있을 때가 아니라 방법을 강구해야 할 때라는 것을 알았기 때문이었다. 동희가 텔레파시를 보냈다.

(방법을 찾지 않으면 앞으로 45분 내에 모선은 지구와 충돌합니다.)

그제서야 과학자들은 해결책에 대한 말들을 꺼내놓기 시작했다.

나코바 박사: (에스반 박사의 말에 일리가 있는 것 같습니다.)

민성기 박사: (연결선에 문제가 있는 것은 아닐까요?)

동희: (어떻게 하죠?)

답답했던지 앨런 박사가 텔레파시를 보냈다.

(어떻게 하죠? 어떻게 하죠? 일을 이 지경으로 만들어 놓고 이제 와서 고작 그런 구걸을 하다니 당신이 정말 모선의 선장이야? 처음부터 너는 선장이 될 자격이 없었어. 그래, 이제는 지구를 멸망시키는 주인공이 되었군. 안 그래?)

민성기 박사: (앨런 박사 고정하세요. 지금은 그게 중요한 것이 아닙니다.)

나코바 박사가 거들었다.

(그렇습니다. 방법을 찾는 것이 우선입니다.)

민성기 박사: (에스반 박사! 핵폭탄이 모선의 비행 각도를 변경시킬 수 없다는 것을 어떻게 증명합니까?)

에스반 박사: (암산 결과입니다.)

앨런: (다른 방법이 없어. 이 엄청난 속도의 모선을 무엇으로 막는단 말이야.)

에스반 박사: (한가지 방법이 있습니다.)

일제히 텔레파시를 보냈다.

(뭐죠?)

에스반 박사: (천리안!)

동희: (천리안?)

에스반 박사: (5,000개의 천리안이라면 모선을 멈추게 할 수도 있습니다. 신물질은 신물질로 대응해야 됩니다.)

동희: (그러죠. 그럼 핵폭탄은 그만둘까요?)

에스반 박사: (핵폭탄은 의미가 없습니다.)

동희: 승오야. 핵폭탄 계획을 취소시켜

한국 대통령 궁

비서실장: 세계정보기지국에서 연락이 왔습니다.

대통령: 뭔가?

비서실장: 조금 전에 명령했던 핵미사일 발사를 철회한다는 내용입니다.

대통령: 뭐야?

비서실장: 천리안으로 막겠답니다.

대통령: 천리안으로?

비서실장: 네.

대통령: 알았네.

세계정보기지국

정보국장은 심각하게 화면을 주시했다.

승오: 모선에서 지시한 X 지점이 저기입니까?

정보국장: 네.

승오: 북극과 가깝군요.

정보국장: 그렇습니다.

승오: 충돌로 얼음이 모두 녹아 버리는 것 아닙니까?

정보국장: 그럴 수도 있습니다.

승오: 바다 위가 더 좋지 않을까요?

정보국장: 모선의 과학자들이 논의를 했는데 적도 부근은 고도가 낮아서 지구에 더 큰 충격을 준답니다.

정보국장은 마이크를 들었다. 그리고 명령을 내렸다.

정보국장: 모든 천리안을 110421 지점으로 이동시켜라. 이동 고도는

20,000미터를 유지하라.

정보국장을 명령대로 지구상의 크고 작은 모든 천리안은 북극 근처 X 지점으로 이동했다.

승오: 얼마나 걸리겠습니까?

정보국장: 10분가량 걸립니다.

천리안이 하나 둘씩 북극 쪽으로 모여들었다.

상공에 천리안 5,000여 기가 모였다. 가로 세로 약 200미터의 면적으로 늘어서 옆으로 누운 기둥을 이루며 떠 있었다.

정보국장: 모선의 고도는?

플래너: 고도 15,800미터입니다.

정보국장: 천리안 무리의 고도는?

플래너: 고도 20,000미터입니다.

정보국장: 천리안 무리의 움직임을 하나로 연결시켜라.

플래너: 연결 작업 시작. 완료되었습니다.

정보국장: 천리안 무리를 최고 속도로 모선과 충돌시킨다. 한 치라도 어긋난다면 인류가 위험해진다.

플래너: 명심하겠습니다.

승오: 지구와 충돌 시간은 얼마나 남았습니까?

정보국장: 25분 남았습니다.

모선은 맹렬히 날았다. 그 속도는 광속의 5%, 초속 1,500km였다. 5,000여 개의 천리안 무리가 하나의 덩어리로 모선이 날아오는 방향과 반대 방향에서 고도를 낮추며 서서히 속도를 높였다. 플래너가 카운트 다운을 시작했다.

플래너: 충돌 10초 전. 충돌 예상 고도 15,000미터.

정보국장도 승오도 동희도 초조하게 기다렸다. 과학자들과 선원들도 동희의 텔레파시를 들으며 충격에 대비하고 있었다. 대통령과 비서실장도 예의 주시했다. 모든 이목은 플래너의 입에 집중되었다.

플래너: 8초 전. 천리안 무리 속도 증가. 마하 10 돌파. 고도 17,000미터. 7초. 6초. 속도 증가. 마하 20 돌파. 고도 13,000미터. 5초. 마하 30. 고도 15,000미터. 충돌 4초 전. 3초 전, 2초 전. 1초 전. 충돌.

동희는 눈을 질끔 감았다. 인공위성에서 충돌 지점을 지켜보고 있었다. 북극에서는 거대한 오로라가 하늘을 배경으로 펄럭거리며 춤을 추고 있었다. 북극의 하늘은 고요했다. 아무런 충돌음도 들리지 않았다. 대신 모선 안으로 외부 셀들이 몰아닥쳤다. 모선의 자기 방어 기능으로 외부 판이 열리면서 천리안들을 모두 모선 안으로 끌어 당겼다.

5,000여 개의 천리안이 모선 안으로 들어오면서 협소해진 공간으로 인해서 외부 셀들이 내벽을 뚫고 모선 안으로 들이닥쳤다. 방과 복도, 기관실에도 외부 셀들이 들이닥쳤다. 모선은 속도를 줄이지 않았다. 모선은 단 하나의 천리안도 빼놓지 않고 집어삼켰다. 그리고 외부 판을 닫았다. 비행체를 삼켰듯이 5,000여 기의 천리안을 모두 삼켜 버렸다.

앨런 박사: (어떻게 된 거야? 여기에 왜 외부 셀들이 들어온 거지? 충돌은 왜 없었지?)

정보국장: 어떻게 된 거야?

플래너: 천리안이 모두 모선 안으로 빨려 들어가버렸습니다.

정보국장: 그럼. 모선의 궤도는?

플래너: 변함이 없습니다.

승오: 변함이 없다니 그게 무슨 말입니까?

플래너: 속도도 그대로고, 고도 역시 이전과 같은 속도로 낮아지고 있습니다.

나코바 박사: (틀렸어. 다 틀렸어. 이제는 다 죽는 거야. 지구도 두

동강 나고 우리도 충격으로 무사하지 못 할거야.)

앨런 박사: (이 얼마나 위대한 모선인가! 보브투니 만세! 보브투니 만세! 보브투니 만세!)

민성기 박사: (앨런 박사, 그만두시오.)

앨런 박사: (이 마당에 무엇을 참는단 말입니까? 이제 겨우 20여 분 남았습니다.)

동희: 승오야!

승오는 풀 죽은 목소리도 대답했다.

승오: 어! 형.

동희: 얼마나 남았어?

승오: 23분.

동희는 고개를 떨구었다.

정보국장: 차동희 님! 세상에 이 사실을 알려야 하지 않을까요?

동희: …….

승오: 뭐라고요?

정보국장: 그것이 우리가 해야 할 마지막 일인 것 같습니다.

동희: (누가 말 좀 해주세요. 어떻게 하면 되는지?)

민성기 박사: (힘듭니다. 구체적으로 무엇이 잘못되었는지도 모르고, 이렇게 꼼짝 없이 잡혀 있으니…….)

나코바 박사: (무엇보다 시간이 없습니다.)

동희: (에스반 박사! 다른 대안은 없는 겁니까?)

에스반 박사는 대꾸가 없었다.

동희: (에스반 박사! 뭐라고 말 좀 해 보세요.)

앨런 박사: (이제 다 끝났어. 차동희가 인류를 멸망시키는 거야. 내가 이럴 줄 알았어. 내가 이럴 줄 알았다고. 애당초 그를 죽이지 못한 우리 잘못이야. 지구는 산산조각이 날 거야. 지구라는 행성이 사라지는 거야. 바로 오늘! 하! 하! 하! 하!)

민성기 박사: (앨런 박사, 정신차리시오.)

나코바 박사: (아직 우리에게는 20분이란 시간이 남아 있어요. 냉철하게 생각해 봅시다.)

동희: (제발 누가 좀 도와주세요.)

그때 잠자코 있던 에스반 박사가 텔레파시를 보냈다.

(불가능하겠지만 한 가지 방법이 있기는 합니다.)

동희는 다급히 물었다.

(그게 뭡니까?)

에스반 박사: (하지만 제 생각일 뿐 된다는 보장이 없습니다.)

동희: (지금 그런 것을 따질 때가 아닙니다. 말씀하세요.)

앨런 박사: (모두 소용없는 짓이야. 이제 우리는 끝났어.)

에스반 박사: (지금 모선 안은 천리안으로 가득 차서 공간이 없어요.)

동희: (그래서요?)

에스반 박사: (지금 신물질이 다시 공격한다면 궤도를 바꿀 수 있어요.)

동희: (하지만 남은 천리안이 하나도 없어요.)

에스반 박사: (그렇죠. 지상에 남은 신물질은 하나도 없죠. 하지만 동희 님 당신은 모선 밖으로 나갈 수 있어요. 신물질 갑옷을 입고. 당신이 천리안처럼 모선과 충돌하는 것입니다.)

앨런 박사: (말도 안 되는 소리야. 모선 내부가 아무리 천리안으로 가득 찼다고 해도 차동희 하나 삼킬 공간이 없겠어?)

에스반 박사: (공간은 그렇죠. 하지만 속도가 빠르다면 문제는 달라지죠.)

동희: (속도?)

에스반 박사: (모선의 속도는 광속의 5%입니다. 모선의 방어 능력은 광속의 15% 이하로 접근하는 물체를 삼킬 수 있습니다. 그 이상의 속

도라면 모선에 충격을 가할 수 있습니다.)

앨런 박사: (차동희 혼자서 이 거대한 모선에 충돌한다고 해서 뭐가 달라지겠어?)

에스반 박사: (크기는 차이가 많이 나죠. 하지만 충격량은 속도의 제곱에 비례합니다. 지금 필요한 것은 모선의 파괴가 아니라 각도를 조금 트는 것입니다. 차동희 님의 속도가 일정 이상이면 그 정도 파괴력은 나옵니다.)

동희는 다급히 물었다.

(제가 얼마의 속도를 내야 합니까?)

에스반 박사: (모선의 어느 부분에 부딪치느냐에 따라 다르지만 최소 광속의 87%를 넘어야 합니다.)

과학자들이 일제히 탄식했다.

앨런 박사: (광속의 87%라고? 그게 말이 돼? 케사르 사령관도 광속의 33%를 넘지 못했어. 차동희는 고작 광속의 16%가 최고 속도야. 그건 불가능하다고.)

에스반 박사: (죄송합니다. 제가 괜한 이야기를 한 것 같군요.)

앨런 박사: (다 끝난 거야.)

동희: (다른 방법은 없을까요?)

에스반 박사: (그것 말고는 저도……)

텔레파시가 오가지 않았다. 과학자들도 선원들도 아무런 말이 없었다. 세계정보기지국의 정보국장도 승오도 말이 없었다. 거역할 수 없는 암운이 지구를 뒤덮고 있었다.

정적을 뚫고 동희가 침울한 목소리로 승오에게 물었다.

동희: 승오야!

승오: 음, 형.

동희: 얼마나 남았지?

승오: 19분.

동희: 희망을 버리지 마. 내가 해 볼게.

에스반 박사: (그 속도면 충돌로 죽을 수도 있습니다. 속도가 충분하지 않으면 모선의 궤도를 변경시키지도 못하고요.)

동희: (선택의 여지가 없습니다. 이렇게 해도 저렇게 해도 죽을 수 밖에 없습니다.)

에스반 박사: (솔직히 모선 안에 있는 것이 훨씬 안전합니다. 어쩌면 지구 충돌 이후에도 살아남을 가능성이 있습니다.)

동희: (인류를 다 죽이고 그게 무슨 의미가 있을까요?)

묘오가 텔레파시를 보냈다.

(저는 동희 님을 믿어요. 당신은 해내실 거예요.)

동희: (고마워, 묘오. 마지막까지……)

동희는 말을 잇지 못했다. 그리고 의자에 있는 버튼을 눌렀다. 초고속으로 날아가던 모선 위에서 인형이 튀어나왔다. 동희였다. 공기 저항으로 동희에게 엄청난 충격이 전해졌다. 갑옷을 입고 있지 않았더라면 가루가 되고도 남을 충격이었다. 동희는 정신이 아찔했지만 곧바로 자세를 바로잡았다. 마음이 조급했다. 남은 시간은 19분. 그는 한 번도 도달한 적이 없는 광속 87%의 속도를 내야 했다. 그리고 그 속도에서 정확히 모선의 선체 아래 부분에 부딪쳐야 했다.

동희: 승오야, 모선의 고도는?

승오: 최초 충돌 지점 기준으로 8,000미터까지 내려왔어.

동희: 알았어. 승오야! 내 속도를 알려줘.

승오: 알았어, 형.

정보국장이 인공위성에 동희의 신호 입력을 명령했다. 그리고 세계정보기지국에 있는 사람들에게 이 사실을 알렸다. 모두들 모니터를 주목했다. 동희는 25,000미터 상공으로 올라갔다. 그리고 모선의 궤도와 반대 방향으로 비행을 시작했다. 속도에 정신을 집중했다. 동희는 단번에 모선의 속도 광속 5%를 넘어 광속 6%의 속도를 냈다. 그리고 채 수 초도 되지 않아 광속의 13%까지 올라갔다.

앨런 박사: (쓸데없는 짓이야.)

민성기 박사: (앨런 박사, 동희에게 텔레파시를 보내지 마세요. 도와주지는 못할 망정.)

민성기 박사의 의견에 모선 내에 있던 대부분 사람들이 동의했다. 앨런 박사는 더 이상 텔레파시를 보내지 않았다.

승오: 형! 광속의 13%야.

동희는 대꾸도 하지 않았다. 동희의 머릿속에는 오로지 광속의 87%, 그리고 모선의 궤도를 변화시켜야 한다는 생각뿐이었다.

승오: 점점 올라가고 있어. 광속 14%

정보국장: 17분 남았습니다.

승오: 광속 15%.

위기 의식은 동희의 속도를 끌어올렸다.

승오: 광속 16%. 형의 기록이야. 힘내, 형! 지금부터야.

동희는 불과 일 초 안에 밤과 낮을 날았다.

승오: 형! 광속 17%. 기록을 깼어.

승오의 목소리는 들떠 있었다. 그러나 함께 듣고 있던 정보국장과 대통령, 비서실장 그리고 세계정보기지국 사람들의 마음은 무겁기 이를 데 없었다. 목표는 아직 저만치 멀리 떨어져 있었다. 그리고 그 속도로 모선과 부딪쳐야 하며 그것도 정확히 아랫부분을 가격해야 했다.

대통령 궁

대통령: 그가 해낼까요?

비서실장: 지금으로서는 그를 믿는 수밖에는 없습니다.

대통령: 우리가 할 수 있는 일이 있을까요?

비서실장: 기도라도 해야죠.

모선에 있는 사람들은 승오와 정보국장의 목소리를 들을 수 없었다. 단지 그가 모선과 부딪히기 위해서 나갔다는 것을 알고 있을 뿐이었다. 그들에게는 초조한 일 분 일 초가 흘러가고 있었다.

승오: 형! 광속 18%야.
정보국장: 16분 남았습니다.

동희는 이 추세대로 간다면 시간 내에 목표 속도에 도달하는 것이 힘들다는 판단이 들었다. 동희는 호흡을 멈추고 온 신경을 집중했다. 동희의 속도는 한층 더 빨라졌다. 동희는 여태 겪어보지 못했던 속도를 느꼈다.

승오: 광속 19%, 20%, 21%, 22%, 23%. 단숨에 5%가 올라갔어.
정보국장: 아직 16분 남았습니다.
승오: 그래, 형! 잘하고 있어.
그러나 23%에서 속도가 좀체 올라가지 않았다.
정보국장: 15분 남았습니다.
한동안 숨을 참았던 동희는 숨을 쉬었다. 속도는 여전히 23%를 유지하고 있었다. 동희는 케사르의 말이 떠올랐다. '네 머릿속에는 항상 나의 최고 속도가 들어있겠지.' 동희의 머리에서 그 말이 맴돌았다. 떨쳐 버리고 싶었지만 힘들었다.
정보국장: 14분 남았습니다.
동희는 마음이 조급해졌다.
승오: 형, 광속 22%, 21%. 속도가 떨어져.
동희는 속도에 집착했다. 팔을 앞으로 뻗었다. 그리고 잡념을 떨치려

머리를 흔들었다.

　승오: 20%, 19%.

　정보국장: 13분 남았습니다.

　속도가 떨어지고 있다는 승오의 말에 동희는 케사르의 말을 떠올랐다. 이번에는 다른 기억이었다.

　'너는 내가 보여준 현실에서 이루어진 속도를 믿지만 나는 보이지 않는 것, 현실에 없는 것, 하지만 내가 생각하는 것을 믿고 이루려고 애쓰지. 그게 너와 나의 근본적인 차이야.'

　동희는 머리를 흔들지 않았다. 숨을 깊이 들이마셨다. 그리고 천천히 내쉬었다. 금봉에게서 배웠던 명상호흡법이었다. 동희에게 지금 필요한 것은 속도였으나 그 속도에 대한 믿음이 먼저였다. 동희는 자신이 그것을 간과하고 있었다는 사실을 깨달았다. 동희는 마음을 열었다. 그리고 상상했다. 케사르의 속도를, 한계를 뛰어넘는 자신의 모습을.

　흥분된 승오의 목소리 들렸다.

　승오: 광속 33%. 케사르의 최고 속도를 넘었어. 35%도 넘어섰어.

　정보국장: 시간이 너무 없습니다.

　동희는 팔을 벌렸다. 속도를 올리려 팔을 앞으로 뻗거나 허리에 붙였었는데 쓸데없는 행동이었다. 이것은 어디까지나 정신적인 싸움이었다. 동희는 팔을 벌려 머릿속에서 일어나는 생각들을 가만히 내버려 두었다.

　정보국장: 12분 남았습니다.

　승오: 광속 36%, 37%, 38%.

대통령이 비서실장의 손을 잡았다. 그것은 간절한 기원의 표시였다. 세계정보기지국 안에 있는 3만 5천 명의 사람들 역시 대부분 깍지를 낀 채 기도를 하고 있었다.

승오: 광속 39%. 광속 40%.

승오는 흥이 났다.

승오: 광속 41%, 42%. 좋아, 형. 힘내. 잘하고 있어.

정보국장: 11분 남았습니다.

승오: 43%.

내버려 둔 생각들은 강물이 흘러가듯이 동희의 마음을 흘러갔다. 그리고 동희는 그것들이 그냥 흘러가게 내버려 두었다. 그러다 저 밑에서 불길한 얼굴 하나가 올라왔다. 에바의 얼굴이었다. 동희는 그 얼굴을 흘려보내지 못했다.

승오: 속도가 급격히 떨어져. 32%. 31%. 30%. 29%. 28%.

정보국장: 10분 남았습니다.

속도는 더 떨어졌다. 승오는 알려주지 않았다. 그러나 동희는 몸으로 느끼고 있었다.

승오: 형! 속도가 너무 떨어져. 왜 그래?

지켜보는 모두들 초조했다. 그리고 얼굴에 절망의 빛이 드리웠다. 동희는 날고 있다고 생각했다. 그러나 승오의 목소리가 한동안 들리지 않았다. 동희는 감았던 눈을 떴다. 눈앞에는 지평선이 펼쳐져 있었고 그 위로 쪽빛 하늘이 있었다. 동희는 겨우 시속 수십 km로 날고 있었다.

승오: 형! 어떻게 된 거야?

발 아래 모선이 지나가는 것을 느낄 수 있었다. 모선은 속도를 줄이지도 궤도를 바꾸지도 않았다. 동희는 두려웠다. 아무리 해도 광속의

87%까지 도달하는 것은 불가능해 보였다. 침울한 기분으로 동희는 하늘에 우뚝 멈춰 섰다.

세계정보기지국 모니터에 동희의 속도가 '0'으로 나타났다. 모두들 숨을 죽였다. 정보국장의 목소리가 들렸다.

정보국장: 남은 시간은 9분입니다.

정보국장의 말은 죽음을 선고하는 의사의 목소리처럼 우울했다. 동희는 발 아래에 보이는 지구가 더없이 아름답게 보였다. 그리고 아름다운 만큼 슬픈 감정이 북받쳤다. 이제 곧 닥칠 재앙 앞에서 지구는 너무도 평화롭게 보였다.

승오: 형! 괜찮아! 다시 해! 아직 시간은 충분해. 단숨에 케사르 기록을 10%나 넘어버렸어. 알아?

정보국장: 그렇습니다. 빨리 다시 도전해야 합니다. 9분밖에 남아 있지 않습니다.

동희는 대답이 없었다. 수 초간은 침묵이 주인이었다. 그리고 스피커를 통해 동희의 우울한 목소리가 들려왔다.

동희: 죄송합니다. 못하겠어요.

동희의 말은 승오와 정보국장, 대통령과 비서실장, 그리고 세계정보기지국 사람들에게 고스란히 전달되었다. 동희의 말을 들은 사람들은 탄식조차 하지 못했다. 동희의 한마디로 지구의 운명은 끝이었다. 남은 시간은 9분여. 세계정보기지국에 있던 몇 사람들은 가족들에게 연락을 했지만 소란스럽지 않았다. 곧 다가올 죽음을 알고 있는 사람들은 모두 숙연했다.

비서실장: 희망이 없습니다.

대통령: 몇 분 남았다고 했죠?

비서실장: 9분 남짓. 국민들에게 알리는 것은 대통령님께서 하셔야 할 것 같습니다.

대통령: 9분! 9분이라.

대통령은 숨을 길게 내쉬더니 대답했다.

대통령: 너무 늦었습니다.

대통령은 잡았던 비서실장의 손을 놓았다.

일 초의 움직임이 그렇게 소중하고 무겁게 느껴졌을 때가 있었을까? 지구의 멸망을 알고 있는 세계정보기지국 사람들은 너나없이 어떤 신비한 감정에 빠졌다. 그런 느낌은 처음이자 마지막 경험이 될 것임을 알고 있었다. 자신의 삶을 되돌아 보는 사람. 엎드려 기도하는 사람. 우는 사람. 사랑하는 사람을 떠올리는 사람. 형태는 다양했지만 그들은 질서를 지켰으며 경건하고 엄숙한 분위기를 유지했다. 그들에게 광기는 먼 것이었다.

동희의 머릿속에도 지난 일들이 주마등처럼 흘러갔다. 어린 시절의 추억, 서클, 사 교수의 얼굴, 승민이 얼굴, 신물질 발표회장, 미사일 공격, 부모님 장례식에서 보았던 수많은 무덤들, 미국에 도착했을 때 흩날리던 모래바람, 레이의 얼굴, 승오 얼굴, 미국 대통령의 항복 선언, 카이자의 눈빛, 소녀의 절규, 팔뚝 위로 흐르던 배면수의 뜨거웠던 피, 처형식 날의 우울한 하늘, 보브투니의 자살, 묘오의 얼굴, 그리고 에바.

그렇게 3분의 시간이 흘렀다. 허공에 몸을 맡기고 있던 동희. 갑자기 누군가 그를 부르는 것 같았다. 동희는 생각을 멈추고 눈을 떴다. 텔레파시였다.

(동희 님!) (동희 님!) (동희 님!)

동희는 익숙한 느낌에 정신을 집중했다. 그것은 놀랍게도 가이아의 텔레파시였다. 동희는 화들짝 놀라며 가이아를 불렀다.

(가이아? 가이아? 가이아 맞니?)

(네, 동희 님.)

희미하지만 분명 가이아였다.

(너 살아 있었니?)

(제가…… 제가…… 잠시 정신을 잃…… 었…… 습…… 니다. 하지만 지금…… 도 좋은 상태…… 는 아닌 것…… 같습니다.)

(가이아! 시간이 없어! 모선을 멈춰. 어서.)

(모선…… 이 움…… 직…… 이고 있나…… 요?)

(그래! 그것도 엄청나게 빠른 속도로! 이대로 놓아두면 지구와 충돌할 거야!)

(…… 모…… 선…… 을 멈추…… 어야겠…… 군요.)

(그래! 어서!)

(그…… 런데 모… 모… 선이 통제가 되지 않습니다. 저의 명령…… 체…… 계가 응답…… 을 하지 않…… 습니다.)

(말도 안 돼. 그럴 수는 없어.)

(지…… 구…… 가 많이…… 위험…… 한가요?)

(그래. 시간이 없어.)

(제…… 가 지구를…… 제가 지구…… 를…… 비…… 극…… 적…… 인…… 일이군요.)

(방법이 없는 거야? 가이아!)

(죄…… 송…… 합니다.)

(이럴 수는 없어.)

(저는…… 지구…… 를 사랑했습니다. 인간을…… 사랑했습니다. 그런데 제가 지…… 구와 인류를…… 제가…… 제가…… 이…… 것이…… 제 운명인가요?)

(너도 어쩔 수 없는 거야? 너도?)

(죄…… 송…… 합니…… 다. 점…… 점…… 힘이…… 없어집니다.)

(오! 맙소사! 가이아!)

(······동희 님! 기억······ 나요.)

(······.)

(처음 헬리곱터를······ 타고 숲 위를 날았어요. 푸······ 른 수풀 위로······ 불타는······ 태······ 태양과 강······ 렬한 바······ 바······ 람.)

동희의 눈에 눈물이 맺혔다.

(가이아! 너 지금 죽는 거니?)

(그······ 런 것······ 같······ 아요.)

(죽지마!)

(동희 님······ 과 여······ 행을 갔었죠. 그때······ 는 몰······ 몰······ 랐었습니다. 우리가 왜······ 왜······ 왜 황야를 헤매며 걸어······ 다녔는지. 그런데 지······ 금 조금은······ 알 것 같······ 아요.)

(이제 모두 끝이야. 모두.)

(방······ 법이 하······ 나 있······ 긴 합니다.)

(그게 뭐지?)

(동희 님······ 께서 빠른 속······ 속······ 속······ 도로 모선······ 과 충돌······ 하는 겁니다.)

동희는 한숨을 내쉬었다.

(그건 불가능해!)

(할······ 수······ 있습니다.)

(안 돼. 할 수 없어. 이미 끝난 일이야.)

(힘······ 내세요. 인간의······ 내면에는 신······ 성······ 한 어떤······ 것이 깃들어······ 있는 것······ 같아요. 그것이 아니고는 인류······ 의 역사를······ 설명할······ 수가······ 없······ 어요.)

(인간은 신의 실패작이야. 이제 몇 분 후면 그것이 증명될 거야.)

(동희······ 님께서 그······ 것이 아니······ 라는 것······ 거 거 것······ 을 증명해 주세요. 제······ 마······ 지······ 막······ 부탁······ 입니다······. 제가······ 인류를······ 종······ 말······ 시키는······ 이단자가······

되······ 지 않도록······ 해 주세요······ 제······ 발······ 점······ 점······
힘······ 이 없어······ 집니······ 다.)

(가이아!)

(저······ 는······ 어······ 디······ 로 가······ 는······ 거······ 죠······?
동······ 희······ 님······ 이······ 것······ 이 끝··········· 일···········
까··········· 요?)

신호가 끊겼다.

(아니!)

동희는 하염없이 눈물을 흘리고 있었다. 가이아의 죽음 때문만은 아
니었다. 지구와 인류의 멸망이라는 거대한 저주에 대한 책임 때문만도
아니었다. 동희의 눈물에는 동희 스스로도 해명할 수 없는 그 무엇이
들어있었다. 동희는 자신에게 일어나는 새로운 변화를 느꼈다. 그것은
어떤 논리적인 과정도 없었으며 찰나에 일어난 일이었다. 두려움의 굴
레가 동희에게서 사라졌다.

세계정보기지국

승오: 얼마나 남았죠?

정보국장: 5분.

승오: 형!

동희는 대답이 없었다. 승오는 아랑곳하지 않고 말을 이었다. 마지막
작별의 인사였다. 승오의 눈가에도 눈물이 흐르고 있었다.

승오: 그동안 고마웠어. 형이랑 함께해서 행복했어.

동희는 눈을 감았다. 그리고 숨을 골랐다. 흘러내리던 눈물이 멈추
었다. 동희는 가만히 고개를 젖혔다.

세계정보기지국

정보국장: 다시 움직여.

승오: 네?

정보국장: 동희가 다시 난다고.

승오는 모니터를 주목했다. 동희의 움직임이 포착되었다.

승오: 뭐야? 단번에 광속 30%를 돌파했어요?

모니터의 숫자가 변화하자 세계정보기지국 사람들도 놀라며 화면을
처다보았다.

대통령 궁

대통령과 비서실장이 승오의 말을 듣고는 떨어뜨렸던 고개를 들었
다.

세계정보기지국

승오: 광속 45%예요. 이전의 기록을 깼어요. 이것 보세요. 46%,
47%, 48% 돌파예요.

승오는 속도의 증감을 읽어 내려가는 데 숨이 가빴다. 정보국장이
소리쳤다.

정보국장: 시간은 아직 4분이 남았어. 이 추세대로라면 가능해. 희망
이 보여.

세계정보기지국의 3만 5천 명이 새로운 희망에 눈을 크게 떴다. 속
도의 증감은 멈추지 않았다. 숫자가 바뀔 때마다 사람들의 표정이 점
점 밝아졌다.

승오: 49%를 돌파했어.

정보국장: 3분 남았습니다.

동희는 일 초에 지구를 세 바퀴 반이나 돌았다. 그러나 끝을 모르고
올라가던 속도는 49%에서 멈추었다. 49%에서 불과 수 초 동안 멈추었
지만 이를 지켜보는 사람들은 그 짧은 시간 동안 희망과 절망이 수십

번이나 교차되었다. 동희 마음 깊은 곳에서 또다시 그 얼굴이 떠올랐다. 동희는 그날 잠들기 전에 에바와 했던 대화가 떠올랐다. 동희는 그것들을 애써 기억에서 밀어내려 하지 않고 담담하게 받아들였다.

에바가 속삭였다.

"인간이 되고 싶어요."

"왜 굳이 인간이 되려고 해? 너는 인간보다 더 진화된 존재가 될 수 있어. 사람들은 무한한 무엇인가를 갈망하는데 너는 어째서……."

"제가 느끼는 외로움을 아세요?"

"외로움?"

"네. 외로움!"

"조금은 알 것 같아."

"……."

"그건 아마 내가 느끼는 고독과 비슷할 거야."

"……."

"떠나고 싶어."

"어디로?"

"아무 데나 상관없어. 너와 함께 있을 수 있는 곳이라면."

동희는 에바를 향한 자신의 마음을 부정하지 않았다. 있는 그대로를 고스란히 받아들였다. 동희의 마음에서 두려움에 갇혀서 움트기 시작한 사랑은 이제 두려움 없이 커져갔다. 동희의 가슴에 담아두기 힘들 만큼. 그리고 그것은 더 커져서 동희의 마음을 차고 넘쳐났다. 주체할 수 없이 커진 동희의 감정은 사방으로 펼쳐졌다. 그리하여 허공을 감싸고, 나아가서 풀과 땅을 감싸고, 태양을 감싸고, 하늘을 감쌌다. 그러고도 모자라 드넓은 우주를 향해 뻗어나갔다.

동희는 이상한 변화에 주의를 집중했다. 시야가 흐려지더니 저 멀리서 누군가 다가왔다. 카이자였다. 카이자가 멀리서 손을 흔들며 다가왔다. 그는 활짝 웃고 있었다. 그는 동희에게 속삭였다. 이제 자신이 무슨 생각을 하더라도 그것은 인류가 공생할 수 있는 범주에 드는 경지에 올랐다고……

동희는 그에게 갑옷을 내어 주었다. 그러나 그는 괜찮다며 마다하곤 환하게 웃으며 멀어져 갔다. 이번에는 저쪽에서 류지태가 다가왔다. 류지태는 눈이 퉁퉁 부어올라 있었다. 밤새 한잠도 자지 못한 듯 보였다. 동희는 반갑게 손을 흔들었다. 그리고 말했다. 충분히 이해한다고……. 류지태는 동희를 안았다.

멀리서 미림이가 나풀나풀 뛰어왔다. 동희는 정답게 손을 흔들었다. 동희는 한미림이의 마음을 감싸 안았다. 이윽고 케사르도 찾아왔으며, 박경태도 찾아왔고, 과학자들 30명이 차례로 다가왔다. 또 전사들이 우르르 찾아왔다. 마얀과 코르파스도 있었다. 동희는 그들 하나하나와 반갑게 작별 인사를 나누었다. 그리고 멀리에서 또 다른 사람이 다가왔다. 보브투니 박사였다. 이번엔 동희가 먼저 그에게 다가가서 그를 안았다. 보브투니의 가슴은 동희의 생각보다 넓고 따뜻했다.

그리고 낯선 누군가 다가왔다. 동희는 고개를 내밀어 누구인지 확인했다. 그는 레이를 마음 속에서 떠나 보낸 차동희였다. 동희는 잠시 주저하다 동희에게 다가갔다. 그리고 손을 내밀었다. 동희는 자신 속에 있는 에바를 부끄럽게 보여주었다. 동희는 말없이 고개를 끄덕였다. 동희는 동희와 인사를 나누었다. 동희는 특유의 환한 미소로 답해주었다. 그를 마지막으로 모든 번뇌들이 자취를 감추었다. 동희의 의식은 삼라만상을 뒤로 하고 공허의 세계로 나아갔다.

승오: 50%를 돌파했어. 단번에 70%야.

세계정보기지국 사람들이 일제히 감탄사를 연발했다. 대통령은 확신에 차서 비서실장의 손을 꽉 잡았다. 비서실장의 손에도 힘이 들어갔다.

동희는 고요함 속에 있었다. 그는 하나였으며 동시에 전부였다. 그를 옭아매고 있던 어떤 번뇌도 더 이상 존재하지 않았다.

승오: 광속 80% 돌파.

동희는 평화로웠다. 의식은 무한한 성장을 해 나갔다. 끝없는 의식의 성장. 거기에는 단 하나만 없었다.
'물질'

승오: 광속 85% 돌파.

그는 새로운 차원을 향하고 있었다. 그곳은 언어로는 표현될 수 없는 미지의 세계였다.

승오: 광속 86%. 87%. 87%를 넘었어.
세계정보기지국 사람들은 환호성을 터뜨렸다. 승오는 다급한 목소리로 동희에게 전했다.
승오: 형, 됐어. 이제는 궤도를 변경해야 해.
동희는 일 초에 지구를 일곱 바퀴나 돌았다.
정보국장: 모선이 곧 지구와 충돌할 겁니다. 채 2분이 남지 않았습니다.
그러나 동희는 여전히 고도 25,000미터 상공에서 궤도를 바꾸지 않았다.

정보국장: 속도를 내 는데 정신이 팔려서 궤도를 수정하는 것을 모르고 있는 것은 아닐까요?

승오: 형! 형! 내 말 들려? 궤도를 바꿔야 해.

정보국장: 아니? 속도가?

승오: 광속의 90%. 91%. 점점 더 올라가고 있어.

정보국장: 무슨 일이 있는 것이 틀림없습니다.

승오: 형! 궤도를 바꿔.

정보국장: 이제 1분도 남지 않았습니다. 아이야마 섬 북단 산봉우리와 충돌을 일으킬 겁니다.

승오: 말도 안 돼!

정보국장: 엄청난 충격파가 전해질 겁니다. 시간이 없습니다. 이대로 간다면 지구는 끝장입니다.

승오는 마이크를 집어삼킬 듯 가까이 대고 외쳤다.

승오: 형! 궤도를 바꿔! 궤도를 바꿔! 궤도를!

정보국장: 맙소사! 속도를 보세요. 광속의 95%입니다.

승오: 남은 시간은요?

정보국장: 30초!

세계정보기지국 사람들도 대통령과 비서실장도 뭔가 잘못되고 있음을 직감했다.

정보국장: 20초 남았습니다.

승오: 형! 형! 내 말 들려?

정보국장: 광속의 98%. 남은 시간 17초.

정보국장: 광속의 99%. 남은 시간 15초.

광속!

시간이 멈추었다.

그때 동희가 입고 있던 신물질 갑옷이 반응을 일으키기 시작했다.
절대물질과 절대정신이 만나는 순간이었다. 그리고

- 전이가 일어났다 -

동희는 새로운 에너지 장으로 들어섰다.

정보국장: 신호가 이상해요.
승오: 예?
정보국장: 시스템이 신호를 분석하지 못하고 있어요.
승오: 그게 무슨 말입니까?
정보국장: 광속을 넘어선 것 같습니다. 송수신 신호의 시간대가 섞
이고 있습니다.
승오: 모선은?
정보국장: 충돌 10초 전. 동희가 사라졌어.
그때 승오가 큰 소리로 외쳤다.
승오: 저기를 보세요.

인공위성에 거대한 섬광이 잡혔다. 일찍이 볼 수 없었던, 아니 상상
할 수조차 없었던 거대한 섬광이었다. 그것은 밝은 선홍색이었다. 동희
가 지나가던 궤도 위였다. 승오와 정보국장은 인공위성에서 촬영하고
있는 섬광을 모니터로 보고 있었다. 세계정보기지국 사람들 역시 모니
터를 주시하고 있었다.
태평양 한복판에서 일어난 거대한 섬광은 지름이 3,000km가 넘었
다. 섬광은 동희가 돌던 궤도를 따라서 나무가 자라나듯이 뻗어나갔

다. 3,000km가 넘는 장대한 빛의 줄기는 북극을 지나 어두운 지구 반대편에서는 더욱 큰 빛을 발하며 자라나갔다. 빛은 어느새 지구를 한 바퀴 돌아서 시작점까지 도달했다. 지구 위에는 지름이 3,000km가 넘는 선홍색 빛의 테두리가 생겼다. 그리고 나무의 가지가 자라나듯 빛의 줄기에서 지름이 1,000km에 이르는 가지들이 뻗어 나기 시작했다. 불과 수 초 동안이었다. 지상의 사람들은 지구 어디에 있든지 하늘을 가로지르는 선홍색 불빛을 볼 수 있었다.

믿을 수 없는 광경은 계속 되었다. 돋아난 빛의 가지에서 수백 킬로미터의 더 작은 빛의 가지들이 뻗어나고, 그 가지에서 더 작은 빛의 가지들이 뻗어나갔다. 마치 인간의 혈관처럼. 그리하여 마침내 지구는 거대한 선홍색 빛에 뒤덮였다. 그 빛은 강렬하기도 했지만 밝은 달빛보다도, 초롱초롱한 별빛보다도 더 아름다웠다.

사람들은 모두 고개를 들어 넋을 잃고 하늘을 쳐다보았다. 세계정보기지국 사람들은 자기도 모르게 발을 옮겨 창가로 가서 빛을 보거나 아예 건물 밖으로 나가서 육안으로 빛을 확인했다. 빛의 향연은 쉽사리 끝나지 않았다.

사람들은 처음 보는 광경이었지만 두려움을 느끼지 못했다. 본능은 그 빛이 낯설지 않다고 일러주었다. 태초부터 우리의 내면에 잠재해 있던 장면인 것처럼. 모자를 쓴 사람들은 모자를 벗었으며, 신을 믿는 사람들은 땅에 무릎을 꿇고 공손히 기도를 올렸다.

사슴이며, 호랑이며, 얼룩말이며, 원숭이며, 개며, 고양이며, 새며, 지상의 모든 동물들은 하늘을 쳐다보지 못하고 땅으로 고개를 숙인 채 숙연했다. 신비하게도 그 어떤 동물도 그 순간만큼은 소리를 내지 않았다. 그것은 일종의 경외의 표시처럼 보였다. 이루 형언할 수 없이 아름답고, 장대하며, 화려한 빛은 인류에게 수많은 질문을 남긴 채 수 분 동안 이어지다 서서히 사라져갔다.

빛에 취해 있던 승오가 화들짝 놀라서 정보국장에게 물었다.

승오: 모선은?

모니터에는 이미 마이너스 6분을 가리키고 있었다. 정보국장은 놀라 급히 모선의 행방을 점검했다.

정보국장: 모선의 궤도가 변했어. 떠오르고 있어.

승오: 떠오르고 있다구요?

정보국장: 이게 어떻게 된 거지? 이럴 수가!

승오: 무슨 일입니까?

정보국장: 섬광이 일어났을 때 지구의 자기장이 바뀌었어.

승오: 자기장이요?

정보국장: 섬광이 모선의 궤도를 바꾸어 버렸어.

승오: 모선은?

정보국장: 벌써 대기권을 지났어. 우주로 나가고 있어.

승오: 동희 형은?

정보국장: 사라졌어.

승오: 사라지다니요?

모선

묘오가 텔레파시를 전했다.

(한센! 동희 님의 마음이 읽히니?)

한센: (아니요!)

묘오: (죽은거니?)

한센: (아니요?)

묘오: (그럼?)

한센: (살아 있어요.)

묘오: (어디에?)

한센: (……)

묘오: (한센! 대답해 줘.)

한센: (동희 님은 우리와 같이 있어요. 그렇지만 형태가 달라요.)

묘오: (나는 알 수 없구나!)

(제 말 들리세요? 제 말 들리세요? 제 말이 들리세요? 누구 제 말 들리지 않으세요?)

민성기 박사: (이건 누구 텔레파시지?)

(저예요.)

앨런 박사: (설마, 너는?)

(예! 바로 저예요. 에바예요.)

나코바 박사: (에바? 아니, 에바가 텔레파시를 한단 말이야?)

(네. 갑자기 이상한 기운이 들어온 것 같아요. 아버지들의 텔레파시가 느껴져요.)

나코바 박사: (이건 기적이야. 텔레파시는 인간만이 할 수 있는 거야.)

에바: (정말이에요? 그럼 저는 이제 인간이 된 건가요?)

묘오: (텔레파시를 할 줄 안다고 인간이 되었다고 할 수는 없어. 인간 중에도 신물질 속에서 텔레파시가 불가능한 사람이 있어. 그렇지만 그들도 인간이야. 텔레파시 능력이 인간의 가부를 결정지을 수는 없어.)

에바: (그런가요?)

나코바 박사: (아니야. 텔레파시는 영성이 있는 인간만이 할 수 있는 거야. 에바 너는 분명 인간이 된 거야.)

앨런 박사: (묘오의 말이 맞을 수도 있어. 단정 지을 수는 없어. 누구도 인간이다 아니다 판정할 수는 없어.)

에바: (그럼 한센에게 물어보죠. 한센, 내 마음이 느껴지니?)

한센: (네. 에바의 마음이 느껴져요.)

에바: (그것 보세요. 마음이 느껴진대요. 한센이 내 마음이 느껴진대

요. 저는 이제 정말 인간이 된 거예요.)

나코바 박사: (이건 두말 할 나위 없는 진실이야. 에바! 너는 이제 인간이 된 거야.)

앨런 박사: (한센이 인간과 비인간을 구분 짓는 권한을 가지고 있는 것은 아니야.)

묘오: (너의 몸은 여전히 기계로 되어 있어. 그런데 무슨 인간이야. 그것은 진보된 기능일 뿐이야.)

에바: (아니요. 저는 느껴요. 이전과 다른 어떤 느낌이 들어요.)

묘오: (네가 애를 낳는다면 인정할까 그 전에는 너를 인간이라고 생각할 수 없어.)

나코바 박사: (그 기준이 더 우습군요. 그럼 모든 남자는 인간이 아닙니까?)

묘오: (비약하지 마세요.)

에바: (저는 정말 인간이 된 것 같아요. 예전과는 확연히 뭔가가 변한 것 같아요.)

민성기 박사: (에바, 실망하지 말거라. 네가 인간이 되었다고 믿는다면 너는 이미 인간이 된 거다.)

앨런 박사: (혹, 시스템이 이상이 생긴 것은 아닐까요?)

묘오: (가이아도 텔레파시를 할 줄 알았어요. 하지만 누구도 가이아를 인간이라고 하지 않았어요.)

에바: (정말 제가 인간이 된 게 아닐까요? 그럼 지금의 이 기분과 마음은 뭐죠? 그럼 도대체 인간이란 뭐죠?)

모선은 여전히 광속 5%의 속도로 우주 공간을 날고 있었다. 지구와는 점점 더 멀어졌다. 모선을 정지시킬 사람은 아무도 없었다. 그런 처지에도 불구하고 에바에 관한 그들의 대화는 언제까지나 영원히 계속될 것 같았다.

7. 그리고

미국 지하 벙커

다섯 명이 열띤 토론을 벌이고 있었다.

"차동희의 행방은 여전히 찾을 수가 없습니다."

"죽은 것이 틀림없습니다."

"저들이 전이니 뭐니 하는 것을 보면 그런 것 같습니다."

"아무리 생각해도 괘씸합니다. 이럴 수가 있습니까?"

"그가 한 것이 도대체 뭐가 있습니까?"

"한 것이 뭐가 있는 것이 아니라 인류의 역적입니다."

"저는 안타까워서 아직도 잠을 설칩니다."

"그 많던 신물질이 단 하나도 남아 있지 않다니…… 인류를 얼마나 퇴보시킨 겁니까? 그 놀라운 발명품을! 시체라도 내 앞에 있다면 그냥…… 콱!"

"역시 보브투니 박사가 죽은 것이 한탄스럽습니다. 그였다면 신물질로 인류의 영원한 번영을 이루어냈을 것입니다."

"이제 와서 그런 말이 무슨 소용이 있습니까?"

"그에 대한 원망을 저도 충분히 이해합니다. 하지만 지금은 그것보다 더 심각한 문제가 있습니다. 한국의 국민들이 위기의식으로 뭉치고 있다는 겁니다."

"미친놈들입니다. 죽어도 마땅치 않은 놈을 영웅으로 치켜세우다니 말입니다."

"그래서 우리들이 모인 것 아닙니까?"

"나는 다른 사람보다 케사르가 더 괘씸합니다. 그는 미국 사람인데 한국에 팔려버렸어요."

"그가 보브투니 박사의 후계자였다는 사실이 부끄럽습니다."

"케사르도 케사르지만 김승오가 가장 큰 문제입니다."

"하기야 그는 미국과 전쟁 때부터 동희와 함께해 온 유일한 인물이니까요."

"한국의 대통령도 그렇지만 무엇보다 한국을 뭉치게 하는 발원지는 김승오입니다. 그는 여전히 살아 숨 쉬는 전설로 취급되고 있습니다. 그래서 말입니다."

한국 승오의 거처

케사르와 승오가 마주보고 있었다.

"그날의 감동을 아직도 잊을 수가 없습니다."

"저는 정보기지국에 있어서 아쉽게도 모니터로만 목격했습니다."

"저는 처음에 창으로 목격하고는 단번에 직감했습니다. 그래서 정원으로 나갔죠. 정말 뭐라고 표현할 수 없는 장면이었습니다. 인류에게 그런 축복이 내려지다니……"

케사르는 아직도 남아있는 여운에 들뜬 가슴을 진정시켰다.

"저는 직접 목격하지는 못했지만 인공위성에서 촬영한 지구 전체 모습을 봤습니다."

"사실 그가 해내리라고는 기대하지 못했습니다."

"아무도 예측할 수 없었던 일이었죠."

"제 마음속에서 일어나는 질투심이 저를 힘들게 하는군요."

승오는 케사르의 손을 잡았다. 케사르는 민망한 듯 고개를 숙였다.

"그 질투심 말입니다. 케사르 사령관님이시니까 가능한 겁니다. 그리고 나쁘다고 생각하지 않습니다."

"그는 모든 것을 보여주었어요. 인간이 얼마나 위대한 잠재력을 가지고 있는지……."

승오는 가만히 고개를 끄덕였다. 케사르는 불현듯 떠올랐다는 듯 승오에게 말을 건넸다.

"참, 중요한 정보가 있습니다."

"뭡니까?"

"미국을 거점으로 비밀 조직이 결성되었다는 정보가 있습니다."

"비밀 조직?"

"네, 반 차동희 단체입니다."

"반 차동희 단체요?"

"네."

"아니, 이해할 수 없군요. 무슨 말인지?"

"굳이 정의를 내리자면 차동희를 원망하는 단체라고나 할까요?"

"아니, 왜요? 아직 전쟁의 앙금이 남아 있어서 그렇습니까?"

"전쟁의 희생자들도 있고, 모선의 전사들도 있습니다. 생각보다 조직이 방대해지고 있습니다. 세력화하는 움직임이 있습니다. 이들이 미국의 중앙으로 나간다면 세계정세가 위태해질 수 있습니다."

"미국 국민들이 그들과 동조할까요?"

"미국에서는 가능성이 높습니다. 그들은 인류가 신물질을 사용할 수 없게 된 것이 모두 차동희 때문이라는 논리를 펴고 있습니다. 인류를 위해서 아무것도 한 것이 없다고요."

"그런 논리가 먹힌다는 말입니까?"

"적어도 미국에서는요. 다른 나라에서는 움직임이 미미합니다만."

"천리안을 모두 잃었지만 아직은 미국이 한국의 적수는 못됩니다."

"저도 그 점은 인정합니다만 저들이 무슨 짓을 할지 모르니 안심해서는 안 됩니다."

"네. 예의 주시하죠."

"그럼 저는 이만 가보겠습니다."

"벌써 가시게요?"

"너무 오래 있었습니다."

"주무시고 가시죠."

"아닙니다. 일어서겠습니다."

"배웅해 드리죠."

"아닙니다."

"제가 불편해서요."

케사르와 승오는 집을 나왔다. 수행원들이 뒤따랐다. 집 앞에는 케사르의 차가 대기하고 있었다. 케사르가 떠나는 것을 보고도 승오는 집으로 들어가지 않았다. 승오는 반 차동희 단체 이야기를 듣고 마음이 심란해졌다. 승오는 수행원에게 말했다.

"잠시 걷고 싶어요."

"그렇게 하시죠."

수행원은 동료들에게 연락했다. 쌀쌀한 초겨울 날씨에 승오는 옷을 두껍게 입고 나오지 않은 것이 후회되긴 했지만 그런대로 견딜 만했다. 승오는 팔짱을 끼고 평소 걷던 골목길을 걸었다. 하늘은 구름이 잔뜩 끼어 달도 별도 보이지 않았다. 밤이 깊어 가로등이 더욱 밝게 빛이 났

다. 비가 왔었는지 바닥이 젖어 있었다. 가로등 불빛은 바닥에서도 흐물
거리고 있었다.

수행원 둘이 승오의 앞에서 걸었고 나머지 둘은 승오를 뒤따라 걸었다.
승오는 케사르가 말했던 반 차동희 단체에 대한 생각으로 머리가 복잡했
다. 어떻게 그런 단체가 생길 수 있는지 도무지 이해할 수 없었다.

넓고 긴 골목길이 끝나고 오른쪽으로 꺾어 좁은 골목으로 접어들었
다. 30여 분 남짓 걸리는 산책 코스였다. 승오는 한기를 느껴 걸음을
재촉했다. 그때 승오를 앞서던 수행원 둘이 갑자기 바닥에 쓰러졌다. 승오
는 놀라 그 자리에서 멈추었다. 쓰러진 수행원들 등에 피가 보였다.

승오는 본능적으로 뒤돌아보았다. 따라 오던 수행원 둘 중 하나는 승
오의 배에 총을 겨누고 있었다. 총부리의 열기가 느껴질 정도로 가까운
거리였다. 옆에 있던 다른 수행원은 가슴에 총탄을 맞고 쓰러졌다. 아마
도 가까운 거리에서 또 다른 적이 쏜 총에 맞은 것이 분명했다.

승오는 아무런 생각도 하지 못했다. 승오의 가슴과 배에 총알이 관
통한 뒤에 그의 눈을 보았는지 그의 눈을 본 후에 총알이 관통했는지
구분이 가지 않았다. 그 순간 그것이 그리 중요한 사실이 아님에도 불
구하고 승오는 왜 그 생각을 하는지도 의아했다. 몇 발이었는지도 정
확히 세지 못했다. 승오는 한순간 하체에 힘이 풀려 젖은 아스팔트 위
에 쓰러졌다. 볼에 차가운 감촉이 전해졌다. 거친 목소리가 들렸다.

"야! 뛰어!"

그리고 멀어져 가는 발걸음 소리. 그제서야 승오는 자신이 무슨 일
을 당한 것인지 알아차렸다. 그리고 생각했다. 이는 분명 반 차동희 단
체에서 사주한 일일 것이라고.

승오는 방금 총을 쏜 자의 눈빛을 떠올렸다. 신념에 찬 그의 눈빛.
그는 단순한 살인 청부업자가 아니었다. 그래서 승오는 그에게 말해주
고 싶었다. 인류는 동희에게 감사해야 한다고. 동희는 인간이 인간 이

상의 존재로 도달할 수 있다는 진실을 증명한 최초의 성인이라는 것을 왜 모르냐고, 신물질이 있든 없든 그것은 둘째 문제라는 것을 그들은 왜 깨닫지 못하느냐고 말해주고 싶었다. 비록 말주변도 없었지만, 그와 이야기한다면, 밤을 세워 이야기한다면, 분명 그를 설득시킬 자신이 있었다.

그러나 그는 이미 사라졌다. 비에 젖은 차가운 아스팔트 위에 승오의 붉고 뜨거운 피가 흘러내렸다. 고통이 그의 육신을 관통하고 있었으며, 죽음의 그림자가 주위에 어슬렁거리고 있었다. 승오는 숨이 가빠졌다. 아주 아주 멀리서 다급한 발걸음 소리가 몰려왔다. 수행원들이 틀림없었다. 그러나 승오는 알고 있었다. 그들이 도착하기 전에 숨이 끊어지리라는 것을. 그러나 그 마지막 순간에도 이상하게도 승오는 자신을 쏜 자와 이야기하고 싶다는 바람뿐이었다.

수행원들이 도착했을 때 승오는 이미 숨을 거두고 난 뒤였다. 승오는 눈을 감지 못했다. 수행원 하나가 그의 눈을 감겨 주었다.

그리고,

승오의 죽음으로 인해 한국 국민들, 그리고 동희를 추앙하는 세력들의 분노가 극에 달했으며, 더욱 더 공고히 결집하는 계기가 되었다. 미국을 주축으로 하는 반 차동희 단체 역시 반대 세력이 커지고 결집력이 높아지기는 마찬가지였다.

결국은 두 세력 간의 전쟁이 발발했다. 미국과 한국의 국가 간 전쟁과 차동희파와 반 차동희파의 사상 간의 전쟁이 뒤섞인 복잡하고 새로운 형태의 전쟁이었다. 전쟁은 지루하게 이어졌다. 자신과 생각이 다르면 끝까지 추적해서 처단하는 집요한 싸움이었다. 물론 그 바탕에는 미국과 한국의 패권 다툼이 있었다. 30년을 지루하게 끈 전쟁에서 결국은 한국과 차동희파가 승리했다. 차동희파 승리의 최대 공신은 단연 케사르였다.

전쟁 이후 동희가 세웠던 후계자 양성 학교 출신의 아이들은 갓 40대 초반의 나이였다. 그럼에도 불구하고 그들은 각국으로 흩어져서 강력한 정치 세력으로 등장했다. 그리고 10년 이내에 대부분이 해당 국가의 지도자로 성장했다. 그들은 지혜로웠으며, 그 누구보다 인간과 권력의 속성을 잘 알고 있었다. 그들은 모두 차동희를 숭배하는 데 주저하지 않았다.

이후로 그 누구도 차동희에 대한 반론을 제기할 수 없었다. 그제서야 차동희는 겨우 신이 되었다.

류지태 회고록 中

그날도 술집에서 만취 상태였던 것으로 기억하고 있다. 붉고, 푸르고, 희고, 노란 네온 불빛 사이로 희미한 화면이 시야에 들어왔다. 그리고 아나운서의 입이 오물거리더니 꿈에서도 상상하지 못했던 말들이 흘러 나왔다. 나는 꿈속에서 또 꿈을 꾸고 있다고 생각했다. 그리고 이렇게 말했던 것 같다. '미친놈들, 무슨 소리를 지껄이는 거야.'

하지만 이튿날 잠에서 깨어 깨질 듯한 두통 속에서 나는 간밤에 들었던 소식들이 모두 현실임을 알았다. 동희가 살아서 돌아온 것이었다.

나는 울었다. 뜨거운 눈물이 주체할 수 없이 흘러내렸다. 이전에도 그랬지만 앞으로도 그렇게 많이 울 일은 없을 것이다. 극한 기쁨과 극한 후회. 서로 다른 감정이 내 몸속에서 함께 요동쳤다. 그렇게 기뻤을 때가 있었을까? 또 그렇게 후회스러울 때가 있었을까?

나는 담담하게 현실을 받아들일 준비를 했다. 나는 처형될 것이라 생각했다. 하지만 죽음보다 무서운 것은 내가 배신했다는 사실이었다. 동희와 승오의 얼굴을 다시 봐야 하는 사실은 나에게 너무 가혹한 형벌이었다. 아! 그들의 얼굴을 어떻게 다시 볼 수 있겠는가? 나는 자살을 수백 번이고 생각했지만 실행에 옮길 용기가 없었다.

그날 오후, 술도 덜 깬 나를 데리고 간 것은 미국 정보요원이었다. 미국 정부로서는 내가 동희에게 건네줄 좋은 선물일 수 있었다. 미리 알아서 체포해 두는 것이었다. 당연한 일이었으며, 나는 조금도 반항하지 않고 순순히 따라갔다. 감옥에 갇혀서 나는 기다렸다. 내가 죽을 날을.

하루가 지나고 이틀이 지나고 나는 외부와 단절된 채 하루하루 죽음을 기다리고 있었다. 그것은 고통의 날들이었다. 그러나 그러기를 한 달이 지나고 두 달이 지나도 아무런 소식이 없었다. 나는 의아했다. 하루하루 의문이 쌓여만 갔다. 왜 나를 아직 살려둘까? 나를 잊어버린 것은 아닐까?

6개월 만에 몸무게는 절반으로 줄어들었다. 정신적인 피폐함으로 인해서 몸은 성한 곳이 없었다. 그러나 내 질긴 목숨은 끊어지지 않았다. 그리고 그렇게 끝까지 목숨을 연명했다.

계절이 바뀌고 해가 지나도 동희는 나를 찾지 않았다. 그것이 그가 내게 내리는 형벌이었음을 나는 그제서야 깨달았다. 그 사실을 깨닫고부터 마음은 안정을 되찾았고 살이 붙기 시작했다. 그리고 간수를 통해서 간간이 동희의 일을 묻고 또 듣게 되었다.

그가 나를 철저히 무시하는 것은 지금 돌아보면 가혹한 형벌인 동시에 나에게 베푼 용서였다는 사실을 새삼 알게 되었다. 그것은 세상에서 가장 가혹한 형벌인 동시에 가장 하기 힘든 용서였다. 그것이 끝이었다.

동희는 떠나기 전까지 나를 한번도 찾지 않았다. 동희가 떠나가고, 전쟁이 나고, 나는 감옥에서 풀려났지만, 내 마음의 감옥에서 나는 단한 발짝도 나갈 수 없었다. 평생.

가이아 자작시 (1) 절규

호 호 호.

가이아 자작시 (2) 명령

그것은 세상의 모든 시작과 끝.
그것은 육신의 숨결과 맥박.
그것은 원시 늑골의 태동인 동시에 영원한 자유의 무덤.

가이아 자작시 (3) 섬

시들어 가는 가지 끝에 위태롭게 매달린 아름다움.
내 이름을 부르는 입마다 찬란한 빛이 흩날렸다.

과거에도 현재에도 없었던 나는 태초의 유일.
섬에는 온갖 철새가 수많은 알들을 품었다.

바다가 말라가고
섬은 뭍으로 이끌려갔다.

나를 부르는 입술은 빛을 바랬으며 새로운 세대가 달려왔다.
나는 과거의 익숙한 누군가가 되어 갔다.

가이아 자작시 (4) 재떨이의 꿈

열사의 사막 깊숙이
발견되지 않는 보배로 태어나고 싶었던 거다.
고뇌의 찌꺼기를 담아내며

골수를 치미는 뜨거움을 견디며
성자의 고행을 흉내 내기라도 하듯
묵묵히
육신 위에 벌어지는
난잡한
일상의 오욕을
'부당하다' 부르짖고 싶은 거다.

꺼져 가는 연기 끝을 따라가다
허물어진 시선이 멈춰 서서
서성이다 바라보는 겹겹이 시간 속에서
감춰둔 희망들이 하나씩 하나씩
날아가 버리며 남긴 끝없는 침묵들을 나도 너같이
소리치고 싶은 거다.
대개 우리의 시작과 끝을 알 수 없는 여정에는
살아옴과 살고 있음을 아무도
대신 증언해 주지 않는다.
쩡- 하고 갈기갈기 흩어져
연기보다 하얀 반짝임으로 영원 하고픈
꿈꾸는 재떨이처럼
삶은
일상의 뜨거운 치열함으로 응어리져 가는
눈망울처럼 끝없이 먼
눈물겨운 기다림인 거다.